Emily Barr

AF239336

GHOSTED

Eine unmögliche Liebe

EMILY BARR

GHOSTED

EINE UNMÖGLICHE LIEBE

Aus dem Englischen
von Petra Koob-Pawis

Wir reduzieren und vermeiden die Emissionen, die an
unseren Produkten entstehen fortlaufend und gleichen
die verbliebenen Emissionen über ein Klimaschutzprojekt aus.
Weitere Informationen zu dem Projekt unter:
www.ClimatePartner.com/14044-1912-1001

Penguin Random House Verlagsgruppe FSC® N00196

Der Verlag behält sich die Verwertung der urheberrechtlich
geschützten Inhalte dieses Werkes für Zwecke des Text- und
Data-Minings nach § 44 b UrhG ausdrücklich vor.
Jegliche unbefugte Nutzung ist hiermit ausgeschlossen.

1. Auflage 2023
© 2022 Emily Barr
© 2023 für die deutschsprachige Ausgabe
cbj Kinder- und Jugendbuch Verlag
in der Penguin Random House Verlagsgruppe GmbH,
Neumarkter Straße 28, 81673 München
Die Originalausgabe erschien erstmals 2022
unter dem Titel »Ghosted« bei Penguin Books Limited, London,
in der Penguin Random House Group.
Alle deutschsprachigen Rechte vorbehalten
Aus dem Englischen von Petra Koob-Pawis
Umschlaggestaltung: Suse Kopp, Hamburg
Umschlagmotiv: Xuan Loc Xuan
kk · Herstellung: AJ
Satz: GGP Media GmbH, Pößneck
Druck: CPI books GmbH, Leck
ISBN: 978-3-570-16674-1
Printed in Germany

www.cbj-verlag.de

Für Craig

PROLOG

11. März

Mia war wegen einer Routineoperation an ihrem Knie im Krankenhaus, und alle sagten, der Eingriff sei gut verlaufen. Am Donnerstagmorgen war sie noch benommen von der Narkose und stellte fest, dass sie die erzwungene Bettruhe sehr genoss. Der Tee im Krankenhaus war überraschend gut und der Toast schmeckte tröstlich vertraut. Sie hatte Zeitschriften zum Lesen. Auf der Station war es ruhig. Das war gut so.

Ihr Freund vermisste sie; sie wohnten noch nicht lange zusammen und waren noch frisch verliebt. Morgen würde sie nach Hause entlassen werden, er würde ihr ein oder zwei Wochen lang helfen, mit den Krücken zurechtzukommen, und dann würde alles wieder normal werden.

Mia war überhaupt nicht in Gefahr gewesen, bis sie plötzlich einschlief und nicht mehr aufwachte. Niemand wusste, warum. Aus ihren Unterlagen ging hervor, dass sie die richtige Menge an Schmerzmitteln zur richtigen Zeit eingenommen hatte, nichts hatte Anlass zur Sorge gegeben.

Ihre Familie lehnte eine Autopsie ab, weil der Gedanke daran zu verstörend war. Der Arzt legte einige Unterlagen vor und erklärte den Angehörigen, dass Mia wahrscheinlich ein Herzleiden gehabt habe, das früher oder später unweigerlich zum Tod geführt hätte, und es nur ein Zufall gewesen sei, dass es auf tragische Weise während ihres Krankenhausaufenthalts geschehen sei. Es sei niemandes Schuld, es sei einfach so passiert.

Das Leben musste ohne sie weitergehen.

Aber Mia konnte das nicht. Sie war noch nicht bereit dazu.

1

12. Februar 2019

»Aufwachen!« Er rüttelte an meiner Schulter. »Steh auf und zieh dich an. Zeit zu gehen. Zeit für einen Neuanfang.«

Ich blinzelte mich wach und versuchte, zu verstehen, was er meinte. Es war merkwürdig, dass er in meinem Zimmer war, und es war stockdunkel, nur der Schein meiner Uhr tauchte sein Gesicht in ein grünes Licht – 04:52.

Ich hatte so tief geschlafen. War das ein Traum? Es fühlte sich wie ein Traum an.

Ich konnte sein Eau de Cologne, seine Zahnpasta und das Teebaumshampoo riechen, das er benutzte. Nein, das war real: Er war wirklich aufgestanden und bereit zum Aufbruch. Und es war 04:52 Uhr ... 04:53.

Mein Verstand arbeitete auf Hochtouren. Das war nicht sein Ernst. Das konnte er nicht tun.

»Was?«, fragte ich und setzte mich auf. »Wo?«

»Keine Sorge!«, sagte er. »Es ist alles arrangiert. Wir fahren weg, Ariel. Ich erzähle es dir im Auto.«

Ich tastete nach der Nachttischlampe, schaltete sie ein und sah ihn an. Er hatte dieses manische Funkeln in den Augen. Mir war klar gewesen, dass es da sein würde. Er machte mir

Angst, wenn er so drauf war. Dann konnte man nicht mit ihm reden.

»Was ist mit Sasha?«, fragte ich.

Er trug eine dunkelblaue Fleecejacke und seine grässliche Jeans, und neben ihm stand eine Reisetasche. Es war ihm ernst damit.

»Was soll mit ihr sein?«

»Wir können nicht einfach wegrennen. Wir ...« Ich hielt inne. Ich wusste, dass ich nicht mehr sagen konnte, ohne in Tränen auszubrechen, und es war ein Fehler, zu weinen, wenn er in dieser Stimmung war. Das machte ihn wütend.

Ich hatte es immer geschafft, diesen Konfrontationen aus dem Weg zu gehen, weil Sasha den Kopf für mich hingehalten hatte. Ich schluckte schwer, als mir klar wurde, dass ich etwas tun musste, was ich noch nie getan hatte. Ich würde mich ihm widersetzen müssen.

»Nein«, sagte er. »Du hast das falsch verstanden. Wir rennen nicht *weg*. Wir rennen *auf etwas zu*. Ein neues Leben. Einen Neuanfang. Ich wollte das schon seit Jahren tun. Du hast im letzten Jahr genug durchgemacht, mein Schatz. Deine Schwester hat ihren eigenen Weg gewählt und das ist ihre Sache. Sie hat gesagt, sie braucht uns nicht. Es war ihre eigene Entscheidung.«

Sie hat gesagt, sie braucht dich *nicht.*

Aber das sagte ich ihm nicht.

Sie braucht mich. Sie braucht mich sehr. Sie hat sonst niemanden.

Auch das sagte ich nicht. Ich hatte ihm noch nie widersprochen. Deshalb war ich auch sein Liebling.

Er sah meine Erstarrung und sprach jetzt schneller. »Du brauchst mich und ich würde dich nie im Stich lassen. Niemals. Sasha ist erwachsen und hat ihre Entscheidung getroffen. Das hat nichts mehr mit mir zu tun. Wie sie gestern Abend deutlich gemacht hat, ist ihr meine Zustimmung egal, also ist es mir ab sofort egal, was *sie* tut. Ich habe einen Ort, an den ich gehen kann. Einen Job. Ein Haus. Eine neue Schule für dich. Wir können neu anfangen und –«

»Dad!« Mein Herz pochte so heftig, dass ich dachte, es würde das Haus zum Einsturz bringen, aber ich brachte nicht genug Lautstärke auf, um ihn zu unterbrechen.

»... ein neues Leben für uns aufbauen. Wir haben es verdient ...«

Ich zog die Bettdecke bis zum Kinn hoch, damit er nicht sah, wie ich zitterte. Ich hatte solche Angst vor diesem Mann. Ich würde nicht mit ihm gehen (das war undenkbar), und das bedeutete, dass ich das Mutigste tun musste, was ich je getan hatte.

Er sprach immer noch, also nahm ich meine ganze Kraft zusammen und unterbrach ihn so energisch, wie ich nur konnte. »Dad, ich gehe nicht mit. Sasha braucht mich hier.«

Ich sah das Funkeln in seinen Augen und wandte den Blick ab.

»Nein.« Er beugte sich vor, um meinen Blick wieder auf sich zu ziehen. Als das nicht funktionierte, griff er nach meinem Kinn und schob mir den Kopf in den Nacken, sodass ich ihm nur noch mit den Augen ausweichen konnte. Seine Finger gruben sich in meine Haut. »Es ist alles arrangiert. Du kannst alles haben, was du willst. Klamotten. Bücher. Wie wäre es mit einem MacBook? Du wolltest doch ein MacBook, oder nicht?«

Alles in mir sehnte sich danach, aufzugeben. Doch diesmal durfte ich es nicht.

»Ich kann nicht«, sagte ich und drehte meine Augen so weit weg, wie es nur ging. Ich sah eine Spinne an der Wand hochlaufen, ihr Schatten war im Lampenlicht riesig.

»Doch, du kannst.«

»Ich kann Sasha nicht alleinlassen. Ich will es nicht. Ich werde hierbleiben.«

Stille trat ein. Ich zwang mich, sie auszuhalten. Seine Hand rutschte von meinem Kinn.

»Meinst du das ernst?«

Ich nickte, den Blick immer noch auf die Spinne gerichtet. Ich hörte, wie er schwer schnaufend ausatmete. Ich hielt die Luft an. Das war der Punkt, an dem es gefährlich wurde.

Und tatsächlich, er ballte die Faust und schlug auf mein Bett. Unterdrückte Gewalt breitete sich im Raum aus. Bedrohung lud die Luft statisch auf. Er war zu allem fähig, das wussten wir beide. Er ging zur Wand und ließ die Faust dagegenkrachen. Dann stapfte er zur Tür. Auf der Schwelle drehte er sich um.

»Letzte Chance.« Er spuckte die Worte aus, dass ich sie fast auf mich zufliegen sah. Unsere Blicke trafen sich für ein paar Sekunden, ehe ich mich abwandte.

»Nein. Ich bleibe hier«, sagte ich zur Wand. Schweigend ging er hinaus.

Ich hörte, wie er unten hin und her lief, dann fiel die Tür ins Schloss und etwas landete mit einem dumpfen Geräusch auf der Fußmatte.

Ich wartete eine Ewigkeit darauf, dass er zurückkam, aber er kam nicht. Die Zeit dehnte sich immer weiter aus und nichts geschah. Nach einer Weile zog ich meinen Morgenmantel und meine Kuschelsocken an und schlich die Treppe hinunter.

Er hatte einen Umschlag mit Sashas Namen vorne drauf an den Wasserkocher gelehnt. Daneben lag eine Notiz für mich, gekritzelt auf ein Stück Papier von einem Block, auf dem oben auf jeder Seite in einer albernen Schrift *To-do-Liste* stand.

A., ich hatte etwas Besseres von dir erwartet. Du hast mir das Herz gebrochen. Ruf mich an, wenn du deine Meinung änderst. Wenn du bleibst, musst du deine Schule verständigen und die E-Mail, die ich gestern Abend geschickt habe, zurücknehmen. Ein schönes Leben noch als Pflegekind!!!

Bei den Ausrufezeichen am Ende hatte der Stift das Papier durchstochen.

Ich stand am Erkerfenster und zog den Vorhang zurück, meine Hand brachte den Stoff zum Zittern. Draußen war es stockdunkel, dicke Wolken verdeckten die Sterne und den Mond, nur der Schein der Straßenlaterne zeigte eine leere Einfahrt.

Er war *weg*. Seine Schlüssel lagen auf der Fußmatte, er hatte sie durch den Briefkastenschlitz geworfen. Ich stellte mir vor, wie er das Auto gleich um die Ecke abgestellt hatte und sich jetzt zurückschlich, um mich zu entführen.

Ich drehte mich um und schrie auf.

»Tut mir leid«, sagte meine Schwester, die in ihrem blauen Morgenmantel dastand und verwirrt blinzelte. Sie hielt den

Umschlag in der Hand, auf dem *Sasha* stand – in Dads bester Handschrift (die trotzdem unleserlich war, auch wenn er sich Mühe gab; er war schließlich Arzt).»Was ist los, Meerjungfrau? Warum hat Dad mir einen Brief geschrieben?« Sie schüttelte den Kopf.»Eigentlich muss ich ihn gar nicht erst öffnen. Er regt sich wieder darüber auf, wie unverantwortlich ich bin. Prophezeit mir, dass aus mir nie eine Ärztin werden wird. Am besten, ich werfe den Brief sofort in den Müll.«

Ich umarmte sie ganz fest. Sie sträubte sich einen Moment, dann gab sie nach und erwiderte meine Umarmung. Ich weinte nicht. Ich weinte *nicht*. Sie roch nach Sasha und Schlaf.

»Was ist los?«, fragte sie.»Was hat er getan?«

»Er ist weg«, murmelte ich in ihr Haar (Sasha war vier Jahre älter als ich und ungefähr zehn Zentimeter kleiner).»Es könnte eines seiner Psychospielchen sein, aber er hat gesagt, er würde gehen. Er hat eine Reisetasche dabei. Das Auto ist weg. Er ...« Ich wollte ihr diesen Teil nicht erzählen, aber ich wusste, dass ich mich nicht davor drücken konnte.»Was ich jetzt sage, ist schrecklich, okay?«

»Raus mit der Sprache.«

Sasha folgte mir in die Küche. Ich setzte den Kessel auf und holte zwei Tassen heraus.

»Er hat mich vor etwa einer Stunde geweckt. Vielleicht auch schon früher? Vor fünf Uhr. Er war schon geduscht und reisefertig. Er wollte, dass ich aufstehe und mitkomme.« Meine Stimme kippte, aber ich sprach weiter.

»Er sagte, es sei ein Neuanfang und er würde mir ein Mac-Book kaufen. Er sagte, du bräuchtest uns nicht. Als ich ihm erklärt habe, dass ich nicht mitkomme, hat er mich ganz kalt angesehen und ist davongestürmt. Ich glaube, er ist tatsächlich weg. Sieh mal, er hat seine Schlüssel durch den Briefkastenschlitz geworfen. Und er hat mir das hier hinterlassen.« Ich zeigte ihr den Zettel. Nun konnte ich die Tränen nicht mehr zurückhalten. »Komme ich jetzt in eine Pflegefamilie, Sasha? Muss ich das?«

Dieser Teil seiner Drohung zeigte erst allmählich Wirkung. Das würde ich nicht ertragen. Ich könnte es nicht.

»Scheiße«, sagte sie. »Oh Gott, Ariel. Nein, das musst du nicht. Natürlich nicht. Du bleibst hier bei mir. Ich bin sicher, dass dich niemand von hier wegholt.«

Als sie ihren Brief öffnete, stellten wir fest, dass er zusammenhängender war als das, was er für mich auf den Zettel gekritzelt hatte. Zusammenhängend, aber psychotisch.

Ich habe es mir überlegt. Wir brauchen keinen Kontakt mehr zu haben. Ich bin enttäuscht von den Entscheidungen, die du für dein Leben getroffen hast. Du hast mir ins Gesicht gesagt, dass du dir wünschst, ich wäre tot. Ich bleibe nicht länger hier, nur um mir so etwas von dir anhören zu müssen. Genug ist genug, Sasha, ich lasse mich nicht mehr von dir drangsalieren. Ariel begreift das nicht, ich schon, und deshalb muss ich sie vor dir schützen.

Bleib in diesem Haus. Die Hypothek ist abbezahlt. Ich überweise dir jeden Monat etwas Geld für Rechnungen. Ich traue dir nicht zu, für dich selbst zu sorgen, geschweige denn für einen anderen Menschen, aber egal.

15

was du von mir denkst, kein Enkelsohn von mir wird in Armut leben. Zu weiteren Zugeständnissen bin ich nicht bereit. Ariel und ich werden einen Neuanfang machen, ohne jemals wieder Kontakt zu dir aufzunehmen. Das ist das Beste.

»Es ist wie eine Scheidung«, sagte Sasha und steckte einen Pfefferminzteebeutel in eine Tasse. »Ich habe buchstäblich das Gefühl, dass mein Vater sich von mir scheiden lässt. Er zahlt mir genug Unterhalt, damit ich keinen Aufstand mache.« Sie blickte hoch und zwang sich zu einem Lächeln. »Und du bist seine Plattensammlung oder was auch immer. Er wollte dich mitnehmen, konnte dich aber nicht ins Auto packen, also musste er dich zurücklassen. In einer Sache hat er allerdings recht: Ich habe ihm gesagt, dass ich mir wünschte, *er* wäre gestorben. Schon als ich es aussprach, wusste ich, dass er mir das nie verzeihen würde, aber das ist mir egal. Ich habe es ernst gemeint. Ich fände es gut, wenn er tot und Mum noch am Leben wäre. Du doch auch.«

Diese Härte konnte ich nicht aufbringen, und ich fühlte mich auch nicht stark genug, um jetzt über Mum zu sprechen, also sagte ich nur: »Willst du wirklich keinen Kaffee?«

»Nein.« Sie tätschelte ihren Bauch. »Kein Kaffee bis Juli. Ich nehme einen Kräutertee und ein Stück Toast. Du kannst Kaffee trinken.«

»Das werde ich auch.«

Wir schwiegen, während ich die Getränke zubereitete und Sasha den Toaster mit einer ganzen Ladung Brotscheiben bestückte.

»Du drangsalierst niemanden«, sagte ich, weil ich wusste,

dass dieser Teil von Dads Brief ihr am meisten zusetzen würde.

»*Er* ist der Tyrann. Er sagt das nur, damit er sich besser fühlt.«

»Ich weiß. Hey, Ariel? Wir schaffen das. Ganz im Ernst. Ich frage mich, ob wir überhaupt jemandem sagen müssen, dass Dad fort ist. Was meinst du?«

Wir sahen uns an. Sasha und ich waren immer noch dabei, unsere Beziehung neu zu definieren. Sie hatte sich in letzter Zeit so sehr gewandelt und jetzt stand erneut eine Veränderung bevor.

»Wenn sie dahinterkommen«, sagte ich, wobei ich nur eine vage Vorstellung davon hatte, wen ich mit *sie* meinte, »werden sie mich dann in eine Pflegefamilie stecken, wie Dad gesagt hat? Oder in ein Kinderheim? Wie Tracy Beaker?«

»Nein.« Es klang eher tapfer als überzeugt. »Ich bin alt genug. Und du auch. Sechzehnjährige sind selbstständig genug. Du bist kein Baby mehr. Außerdem wird es bald ein richtiges Baby geben. Wenn ich ein kleines Kind versorgen kann, dann kann ich ja wohl auch noch auf dich aufpassen.«

Ich spürte, wie sich mein Herzschlag beruhigte. Ihre Antwort klang vernünftig.

»Obwohl ich ihm nicht über den Weg traue«, fügte sie hinzu. Ich reichte ihr den Pfefferminztee. Ich traute ihm auch nicht.

Ich bürstete mein Haar, flocht es zu einem französischen Zopf, um so mustergültig wie möglich zu wirken, und fixierte ihn mit Haarspray. Ich vergewisserte mich, dass meine Uniform sauber und korrekt war. Ich trug nicht einmal Wimperntusche auf wie sonst immer. Als ich schließlich aussah wie ein Mädchen mit einem möglichst unkomplizierten Familienleben, ging ich extra früh zur Schule und zwang mich zu einem Alles-bestens-Lächeln, bevor ich der Schulsekretärin gegenübertrat, um herauszufinden, wie ich die verdammte Nachricht zurücknehmen konnte, die mein Vater am Abend zuvor geschickt hatte.

In der Eingangshalle war es still. Es roch noch schwach nach der nächtlichen Reinigung. Ich wusste, dass der Sauberduft bald von AXE, Chips und Schweiß überlagert werden würde. Ich konzentrierte mich. Es musste funktionieren. Ich hatte gehofft, dass der Computer vielleicht ein paar Sekunden lang unbeaufsichtigt wäre und ich die Mail löschen könnte, aber das war nicht der Fall.

»Es ist wirklich nichts«, sagte ich zu der Frau. »Mein Vater hatte es dieses Jahr nicht leicht, und er hat etwas geschickt, das er bedauert. Uns geht es total gut, also löschen Sie bitte die E-Mail. Sie brauchen sie nicht zu lesen.«

Ich sah, wie sie eine Notiz auf einen Zettel schrieb.

»Ich glaube nicht, dass heute Morgen schon jemand den Posteingang durchgesehen hat«, überlegte sie. »Wie lautet der Name deines Vaters? Ich werde mal nachschauen.«

»Alex Brown«.

»Natürlich. Du bist Ariel.«

Sie sah mich an, wie es die Erwachsenen seit Mums Tod immer tun.

»Ja«, sagte ich. »Uns geht es gut. Ehrlich. Dad hat es manchmal schwer, aber Sasha und mir geht es gut. Und ...« Ich hielt inne. Die Sache könnte schieflaufen, wenn ich nicht mit Details rausrückte. »Die E-Mail könnte womöglich den Eindruck erwecken, dass ich die Schule verlasse, aber das stimmt nicht. Er hat es nicht so gemeint. Also bitte einfach löschen und ignorieren.

Er war nur ein bisschen verwirrt. Halb schlafwandelnd, wissen Sie?«

»*Ooookayyyyy*«, sagte sie in einem Ton, der mich ahnen ließ, dass es eher nicht okay war. Tatsächlich verriet mir ihr Okay, dass sie, sobald ich weg war, als Allererstes den Posteingang nach der Mail meines Vaters durchsuchen würde, um danach jemand zu verständigen, der Dad sofort anrufen würde.

Ich schrieb Izzy eine Nachricht:

Wo bist du? Es läuft scheiße.
WIEDER MAL.

2

»Halt die Klappe!«

Mit geschlossenen Augen taste ich nach dem Wecker. Das Piepsen der Uhr ist das schlimmste Geräusch der Welt, abgesehen von der Stille, nachdem man ermordet wurde.

Das ist der Gedanke, der mich wach rüttelt.

Ich öffne die Augen und starre an die Decke. Ein feuchter Fleck. Größer als früher? Vielleicht. Die Decke ist real. Absolut echt.

Ich drehe den Kopf. Ja, das ist mein Schlafzimmer. Klamotten auf dem Boden. Auf dem Tisch stapeln sich Bücher. Das Morgenlicht fällt durch die blauen Vorhänge. Meine Sachen sind überall. Meine Füße ragen unter der Decke hervor. Ich bin zu Hause und das ist normal.

Ich berühre meinen Hals. Er ist glatt und ein bisschen stoppelig. So, wie es sein soll. Ich fahre mit den Fingern durch meine Haare, betrachte meine Hände, oben und unten. Wie es aussieht, ist alles in Ordnung. Ich bin hier und lebe.

Natürlich.

Ich bin so ein Idiot.

»Joe!«

Dad ruft mich von unten. Gähnend setze ich mich auf. Ich strecke ein Bein aus dem Bett. Es ist haariger als früher. Ohne

Scheiß. Fünfzehn Jahre alt, eins achtzig groß, erschreckt von einem Traum. Ich schüttle mich und versuche, einen klaren Kopf zu bekommen.

»Joe!«, schreit er wieder. »Bist du wach?«

»Ja!«, rufe ich, oder so ähnlich. Ich stehe auf und ziehe meinen Morgenmantel über, weil ich nur eine Unterhose anhabe. Dad besteht darauf, uns jeden Morgen zu sehen, bevor er zur Arbeit geht.

Gähnend öffne ich die Tür, blinzle ins Licht und sehe meinen Vater an.

Er steht auf der Treppe, trägt Jeans und das Polohemd mit dem aufgestickten Namen des Kindergartens auf der Brust: GRASHÜPFER-GARTEN. Ja, mit neunundvierzig Jahren ist er immer noch Kindergärtner. Er macht das schon so lange, dass er inzwischen der Chef des Kindergartens ist, aber eigentlich geht er nur zur Arbeit, um zu spielen. Ich weiß nicht, wie er es schafft, den ganzen Tag auf rotzfreche kleine Kinder aufzupassen, aber das ist das Besondere an Dad, dass er immer glücklich ist.

Seltsam.

»Bye«, sagt er, kommt auf den Treppenabsatz und klopft mir auf die Schulter. »Einen schönen Tag. Ich habe um fünf Uhr Feierabend, bin also um zwanzig nach zu Hause. Ich fahr dich um sieben wieder zur Schule und winke zum Abschied.«

»Shit!«

»Joseph!«

Er geht die Treppe hinunter. Ich folge ihm. Dad hasst alles, was man als »Schimpfwort« bezeichnen könnte, egal wie harmlos es ist. Gus und ich dürfen nicht fluchen, denn wenn wir es täten,»wäre es irgendwann normal für mich und dann würde ich womöglich im Kindergarten fluchen und gefeuert werden und wir müssten unser Essen aus der Mülltonne holen«. Das ist natürlich ein Argument. Aber trotzdem ...

»*Shit* ist kein Fluch«, sage ich und springe die letzten drei Stufen in einem Satz hinunter.»Aber sorry. Das mit heute Abend hatte ich einfach völlig vergessen.«

Gus lacht mich vom Treppenabsatz aus an.

»Du hast deinen Frankreichaustausch *vergessen?*« Er zeigt mit dem Finger auf mich.»Total unglaubwürdig! Seit einem Jahr oder so redest du von kaum was anderem. Wie kannst du vergessen haben, dass du *heute* fährst?«

Jetzt deute ich mit dem Zeigefinger auf ihn.»Ich bin gerade erst aufgewacht! Ich habe irgendwas Blödes geträumt und nicht sofort an Frankreich gedacht. Also knall mich ab.«

Er formt seine Finger zu einer Pistole und feuert auf mich. Ich greife mir an die Brust und tue so, als würde ich sterben, aber es fühlt sich falsch an. Mein Traum hallt durchs ganze Haus. Ich lasse mich zu Boden fallen und atme dramatisch aus, um mich davon abzulenken.

»Ihr zwei!« Dad zieht seine Schuhe an und überprüft, ob er sein Schlüsselband dabeihat.»Ihr seid schlimmer als die Kleinen. Trotzdem traue ich euch zu, dass ihr allein in die Schule findet. Tschüss, Babys!«

Als die Tür hinter ihm zufällt, sehen Gus und ich uns an.

»Wo ist Mum?« Ich hatte nicht vor, das zu fragen, aber die Worte kommen einfach aus meinem Mund. *Wo ist Mum?* Oh Gott. Ich gehe ins Wohnzimmer. Gus folgt mir.

»Mum?« Er lacht. »Hallo? Sie ist weg, um Yogalehrerin zu werden? Das weißt du doch. Brauchst du deine Mami?«

Mein Verstand ist vernebelt. Natürlich weiß ich das. Ich bin nur noch nicht richtig wach.

»Hör schon auf. Du musst mir helfen, die Frankreichreise zu schwänzen.«

Ich tigere im Zimmer herum und komme nicht mit meinen Gefühlen klar. Ich nehme den kleinen Clown in die Hand, den Dad vor sechzehn Jahren bei einer Preisverleihung im Zirkus gewonnen hat. Ich betrachte seine gruselige Grimasse und lege ihn dann weg, sodass ich sein Gesicht nicht sehe. Er kann stattdessen aus dem Fenster starren. Unser Haus ist voll von derart seltsamem Zeug.

»Und wie?«, fragt Gus. »Soll ich dich unter meinem Bett verstecken? Wo du dann eine Woche lang bleibst und ich dir ein Twix gebe, falls ich daran denke?«

»Das wäre eine Möglichkeit«, sage ich. »Würde ich sogar machen. Eine Woche unter deinem Bett mit deinen stinkenden Socken und allem, was da sonst noch rumliegt. Und einem Twix.«

Er lächelt, und ich zwinge mich, zurückzulächeln. Ich weiß nicht, warum ich mich so fühle. Ich gehöre nicht zu der Sorte Mensch, die ausflippt. Die Reise dauert noch nicht einmal eine ganze Woche und trotzdem stehe ich völlig neben mir. Ich werde mich verstellen müssen, um den Tag zu überstehen. Ich werde meine ganzen Schauspielkünste aufbieten müssen, um ich selbst zu sein.

»Mach dir keine Gedanken«, sagt Gus. »Vom Moment deiner Abreise an läuft ein Countdown bis zur Heimreise. Wenn du erst einmal losgefahren bist, geht es plötzlich ganz schnell. Außerdem könnte er doch ganz cool sein. Dein ›Brieffreund‹«. Er macht Anführungszeichen in die Luft, um anzudeuten, wie unglaublich uncool dieses Konzept eigentlich ist. »Enzo. Wahrscheinlich stresst ihn die ganz Sache genauso wie dich, weißt du?«

»Ja. Er wird total genervt von meinem Besuch sein. Danke, Bro.«

Gus sieht mich mitfühlend an. »In seinen Briefen klingt er ganz nett, finde ich.«

»Er geht gerne ins Kino und fährt Fahrrad. Genau wie ich.«

»*J'aime faire des promenades à vélo avec mon frère?*«

»*Sans mon frère*«, sage ich. Ohne meinen Bruder.

Ich gehe unter die Dusche. Gus lässt mir den Vortritt, er ist in der Oberstufe und scheint nur dann zur Schule zu gehen, wenn er Lust dazu hat. Gus musste nie an einem blöden Frankreichaustausch teilnehmen, er musste auch keine Sprache für die Abschlussprüfungen belegen, weil er Legastheniker ist. Manche Leute sind echte Glückspilze.

Ich habe Troys Fußballpokal vom Schulturnier in meinem Rucksack, und wenn ich daran denke, wird mir ganz heiß vor Scham. Was ist nur los mit mir? Der Pokal ist aus Metall, ein Schuh, der einen Fußball kickt. Er hat ihn gestern gewonnen. Ich dachte, ich würde ihn bekommen, und alle anderen dachten das auch. Ich habe ihn aus seiner Tasche stibitzt, als er einen Moment lang nicht hingesehen hat. Weil ich eifersüchtig war. Was für ein Arsch ich doch bin.

Ich schüttle den Kopf, stecke die Trophäe ganz nach unten

in den Rucksack und renne aus dem Haus. Ich werde sie ihm später zurückgeben und mich entschuldigen. Ich bin ein beschissener Freund.

Troy ist spät dran. Vielleicht hat er keine Lust, sich mit mir zu treffen, weil er gemerkt hat, dass die Trophäe fehlt, und weil er weiß, dass ich es war. Ich stehe an der Ecke und warte. Eine Frau aus der Nachbarschaft lässt ihren Hund mitten auf den Gehweg kacken. Sie sammelt die Kacke nicht ein, und als ich »Das ist ja widerlich!« rufe, tut sie so, als würde sie mich nicht hören, und eilt mit gesenktem Kopf davon.

Mr Armstrong, der traurige Mann von nebenan, kommt vorbei und sagt: »Ah, hallo, Joseph. Ich hole nur meine Zeitung.«

Bei ihm gebe ich mir extra Mühe. Dad sagt, seit dem Tod seiner Frau sind das vielleicht die einzigen Gespräche, die er den ganzen Tag über hat.

»Hallo, Mr Armstrong«, sage ich.

»Ist bei euch zu Hause alles in Ordnung?«, fragt er.

»Ja«, sage ich. »Ich fahre heute noch weg. Schüleraustausch mit Frankreich.«

»Tatsächlich? Ach«, seufzt er. »Ich habe Frankreich geliebt. Bernadette und ich waren jedes Jahr dort. Nehmt ihr die Fähre?«

»Ja. Wir fahren mit dem Bus, dann mit der Nachtfähre nach Roscoff und dann mit dem Bus den ganzen Weg durch Frankreich.« Ein Schauder überläuft mich. »Ich will eigentlich gar nicht«, gestehe ich ihm. Warum nicht gleich mit der ganzen Wahrheit rausrücken? Ich spüre, wie mir die Tränen in die Augen schießen. Was zum Teufel soll das?

»Das wird eine wunderbare Reise«, entgegnet er.»Hast du Francs? Ich habe irgendwo noch ein paar Münzen. Ich könnte sie dir geben.«

»Nicht nötig, Mr Armstrong«, sage ich und lächle bei dem Gedanken an sein altes Urlaubsgeld.»Aber danke für das Angebot!«

Ich verabschiede mich und winke dem alten Mann kurz zu, weil ich inzwischen Troy entdeckt habe. Man sieht ihn schon von Weitem, denn er ist viel größer als alle anderen und hat leuchtend rotes Haar. Bei seinem Anblick muss ich immer grinsen. Ihm sei bewusst, dass er wie ein frecher Junge aus einem Kinderbuch aussieht, hat er selbst einmal gesagt, und das stimmt tatsächlich, aber es hält die Leute von Modelagenturen nicht davon ab, ihn auf der Straße anzusprechen. Er ist zu einem Viertel Holländer und meint, dass er deshalb so groß ist.

»Alles klar?«, fragt er.»Warum quatschst du mit diesem alten Perversling?« Ich bin so froh, dass Troy nicht sauer auf mich ist, dass ich ein bisschen zu hysterisch lache.

»Er ist kein Perversling!«, protestiere ich.»Er ist ein netter alter Mann. Er war jahrelang verheiratet. Wenn überhaupt, dann steht er auf Mädchen.«

»Ja und?«

»Er wollte mir sein französisches Geld geben.«

»Ein alter Mann bietet einem Teenager an einer Straßenecke Geld an?«

Ich weiß, dass ich ihm die Fußballtrophäe sofort zurückgeben sollte. Ich will es ja auch, aber vielleicht hat er gar nicht gemerkt, dass sie weg ist. Da fängt er an, Französisch zu reden, also mache ich stattdessen mit. Troy hat Französisch voll drauf. Er wird sich bei seiner Gastfamilie wohlfühlen. Er kann es kaum erwarten.

Wir brauchen etwa fünfzehn Minuten bis zur Schule. Troy bringt mich immer wieder zum Lachen. Wir sprechen über Frankreich und fragen uns, ob wir Froschschenkel essen müssen. Ich spüre, wie ich langsam wieder runterkomme.

»Weißt du noch, wie wir den Frosch auf dem Spielfeld gefangen haben?«, fragt er. »In der Grundschule?«

»Wir wollten damit die Mädchen erschrecken«, erinnere ich mich. »Aber sie fanden ihn niedlich.«

»Sie haben ihm ein Blatt als Hut aufgesetzt und ihn Glupschauge genannt.«

Unterwegs sammeln wir weitere Schüler ein, so wie in einem Musical, nur dass wir nicht anfangen, zu singen und zu tanzen. Als wir an der Schule ankommen, hat sich unser Grüppchen bereits in der Flut von Schülern aufgelöst, die über das Gebäude hereinschwappt.

Lucas ist sofort bei mir, wie immer. Er ist letztes Jahr neu an die Schule gekommen, und seither gibt er sich so viel Mühe, mein Freund zu sein, dass ich ihn ab und zu ein bisschen auf die Schippe nehmen muss. Ich bin groß, und Troy ist größer, aber Lucas ist riesig. Vor einiger Zeit gab es eine Geschichte über einen Dreißigjährigen, der wieder in die Schule ging. Er gab vor, sechzehn zu sein, und es ging sogar ziemlich lange gut. Genau so kommt mir Lucas vor. Troy und ich sind ziemlich dünn, aber Lucas ist gebaut wie ein Schrank. Er sieht nicht wie ein Teenager aus. Bei ihm fühle ich mich immer irgendwie unbehaglich.

»Alles klar?«, frage ich.

»Ja.«

»Schade, dass du nicht mit nach Frankreich kommst«, sage ich und lache dabei, denn er weiß genauso gut wie ich, dass ich das nicht wirklich so meine.

»Ja«, sagt er. »Zu teuer. *Dommage.*«

Ich verdrehe die Augen und gehe weg. Nach ein paar Schritten drehe ich mich noch einmal um und sage: »Verdammt noch mal Glück gehabt«, gerade so leise, dass er sich fragen kann, ob er mich richtig verstanden hat, und tauche dann in der Menge unter. Lucas ist in keinem meiner Donnerstagskurse, also werde ich ihn heute wahrscheinlich nicht mehr sehen, und das bedeutet, dass ich von seiner Gesellschaft verschont bleibe, bis ich aus Frankreich zurückkomme.

3

Wir hätten Dads Abreise noch viel länger geheim halten können, wenn er nicht diese E-Mail geschrieben hätte. So aber haben wir nicht einmal den ersten Tag überstanden. In meiner letzten Stunde (Physik) tauchten plötzlich ein Schüler und eine Schülerin im Klassenzimmer auf. Der Schüler reichte Mr Dean einen Zettel, das Mädchen setzte sich, um am Unterricht teilzunehmen. Ich versuchte wirklich, mich auf die Atomstruktur zu konzentrieren. Ich wollte (mir selbst, Sasha und der Welt) beweisen, dass ich in einem Haushalt mit zwei Teenagern und einem Fötus zurechtkommen würde. Ich musste, musste, *musste* ihnen zeigen, dass es mir in einer Pflegefamilie nicht besser gehen würde. Im Moment bedeutete das, die Isotope zu beherrschen.

Jemand verließ den Raum. Ich blickte auf und sah den Jungen aus der Neunten hinausgehen. Das Mädchen, das ich nicht kannte, saß nur da und las ein Buch. Seltsam, dass Mr Dean nicht mit ihr gesprochen oder sie als neu in der Klasse vorgestellt hatte.

Ich wandte mich wieder den Isotopen zu, war aber nicht ganz bei der Sache. Meine Gedanken schweiften ab. Wir hatten keine Eltern mehr zu Hause. Sasha war mein Anker und ich musste ihrer sein. Wir hatten beide das noch ungeborene Baby, aber es war ziemlich viel Druck für so ein kleines Würmchen, das erst halb entwickelt und, wie wir gerade erst herausgefunden hatten, ein kleiner Junge war.

Ich versuchte, mich mit der Anzahl der Protonen und Neutronen am Grübeln zu hindern, aber ich musste immer wieder an meine Mutter denken und daran, wie sehr sie sich über ihren Enkel gefreut hätte und wie wütend sie auf Dad gewesen wäre. Ich fragte mich gerade, ob ich sie mit der Kraft meiner Sehnsucht ins Leben zurückholen könnte, weil ich sie so sehr brauchte, als Mr Dean sagte:»Ariel? Könntest du kurz im Sekretariat vorbeischauen?« Er blickte auf die Uhr.»Du kannst auch gleich deine Sachen mitnehmen.«

Er legte den Zettel auf den Tisch und warf mir einen mitfühlenden Blick zu. Jeder wusste, dass Ariel in diesem Jahr eine schwere Zeit durchgemacht hatte.

Ich sah zu Izzy hinüber und sie tätschelte mein Bein. Die Elektronen würden auch ohne mich auskommen. Ich musste sofort mit Sasha sprechen, um zu erfahren, ob die Schule sie angerufen hatte. Wir mussten unsere Aussagen aufeinander abstimmen.

»Danke«, sagte ich, und Mr Dean fing an, herumzulaufen und über Atome zu reden, während alle außer dem neuen Mädchen (das einfach weiterlas) zusahen, wie ich meine Sachen zusammensuchte. Es waren noch fünfzehn Minuten bis zum Ende der Stunde, und ich spürte, dass viele, die keine echten Probleme hatten, sich wünschten, sie wären diejenigen, die früher gehen durften. Ich wollte, sie würden aufhören, mich anzustarren. Meine Hände zitterten, als ich meine Schulsachen einsammelte. Fast hätte ich meinen Stuhl umgeworfen, aber Izzy fing ihn auf und stellte ihn wieder hin.

Mr Dean ging zu Aisha und nahm neben ihr Platz, um in ihrem Buch etwas nachzuschlagen. Er hatte sich auf den Stuhl gesetzt, auf dem einen Augenblick zuvor noch das neue Mädchen gesessen hatte, das jetzt plötzlich nicht mehr da war. Ich überlegte, wohin sie gegangen sein mochte. Aisha drehte sich um und starrte mich an, ohne auf Mr Dean und ihr Buch zu achten, und ich wollte fragen, was mit dem Mädchen passiert war, aber ich tat es nicht.

Was war hier los? Ich weigerte mich, den Verstand zu verlieren und alles andere auch.

Stattdessen sah ich die Jungs an und flehte im Stillen, dass einer von ihnen etwas Dummes anstellen und die Aufmerksamkeit von mir ablenken würde. Ich konzentrierte mich auf Jack mit seinen unordentlichen dunklen Haaren und den markanten Wangenknochen. *Mach schon*, dachte ich. *Tu etwas. Tu es für mich. Lass dein Buch fallen. Wirf etwas. Streite dich mit jemandem.* Ich war nicht sexistisch: Es waren fast immer Jungs, die im Unterricht herumalberten, und obwohl Jack und ich uns getrennt hatten, als Mum krank wurde, hatten wir nie aufgehört, Freunde zu sein. Er hätte irgendeinen Unsinn veranstaltet, wenn er gemerkt hätte, dass ich das brauchte.

Aber leider unternahm niemand etwas. Ich schaffte es bis zur Tür. Jack sagte: »Tschüss, Ariel!«, und als ich mich umdrehte, winkte mir die ganze Klasse dumm hinterher, und Izzy sagte lautlos: »Viel Glück.«

Ich hatte immer Freunde gehabt, aber alle außer Izzy waren in den Hintergrund getreten, als Mum krank geworden war. Ich wusste, dass ich mich verändert hatte, und alle anderen hatten ohne mich weitergemacht, aber Izzy war immer da gewesen, am Telefon oder direkt neben mir. Sie hatte ihre eigenen Sachen zu tun, aber sie hatte immer alles stehen und liegen lassen, wenn ich sie brauchte.

Und das war sehr oft der Fall gewesen.

Ich schrieb ihr eine Nachricht, während ich langsam durch die stille Schule ging: Du bist eindeutig der beste Mensch auf der Welt.

Dann rief ich Sasha an und wurde dabei noch langsamer. »Meerjungfrau!«, sagte Sasha. Sie und Mum waren die Einzigen, die mich so nennen durften. Ich hasste es, wenn es jemand anders versuchte. Nur dem Baby würde ich das erlauben, wenn es das wollte. »Gott sei Dank. Die Schule hat angerufen und wollte mit Dad sprechen. Ich habe ihnen gesagt, er sei auf der Arbeit. Haben sie schon mit dir gesprochen?«

»Ich bin auf dem Weg ins Sekretariat. Sie haben mich gerade aus dem Physikunterricht geholt.« Ich legte schnell auf und steckte mein Handy weg.

»Ariel«, sagte die Frau, mit der ich am Morgen gesprochen hatte, und brachte mich direkt zum Büro des Direktors.

Mr Morrow war in den Vierzigern und einer dieser Lehrer, die sich für cool und jedermanns besten Kumpel halten. Er sagte: »Ariel! Schön, dich zu sehen. Nimm Platz. Wie läuft's denn so zu Hause?«

Er beugte sich vor und blickte mich bedeutungsvoll an. Ich sah als Erste weg. Ich würde den Anstarr-Wettbewerb ganz sicher nicht gewinnen.

»Na ja, meine Mutter ist gestorben«, sagte ich, nur um ihn in Verlegenheit zu bringen.

Er nickte in dieser Ich-höre-zu-Manier. »Und ist in den letzten Tagen etwas passiert?«

»Nein, nichts«, sagte ich. »Ich weiß, dass mein Vater eine seltsame Mail geschickt hat, aber er hat es nicht so gemeint. Er war in letzter Zeit sehr durcheinander. Sie wären sicher auch traurig, wenn Ihre Frau gestorben wäre, oder?«

Mr Morrow zuckte nicht mit der Wimper. »Ja«, sagte er.

»Und meine Schwester, Sasha. Sie ist fast zwanzig. Selbst wenn Dad mit sich zu kämpfen hat, habe ich ja immer noch sie. Und sie ist erwachsen.«

»Dem kann ich nicht widersprechen«, sagte Mr Morrow. »Angesichts der E-Mail deines Vaters und obwohl sowohl du als auch deine Schwester uns versichern, dass alles in Ordnung ist, haben wir beschlossen, ihn anzurufen, um uns zu erkundigen. Zu unserer Überraschung haben wir erfahren, dass er seinen Job aufgegeben und eine neue Stelle in Inverness angetreten hat. Das würde seine Ankündigung erklären, dich von der Schule zu nehmen, um anderswo neu anzufangen. Ariel, du und Sasha müsst uns endlich die Wahrheit sagen. Ist dein Vater ohne dich nach Schottland gezogen?«

Gleich am ersten Tag aufgeflogen.

»Ich denke schon«, sagte ich zur Schreibtischplatte.

Shit, Shit, Shit. Ich wartete darauf, dass ein Sozialarbeiter hereinkam und mich mitnahm. Ich umklammerte die Stuhlkante. Ich würde nicht mitgehen. Sie konnten mich nicht zwingen. Ich würde hierbleiben.

Nichts geschah. Ich spürte, dass Mr Morrow mich ansah, aber ich starrte weiter auf seinen Schreibtisch. Er war sehr ordentlich. Es gab nichts Interessantes darauf: Der ganze Papierkram lag auf einem Stapel an der Seite, obenauf ein lokales Mitteilungsblatt und ein Briefbeschwerer. Ich konnte nichts lesen und das war sicher auch so beabsichtigt. An der Wand hing ein Poster von jemandem, der klettert, aber wenigstens stand kein inspirierendes Zitat darunter.

Es passierte noch immer nichts.

»Du nimmst also an, dass dein Vater nach Schottland gezogen ist?«, fragte er, und endlich sah ich auf.

»Ich wusste nicht, dass er nach Schottland wollte.« Ich hörte selbst, wie angespannt und verängstigt meine Stimme klang. »Er hat mich gebeten, mitzukommen. Er wollte, dass nur wir beide gehen, ohne Sasha. Er versteht sich nicht mehr mit ihr, seit sie ihm gesagt hat, dass sie schwanger ist, und in letzter Zeit ist er deswegen völlig ausgerastet. Er war furchtbar zu ihr. Ich habe gesagt, dass ich nicht mitkommen will, da hat er einfach seine Schlüssel durch den Briefkastenschlitz geworfen und ist weggefahren. Das ist die Wahrheit.«

»Diesmal«, sagte Mr Morrow, »glaube ich dir.«

»Ich werde also hervorragend mit Sasha zusammenleben können«, sagte ich viel zu laut und fügte etwas dümmlich hinzu: »Ich habe mich gerade in Physik sehr gut konzentriert. Wir haben uns mit der atomaren Struktur beschäftigt.«

Inverness?

Nicht zu fassen, dass er so weit weggegangen war. Inverness war, keine Ahnung, vielleicht sechshundert Meilen entfernt? Wenn er heute Morgen gegen sechs losgefahren war, dann war er wahrscheinlich noch nicht einmal dort angekommen. Vielleicht hatte er unterwegs einen Unfall. Ich war mir sicher, dass er letzte Nacht nicht geschlafen hatte, und sein Fahrstil war selbst in den besten Momenten beschissen und aggressiv.

Er musste das schon seit Ewigkeiten geplant haben, wenn er

bereits einen neuen Job hatte. Er wusste schon seit ein paar Monaten von Sashas Baby. Hatte er sofort mit der Jobsuche begonnen, als sie es ihm erzählt hatte? Was für eine Auffassung von Elternschaft war das?

Eltern sollten sich darüber freuen, Großeltern zu werden. Oder schockiert sein, aber sich dann mit der Idee anfreunden. Ganz sicher sollten sie nicht mitten in der Nacht abhauen und nach Schottland ziehen. Wie es wohl da oben in Inverness war? Auf welche Schule wäre ich gegangen? Gab es bereits irgendwo ein Schulregister mit meinem Namen? Würde ein Lehrer, den ich nicht kannte, morgen früh »Ariel Brown« sagen und sich wundern, warum niemand antwortete?

Und dann begann ich mir vorzustellen, wie das Leben ohne Dad aussehen würde. Wenn er wirklich gegangen war – wenn er nicht zurückkommen würde –, dann könnte es ...

... schön sein.

Das Wort »Sozialamt« holte mich abrupt in die Realität zurück.

»Nein«, sagte ich. »Wir brauchen kein Sozialamt. Das ist völlig unnötig. Uns geht es sehr gut.«

»Weißt du, Ariel«, sagte Mr M., »ich denke sogar, du hast recht. Wenn du bei Sasha bleiben könntest, wäre das die Lösung, die am wenigsten Schaden anrichtet. Aber genau das ist der Punkt. Wir müssen uns mit dem Sozialamt in Verbindung setzen, damit sie prüfen können, ob es Sasha und dir gut geht. Das ist eine gute Sache. Nichts, was dich ängstigen müsste. Welche Rolle spielt Sashas Partner in Bezug auf die häusliche Situation?«

»Jai?«, fragte ich. »Er gehört irgendwie dazu. Es ist kompliziert, weil sie nie wirklich eine Beziehung hatten. Sie waren gute Freunde.«*Mit gewissen Extras*, doch das verkniff ich mir.»Aber er wird für Sash und das Baby da sein. Er ist cool.«

»Gut«, sagte Mr Morrow.»Nun, Ariel, ich möchte nur sagen, dass wir alle beeindruckt sind, wie du in den letzten Jahren zurechtgekommen bist. Du hast mehr durchgemacht als viele von uns Erwachsenen und du hast dich nicht unterkriegen lassen. Ich weiß, dass Ms Duke dir geholfen hat. Ich habe sie heute auf den neuesten Stand gebracht, und sie wird sich morgen mit dir unterhalten und auch danach in regelmäßigen Abständen, wenn du damit einverstanden bist. Danke, dass du dich mir anvertraut hast.«

Ich wollte ihm sagen, dass ich ihm rein gar nichts anvertraut hatte, dass er mich in die Enge getrieben und mir keine Wahl gelassen hatte. Stattdessen schaffte ich es,»Klar, danke, bye« zu sagen, während ich zur Tür hinausrannte.

Die Schule hatte sich geleert, nur ein paar Herumtrödler waren noch da und in einem der Musikräume spielte jemand stümperhaft Trompete. Izzy hatte mir eine Nachricht geschrieben: **Bin nach Hause gegangen, aber melde dich, wenn wir uns treffen sollen.**

Jetzt musste ich mich erst einmal sortieren. Ich rief Sasha an und erzählte ihr alles, sagte ihr, dass Dad in Inverness sei und dass ich bald nach Hause käme, dann ging ich zur Strandpromenade hinunter.

Es war ein trüber Tag, nur gelegentlich lugte ein Sonnenstrahl zwischen den Wolken hervor. Ich ging den einst so prachtvollen Spazierweg entlang, durch die städtischen Gärten Richtung Strand. Die Palmen standen völlig still, denn es wehte kein

Lüftchen. Die Blumenrabatten quollen über von violetten Blüten und Abfällen. Es roch nach Junkfood und Meer.

Ich blieb stehen und schloss die Augen.

Ich wohne bei meiner Schwester, sagte ich versuchshalber in meinem Kopf. Es hörte sich gut an.

Ich wollte zum Strand gehen, aber da waren Leute aus der Schule, aus meinem Jahrgang, mit Cider und Chips. Also bog ich ab und ging zu einem Spielautomaten, wechselte zwei Ein-Pfund-Münzen in hundert Zwei-Pence-Stücke und steckte sie nacheinander in die Maschine. Zuzuschauen, wie die Münzen sich gegenseitig fast wegschubsten, hatte etwas Hypnotisches, und als sie in einer Kaskade herunterfielen, schreckte ich hoch. Ich warf sie immer wieder in den Schlitz, bis keine mehr da waren.

Dann ging ich die Treppe hinauf ins Einkaufszentrum. Es war kein Einkaufszentrum wie in den amerikanischen Filmen. Es waren nur ein paar Geschäfte unter einem Dach versammelt. Es war eigentlich nur eine Ladenzeile, aber keine coole, und sie hieß Beachview, obwohl es keine Fenster nach draußen gab. Die Luft war abgestanden und die meisten Leute hier waren auf dem Weg zum oder vom Pub im ersten Stock.

Ich schlenderte ziellos umher. Betrachtete das Schaufenster von H&M. Blätterte in den Zeitschriften von Smith's, bis mir der Wachmann einen finsteren Blick zuwarf.

Mum war gestorben. Dad hatte uns verlassen. Sasha und ich waren fast Waisen.

Ich betrat einen schmalen Gang irgendwo hinter dem Drogeriemarkt. Er sah aus, als wäre er dem Personal vorbehalten, aber nirgendwo war ein Schild zu sehen, und ich erinnerte mich vage daran, schon einmal hier gewesen zu sein, als ich noch sehr klein war. Ich erinnerte mich, wie mein jüngeres Ich hier in einem Raum mit Dad gewartet hatte. Ich erinnerte mich daran, wie er, den Kopf in die Hände gestützt, dagesessen hatte, während ich eines dieser bunten Heftchen angestarrt hatte, die man für seine Kinder kauft, damit sie Ruhe geben.

Der Korridor endete in einer Kammer, die dem kleinen Raum in meiner Vorstellung exakt entsprach. Hoch oben befand sich ein schmales, schmutziges Fenster, durch das natürliches Licht fiel, das einzige im ganzen Beachview. Auf der einen Seite stand eine Bank, wie man sie in Umkleidekabinen von Schwimmbädern findet, und auf der anderen Seite befand sich eine Leine mit Wäscheklammern, an denen nichts hing. Die Wände waren schmutzig beige, an etlichen Stellen blätterte die Farbe an den Holzpaneelen ab.

Ich schloss die Tür und setzte mich auf die Bank.

Dad war immer schrecklich zu Sasha gewesen. Mal hatte er sie ignoriert, mal hatte er sie angeschrien, und einmal, das werde ich nie vergessen, hatte er sie gegen die Wand gedrückt und ihr ins Gesicht gebrüllt, bis Mum ihn weggezogen hatte. Nichts, was Sasha tat, war je gut genug. Selbst als sie die Prüfungen mit Bravour bestanden und sich für ein Medizinstudium beworben hatte – etwas, das immer sein Traum für uns beide gewesen war –, hatte er einen Grund gefunden, enttäuscht zu sein. Wenn sie in einem Test neunzig Prozent erreicht hatte, wollte er wissen, was bei den anderen zehn falsch gelaufen war, wohingegen er mir fünf Pfund gab, wenn ich siebzig Prozent erreichte. Er wollte, dass wir Ärztinnen werden, damit er gut dasteht. Eine Familie von Medizinern. Das war sein Traum.

Ich hatte mich nie getraut, ihm zu sagen, dass ich keine Ärztin werden wollte, und jetzt musste ich es nicht mehr.

Ich lehnte mich mit dem Rücken an die Wand und versuchte, tief durchzuatmen, so wie meine Mutter es mir beigebracht hatte, als sie krank war. Seit fast einem Jahr war sie nun tot und ich habe sie jeden einzelnen Moment vermisst. Früher hatte ich mein Leben in dem festen Glauben gelebt, dass sie immer in der Nähe sein würde. Sie hatte mir das Sprechen beigebracht, das Überqueren der Straße, den Umgang mit Messer und Gabel. Sie hatte mir alles beigebracht, was ich wissen musste, und jetzt war ich sechzehn und wusste all diese Dinge und würde einfach allein klarkommen müssen.

Ich musste immer wieder daran denken, wie Dad erst auf mein Bett und dann gegen die Wand geschlagen hatte. Er hatte *mich* schlagen wollen, das wusste ich. Ich hatte mich ihm zum ersten Mal entgegengestellt und es hatte funktioniert. Mir lief ein Schauer über den Rücken, als ich daran dachte, wie die Gewalt ihn wie eine Aura umgeben hatte.

Ich holte einen Filzstift aus meiner Tasche und schrieb an die Wand:

ICH HASSE DICH, ALEXANDER BROWN

Ich betrachtete die Buchstaben. Es war Vandalismus, und doch hatte es etwas Befreiendes. Ich lächelte. Ja. Du bist Alexander Brown und ich hasse dich. Ich schrieb es noch einmal.

Du bist weg. Ich habe mich dir widersetzt und gewonnen.

4

Wenn ich mir ein einziges Mal wünsche, dass der Schultag langsamer vergeht, vergeht er schneller. Typisch. Ich genieße den Tag, weil er normal ist. Ich kann mir nicht vorstellen, wo ich morgen sein werde. Ich meine, ich werde auf einem Schiff aufwachen, und abends werde ich bei Enzo in Saint-Étienne sein. Saint-Étienne, wie die Band. Das ist ein guter Name für eine Stadt. Ich mag die Band. Enzo mag sie auch. Das ist eine Gemeinsamkeit! Vielleicht können wir über andere Bands reden, die wir mögen. Eine ganze Woche lang? Jede Faser meines Körpers möchte zu Hause bleiben.

Ich sitze in der allmorgendlichen Klassenlehrerstunde und betrachte das Foto, das Enzo mir geschickt hat, von ihm und seiner Familie. Er hat dichtes schwarzes Haar und dunkle Haut. Sein Bruder sieht aus wie er, nur größer, und seine Schwester ist klein und hängt auf dem Bild an seinem Arm. Seine Mutter ist weiß, sein Vater schwarz. *J'ai un frère et une sœur*, sage ich leise, obwohl ich gar keine Schwester habe. Sie haben eine Mutter und einen Vater wie normale Menschen. Ich sollte schleunigst herausfinden, wie man sagt: »Meine Mutter wohnt nicht bei uns«, denn so etwas muss man gleich zu Anfang aus der Welt schaffen, bevor es später peinlich wird.

Ich nehme an, sie war frustriert von einem Vorstadtleben

mit einem Ehemann, der Zirkusartist war, als sie sich kennengelernt hatten, der aber seither seine ganze Energie in die Betreuung klebriger Kleinkinder gesteckt hat. Dad kann nervig sein, und ich schätze, Gus und ich waren zu langweilig oder zu anstrengend, um sie bei der Stange zu halten.

Ich sehe mir das Foto von Enzos Haus an. Es ist groß und hat einen Garten mit hohen Bäumen und einem Baumhaus.

1. Über Musik reden.
2. Im Baumhaus abhängen.

»Hey«, sagt Troy. »Wach auf.«

Blinzelnd schaue ich mich um. Es ist Klassenlehrerstunde. Man erkennt auf den ersten Blick, wer heute Abend mitfährt und wer nicht. Diejenigen, die nicht dabei sind, sehen entspannt aus. Alle anderen sind nervös. Oder vielleicht liegt das nur an mir. Warum bin ich so zittrig?

Was ist los mit mir?

Ich fühle mich nicht wie ich selbst, also versuche ich, mehr ich selbst zu sein. Was würde Joe Simpson tun?

Ich drehe mich zu Troy und grinse übertrieben dümmlich.

»Es ist Schule«, sage ich. »Wie kann ich aufwachen, wenn der ganze Sinn von Schule darin besteht, dass sie langweilig ist?«

Das ist der größte Schwachsinn, aber Troy lacht trotzdem. Unsere Klassenlehrerin, Mrs Dupont, ist gleichzeitig unsere Französischlehrerin und hat daher kein anderes Thema als die bevorstehende Reise. Es ist ihr drittes Jahr als Leiterin des Frankreichaustauschs und sie ist schon ganz aufgeregt. Sie ist zwar keine Französin, aber sie ist mit einem Franzosen verheiratet und spricht die Sprache natürlich fließend. Sie hat laminierte Karten ausgeteilt, die wir in Frankreich überallhin mitnehmen sollen. Darauf steht *Je me suis perdu(e)* und ihre Handynummer. Viele der Jungs sagen, dass sie die Nummer auch danach noch behalten werden.

Einmal, nach einer Reisebesprechung mit den Eltern, bin ich dageblieben, während Dad ihr all seine Zusatzfragen stellte. Nein, wir werden keine Schnecken essen müssen (ich wäre am liebsten tot umgefallen). Ja, der Busfahrer ist Brite, aber er wird daran denken, rechts zu fahren. Sie erzählte ihm, dass sie früher Flugbegleiterin war, den Beruf aber aufgegeben hat, unter anderem, weil er viel anstrengender ist, als man denkt, und weil das Fliegen schlecht für die Umwelt ist.

Mrs Dupont sieht, ehrlich gesagt, wie eine typische Stewardess aus. Ich kann sie mir gut mit hochgestecktem Haar und viel Make-up vorstellen. Ich weiß noch, wie Dad sie damals angeglotzt hat und ich ihn nach Hause schleppen musste. Dad war damals noch richtig mit Mum verheiratet! Und Mrs Dupont ist mit dem geheimnisvollen Monsieur Dupont verheiratet! Also wirklich!

Ich schüttle den Kopf. *Reiß dich zusammen!*

»Joe?«, sagt sie jetzt, und ich frage mich, wie oft sie es schon gesagt hat.

»Ja!« Ich schenke ihr ein breites, aufgesetztes Lächeln. »Wie kann ich Ihnen helfen, Madame Dupont?«

Sie verdreht die Augen.

»Joe. Du siehst nervös aus. Hattest du eine Überdosis Koffein?«

»Sie kennen mich, Miss. Immer nur Red Bull.«

»Jetzt beruhige dich erst mal und mach dir keine Sorgen. Die Frankreichfahrt ist immer ein tolles Erlebnis.«

»Ich mache mir keine Sorgen!« Alle lachen, weil keiner die Lüge glaubt.

»Ich wohne auch bei einer Gastfamilie, weißt du«, sagt sie.

»Ich wohne beim Englischlehrer.«

»Ich wette, Sie köpfen einige Flaschen, Miss«, sagt Troy.

Ich erhebe ein imaginäres Glas. »*Santé!*«, sage ich. »Cheers auf Madame Dupont, die mit ihrem Englischlehrerfreund trinkt.«

Ich schaue mich im Klassenzimmer um. Alle halten ihre imaginären Gläser in die Höhe und stoßen auf sie an.

»Auf keinen Fall.« Mrs Dupont lacht. »Oder wenn, dann hinter verschlossenen Türen, wenn wir nicht im Dienst sind.«

»Sie haben aber nie dienstfrei, oder?«

»Wem sagst du das, Joseph.«

Die Glocke läutet und wir machen uns auf den Weg in den Unterricht.

»Kommst du?«, fragt Troy. Wir stehen vor dem Eingang der Schule.

Wenn ich direkt nach Hause gehe, bin ich um zehn vor vier daheim. Dann habe ich anderthalb Stunden Zeit, um auf dem Bett zu sitzen und mich zu stressen, bevor Dad kommt und dann noch einmal anderthalb Stunden lang versucht, mich aufzuheitern.

Nope. Ausgeschlossen.

»Nö«, sage ich und überlege, was ich sonst tun könnte. »Ich

mache noch einen Abstecher in die Stadt. Ich muss ein Geschenk für Enzos Familie besorgen.«

»Und ich muss nach Hause, ich habe noch nicht mal mit dem Packen angefangen.«

»Bis später.«

»Joe?«, sagt er.

»Ja?«

»Du hast nicht zufällig meine Trophäe gesehen, oder?«

»Deine was?«

»Meinen Fußballpokal.«

»Nein«, platze ich heraus. »Natürlich nicht.«

»Okay. Keine Ahnung, wo er abgeblieben ist.«

Er klopft mir auf den Rücken und geht, während ich schuldbewusst und verwirrt stehen bleibe. Warum habe ich das Ding genommen? Und warum habe ich gerade eben gelogen? Ich bin so aufgewühlt, dass mir das Atmen schwerfällt. Ich kann jetzt nicht nach Hause gehen. Ich will mich bewegen. Ich müsste hungrig sein, aber ich bin es nicht. Ich könnte mir im Beachview eine Cola holen und hoffen, dass das Koffein mich aufputscht, denn im Gegensatz zu dem, was ich Mrs Dupont gesagt habe, bin ich heute noch absolut koffeinfrei unterwegs.

Es hat aufgehört zu regnen und es ist warm für März. Ich möchte meine Jacke ausziehen, aber dann müsste ich sie mit mir herumschleppen, also behalte ich sie an. Die Gehwege glänzen vom Regen. Ich gebe meinen Schritten einen zusätzlichen Schwung und bügle die Sorgenfalten aus meinem Gesicht. Alles ist normal. Alles ist in Ordnung.

Die Beachview Mall bietet, anders als es der Name vermuten lässt, keinerlei Blick auf den Strand. Allenfalls vom Dach des Pubs im Obergeschoss könnte man das Meer sehen. Trotzdem ist es einer meiner Lieblingsorte. Das Einkaufszentrum ist eine in sich geschlossene Welt. Es ist ein kleines, überschaubares Universum, in dem man etwas kaufen kann. Die Läden sind so, wie man sie erwartet: Es gibt eine Filiale von jeder bekannten Ladenkette, wie man sie auch in den Haupteinkaufsstraßen findet. Es gibt Smith's, einen winzigen, aber gut begehbaren H&M, einen Bioladen und so weiter. Langweilig, aber ganz nett. Am besten gefällt mir jedoch ein geheimer Raum, den ich vor einiger Zeit entdeckt habe. Man muss nur um ein paar Ecken hinter die Drogerie gehen und gegen eine Tür drücken, dann öffnet sie sich. Dahinter befindet sich eine kleine Kammer mit mehreren Wäscheleinen und einer Bank, und außer mir ist sonst niemand dort.

Ich hole mir eine Dose Cola von einem Verkaufsstand, und als ich mich umdrehe, laufe ich direkt in einen Mann hinein. Er ist groß und schlank, und ich hatte keine Ahnung, dass er direkt hinter mir stand.

»Oh«, sage ich. »Entschuldigung.« Ich trete zur Seite.

»Verflucht noch mal!«, sagt er und versperrt mir den Weg.

»Entschuldigung?«, sage ich. Mich packt die Wut. Ich werde zum Vulkan. »Es war keine Absicht. Ich konnte ja nicht wissen, dass Sie hinter mir stehen.«

Er starrt mich an, als ob er mich hassen würde.

»Fick dich«, sagt er, und ich bin froh über das Gefühl, dass er in mir auslöst. Das ist gar nicht schlecht. Ich fühle mich jetzt lebendiger als den ganzen Tag über. Ich beschließe, über ihn zu lachen, wie ich es bei Lucas tue.

»Fick dich selber«, sage ich und gehe immer noch lachend weg, wie ein (hoffentlich) sehr cooler Typ, der ihn dumm dastehen lässt, und nicht wie ein Schuljunge, der einen auf harten Kerl machen will. Ich höre ihn hinter mir rufen, also setze ich mich in die kleine Kammer, wo er mich nicht aufspüren kann, und versuche, zur Vernunft zu kommen.

Mum ist weggegangen, um eine Ausbildung zur Yogalehrerin zu machen. Ich bin mir ziemlich sicher, dass sie jetzt in Indien ist, weil sie immer gesagt hat, dass sie dort richtiges Yoga lernen muss. Ich glaube, ich weiß schon seit einer Weile, dass ihr Weggang mich in vielerlei Hinsicht komplett durcheinandergebracht hat. An einige Dinge aus der Zeit vor ihrem Weggang kann ich mich kaum noch erinnern. Ich bin mir nicht einmal sicher, wie lange das her ist. Einen Monat? Ein Jahr? Vielleicht ein Jahr.

Ich habe kein Problem damit, wenn jemand einen Yogakurs macht, der vielleicht ein Jahr dauert, aber meine Mutter hätte auch warten können, bis wir von zu Hause ausgezogen sind. In drei Jahren hätte sie tun können, was sie wollte. Drei Jahre müssen eine wirklich kurze Zeit sein, wenn man fünfzig ist. Es ist ein winziger Bruchteil ihres Lebens, aber für mich ist es eine Menge.

Eines Tages, als die Dinge mit Marco schwierig wurden, verließ ich die Schule in der Mittagspause durch die hintere Hecke und ging in die Stadt, um herauszufinden, was zum Teufel da los war.

Ich kaufte mir bei H&M einen billigen Kapuzenpulli, damit es nicht so aussah, als würde ich die Schule schwänzen, und suchte mir einen Platz, an dem mich niemand sehen konnte. Ich wollte gerade zum Strand gehen, als mir ein Durchgang an der Rückseite des Einkaufszentrums auffiel, den ich zuvor noch nie bemerkt hatte. Der Gang führte ein Stück weiter, überall verliefen Rohre, in einer Ecke stand ein abgestellter Reinigungswagen. Dann war da eine Tür, die einen Spaltbreit offen stand. Ich drückte sie auf, und da war mein Geheimzimmer. Ich saß eine halbe Ewigkeit darin. Von da an wurde die Kammer zu meinem Rückzugsort, wenn ich in Ruhe nachdenken musste. Ich habe sogar eine Decke hingelegt, eine rosafarbene, flauschige Decke, auf der meine Mutter früher immer Yoga gemacht hat. Es ist eine Kuscheldecke. Keiner darf es je erfahren.

Ich stoße die Tür an und sie schwingt auf. Ich wickle mich in die Decke, lehne mich mit dem Rücken an die Wand und merke, dass ich schnaufe und schluchze. Ich wische mir mit dem Ärmel über die Augen und schreie: »REISS DICH ZU-SAMMEN!« Ich schreie es so laut, dass es in dem kleinen Raum widerhallt. Ich versuche, meine Wut auf den Mann auf-rechtzuerhalten, aber sie ist bereits verflogen. Ich bin wieder gefühllos gegenüber fast allem, und ich habe unnötige Angst vor der Reise.

Es ist nur eine Woche im verdammten Frankreich. Ich rede mir gut zu, um mich zu beruhigen. Wir wohnen etwa eine Stunde von Plymouth entfernt, also wird der erste Teil der Reise gut verlaufen. Ich werde mit Troy ganz hinten im Bus sitzen. Das wird lustig. Ich werde ihm gleich seine blöde Trophäe zurück-geben, damit er sich nicht mehr den Kopf zerbrechen muss.

Dann werden wir auf der Fähre schlafen. Wir teilen uns zu viert eine Kabine, und ich mag die anderen alle, also wird das bestimmt super.

Morgen werden wir durch Frankreich fahren. Das wird mega. Keine Ahnung, wieso ich so panisch bin. Jede Faser meines Körpers ist angespannt, verkrampft, verängstigt. Ich will weglaufen, aber ich will nirgendwohin. Ich möchte vor der Reise weglaufen, damit ich zu Hause bleiben kann.

Die peinlichste Fluchtaktion aller Zeiten.

Ich nippe an meiner Cola und versuche, richtig zu atmen und vernünftig zu sein. Es wird schon gut gehen. Der einzige Weg, es hinter sich zu bringen, ist, es durchzuziehen. Das ist ein Klacks, eine Kleinigkeit. Mir fallen die Dinge immer leicht. Es gibt keinen Grund, die Nerven zu verlieren.

Ich muss mich sehr anstrengen, um dieses Bild aufrechtzuerhalten.

Ich setze meinen Kopfhörer auf und versuche, mich mit Musik zu beruhigen. Ich habe nur ein Album dabei, aber es ist *Different Class*, und das ist okay. Ich drücke auf Play und entspanne mich bei »Something Changed«.

Nach einer Weile geht die Tür auf.

5

8. März

Ein Mädchen und ein Junge standen vorne im Klassenzimmer und trugen Uniformen einer anderen Schule. Sie sahen sich ständig an und lachten. Sie flirteten miteinander. Ich konnte meinen Blick nicht von ihnen abwenden.

Die Unterrichtsstunde verging und sie standen einfach nur da und kicherten. Niemand sonst konnte sie sehen. Und nicht nur das, sie schienen auch uns nicht wahrzunehmen. Genau wie das unbekannte Mädchen, das ich an dem Tag, als Dad wegging, gesehen hatte.

Ich schaute aus dem Fenster. Der Himmel war blassblau. Er war ruhig und klar, und ich versuchte, diese Ruhe und Klarheit in meinen Kopf zu übertragen. Ich war nicht dabei, den Verstand zu verlieren. Es ging mir gut. Es handelte sich lediglich um einen ... kurzzeitigen Aussetzer.

Als ich mit dem Blau des Himmels im Kopf das Mädchen und den Jungen ansah, merkte ich, dass auch sie blau waren. Um sie herum und aus ihnen heraus leuchtete es, als ob in jedem von ihnen ein blaues Licht wäre. Ich hörte auf, an Blau zu denken, und es war nicht mehr da. Ich dachte an Blau und es kehrte zurück.

Oh Shit! Ich war dabei, durchzudrehen, und zwar in epischen Ausmaßen.

Ms Duke redete auf Französisch vor sich hin und die beiden standen nur einen Meter von ihr entfernt. Ich verbrachte eine Weile damit, sie in meinem Kopf von Blau zu Nichtblau wechseln zu lassen, bis sie sich gegenseitig ansahen, in (lautloses) Lachen ausbrachen und gemeinsam aus dem Klassenzimmer rannten.

Das passierte immer wieder. Angefangen hatte es mit dem neuen Mädchen in Physik, das sich plötzlich in Luft aufgelöst zu haben schien. Ich hatte Izzy bei Gelegenheit nach dem Mädchen gefragt, aber sie hatte mich nur verwirrt angesehen und keine Ahnung gehabt, wovon ich sprach.

»Da war keine Neue in Physik«, hatte sie gesagt und meinen Arm gestreichelt. »Aber du warst mies drauf, und Mira hatte eine andere Frisur, vielleicht lag es daran.«

Ich hatte genickt und so getan, als würde ich zustimmen, aber jetzt sah ich fast jeden Tag blaue Leute. Ich hatte sie gegenüber Izzy nicht mehr erwähnt.

Verrückt war kein nettes Wort, also versuchte ich im Stillen, es anders zu formulieren. Das musste der *Beginn einer psychischen Krise* sein. Aber man durfte alles über sich sagen, was man wollte, wenn man sich selbst diagnostizierte, also konnte ich auch *verrückt* sagen. Mich selbst zu beschimpfen, war wahrscheinlich Teil meines Zustands, also war das okay. Ich bin *verrückt*, dachte ich. Eine Verrückte. Verrückt, verrückt, verrückt, verrückt, verrückt. Ich stach meinen Stift immer wieder in mein Buch und genoss es auf bizarre Weise, bis ich merkte, dass die anderen mich beobachteten.

»Entschuldigung«, sagte ich zu Madame D. Ich spürte, wie ich knallrot wurde.

»*En français?*«, sagte sie mit einem breiten Lächeln, um zu zeigen, dass es ihr nichts ausmachte.

»*Je suis désolée.*«

Sie warf mir einen Blick zu, der mir signalisierte: *nach der Stunde?* Ms Duke hatte eine Zusatzausbildung als Vertrauenslehrerin absolviert, deshalb hatte sie sich im letzten Jahr um mich gekümmert. Jetzt musste sie darüber befinden, ob ich ins Heim gehen sollte, und es den Behörden melden, also musste ich wirklich darauf achten, im Unterricht weniger verrückt zu sein.

»Hallo, Ariel«, sagte sie (zum Glück nicht auf Französisch). »Also, was gibt's?«

Ich hatte viel mit ihr gesprochen, als Mum krank war, und es hatte tatsächlich geholfen.

Aber trotzdem …

»Mir geht's gut, alles bestens.«

»Du schienst heute Nachmittag meilenweit weg gewesen zu sein und einmal hast du richtig verzweifelt ausgesehen.«

Sie müsste eigentlich längst in Pension gehen, dachte ich. Hoffentlich hatte sie etwas Schönes für ihren Ruhestand geplant. Ich stellte mir vor, wie sie allein mit einer flauschigen Katze und vielleicht ein paar Geranien lebte.

»Tut mir leid.« Ich bemühte mich um ein beschwichtigendes Lächeln. »*Je suis désolée, Madame.* Mir geht es gut, Ehrenwort.«

Ich sah mich im Zimmer um. Alle anderen Schüler – echte

und blaue – waren bereits gegangen. Also konnte ich mich ein wenig entspannen.

»Ich weiß nicht, was das vorhin war«, gab ich zu. Ich setzte mich auf einen Schreibtisch und ließ die Beine baumeln. »Es hat mich einfach überrollt. Manchmal ist es ein bisschen beängstigend. Aber im Grunde geht es mir gut.«

Sie setzte sich ebenfalls auf ihren Schreibtisch und holte ein paar Werther's-Original-Sahnebonbons aus ihrer Handtasche. Das tat sie immer, es war so süß von ihr. Ich nahm ein Bonbon, als sie es mir anbot, und wickelte es aus.

»Dir und Sasha geht es also gut?«

»Uns geht es blendend«, nuschelte ich um das Bonbon herum. »Ich meine, es geht uns wirklich gut. Es hat sich nichts geändert, wirklich. Ich hatte nur einen kleinen Aussetzer.«

»Ich bin voller Bewunderung. Sieh mich doch einfach als Teil deines Unterstützernetzwerks an. Tagsüber eine ältere Französischlehrerin, danach Zuhörerin und Lieferantin von Süßigkeiten oder was immer du brauchst. Später am Tag. Oder früher. Egal wann. Geht es Sasha wirklich gut?«

»Ja.« Dabei musste ich lächeln. Sasha war regelrecht aufgeblüht, seit Dad weg war. »Es geht ihr wirklich gut. Sie arbeitet in dem Café im Park und es gefällt ihr dort. Dad sagte, sie sei ihm peinlich, weil sie so einen Job angenommen hat, aber jetzt ist er nicht mehr da und alles ist besser.«

»Das ist schön für sie.«

Ich liebte es, über meine Schwester zu sprechen, ich war so stolz auf sie. Unsere Beziehung war jetzt ganz anders. Wir bedeuteten einander alles.

»Sie studiert an der Open University Forensik und wird ein

Baby großziehen. Im Juni wird sie den Job im Café vorerst aufgeben und erst im nächsten Sommer wieder dort arbeiten. Wir haben Mums Lebensversicherung. Es geht uns wirklich gut.«

Ms Duke klopfte mir auf die Schulter – das Zeichen, dass ich gehen konnte.

Ich rannte los, um Izzy und die anderen einzuholen, und tat dann so, als hätte ich Ärger bekommen, weil ich in Französisch nicht aufgepasst hatte, kam mir aber richtig mies vor, als alle sagten, was für eine Bitch Ms Duke doch sei. Izzy schwieg, bis wir auf dem Weg in die Schulmensa waren. Dann blieb sie stehen und umarmte mich schnell. Ein Schwung wilder Haare in meinem Gesicht, ein Hauch von Victoria's-Secret-Bodyspray.

Ich sagte zu ihr: »Eigentlich hat sie sich nur um mich gesorgt.«

»Das dachte ich mir schon, sonst wäre ich bei dir geblieben.«

Izzy war klein und curvy und hatte das hübscheste Gesicht der Welt. Alle außer mir kannten sie als »wortkarg« (dabei kaute sie ständig Kaugummi, um tougher zu wirken, damit die Leute sie in Ruhe ließen), aber eigentlich war sie lustig und bissig und hatte einen schwarzen Humor und war die beste Freundin, die ich mir vorstellen konnte. Sie bleichte ihren Afro weißblond, ziemlich merkwürdig für jemanden, dem Aufmerksamkeit zuwider war, aber ich wusste, dass es ihr egal war, ob die Leute sie ansahen oder nicht. Sie wollte einfach sie selbst sein. Die anderen konnten sie anstarren, so viel sie wollten, aber sie allein würde entscheiden, ob sie mit ihnen reden wollte oder nicht.

»Trotzdem«, sagte sie, »was war da los? Du hast wie wild auf das Buch eingestochen. Brauchst du eine Auszeit? Ich kann Sash anrufen.«

Ich schüttelte den Kopf. »Ich habe schon so viel Unterricht verpasst, als Mum krank war. Es hat ewig gedauert, bis ich den Stoff aufgeholt habe, also will ich jetzt nichts mehr ausfallen lassen. Ich habe an Dad gedacht. Das ist alles. Ich habe für eine Minute vergessen, dass ich in der Schule bin. So ein Arsch. Dass er dachte, ich würde einfach mit ihm weggehen. Deshalb fühle ich mich irgendwie schuldig. So, als wäre ich seine Komplizin. Ich krieg es einfach nicht aus dem Kopf.«

Dabei gab mir die Tatsache, dass ich mich ihm widersetzt hatte, das Gefühl, mutig und großartig zu sein. Aber mein Kopf war voll von Menschen, die sich blau färbten, sobald ich an die Farbe dachte. Das nächste Mal würde ich eine andere Farbe ausprobieren. Ich überlegte, ob ich es Izzy sagen sollte. Ich öffnete schon den Mund, da fing sie an zu reden.

»Aber du bist nicht mitgegangen«, sagte sie. »Du hast dich gegen ihn gewehrt. Du bist hiergeblieben.«

Genau so war es gewesen. Ich lächelte. »Ja, stimmt«, sagte ich. »Das erste Mal überhaupt.«

Ich durfte jetzt offiziell bei Sasha wohnen bleiben. Als die Leute vom Sozialamt bei uns vorbeigekommen waren, hatten sie das sauberste und am besten organisierte Haus der Welt vorgefunden, dazu noch mich, wie ich über den Hausaufgaben saß, und Sasha (die nicht kochen konnte), wie sie in einem Topf mit Gemüsesuppe rührte, die wir aus ein paar Dosen zusammengeschüttet und mit ein paar Kräutern versehen hatten, damit sie hausgemacht roch.

Es war sehr gut gelaufen. Sie hatten viele Fragen gestellt und gesagt, ich könne bleiben.

Jetzt hatte ich Angst, dass mein Gehirn mich mit blauen

Menschen sabotierte. Ich hatte Angst, dass ich, wenn ich es jemandem erzählte, in einer psychiatrischen Klinik landen könnte, wie man sie aus Filmen kennt. Vielleicht brauchte ich tatsächlich ein paar starke Medikamente, denn es war einfach nicht normal, in der Schule blaue Menschen zu sehen, die nicht da waren. Es war ein beschissenes Jahr gewesen, und Stress ist für vieles verantwortlich, aber ich war mir sicher, dass das nicht der Grund war. Andererseits hatte es an dem Tag angefangen, an dem Dad nach Schottland abgereist war, also hing es natürlich damit zusammen. Ich hatte Sasha davon erzählt, aber sonst niemandem.

Ich lud mein Tablett voll mit einer Ofenkartoffel und Käse sowie einem Salat und einem gigantischen Cookie. Ich hatte Sasha versprechen müssen, mittags ordentlich zu essen, und ich aß gern. In der Cafeteria klapperte überall Besteck, und überall waren Menschen, die drängelten und schubsten. Ich bahnte mir einen Weg durch die Mitte, in der Gewissheit, dass mir ein Platz sicher sein würde. Ich war in der Elften, dem Abschlussjahrgang, aber schon in der siebten Klasse hatte ich keine Probleme gehabt, Anschluss zu finden. Ich war groß genug, klug genug, sportlich genug und hatte genug Freunde.

Ich hatte mich immer ein bisschen magisch beschenkt gefühlt: Ich hatte keine Akne, keine schrecklichen Regelblutungen und auch sonst nichts, was die Leute mit zwölf Jahren aus der Bahn wirft. Ich hatte eine wunderbare Mutter und schaffte es meistens, meinem unberechenbaren Vater aus dem Weg zu gehen. Ich hatte eine große Schwester, die mich für nervig hielt. Mein Weg war vorgezeichnet: Ich würde in den Prüfungen gut abschneiden, vier A-Levels machen und an der Universität Geschichte studieren. Danach würde ich zu Jura wechseln und Menschenrechtsanwältin werden. Ich dachte, dass mein größtes Problem darin bestehen würde, den Mut aufzubringen, meinem Vater zu sagen, dass ich keine Ärztin werden wollte, um dann mit den Folgen seiner Wut fertigwerden zu müssen.

Doch dann war mein schöner Plan total in die Hose gegangen.

Mum war krank geworden, und trotz positiven Denkens und gesunder Ernährung – trotz der verdammten Chemotherapie – war sie gestorben. Ich hatte mitansehen müssen, wie sie sich verändert hatte und was die Behandlungen mit ihrem Körper anrichteten (sie hatten sie mit Steroiden aufgebläht und dann bis zum Nichts geschrumpft). Sie hatte ihre Haare verloren und sich einen Schal um den Kopf gebunden, weil ihr die Energie für eine Perücke gefehlt hatte. »Es ist mir egal, ob die Leute mich anstarren«, hatte sie gesagt. »Na und? Sollen sie doch. Ich muss nicht dafür sorgen, dass fremde Leute sich besser fühlen.«

Sie hatte mir auch beigebracht, wie man ruhig bleibt. Sie hatte mir Atemübungen gezeigt und für uns einen magischen Ort im Weltraum geschaffen. »Denk an die Venus«, hatte sie gesagt. »Die Wolkengipfel der Venus. Ich habe es nachgeschlagen, es ist der beste Ort im Sonnensystem für Menschen, abgesehen von der Erde. Das klingt schön. Mach die Augen zu und stell dir vor, wir wären dort. Das mache ich immer, wenn es mir zu viel wird. Ich gehe auf die Venus.«

Aber selbst die Wolkengipfel der Venus hatten nicht genug Magie: Von dem Tag, an dem sie uns davon erzählt hatte, bis zu ihrem letzten Tag waren weniger als drei Monate vergangen. Fünfzehn Jahre lang hatte ich den 14. März erlebt, ohne zu wissen, dass dies der Tag sein würde, an dem meine Mutter starb. Fast ein Jahr später stach ich im Französischunterricht auf mein Buch ein, weil ich Dinge sah, die nicht da sein konnten.

Ich vermisste meine Mutter so sehr, dass ich noch nicht einmal über sie nachdenken konnte. Ich ertrug es nicht, mich zu erinnern, also zwang ich mich zu vergessen. Ich war wütend auf sie, weil sie krank geworden war und an dieser Krankheit gestorben war. Ich war auf eine Weise wütend, die keinen Sinn ergab, denn es war nicht ihre Schuld, dass sie Krebs bekommen hatte. Manchmal passieren Dinge, die absolut scheiße sind, und genauso war es auch bei ihr. Ich fühlte mich schrecklich, weil ich wütend war. Ich war ein paar Mal bei einem Therapeuten gewesen, den Sasha für uns aufgetan hatte, und er hatte mir Wege aus dieser Gedankenspirale aufgezeigt. Sie hatten mir geholfen. Nur jetzt nicht. Sie funktionierten nicht bei blauen Leuten, die ich überall in der Schule sah.

Izzy und ich saßen an unserem üblichen Tisch. Ich sah mich im Speisesaal um. Alle schienen echt zu sein.

»Hey, Ariel«, sagte Priya, die uns immer gegenübersaß, und stellte ein Tablett mit einem Salat, einer Cola light, einem Twix, einem Snickers und einem Schoko-Ei ab. »Wann kommt das Baby?«

Ich zog eine Show ab, indem ich beleidigt auf meinen Bauch schaute, was mir die gewünschten Lacher einbrachte. Auf diese Weise schaffte ich es in letzter Zeit durch den Schultag.

»Juli«, antwortete ich dann. »Nach den Prüfungen.«

»Wie rücksichtsvoll«, sagte Izzy.

»Bist du schon aufgeregt?«, fragte Priya. »Weil du Tante wirst?«

»Natürlich!«

»Es ist fantastisch«, sagte sie. »Das ist so total erwachsen, finde ich. Eine neue Generation und so.«

»Ja.«

Ich blickte auf, abgelenkt durch eine Bewegung links von mir. Da waren noch andere. Genauer gesagt zwei. Zwei Menschen, von denen ich wusste, dass sie nicht wirklich da waren. Ein Mädchen und ein Junge, die nebeneinander hergingen. Ich dachte an die Farbe Blau, und da war sie auch schon, brach förmlich aus den beiden heraus. Ich dachte an Grün, Rot, Violett, Gelb, aber keine von ihnen funktionierte. Nur Blau.

Ich versuchte, es mir irgendwie zu erklären ... Sie trugen eine andere Schuluniform. Sie waren nicht viktorianisch oder elisabethanisch oder so und sie trugen auch keine weißen Laken. Also waren es keine richtigen Spukgestalten, denn die kamen in der Regel aus der Vergangenheit. Waren sie aus der Zukunft? Oder aus einer anderen Gegenwart? Einem alternativen blauen Universum, in dem diese Schule eine hübschere Uniform hatte? Oder hatte ich mir das alles nur ausgedacht und sie aus einer Ecke meines seltsamen Gehirns hervorgezaubert?

Ich blickte über die Schulter. Auch da waren welche. Eine ganze Gruppe sogar, mit ihren Mittagessen auf den Tabletts. Sie kamen auf mich zu, und je näher sie kamen, desto langsamer wurden sie, bis rings um den Tisch nur noch Geister herumstanden. Der ganze Raum leuchtete blau. Entsetzt sah ich zu, wie sie ihre Tabletts auf den Tisch stellten. Ein Junge setzte sich auf Izzys Platz, sodass beide denselben Stuhl belegten. Izzy war gerade dabei, ihre Pizza zu essen, und bemerkte es gar nicht. Ein Mädchen setzte sich auf – besser gesagt *in* – Priya. Plötzlich spürte ich ein Kribbeln in mir und sah, wie ein rothaariger Junge auf meinen Platz sank.

Ich schob den Stuhl zurück und rannte davon.

6

Ich wache auf und schreie den Wecker an, dass er sich verpissen soll. Es ist das schlimmste Geräusch der Welt, abgesehen von dem Krachen, wenn dich ein Schlag gegen den Kopf trifft, genau an der Stelle, bei der du sofort tot bist. Ich schrecke hoch und bin hellwach. Ich hatte einen Albtraum. Ich kann mich noch an ziemlich viel erinnern und will die Details keine Sekunde länger in meinem Kopf haben. Ich setze mich auf. Klamotten auf dem Boden. Bücher auf dem Tisch. Halbdunkles Licht fällt durch die Vorhänge.

Der Frankreichtrip! Ich gähne und reibe mir die Augen. Heute beginnt die Reise. Ich muss in die Schule, was ungerecht ist, aber heute Abend steigen wir in den Bus und fahren nach Plymouth, nehmen die Nachtfähre nach Roscoff und morgen geht es nach Saint-Étienne.

Saint-Étienne – wie die Band.

Ich werde bei Enzo übernachten. Ich mag Enzo, aber ich will nicht nach Frankreich.

»Joe!« Das ist Dad.

»Bin schon wach!«

»Guter Junge.«

Ich ziehe meinen Morgenmantel über, denn ich habe nur eine Unterhose an, und Dad will uns immer kurz sehen, bevor er zur Arbeit geht. Ich beschließe, erst zu frühstücken und dann zu duschen und mich anzuziehen. Nach diesem Traum brauche ich Erdnussbuttertoast, um Kraft für alles andere zu haben. Und eine Tasse Tee mit zwei Stück Zucker.

Ich bin überhaupt nicht hungrig. Aber der Gedanke an Essen beruhigt mich.

Dad hat sich bereits für die Arbeit fertig gemacht, er trägt sein Polohemd mit dem Grashüpfer-Emblem. Er lacht, als ich gähnend die Treppe hinunterstolpere.

»Dornröschen!«, neckt er mich.

»Nächstes Mal will ich einen hübschen Prinzen«, sage ich mürrisch. »Keinen Albtraum.«

»Ach, Junge«, sagt er. »Albträume sind fies. Worum ging es denn?«

Ich bringe es nicht über mich, ihm davon zu erzählen, also sage ich nur: »Zombies.«

»Oh, tut mir leid, Joe«, sagt Gus, der inzwischen hinter mir aufgetaucht ist. »Das war kein Traum. Ich meine, sieh dich doch an! Dich hat tatsächlich ein Zombie in der Nacht heimgesucht. Er hat dein Gehirn gefressen.«

»Ich fresse gleich *dein* Gehirn.«

»Jungs!«, ermahnt uns Dad. »Hört auf damit. Ihr seid schlimmer als die kleinen Kinder. Heute wird kein Gehirn verspeist. Joe, ich bin um fünf Uhr zwanzig zu Hause, da ist noch genug Zeit, bevor wir dich um sieben wieder in die Schule bringen und uns verabschieden.«

»Okay.«

»Frankreichtrip!« Gus zeigt auf mich und sieht mich selbstgefällig an.

»Ich glaube nicht, dass ich mitfahre«, sage ich.

»Doch, das wirst du«, sagt Dad. Er drückt mir einen Kuss auf den Scheitel. »Bis dann, ihr Lieben.«

Und schon ist er weg.

»Darf ich eine Woche lang unter deinem Bett wohnen?«, frage ich Gus, als die Tür ins Schloss gefallen ist.

»Nö«, sagt er. »Du kannst zu Enzo gehen und *parler français.*«

»Du bist gemein.«

»Das wird gut, glaub mir«, sagt er. »Ich wünschte, ich könnte mitfahren.«

»Du könntest so tun, als wärst du ich.«

Er streckt die Arme aus und versucht einen Zombie-Walk. »Hallo«, sagt er monoton. »Ich heiße Joseph. *Je parle français tray bien. Je voudray des brains, s'il vous plaît.*«

Ich verdrehe die Augen. »Das soll eine Zombie-Stimme sein? Du machst einen Zombie-Walk mit Roboterstimme. Möchtest du Toast?«

Eigentlich müsste ich Hunger haben. Ich esse trotzdem was.

Ich stehe an der Ecke und warte auf Troy, der eigentlich sauer auf mich sein müsste. Mr Armstrong bietet mir seine alten Francs an, dann gehen Troy und ich zur Schule, und ich finde keine Worte, um ihm zu sagen, dass ich seinen Pokal gestohlen habe. Er ist aufgeregt wegen der Reise. Das sollte ich auch sein, aber ich fühle mich einfach nur grauenvoll. Troy spricht hervorragend Französisch und ich nur mittelmäßig, aber darum geht es nicht.

»Ich wünschte, wir würden nach Paris fahren«, sagt er.

»Also, wenn es Paris wäre, würde ich wirklich dortbleiben. Eiffelturm. Mona Lisa. Die Stadt der Liebe.«

»Würdest du dir eine französische Freundin suchen?«

»Na klar. Wir würden in einer Mansarde mit Blick auf den Fluss wohnen und ich würde meine künstlerische Ader entdecken und der neue Picasso werden oder so.«

»Ja«, sage ich. »Schade, dass wir nicht nach Paris fahren. Wir kommen daran vorbei, du könntest also aussteigen.«

Er nickt. »Könnte ich machen. Ich sage dem Fahrer, dass er anhalten soll, weil mir schlecht ist, und renne dann davon in mein neues Leben. Also, was ist los mit dir?«

Ich zittere. Ich sollte so tun, als ginge es mir gut, stattdessen sage ich: »Keine Ahnung.«

»Ach komm, das wird super«, sagt er. »Enzo klingt cool, oder?«

»Ja.«

»Mach dir keinen Kopf. Glaubst du, dass …« Er hält inne und sieht mich nervös an. »Ich meine, es ist schade, dass deine Mum nicht da ist, sonst ginge es dir besser, oder?«

Ich seufze. »Das ist so dumm von mir.«

»Ist es nicht«, sagt er. »Es ist einfach nur Pech. Schlechtes Timing, richtig?«

»Stimmt«, sage ich, aber ich weiß nicht genau, was er meint.

Ich sitze in der ersten Unterrichtsstunde und nehme das Foto heraus, das Enzo mir geschickt hat, als wir angefangen haben, uns zu schreiben. Er sieht wirklich nett aus. Ich bin mir ganz sicher, dass wir uns gut verstehen werden, wenn wir uns treffen.

Ich lese seinen Brief noch einmal. Die Worte verschwimmen mir vor den Augen.

Dort stehen falsche Dinge.

Lieber Joseph,

ich weiß, dass du diese Nachricht nicht lesen wirst. Aber ich möchte dir schreiben, um dir zu sagen, dass ich sehr traurig bin und mir Sorgen um dich mache. Ich hoffe, dass du bald gefunden wirst.
Bitte komm uns besuchen, wenn du wieder in Sicherheit bist.
Du bist immer in meinem Herzen. Ich schicke dir Blumen.
Enzo

Ich blinzle. Das ist falsch.

Ich konzentriere mich und lese erneut. Diesmal steht da:

Lieber Joseph,

vielen Dank für deinen Brief. Ich freue mich sehr, dass du mich besuchen kommst ...

Er sagt eigentlich genau das, was er sagen soll.

Ich schlage mir immer wieder frustriert an den Kopf, und als die anderen mich anstarren, stöhne ich übertrieben »Nein!« wie Homer Simpson. Enzo freut sich auf meinen Besuch, und wir werden all die Dinge unternehmen, die man in Saint-Étienne unternehmen kann. Offenbar gibt es dort einige gute

Museen. Keine Ahnung, warum ich dachte, in dem Brief stünde etwas anderes. Mein Herz klopft. Ich konnte es klar und deutlich lesen. Die Worte standen da. Direkt vor meinen Augen. Ich habe sie gesehen, sie waren so real wie alles andere. Realer als die meisten anderen Dinge. Und trotzdem waren sie nicht da.

Als der Unterricht zu Ende ist, bin ich ein Wrack. Ich werde das Gefühl nicht los, dass gleich etwas Schreckliches passieren wird. Ich kann nicht nach Hause gehen, also mache ich mich auf den Weg in die Stadt und zum Einkaufszentrum. Ich kaufe eine Cola und remple einen Mann an, der mich beschimpft. Ich schimpfe zurück und verziehe mich in meine geheime Kammer, um runterzukommen.

Ich sitze da und fühle mich beschissen. Da öffnet sich die Tür und alles wird dunkel.

7

Mit gesenktem Kopf eilte ich den Korridor entlang. Ich wollte nur noch raus aus der Schule und zu Sasha. Zu Hause hatte ich die blauen Leute noch nie gesehen, aber in der Schule lauerten sie an jeder Ecke. Ich wünschte, sie könnten mich sehen. Ich wünschte, ich könnte mit ihnen reden und herausfinden, was los ist. Morgen, dachte ich. Morgen werde ich es wieder versuchen. Ich werde mir einen aussuchen, der allein ist, ihm in die Augen sehen und ihn ansprechen.

Ich hatte schon oft daran gedacht, mir einen Tag freizunehmen, als eine Art Verschnaufpause. Aber es war das Abschlussjahr, und ich würde nur noch ein paar Monate an dieser Schule bleiben, also zwang ich mich dazu, wieder hinzugehen.

Mr Morrow kam vom anderen Ende des Korridors auf mich zu. Hastig zog ich meinen blöden Blazer an. Ohne Blazer auf den Fluren erwischt zu werden oder mit hochgezogenem Rock oder (was am kriminellsten war) mit den dämonischen »Markenturnschuhen« – das war ungefähr so, als würde man in der Welt da draußen dabei erwischt werden, wie man in einem gestohlenen Auto mit einer Tasche voller Kokain und Bargeld in die falsche Richtung über die Autobahn rast.

»Alles in Ordnung, Ariel?«, fragte er im Vorbeigehen. Zum Glück blieb er nicht stehen.

»Danke, alles bestens«, sagte ich. Izzy war bereits in ihrem Hockeykurs. Ich stöpselte meine Kopfhörer ein und machte mich auf den Heimweg. Früher hätte ich jetzt auch Hockey gespielt, aber ich habe mit allem aufgehört, als Mum krank wurde, denn warum sollte man einen dummen Ball mit einem Schläger über ein Spielfeld jagen, wenn die eigene Mutter vielleicht sterben wird? Dann ist sie gestorben, und natürlich habe ich nicht wieder angefangen, denn warum sollte man einem Ball mit einem Schläger hinterherjagen, wenn die Mutter tot ist? Ich hatte es geliebt, aber diese Liebe wurde ausgeknipst wie eine Badezimmerlampe, mit einem Pling.

Drei von ihnen standen zwischen mir und der Tür und unterhielten sich miteinander. Ich versuchte, nicht hinzusehen, tat es dann aber doch. Es waren ganz normale Teenager in ihren Schuluniformen. Ich dachte an *Blau*, und sofort hatten sie blaue Konturen. Es war, als hätten sie alle ein blaues Licht in sich, das nur aktiviert wurde, wenn ich an das entsprechende Wort dachte. Ich schloss die Augen und ging schnell mitten durch sie hindurch. Bildete ich mir das Kribbeln nur ein?

Ich wusste, dass es keine Einbildung war.

»Oh, Entschuldigung!« Es war ein Mädchen, ein echtes, vermutlich eine Siebtklässlerin, der Größe nach zu urteilen. Sie entschuldigte sich bei mir, weil ich mit geschlossenen Augen in sie hineingerannt war.

»Oh Gott, nein«, sagte ich. »Mir tut es leid. Ich habe nicht aufgepasst, wo ich hinlaufe.«

»Schon okay.« Sie huschte davon und winkte jemandem zu.

Ich setzte meinen Rucksack richtig auf, drehte die Lautstärke meines Handys hoch und ging so entschlossen wie möglich nach Hause, denn ich wusste genau, wenn ich nur einen Moment stehen bliebe, würde ich zusammenbrechen.

Sasha stand in der Küche. Ihr Blick wanderte von einem Kochbuch zu einer Ansammlung von Gemüse. Sie war schon immer ein Fan von Junkfood gewesen und hasste es bekanntermaßen, zu kochen; ich musste lachen, als ich sie so weit außerhalb ihrer Komfortzone sah. Es tat gut, zu lachen.

»Zeit für gesundes Essen«, sagte sie. »Das kann doch nicht so schwer sein, oder?«

»Stimmt.« Mir hatte Lebensmittelkunde schon immer gefallen, und obwohl ich das Fach in der Neunten abgewählt hatte, war ich überzeugt davon, mehr darüber zu wissen als sie. Ich stellte mich neben sie und spähte in das Buch. »Was machen wir?«

Sie schob es zu mir her. »Gemüse-Chili. Gut für das Baby.«

Ich biss mir auf die Lippe. Gemüse-Chili war eines von Mutters Gerichten gewesen. Sie hatte es oft gemacht, und obwohl wir gerne über die Pilze und den Pfeffer und das fehlende Fleisch meckerten, waren wir immer begeistert gewesen. Es hatte stets noch Berge von Cheddar-Käse obendrauf gegeben, der dann langsam geschmolzen war. Dazu saure Sahne und (wenn wir Glück hatten) Guacamole. Wenn es Mum gut gegangen war, hatte es das Chili mindestens einmal in der Woche gegeben.

Ich ärgerte mich über mich selbst, weil ich am liebsten schon wieder losgeheult hätte. Ich hatte unendlich viel um sie geweint, hatte Therapeuten gegenübergesessen, ohne Worte zu finden, hatte endlos mit Sasha und sogar mit Ms Duke gesprochen, und jetzt wussten wir beide, dass wir weiterleben mussten. Ich durfte nicht mehr hier herumsitzen und heulen.

Aber wem wollte ich etwas vormachen? Sasha legte ihre Arme um mich, und obwohl sie so viel kleiner war als ich, ließ ich es zu, dass sie mich einen Moment lang bemutterte. Dann klopfte ich ihr auf die Schulter, tätschelte das Baby und schaffte es, zu sagen:»Ja. Gemüse-Chili. Gute Idee. Vitamine.« Ich schob sie sanft beiseite, wischte mir mit dem Handrücken über die Augen und fing an, rote Zwiebeln zu hacken, da ich ja ohnehin schon weinte.

Wir hatten noch nicht über den Jahrestag gesprochen. Ich wusste nicht, wie wir ihn durchstehen sollten.

Später saßen wir nebeneinander auf dem Sofa, schauten eine Kochsendung und aßen schüsselweise Chili, das zwar nicht so gut war wie das von Mum, aber immerhin akzeptabel. Der Käse war geschmolzen, die Paprika war ein bisschen verbrannt, und es gab keine Guacamole, weil wir natürlich keine Avocado hatten. Aber es war das Beste, was wir seit Langem gegessen hatten. An den meisten Abenden gab es verschiedene Variationen von Toastbrot. Meistens mit Bohnen oder Erdnussbutter, und einer Banane oder einem Apfel obendrauf, damit was Gesundes dabei war.

»Meinst du«, sagte ich und beobachtete auf dem Bildschirm Männer, die sich Essen in den Mund schaufelten. »Meinst du, ich sollte einen Arzttermin vereinbaren? Ich sehe immer noch die …« Ich hielt inne. Ich wollte nicht *Geister* sagen. Es waren keine Geister.

»Die Halluzinationen?«, fragte Sasha. »Oh, arme Arry. Ja, vielleicht solltest du mal zum Arzt gehen. Warum denn nicht? Ich meine, die werden sagen, dass es der Stress ist, und so ist es wahrscheinlich, auch wenn das vielleicht herablassend klingt. Hast du das in deinen Therapiestunden nie erwähnt?«

»Damals war es noch nicht so. Es hat erst angefangen, als Dad weggegangen ist. Sasha, ich habe Angst. Was, wenn sie sagen, dass ich verrückt bin, und mich in ein ...«, ich griff zum dramatischsten Mittel, das mir einfiel, um meine Ängste in einen Witz zu verwandeln, »ein viktorianisches Irrenhaus schicken? Wo ich an ein Bett gekettet und mit Haferschleim gefüttert werde? Die Geister dort wären *wirklich* böse. Ich meine, das wären dann richtige Geister, oder? Bettlakengeister.«

»Kann gut sein«, räumte sie ein, »aber das Risiko musst du wohl eingehen.« Sie hielt inne und wurde wieder ernst. »Wenn du nichts Offizielles machen willst, kannst du immer noch mit deiner Französischlehrerin reden. Hey, fühl mal. Hier.«

Sie legte meine Hand auf ihren Bauch und ich wartete. Nach einer Weile konnte ich eine harte, kleine Beule fühlen, vielleicht einen Fuß.

»Hey, Baby«, sagte ich. »Hey, Neffe.«

Wir hatten unheimlich viel Zeit damit verbracht, den perfekten Namen für ihn zu finden. Sasha mochte die ausgefallenen Namen (ihre derzeitigen Favoriten waren Rafael und Gabriel). Sein zweiter Vorname sollte die männliche Version von Mums Namen, also von Anna sein, aber soweit wir es herausfinden konnten, wäre das Alan oder Andrew gewesen, und beide hatten Sasha nicht gefallen. »Sie klingen überhaupt nicht wie Mum«, hatte sie gesagt, und so durfte ich nun den zweiten Vornamen aussuchen, vorausgesetzt, Sasha stimmte zu, denn Jai drehte im Moment zu sehr am Rad, um mitreden zu dürfen. Ich hatte schon stundenlang über Jungennamen nachgedacht, aber immer noch keinen gefunden, der genau richtig war.

Das Baby trat mich, und für einen Moment waren alle schlechten Gefühle verschwunden. Ich kuschelte mich an meine Schwester. Früher waren wir nie Freundinnen gewesen. Jetzt war sie alles für mich.

Am Montag fühlte ich mich stark, aber sobald ich das Haus verlassen hatte, fing das Gedankenkarussell wieder an. Ich stand bei stürmischem Sonnenschein am Strand und schaute aufs Meer hinaus. Ich atmete die salzige, bratfettgeschwängerte Luft in tiefen Zügen ein, bis ich bereit war, mich der Schule zu stellen. Manchmal fühlte ich mich so anders. Anders als alle anderen, anders als ich selbst.

Als ich mit Verspätung ankam, waren selbst die letzten Trödler schon auf dem Weg ins Klassenzimmer. Ich ging langsam, machte meine Atemübungen und hörte in meinem Kopf die Stimme meiner Mutter, die von den Wolkengipfeln der Venus sprach. Ich hatte ein gemütliches Wochenende mit Sasha verbracht. Ich hatte das Meer gesehen. Ich würde es schaffen.

In drei Tagen war Mums Jahrestag. Ich war nun schon ein Jahr lang mutterlos.

Ich fuhr mir mit den Fingern durch die Haare, bog um die Ecke und blieb stehen.

Der Korridor war leer, weil alle außer mir schon im Unterricht waren. Nein, er war nicht leer. Er war überfüllt.

In der Schule wimmelte es von Halluzinationen oder Geistern oder was auch immer sie waren. Sie trugen andere Uniformen, ignorierten mich und machten mit ihrem Leben weiter. Ich versuchte, nicht an die Farbe Blau zu denken, tat dann genau das, woraufhin alle anfingen zu leuchten.

Ich hatte noch nie so viele auf einmal gesehen. Ich zwang mich, genau hinzuschauen, solange ich die Gelegenheit dazu hatte. Ich sah, dass ihre Sweatshirts weinrot waren und dass sie Turnschuhe tragen durften, sogar Markenschuhe.

Ich beobachtete zwei Mädchen, die sich unterhielten. Sie waren keine schwebenden Geister oder so; wenn man das Blau herausfilterte, waren es einfach Mädchen. Ich sah auch zwei Jungen, die beieinanderstanden. Der eine suchte in seiner Tasche nach etwas. Und da war ein großes Mädchen, das allein eine Tüte Chips aß und an der Wand lehnte.

Sie alle schienen nicht aus der Vergangenheit zu kommen. Aber wenn sie aus der Zukunft stammten, waren sie nicht die üblichen Geister.

Wenn hier also jemand ein Geist war, dann ich.

Spukte ich bei diesen Menschen? War *ich* ein Geist?

»Ariel?«

Das war Ms Duke, natürlich. Sie stand hinter mir.

»Entschuldigung«, sagte ich. »Ich bin ein bisschen spät dran.«

»Alles in Ordnung, Ariel?« Sie warf mir einen prüfenden Blick zu. »Du siehst nicht gerade glücklich aus, wenn ich das sagen darf.«

»Mir geht's gut. Ehrlich.«

Ich hatte mich wirklich sehr bemüht, diese Worte wahr werden zu lassen. Ich wollte, dass es mir gut ging. Ich ertrug es nicht, von irgendwelchen blauen Leuten, die es eigentlich gar nicht gab, daran gehindert zu werden.

Noch schlimmer wäre allerdings, wenn ich diejenige wäre, die es nicht gab. War es denkbar, dass ich tot war? Eher nicht. Wenn ich tot wäre, dann wäre ich bei Mum. Oder sie wäre hier bei mir.

Ms D. sah mich an. Ich stellte mir vor, wie es wohl wäre, ihr die Wahrheit zu sagen. Sie könnte mir helfen. Sie war eine der wenigen Personen, denen ich einigermaßen vertraute. Sie wartete darauf, dass ich noch etwas sagte.

Ich blickte zurück zu den Geistern. Sie waren noch da, liefen herum und unterhielten sich miteinander, aber ich konnte nichts hören. Sie waren wie Menschen im Fernsehen, wenn der Apparat auf stumm gestellt war. Ich sah eine Sendung, die in einer Schule spielte, auf einem Fernseher mit seltsamer Farbeinstellung und einer Handlung in 3-D, deren Setting meine echte Schule war.

Ms Duke sah das alles offenkundig nicht.

»Mir geht es gut«, sagte ich, diesmal mit mehr Enthusiasmus. »Wir haben das ganze Wochenende über gesund gegessen und ein bisschen was im Haushalt gemacht.«

»Wie schön! Ich wünschte, ich könnte das auch von mir behaupten«, sagte Ms D. Sie trug ihr langes graues Haar in einem Dutt und sah ein bisschen so aus wie meine Mum, wenn sie die Chance gehabt hätte, alt zu werden. Obwohl, aus der Nähe betrachtet, sah sie gar nicht so alt aus. Sie hatte nur darauf verzichtet, ihre ergrauenden Haare zu färben. Wenn man dem Schul-Gossip Glauben schenkte, war sie fünf Mal verheiratet gewesen, obwohl ich mir das kaum vorstellen konnte.

Sie klopfte mir auf die Schulter. Mein Blick war auf den Korridor gerichtet. Ich musste da entlang, um zu meinem Klassenzimmer zu gelangen, aber ich glaubte nicht, dass ich das schaffen würde. Wie sollte ich mir einen Weg mitten durch eine Ansammlung von Fernsehgeistern aus der Zukunft bahnen?

»Würden Sie ...?«, begann ich und verstummte sofort wieder. Ich holte tief Luft. »Das hört sich jetzt wirklich blöd an, aber würden Sie mit mir bis zu meinem Klassenzimmer gehen? In G6? Nur bis zur Tür?«

»Natürlich! Mach dir keine Sorgen, weil du zu spät kommst. Mr Patel wird dir schon nicht den Kopf abreißen.«

»Ich weiß, aber trotzdem.«

Ich ließ sie ein Stück vorausgehen und blickte stur auf ihren Rücken. Jedes Mal, wenn ich durch einen Geist hindurchging, spürte ich einen kalten Luftzug. Ich starrte Ms Duke an. Sie trug normale Lehrerkleidung: rote Jacke, schwarzer Rock, weiße Bluse. Ihre Schuhe klapperten bei jedem Schritt. Sie war älter, als Mum jemals sein würde.

Ich hatte es so satt, immer tapfer sein zu müssen.

Sie stieß die Tür auf, ließ mich eintreten und rief quer durch den Raum: »Tut mir leid, dass Ariel zu spät kommt, Mr Patel! Meine Schuld!«, dann winkte sie mir zu und stöckelte davon.

Ich trottete zu meinem Platz und setzte mich neben Izzy.

»Alles in Ordnung?«, fragte ich.

»Und bei dir?«, sagte Izzy.

»Ja.«

»Alles klar mit Ms D.?«

»Sicher. Sie wollte nur, du weißt schon – *Ist alles in Ordnung mit dir, Ariel? Wir sind immer für dich da.*« Ich versuchte, einen spöttischen Ton anzuschlagen, aber meine Stimme versagte. Izzy legte ihren Arm um mich und zog mich zu sich heran, wie sie es immer tat.

Ein Jahr. Ein Jahr ohne Mum.

Als die Musik einsetzte, verstummten alle. Mr Patel wollte als *cooler Typ* gelten und beschallte uns daher morgens mit einem seiner Lieblingssongs in voller Lautstärke. Heute war es, wie so oft, »Smells Like Teen Spirit«, was bei den meisten in der Klasse gut ankam, denn es wurde viel Luftgitarre und Schlagzeug gespielt. Der Song dauerte vier Minuten, und es war schön, sich für eine Weile darin verlieren zu können. Izzy und ich sangen beide mit. Ein Gespräch war unmöglich, solange die Musik so laut war. Das verschaffte mir die Zeit, mich zu fassen.

Nach der ersten Stunde machten Izzy und ich uns auf den Weg zum Geschichtsunterricht. Im Gang wimmelte es von echten Schülern und auch sonst war alles unauffällig. Der Tag wurde wieder normal, oder so normal, wie ein Tag sein kann, an dem man sich vor allem der Tatsache bewusst ist, dass so ziemlich alle anderen eine Mutter haben und man selbst nicht, und dass man alles dafür geben würde, sie wiederzuhaben. Und dass sie schon fast ein ganzes Jahr weg ist und man sie nie wieder sehen wird.

Ich dachte, ich könnte nach der Schule in den Garten der Erinnerung gehen, um mit ihr über die Halluzinationen zu sprechen. Das Problem war nur, dass ich diesen Ort hasste. Das war ein Dilemma, mit dem ich mich oft konfrontiert sah: Im Garten gab es eine Gedenktafel, auf der ANNA BROWN und ihre Lebensdaten standen. Es war der einzige Ort, an dem ich das Gefühl hatte, »meine Mum zu besuchen«.

Aber er lag direkt neben dem Krematorium, und dort fand immer, absolut immer eine Beerdigung statt. Die Leute standen herum und trugen Schwarz, und das erinnerte mich daran, dass jeder stirbt und dass es ständig passiert. Alle anderen Orte waren von den Dingen, die sich seither ereignet hatten, überschrieben worden. Nirgendwo sonst war Mum so unverfälscht präsent.

Als ich an diesem Tag nach Hause ging, sah ich einen Jungen auf dem gepflasterten Teil des Spielplatzes. Er war groß, hatte zerzauste rote Haare und trieb sich dort ganz allein herum. Er sah verzweifelt aus, und die Art, wie er sich bewegte, sein ruckartiger Gang, seine verkrampfte, kummervolle Haltung, sprachen etwas in mir an. Ich war inzwischen zu der Überzeugung gelangt, dass man, wenn man wirkliche Trauer, wirklichen Verlust erlebt hatte, dies auch in anderen Menschen erkennt, und genau das sah ich bei ihm.

Er war nicht in meiner Jahrgangsstufe, aber es war eine große Schule und ich kannte nicht jeden. Vielleicht war er in der Zehnten.

Als ich auf ihn zuging, sah ich, wie er einen Stein aufhob. Es lagen oft kalkhaltige Kieselsteine herum, mit denen man schreiben konnte. Vor allem Jungs benutzten sie, um Schwänze auf den Asphalt zu malen. Ich beobachtete ihn, wie er etwas an die Mauer schrieb. Er attackierte sie geradezu, und ich ging schneller, weil ich sehen wollte, was er da machte.

Als ich dort ankam, sah ich, dass er nicht unsere Schuluniform trug. Er hatte ein weinrotes Sweatshirt an. Er war einer von ihnen. Ein Schauer überlief mich. Im nächsten Moment war der Junge verschwunden, so, als hätte man den Fernseher ausgeschaltet.

Ich las die Buchstaben an der Wand, denn sie waren noch da, auch wenn der Junge sich in Luft aufgelöst zu haben schien. Dort stand einfach:

HILFE!

8

Ich erwache aus einem Albtraum. Jemand hat mir auf den Kopf geschlagen, bis ich tot war.

Ich werde heute nach Frankreich fahren, habe aber keine Lust dazu. Ich schlage mich durch den Tag, fühle mich von Minute zu Minute schlechter, versuche aber, so zu tun, als wäre es mir scheißegal, und statt nach Hause zu gehen, gehe ich ins Einkaufszentrum.

Ich kaufe eine Erdbeermilch, und ein Mann beschimpft mich, weil ich ihn angerempelt habe. Ich ertappe mich dabei, wie ich ihn anschreie. Ich gehe in meine geheime Kammer, lasse die Maske fallen und breche zusammen.

Ich weiß nicht, was los ist, aber ich bin mir sicher, dass etwas ganz und gar nicht stimmt. Ich fürchte mich schon viel zu lange vor der Reise. Ich fürchte mich und fürchte mich und fürchte mich, aber sie findet nie statt. Eigentlich müsste ich schon längst in Frankreich sein. Das alles ergibt überhaupt keinen Sinn.

Mir ist kalt. Ich wickle mich in die rosa Decke und schlinge die Arme um meine Knie. Ich versuche, nicht zu weinen. Ich habe auch gar keinen Grund dazu. Dad ist großartig. Und ich habe Gus. Mum gehört zu den Menschen, die von Yoga besessen sind, und anscheinend kann sie es hier nicht machen, also muss sie erst einmal weit fort von hier. Damit kann ich gut leben. Sie ist nicht gegangen, weil sie mich gehasst hat. Oder?

Ich lehne den Kopf an die Wand und wünschte, ich wüsste, wie ich alles besser machen könnte.

Die Tür geht auf. Ich hebe ruckartig den Kopf und schnappe nach Luft.

Es ist ein Mädchen. Sie hat dichtes, dunkles Haar und ist groß und hübsch. Wir sehen uns an. Ich dürfte gar nicht hier sein. Im Gegensatz zu ihr: Die Kammer ist eindeutig für das Personal reserviert, und ich vermute, sie arbeitet bei H&M.

Sie sieht irgendwie verängstigt aus. Fürchtet sie sich etwa vor mir? Ich schätze, kein Mädchen möchte einen kleinen, abgelegenen Raum betreten und dort einen etwas seltsamen, verrückt aussehenden Typen vorfinden.

»Oh Gott«, sagt sie. »Entschuldigung. Ich darf hier wahrscheinlich gar nicht rein. Ich dachte nur ...«

»Schon in Ordnung. Ich dürfte eigentlich auch nicht hier sein.«

»Oh! Arbeitest du nicht in einem der Läden?«

»Nö. Ich bin nur hier, um meine Ruhe zu haben.«

»Ich auch.«

Wir sehen uns an und alles wird ein wenig besser. Ich nicke ihr zu, damit sie bleibt und sich hinsetzt. Sie hat etwas an sich. Ich möchte mit ihr reden.

»Ich bin Joe«, sage ich und deute auf den kleinen Raum. »Willkommen im Palast.«

»Ich bin Ariel.«

»Wie die kleine Meerjungfrau?«

»Ja, genau«, sagt sie mit einem Seufzer. »Das musste ja kommen.«

»Sorry. Wenigstens habe ich nicht Waschpulver gesagt.«

Sie schenkt mir die Andeutung eines Lächelns. »Mit Waschpulver hat mich noch niemand verglichen. Ich war irgendwann im Supermarkt und da ist es mir zum ersten Mal aufgefallen. Ich muss sagen, ich war schockiert. Den eigenen Namen auf einem Waschmittel zu sehen. Stell dir vor, es gäbe ein Waschmittel, das Joe heißt.«

»Ja«, sage ich. »Ich würde es wahrscheinlich kaufen.«

Sie grinst und setzt sich an das andere Ende der kleinen Bank. Wir sind nah beieinander, aber weit genug weg, um uns nicht zu berühren. Sie streicht mit einer Fingerspitze über eine Stelle an der Wand.

»Das habe ich geschrieben«, sagt sie. »Mein allererster Akt von Vandalismus.«

Ich kann nicht sehen, was sie geschrieben hat, aber ich tue so, als könnte ich es, und lächle.

»Es geht um meinen Vater«, fährt sie fort. »Ich hasse ihn. Ich habe das geschrieben, damit er es weiß, auch wenn er Hunderte von Meilen weit weg ist. Ich dachte mir, vielleicht spürt er es, durch die Atmosphäre oder so. Ich glaube, ich bin ein- oder zweimal mit ihm hier gewesen, als ich noch klein war.«

»Ich hoffe, er hat es gespürt«, sage ich. Was auch immer er getan hat, wenn sie ihn hasst, schließe ich mich gerne an.

»Warum bist du hier?«, fragt sie.

Ich seufze. »Ich fahre heute Abend auf Klassenfahrt nach Frankreich. Das macht mich nervös. Bei einer wildfremden französischen Familie wohnen? Schon irre, oder? Ich bin hergekommen, um mich wieder einzukriegen.«

Sie lächelt. »Frankreich, echt? Cool.«

»Ja, cool. Ich bin nur ein bisschen ...« Ich weiß nicht, was ich sagen soll. Früher habe ich so etwas gewusst.

»Meine Mum ist vor fast genau einem Jahr gestorben«, sagt sie zu meiner Überraschung. »Ich bin hergekommen, um mit ihr zu reden. Ich mag nicht in den Garten der Erinnerung, weil dort ständig Leute beerdigt werden. Mir fällt kein anderer Ort mehr ein, an dem ich das Gefühl habe, in Ruhe mit Mum reden zu können. Also bin ich hierher zurückgekommen.«

»Oh Shit«, sage ich. »Tut mir leid. Ich lass dich allein.« Ich will aufstehen, aber sie wedelt mit der Hand und bedeutet mir, sitzen zu bleiben. Fast hätte sie mich berührt. Wir sehen uns an. Ich sollte nicht daran denken, wie hübsch sie ist, wenn sie gerade von ihrer toten Mutter spricht.

»Nein«, sagt sie. »Schon in Ordnung. Es ist schön, jemand Neues kennenzulernen. Ich meine, ich weiß, dass ich nicht wirklich ein Gespräch mit meiner Mutter führen werde, denn sie ist tot. Ich wollte einfach mal weit weg von allem sein. Ich bin froh, dass ich zusammen mit dir weit weg von allem sein kann.«

Mein Magen macht einen Hüpfer. Sie will hier bei mir sein.

»Es tut mir wirklich leid«, sage ich. »Meine Mum ist nach Indien gegangen, um einen Yogakurs zu machen. Sie wollte schon immer dort leben. Sie ist jetzt schon eine Ewigkeit weg, und ich glaube nicht, dass sie jemals wieder zurückkommt. Ich vermisse sie. Aber das ist eine Million Mal besser als bei dir. Kein Vergleich.«

Halt die Klappe, Joe. Musst du wirklich die Tragödie dieses Mädchens sofort auf dich beziehen?

Sie hebt den Kopf. Ihre Augen sind groß und sehr dunkelbraun. Wieder schauen wir uns auf eine ganz seltsame Art an, und das ziemlich lange. Irgendetwas in mir taut ein bisschen auf.

»Das ist okay«, sagt sie. »Kein Wunder, dass du dich beschissen fühlst. In einem Punkt habe ich es besser getroffen: Mum wollte uns nicht verlassen. Sie wäre nie weggegangen. Niemals. Und das macht es in gewisser Weise leichter. Hast du einen Vater?«

Ich grinse. »Ja. Dad ist cool. Er hat früher unter anderem mal als Clown gearbeitet. Jetzt leitet er einen Kindergarten. Er hält die Kleinen mit seinen Jonglierkünsten bei Laune.«

»Das ist super!«, sagt sie. »In welchem Kindergarten arbeitet er denn? Mit so was muss ich mich bald beschäftigen.« Sie bemerkt meinen Gesichtsausdruck. »Ich bin nicht schwanger«, sagt sie lachend. »Meine Schwester.«

Ich erzähle ihr vom Grashüpfer-Garten, und wir reden noch eine Weile über das Baby ihrer Schwester, dann macht es in ihrer Tasche *Pling!* Sie schaut nach und sagt: »Oh, ich muss los. Ich bin froh, dass du hier warst. Das hat mir richtig gute Laune gemacht.«

»Mir auch«, sage ich. »Vielleicht sehen wir uns hier wieder?«

Sie winkt mir schnell noch zu. »Das hoffe ich«, sagt sie. »Viel Spaß in Frankreich!«

Ich möchte sie zurückrufen. Ich will weiter mit ihr reden. Sie ist die einzige Person seit Langem, bei der ich mich wie ich selbst fühle. Ich will sie nach ihrer Nummer fragen, aber sie ist schon weg. Ich gehe hinüber zur Wand, um zu sehen, was sie über ihren Vater geschrieben hat, aber da ist nur ein Smiley, was keinen Sinn ergibt, es sei denn, es hat eine tiefere Bedeutung, die ich nicht verstehe.

Ich zeichne es trotzdem mit der Fingerspitze nach. Es sind nur zwei Augen und ein Mund, aber Ariel hat sie gemalt, und sie ist die einzige Person, die ich hier drin je getroffen habe. Ich möchte sie wirklich, wirklich gerne wiedersehen.

9

Ich ging mit federnden Schritten davon und lächelte jeden an, der mir über den Weg lief. Ich hatte einen Jungen kennengelernt und mochte ihn. Das war nicht mehr passiert, seit Mum krank geworden war. Ich hatte einen Jungen kennengelernt. Ich mochte ihn. Mochte er mich auch? Ich hatte nicht das Gefühl, dass er mich *nicht* mochte. Das war immerhin ein Anfang. Mit Jungs kannte ich mich nicht gut aus, daher hatte ich keine Antwort auf diese Fragen.

Trotzdem musste ich zum ersten Mal seit über einem Jahr unwillkürlich lächeln. *War das okay?*„ fragte ich Mum in Gedanken. *Ist es okay, wenn ich mich ein bisschen glücklich fühle?*

Ich lächelte noch breiter und stellte mir Mums Entzücken vor.

Ich habe einen Jungen kennengelernt, Mum, flüsterte ich, als ich aus dem Einkaufszentrum hinaus in den scharfen Wind trat, der vom Meer herüberwehte. Ich blieb stehen und wartete. Obwohl sie mir nicht antwortete (sosehr ich mich auch bemühte, ich konnte ihre Stimme nicht heraufbeschwören), hatte ich das Gefühl, selbst durch den beißenden Wind hindurch ihr warmes Freudestrahlen zu spüren. Ich versuchte mir vorzustellen, wie es gewesen wäre, Joe mit nach Hause zu bringen.

»Mum, das ist Joe«, hätte ich gesagt. »Mein Freund.« (Okay, das war vielleicht ein kleines bisschen voreilig.)

»Schön, dich kennenzulernen, Joe!«, hätte Mum geantwortet, und Joe hätte von seiner Woche in Frankreich erzählt, während Mum immer die richtigen Fragen gestellt hätte. »Wie schade, dass du nicht die Gelegenheit hattest, so etwas zu machen, Ariel«, hätte sie gesagt. »Was für ein Abenteuer!« Mum hätte sich gefreut, dass ich Joe kennengelernt hatte. Da war ich mir sicher.

Ich beschleunigte meine Schritte. Dabei kannte ich ihn eigentlich gar nicht. Wir hatten jeweils am anderen Ende der Bank gesessen, aber es war eine sehr kleine Bank, daher waren wir uns trotzdem ziemlich nahe gekommen, und ich war mir sicher, dass da etwas zwischen uns gewesen war. Abgesehen davon war er, ganz objektiv betrachtet, einfach supersüß.

Ich versuchte, mir die Szene, die ich mir gerade ausgemalt hatte, noch einmal vorzustellen, jetzt mit Sasha an Mums Stelle. Das könnte funktionieren und im Unterschied zum vorherigen Szenario sogar tatsächlich stattfinden.

Ich war neidisch, dass er nach Frankreich reisen durfte. Auf welche Schule er ging, wusste ich nicht. Er hatte einen blauen Kapuzenpulli über seine Schuluniform gezogen, und ich hatte nicht daran gedacht, ihn zu fragen. Unsere Schule bot jedenfalls keinen Frankreichaustausch an.

Ich hätte mir seine Nummer geben lassen sollen. Ich würde also immer wieder in der kleinen Kammer im Einkaufszentrum herumhängen müssen, in der Hoffnung, ihn zu treffen, sobald er aus Frankreich zurück war. Der Gedanke zauberte erneut ein Lächeln auf mein Gesicht.

Sasha saß auf dem Boden, gegen das Sofa gelehnt und mit ausgestreckten Beinen, und sah sich eine Netflix-Doku über Streetfood in Bangkok an. Ihr wirres dunkelblondes Haar umspielte ihr Gesicht.

»Hier, bitte sehr.« Ich stellte die Einkäufe ab.

Sie hatte mir geschrieben, ich solle auf dem Heimweg Pot Noodles besorgen, und wider besseres Wissen hatte ich es getan und mir vorgestellt, auch für Joe eine Portion in den Korb zu legen. Ich mochte Pot Noodles, aber wir aßen sie so gut wie nie, wegen des Verpackungsmülls und des schlechten Nährwerts und so weiter. Meine Mutter hatte sie gehasst.

»Na, Sasha?«, sagte ich und verstand plötzlich. »Hat dir das leckere thailändische Essen im Fernsehen Lust auf Pot Noodles gemacht? Das ist ja fast schon tragisch.«

Sie sah auf. »Gar nicht. Es ist schlau, denn es kürzt die ganze Sache mit dem Kochen ab. Es ist das Naheliegendste, was mir einfällt, ohne dass ich mich für mein Essen anstrengen muss. Das reicht doch als Grund, oder?«

»Ich hätte richtige Nudeln gekauft. Und noch ein paar Sachen dazu. Dann hätten wir es so machen können wie sie.« Ich zeigte auf den Bildschirm, wo eine Frau in einer Straße in Bangkok Nudeln auf einem Grill brutzelte.

»Alles gut«, sagte Sasha. »Mach schon mal das Wasser warm.«

Ich zuckte mit den Schultern und schaltete den Wasserkocher ein. Ich nahm mir allerdings vor, eine bessere Schwester und Tante zu sein. Während das Wasser heiß wurde, setzte ich mich an den Tisch und schrieb die Wochentage auf die Rückseite eines Umschlags vom Finanzamt. Dann versuchte ich, mir sieben verschiedene Gerichte auszudenken, was erstaunlich schwierig war.

Richtige Nudeln
Pasta
Pizza
Chili

Ich starrte auf das Blatt.

»Fallen dir drei Dinge ein, die andere Leute so essen?«, fragte ich. »Außer Nudeln, Pasta, Pizza oder Chili?«

Sasha schüttelte den Kopf, ohne den Blick vom Bildschirm abzuwenden. »Ich glaube nicht, dass die Leute noch etwas anderes essen«, sagte sie. »Das ist alles, was es gibt.« Dann, nach ein paar Sekunden, sagte sie: »Curry.«

»Ja genau.« Ich fügte *Curry* hinzu.

»Pommes?«

»Nö. Ich mache hier einen gesunden Speiseplan.«

»Salat? Lasagne?«

»Salat ist kein Abendessen. Lasagne gehört zu Pasta.«

»Okay, Miss Pingelig.«

Nach ausgiebigem Googeln füllte ich die leeren Plätze mit Wurst und Kartoffelbrei und einem Fisch, der besonders gut für Babys sein sollte. Ich war zufrieden mit mir. Es hatte so lange gedauert, dass ich das Wasser für die Pot Noodles erneut zum Kochen bringen musste. Ich klemmte die Liste mit einem Cartoon-Magneten an den Kühlschrank, und während die Pot Noodles durch die Wärme aufquollen oder was auch immer sie da taten, erstellte ich eine Einkaufsliste.

Das Treffen mit Joe hatte etwas in mir ausgelöst. Er brachte mich dazu, mich von meiner besten Seite zeigen zu wollen. Bisher hatte ich in den Tag hineingelebt und Sasha geglaubt, dass meine einzige Aufgabe darin bestand, die Prüfungen zu bestehen, aber in Wirklichkeit musste ich noch mehr tun. Sie kümmerte sich um mich, und ich wollte mich auch um sie kümmern – und zwar richtig.

Morgen würde Joe bereits in Frankreich sein, aber ich nahm mir trotzdem vor, in den kleinen Raum zurückzukehren und etwas Schöneres an die Wand zu schreiben, damit er es sehen konnte, wenn er zurückkam. Meine Telefonnummer konnte ich natürlich nicht hinkritzeln, aber ich würde mir etwas einfallen lassen. Vielleicht würde ich es sogar auf Französisch schreiben. Das wäre ziemlich flirty – und so ganz anders, als ich sonst bin.

Dann würden wir uns vielleicht tatsächlich dort wiedersehen. Ich hoffte es.

10

Ich schrecke aus einem Traum hoch und aus irgendeinem Grund will ich mich ganz dringend an ihn erinnern. Es kommt mir vor wie das Wichtigste auf der Welt. Neben dem Bett liegt ein Schulbuch, also krame ich in meinem Mäppchen nach einem Stift und kritzle schlaftrunken auf die Rückseite des Buchs. Den Stift in der Hand und die Augen noch halb geschlossen, sehe ich mir an, was ich geschrieben habe:

Kopf verletzt. Frankreichfahrt? Mädchen im Schrank.

Ooookayyyyy. Noch verworrener als erwartet. Ja, heute ist der Abreisetag, und mir graut davor, aber wenn mein Traum eine Mischung aus Kopfschmerzen, der Tatsache, dass ich nicht nach Frankreich will, und einem Mädchen in einem Schrank war, dann ist er wohl doch nicht so lebensverändernd, wie es sich eben noch angefühlt hat.

Ich fasse mir an den Kopf, nur um sicherzugehen. Er tut überhaupt nicht weh.

Was für ein Schwachkopf schreibt einen Traum auf sein Mathebuch? Wie blöd muss man sein? Meine blauen Vorhänge sind halb zugezogen, ich ziehe sie auf und schaue dann in meinem Schrank nach, nur für den Fall, dass da ein Mädchen drin ist. Natürlich ist da keins. Es gibt kein Mädchen in meinem Leben. Und auch keinen Jungen. Nicht dass es in dieser Hinsicht keine Leute von Interesse gegeben hätte. Ich war hoffnungslos in Jemima verknallt, aber sie hielt mich für einen Idioten, außerdem war sie in der Klasse über mir und wollte sich nicht nach unten orientieren.

Und dann war da noch Marco. Ich schüttle den Kopf und jage den Gedanken fort.

Ich bin noch vor Dad unten und beschließe, ihm eine Tasse Tee und Toast zu machen, zum allerersten Mal. Er strahlt, als er es sieht, und zuckt zusammen, als er einen Schluck nimmt. Er würgt den Tee trotzdem hinunter, dann macht er sich eine zweite Tasse und trinkt sie deutlich zufriedener, während er den Toast isst. Wenigstens da habe ich alles richtig gemacht.

»Nimm dir was«, sagt er und schiebt mir eine halbe Scheibe mit Marmelade zu. Ich bin zwar überhaupt nicht hungrig, aber ich esse sie trotzdem.

»Ich hab dich lieb, Dad«, sage ich, bevor er zur Arbeit geht. Ich wollte es nicht sagen: Die Worte sind aus mir herausgesprudelt, bevor ich sie stoppen konnte. Ich bin mir nicht sicher, ob ich schon jemals so etwas zu ihm gesagt habe. Ich hätte es für kindisch und lahm gehalten. Aber heute haben sich die Worte einfach verselbstständigt.

Dad wirkt überrascht. Ich sehe ihm an, dass er darauf wartet, dass ich ein »nicht« hinterherschiebe, aber so bescheuert bin selbst ich nicht. Er macht rasch kehrt und umarmt mich.

»Danke, Jojo«, sagt er und klopft mir auf den Rücken. »Ich habe dich auch lieb. Sehr sogar. Genau wie deine Mutter. Und

Angus, auf seine Art. Wir sagen uns das nicht oft genug, oder?«

»Danke, Dad«, murmle ich. Wärme durchströmt mich. Es ist, als würde man sich vollpinkeln, aber auf eine gute Art.

»Schönen Arbeitstag.«

Er lächelt. »Mach dir keine Sorgen, Joseph. Das wird schon mit deinem Austausch, ich verspreche es dir. Du wirst jede Menge Spaß haben. Wir waren in Frankreich auf Tournee, damals, als ich noch bei dem kleinen Zirkus war. Wir haben unser Zelt nicht gerade auf dem ... dem Pariser Aerodrom aufgebaut«. Ich schnaube, weil er aus dem Stand einen Veranstaltungsort erfindet. »Aber wir waren in Städten und Dörfern im Süden und sind draußen vor den Gemeindesälen aufgetreten. Es war magisch. Die Franzosen sind ein fabelhaftes Volk. Du wirst eine genauso ... *très bien* Zeit haben. Verdammt, wieso fällt mir das französische Wort für *absolut super* nicht ein?«

Er sieht mich an.

»*Génial?*«, schlage ich wahllos vor.

»Ja. Frankreich ist *génial*. Wie auch immer. Ich gehe jetzt besser, um mit ein paar kleinen Dämonen zu ringen. Aber ich komme rechtzeitig zurück und fahre dich abends zur Schule, okay?«

Ich nicke. »Bis später.«

Ich schaue ihm nach. Natürlich werde ihn wiedersehen. Was ist denn los? Er hat doch nur gesagt, dass er nach der Arbeit wieder da sein wird. Kein Grund, panisch zu werden. Es war nur ein Traum. Ein Mädchen in einem Schrank. Eine Kopfverletzung. Ein Traum.

Troy und ich gehen gemeinsam zur Schule. Er ist nett zu mir, obwohl ich seinen Pokal gestohlen habe, denn er weiß nicht, dass ich es war. Er bringt mich ständig zum Lachen. Ich werde versuchen, die Trophäe heimlich wieder in seine Tasche zu stecken, dann müssen wir nicht mehr darüber reden. Ich gehe Lucas aus dem Weg. Ich sehe Jemima aus der Ferne, und obwohl ich einmal sehr in sie verknallt war, fühle ich mich seltsam unbeteiligt, denn ich bin noch ganz in der Welt meines Albtraums gefangen. Ich meine, im Schulhaus Marco zu erspähen, allerdings nur seinen Kopf von hinten, und denke an die Freundschaft, die ein so großes Geheimnis und so intensiv wurde, dass wir uns nicht einmal mehr in die Augen sehen konnten. Aber auch das fühlt sich nicht mehr an wie etwas, das mir tatsächlich passiert ist.

Ich versuche, wieder zu mir zu kommen. Ich will mich an den gestrigen Tag erinnern, aber es gelingt mir nicht richtig. Was zum Teufel geht da gerade in meinem Gehirn ab? Ich fühle mich, als hätte ich mich gestern bis zur Besinnungslosigkeit betrunken. War es so? Gab es Bier? Wodka? Was sonst könnte meine erbärmliche Verfassung verursacht haben? Drogen?

Ich kaschiere meinen Zustand, überspiele ihn, indem ich besonders laut bin.

Nach der Schule gehe ich in meine geheime Kammer im Beachview. Ich weiß nicht, warum. Meine Beine führen mich einfach dorthin. Ich kaufe ein Getränk, das ich nicht will. Ich renne in einen Mann hinein, der mich beschimpft. Ich schimpfe zurück und gehe weg. Er schreit mir etwas hinterher, aber ich höre nicht zu.

Ich habe mich gerade in Mums rosa Decke eingewickelt, als die Tür aufgeht und ein Mädchen hereinspaziert. Sie kommt mir vage bekannt vor, und dann auch wieder nicht. Sie ist sehr hübsch. Ich merke, dass sie mir gefällt, und bin richtig erleichtert über dieses unkomplizierte Gefühl. Meine Sicht auf die Dinge scheint sich allmählich wieder zu verändern und ein bisschen normaler zu werden.

Ich stehe auf.

»Entschuldigung«, sage ich und setze mein charmantestes Lächeln auf. »Ich dürfte eigentlich gar nicht hier sein. Ich gehe dann mal.«

Sie runzelt die Stirn und schenkt mir dann ein breites Lächeln.

»Joe!«, sagt sie. »Hey! Wieso bist du nicht in Frankreich?«

»Die Abfahrt ist erst in ein paar Stunden«, sage ich zu ihr. »Woher weißt du das?« Sie kennt meinen Namen. Also müsste ich sie auch kennen. Sie ist groß und hübsch. Ich bin sicher, ich würde mich an sie erinnern.

»Von dir«, antwortet sie. »Ich dachte, du wolltest gestern Abend schon los. Du hast es mir selbst gesagt. Das hast du wirklich.« Sie scheint eine Weile darüber nachzudenken, dann zuckt sie die Schultern. »Wie auch immer. Schön, dass du hier bist. Wie war dein Tag?«

Mädchen im Schrank. Das hier ist eine Art Schrank. Und sie ist definitiv ein Mädchen.

»Ich glaube, ich habe dich in meinem Traum gesehen«, platze ich heraus.

»Wirklich? Das ist cool.« Sie redet weiter, als wären wir die besten Freunde. Sie erzählt, dass sie jetzt einmal in der Woche ein Gemüse-Chili für ihre Schwester kochen will und dass sie dabei immer ganz sentimental werden, weil es sie an ihre Mum erinnert. Ich höre gar nicht richtig zu, weil ich zu sehr damit beschäftigt bin, sie anzuschauen. Sie ist so lebendig. Sie redet mit mir und mit niemandem sonst. Ich weiß, dass ich sie anstarre wie ein Idiot, aber das scheint sie nicht zu stören.

Ich tue so, als wüsste ich etwas über ihre Familie, weil ich merke, dass sie wie selbstverständlich davon ausgeht, und schon bald habe ich mir das Wichtigste aus den einzelnen Informationshäppchen erschlossen. Ihre Mutter ist vor fast einem Jahr gestorben, ihre Schwester ist schwanger und ihr Vater hat sie verlassen. Sie hasst ihn, was nur logisch erscheint.

Wir plaudern eine Weile, über meine und ihre Familie, und dann sagt sie: »Mist, ich muss los.« Sie will noch etwas hinzufügen, öffnet den Mund, schließt ihn wieder, versucht es erneut und schweigt.

»Was ist los?«, frage ich.

»Ich dachte mir nur ...«, sagt sie zögernd, »ob wir nicht Nummern austauschen könnten? Ich würde gerne hören, wie es dir in Frankreich gefallen hat, wenn du wieder zurück bist. Vielleicht können wir uns auch woanders treffen. Uns aus den vier Wänden hier hinauswagen, verstehst du?«

Ich merke selbst, dass ich wie ein Honigkuchenpferd strahle.

»Ja«, sage ich. »Ja. Das wäre cool.« Ich nenne ihr unsere Nummer und sie tippt sie in eine Art PalmPilot ein. Sie fragt auch nach meiner Handynummer und grinst dabei ein bisschen. Ich gebe sie ihr, froh, dass ich sie unfallfrei aufsagen kann.

Sie sagt: »Großartig. Ganz viel Spaß auf der Frankreichfahrt. Ich kann es kaum erwarten, alles darüber zu hören!«

Einen Augenblick lang sieht sie aus, als wolle sie mich umarmen, aber der Moment ist nur flüchtig, dann winkt sie mir kurz zu und ist weg.

Gleich darauf taucht sie wieder auf.

»Was ich noch fragen wollte: Auf welche Schule gehst du?«, sagt sie. »Hab ich vergessen.«

Ich sage: »Beachview.«

»So wie dieses Einkaufszentrum?«

»Ja.«

Sie haucht mir einen Kuss zu und ist weg.

Sie haucht mir einen Kuss zu.

Einen Kuss.

Und dann ist sie weg.

11

Das Gemüse-Chili war diesmal perfekt. Wir verputzten es auf dem Sofa, weil uns niemand daran hindern konnte. Tatsächlich war der Tisch zu einem Ort geworden, auf dem wir wahllos Dinge abstellten. Das Sofa war jetzt unser Esstisch. Das Chili brachte zwar wieder Emotionen hoch, weil es so sehr mit Mum verknüpft war, aber ich hatte beschlossen, es für mich zu erobern und die Traurigkeit darüber, das Rezept von Mum übernommen zu haben, energisch zu verdrängen, damit es ein Familienerbstück werden konnte.

»Ein Familienerbstück?« Sasha lachte. »Oh, Meerjungfrau. Erklär mir das.«

»Es ist für das Baby«, sagte ich. »Wenn der Kleine groß genug für richtiges Essen ist, werde ich Chili für ihn kochen und ihm sagen, dass es Grandma Annas Gericht ist. In gewisser Weise kocht Mum es dann für ihren Enkel, und ich bin nur eine Art Medium, aber nicht auf eine gruselige Art.«

»Du bist seltsam«, sagte Sasha. »Aber ja. Die Idee gefällt mir. So machen wir das. Einverstanden, Beanie?« Sie rieb sich den Bauch. »Kannst du das mindestens zweimal die Woche kochen, was meinst du? Es tut mir so gut.«

»Kann es an zwei Tagen hintereinander sein, sodass ich es nur einmal kochen muss, aber dafür richtig viel davon?«

»Klar.«

»Abgemacht.«

Nach dem Abendessen kam Izzy zu uns. Wir ließen Sasha mit ihrer Forensik-Lektüre allein und gingen in mein Zimmer. Es war klein, ständig unordentlich, aber jedes Mal, wenn ich es betrat, freute ich mich, dass ich weiter hier wohnen durfte und Dad es nicht geschafft hatte, mich nach Inverness zu verschleppen. Manchmal fragte ich mich, wie mein Leben jetzt wohl aussähe, wenn es ihm gelungen wäre. Es hätte leicht passieren können. Er war Arzt: Er hätte mich betäuben und in den Wagen setzen können, und bis ich wieder bei Bewusstsein gewesen wäre, wäre ich schon halb in Schottland gewesen. Die Tatsache, dass er mich geweckt und gebeten hatte, mitzufahren, konnte nur bedeuten, dass es ihm egal war, ob ich Ja oder Nein sagte. Hätte er mich *wirklich* bei sich haben wollen, dann – davon war ich überzeugt – wäre ich jetzt bei ihm.

Ich versuchte, mir vorzustellen, wie ich in Schottland ganz neu anfangen würde, nur mit Dad als Familie. Ich stellte mir Sasha allein in diesem großen Haus vor, wie sie Pot Noodles aß. Bei dem Gedanken überlief es mich kalt.

Ich fragte mich, ob wir ihn jemals wiedersehen würden. Ich hätte alles dafür gegeben, Mum zurückzubekommen, aber auf Dad konnte ich verzichten, obwohl ein dummer Teil von mir immer noch halb darauf hoffte, dass sein Name irgendwann in meinen E-Mails auftauchen würde. Es wäre schön, wenn er sich auch nur ein kleines bisschen um uns kümmern würde.

»Was ist jetzt im Zimmer deiner Eltern?«, fragte Izzy und deutete auf die gegenüberliegende Tür.

»Ihre Möbel«, sagte ich. »Aber wir werden es zu einem Kinderzimmer umbauen. Sasha will bei einer Hilfsorganisation anrufen, damit sie das Bett und die Sachen abholen, und dann streichen wir die Wände, hellgrün oder so, eine Babyfarbe halt, und machen das beste Kinderzimmer aller Zeiten daraus.«

»Ja!«, rief Izzy. »Ich bin dabei.«

»Danke.«

Ich bot ihr einen Schokoriegel an und nahm mir selbst einen. »Also, raus mit der Sprache«, sagte sie. »Was ist los?«

Ich schluckte meinen Bissen hinunter und grinste.

»Es gibt da tatsächlich etwas«, sagte ich. »Ja. Ich habe einen Jungen kennengelernt. Ich meine, ich kenne ihn kaum. Ich habe ihn erst zweimal getroffen. Wir waren nur zufällig zur selben Zeit am selben Ort. Aber ich muss ständig an ihn denken. Ich mag ihn sehr. Ich glaube ... Ich glaube, ich bin verliebt, Izzy! Das ist mir schon lange nicht mehr passiert. Genauer gesagt, seit Jack Lockett nicht mehr. Und definitiv nicht seit Mum. Du weißt schon.«

»Oh mein Gott!« Sie war richtig aufgeregt und hüpfte ausgelassen auf meinem Bett herum. Da wurde mir klar, dass Izzy schon sehr lange nicht mehr verliebt gewesen war. Sogar noch länger als ich. »Erzähl mir alles. Wo hast du ihn kennengelernt? Wie heißt er? Alles.«

»Wir sind uns im Beachview begegnet«, begann ich. »Ich habe dir doch erzählt, dass ich an dem Tag, an dem Dad weggegangen ist, eine kleine Kammer entdeckt habe, in der ich früher schon einmal gewesen sein muss, mich aber nicht mehr richtig daran erinnern kann? Dass ich an die Wand geschrieben habe, wie sehr ich ihn hasse?« Sie nickte. »Tja, ich bin gestern und heute wieder hingegangen, und beide Male war schon jemand da. Ein Junge. Joe. Er geht zum Schüleraustausch nach Frankreich, jetzt fährt er wahrscheinlich gerade los, aber er ist nächste Woche wieder da – und ich habe seine Nummer.«

»Wahnsinn. Wie ist er denn so?«

»Er sieht wirklich gut aus. Ein bisschen wie ... wie ...« Ich suchte nach einem Vergleich. »Ich weiß nicht. Er sieht niemandem ähnlich, außer sich selbst.«

»Welcher Schauspieler würde ihn in einem Biopic spielen?«

Ich dachte darüber nach und wunderte mich, wie schwierig es war. »Robert Pattinson«, sagte ich schließlich. »Als Cedric Diggory. Aber das trifft es nur sehr, *sehr* grob.« Ich runzelte die Stirn. »Er sieht ihm zwar nicht direkt ähnlich, aber das wäre die Hollywood-Version, denke ich. Seine Mum macht einen Yogakurs in Indien. Er lebt mit seinem Vater und seinem Bruder zusammen. Er ist ein bisschen schräg, aber das gefällt mir.«

»Wie alt?«

»Unser Alter«, sagte ich und korrigierte sofort wahrheitsgemäß: »Eigentlich etwas jünger. Er ist fünfzehn.«

»Welche Schule?«

»Er sagte, sie heißt Beachview. Wie das Einkaufszentrum.«

»Ist das eine Nobelschule?«

Ich dachte nach. Auf einmal erschien es mir ganz logisch: In der Gegend gab es eine Menge kleiner Privatschulen. Deshalb kannte ich ihn auch nicht.

»Ich denke schon«, sagte ich.

»Schick!«

»Ja, finde ich auch.«

»Ein reicher Freund! Ein Toyboy!«, gurrte Izzy. »Und ein gut aussehender noch dazu.«

»Es ist noch nichts Festes. Ich sehe ihn jetzt mehr als eine Woche nicht.«

»Schreib ihm! Sag ihm, dass du ihn sehen willst, wenn er wieder da ist. Mach schon. Trau dich. Er wird es kapieren. Das ist Frankreich, da kannst du eine Nachricht schicken.«

»Nein.« Ich sah sie an. »Soll ich?« Sie nickte. »Was soll ich schreiben?«

Wir entwarfen die perfekte beiläufige Nachricht. Ich suchte ihn auf WhatsApp, aber da war er nicht. Ich konnte ihn auch sonst nirgends finden, denn ich wusste ja seinen Nachnamen nicht. Ich kopierte die Nachricht und schickte sie als SMS, dann starrte ich auf das Handy und wartete.

Gleich darauf ploppte eine Benachrichtigung auf: Zustellung fehlgeschlagen.

12

Ich gehe zur Schule. Ich gehe in das Einkaufszentrum. Ich kaufe einen Mars-Milchshake, nur so zum Spaß, und renne in einen wütenden Mann. Ich will nicht nach Frankreich fahren.

Ich wickle mich in die Decke. Die Tür geht auf. Ein Mädchen ist da. Ich bin ihr schon einmal begegnet, aber ich weiß nicht, wer sie ist.

»Verdammt noch mal.« Sie sieht stinksauer aus.

»Entschuldigung.« Ich springe auf. »Ich dürfte eigentlich gar nicht hier sein. Ich geh dann mal.«

»Joe!« Sie kennt meinen Namen und ist wütend.

»Tut mir leid.« Ich muss fort, in ihren Augen tobt ein Sturm. »Ehrlich, ich bin schon so gut wie weg.«

»War irgendetwas von dem, was du mir gesagt hast, wahr?«, fragt sie. »Und sei es auch nur eine Kleinigkeit? Angefangen damit, dass du jetzt in Frankreich sein solltest und –«

»Nein«, unterbreche ich sie. »Nein, ich fahre heute Abend. Heute Abend geht es los.« Es kommt mir wie ein Mantra vor.

»Nein.« Die Hände in die Hüften gestemmt, steht sie in der Tür und versperrt mir den Weg. »Gestern hast du gesagt, du fährst noch am selben Abend nach Frankreich. Vorgestern hast du gesagt, du fährst noch am selben Abend nach Frankreich. Die Telefonnummer, die du mir gegeben hast, funktioniert nicht. Die Schule, auf die du angeblich gehst, gibt es nicht mehr. Es ist der alte Name meiner eigenen Schule. Ich habe alles überprüft. Alles, was du mir erzählt hast, ist nichts als ein Haufen Bullshit.«

Ich bin zu verwirrt, um etwas zu sagen, und das bleibt auch noch eine ganze Weile so. Sie steht nur da und wartet. Schließlich sage ich:»Es tut mir leid. Sind wir uns schon mal begegnet?«

»Du bist ein verdammter Psycho!«, schreit sie mich an. »Ja, wir sind uns schon zweimal begegnet, das weißt du ganz genau. In den letzten zwei Tagen. Ich dachte, wir wären Freunde. Du hast die ganze Zeit gelogen. Ich gehe jetzt und du siehst mich nie wieder.«

Sie steht immer noch in der Tür, ich kann nicht hinausgehen, weil ich mich nicht an ihr vorbeidrängen möchte. Ich erkenne sie zwar, aber ich weiß nicht, wer sie ist. Ich kann mich nicht daran erinnern, je mit ihr gesprochen zu haben. Ich habe keine Ahnung, wovon sie redet und wer von uns beiden hier verrückt ist.

»Tut mir leid«, sage ich. Das Letzte, was ich jetzt gebrauchen kann, ist ein fremdes Mädchen, das mir sagt, wie scheiße ich bin.

»Was ist hier los? Wer bist du? Warum lügst du die ganze Zeit?«

Ich spüre, wie mir die Tränen in die Augen schießen, und versuche, sie wegzublinzeln. Ich möchte gegen die Wand schlagen. Ich habe keine Ahnung, was hier los ist. Wer ist sie und warum hasst sie mich? Warum denkt sie, ich lüge die ganze Zeit? Ich lüge nicht. Ich glaube jedenfalls nicht, dass ich lüge.

»Ich habe keine Ahnung, wovon du redest.« Ich wende mich ab und, was soll's, ich tue es. Ich schlage gegen die Wand. Es ist ein heftiger Schlag, aber meine Hand tut nicht weh. Sie sollte aber wehtun. Ich möchte weinen.

»Hast du vielleicht Amnesie oder so was?« Ihre Stimme ist weicher geworden.

»Glaube ich nicht! Keine Ahnung. Vielleicht doch. Alles fühlt sich seltsam an. Ich glaube, das ist schon seit Ewigkeiten so.«

»Du erinnerst dich wirklich nicht daran, dass du mich gestern und vorgestern getroffen hast?«

Ich schüttle den Kopf. Es ist wohl am besten, wenn ich hier schleunigst verschwinde. Ich mache einen Schritt auf sie zu, aber sie bewegt sich immer noch nicht von der Tür weg. Ich mache noch einen, und sie tritt zur Seite, aber nur ein bisschen. Jetzt bin ich kurz vor dem Zusammenbruch, also versuche ich, mich an ihr vorbeizudrängen, damit ich nach Hause laufen und vergessen kann, dass das hier jemals passiert ist. Aber es funktioniert nicht. Ich versuche, sie so wenig aggressiv wie möglich aus dem Weg zu schieben, aber auch das funktioniert nicht, weil meine Hand direkt durch sie hindurchgeht.

Als ob sie gar nicht da wäre.

13

Joe und ich gingen zurück in den kleinen Raum und setzten uns hin. Ich zitterte. Da hatte ich einen Jungen kennengelernt und mich riesig darüber gefreut, nur um danach festzustellen, dass ich geghostet wurde, und dann zu kapieren, dass ein *Geist* mich geghostet hatte. Oder war ich etwa der Geist und nicht er?

Ich überlegte, bei welcher Gelegenheit ich gestorben sein könnte, ohne es gemerkt zu haben, aber mir fiel keine ein. Andererseits brauchte es dafür nicht mehr, als einmal achtlos über die Straße zu gehen.

Aber wenn ich tot war, wo war dann Mum?

Ich dachte an die blauen Gestalten in der Schule. Ich hatte Hunderte von ihnen gesehen. Soweit ich wusste, hatte niemand sonst auch nur eine einzige zu Gesicht bekommen. Das war dann wohl die nächste Stufe. Ich hatte schon zweimal mit jemandem geredet, der gar nicht da war. Ich war dabei, völlig abzudriften. Genau das passierte gerade. Ariel Brown brauchte psychiatrische Hilfe, so viel stand fest.

Ich sah ihn an, dachte ganz fest an die Farbe Blau – und da war er, der blaue Schimmer, der aus ihm herausstrahlte und seine Gestalt umgab.

»Welches Jahr haben wir?«, fragte Joe, nachdem wir eine Weile schweigend nebeneinandergesessen hatten.

»Ich habe überall Geister gesehen«, sagte ich. »Nein, keine Geister. Vielleicht Menschen aus der Vergangenheit. Halluzinationen.« Dann fügte ich hinzu: »Wir haben 2019.«

Als ich aufblickte, sah ich, dass er mich anstarrte.

»Meinst du das ernst?«, fragte er schockiert.

Bingo. Er war aus dem Jahr 2050 gekommen oder so. Und ich war im Begriff, etwas Unvorstellbares über mich herauszufinden. Ich stützte mich an der Wand ab, um mich aufrecht zu halten. Leise fragte ich ihn: »Welches Jahr ist es für dich?«

»1999«, sagte er. »Und ich dachte, ich lebe in der Gegenwart.«

Aus irgendeinem Grund brachen wir beide in Gelächter aus. Wir lachten, bis wir weinten. Es war ein gutes Gefühl, für einen Moment die Kontrolle zu verlieren. Es war mir egal, dass ich vor einem Jungen, den ich mochte, vor Lachen weinte, jetzt, da ich Bescheid wusste. Ich griff haltsuchend nach ihm, aber meine Hand glitt direkt durch seinen Arm hindurch. Für einen Augenblick hatte ich es tatsächlich bereits vergessen.

Nicht ich war der Geist. Nein, nicht ich.

»Okay«, sagte ich. »Okay. Das ist total verrückt. Du bist nicht der Einzige, der ... so ist wie du. Nicht der Einzige, den ich sehen kann. Ich kann es nicht leiden, wenn ich die anderen sehe, sie mich aber nicht. Sie nehmen mich überhaupt nicht wahr. Sie gehen einfach an mir vorbei. *Dich* sehen zu können, gefällt mir.«

»Danke«, sagte er. »Das nehme ich jetzt mal als Kompliment.«

»Ich meine, du kannst mich hören und du scheinst ... *echt* zu sein. Lebendig.«

»Wie Pinocchio«, sagte er. »Aber meinst du das wirklich ernst? *2019?*«

Ich beobachtete ihn. Jetzt, da wir aufgehört hatten zu lachen, sah er wirklich sehr verwirrt aus.

Die Begegnung mit Joe veränderte alles. Sie gab mir Hoffnung. Denn wie mir in diesem Moment klar wurde, bedeutete sie, dass ich in diesem seltsamen Universum eines Tages vielleicht tatsächlich meine Mutter wiedersehen könnte. Der Gedanke durchfuhr mich wie ein Blitz. Jetzt war alles anders. Vielleicht würde ich mit ihr so reden, wie ich mit ihm redete. Alles, was ich mir je gewünscht hatte, konnte Wirklichkeit werden.

Anna Brown, sagte ich im Stillen, während ich Joe beobachtete, dem allmählich klar zu werden schien, was es bedeutete, aus der Vergangenheit zu kommen. *Anna Brown, komm zu mir. Mum. Bitte. Mum. Ich brauche dich.* Mit aller Kraft dachte ich an Mum und an die Farbe Blau.

»Ich kann kein Geist sein«, sagte er. »Ich bin nicht tot. Das würde ich doch merken, oder?«

Joe und ich gingen auf dieselbe Schule. Irgendwann, bevor Sasha dort anfing, war aus der Beachview Secondary die South East Devon Learning Academy geworden, die allen als SEDLA bekannt war, was nach allgemeiner Meinung ein ziemlich dummer Name für eine Schule war.

Wir sprachen noch über Einzelheiten, aber die Magie des Ganzen durchströmte meinen Körper. Denn es *war* Magie. Geister waren real. Selbst wenn Joe im Jahr 2019 noch lebte, sprach ich gerade mit seinem früheren Ich. Also war es möglich, mit jemandem aus der Vergangenheit zu kommunizieren, und das wiederum bedeutete, dass ich auch mit Mum sprechen konnte.

Ich wollte diesen Raum nicht mehr verlassen. Ich hatte Joe gefunden und mit ihm eine Verbindung zum Jahr 1999, und ich wollte nie mehr aufhören, mit ihm zu reden. Ich wollte, dass er mir alles darüber erzählte, wie es war, so wie er zu sein, und ob er andere Geister kannte, aber ich wusste, dass er dazu noch nicht bereit war, also sprachen wir zunächst über einfachere Dinge.

In Joes Welt war es 1999 und er wollte an einem Frankreichaustausch teilnehmen. In meiner Welt war es 2019 und meine Mutter würde morgen seit einem Jahr tot sein. In seiner Welt lebte sie und ich war noch fast vier Jahre von meiner Geburt entfernt. Sasha war in seiner Welt ein Baby. Vielleicht war sie eines der Kinder, auf die Joes Vater aufpasste. War sie bei den Grashüpfern gewesen? Ich würde es herausfinden.

»Was passiert nächstes Jahr?«, fragte Joe. »Funktionieren die Computer im Jahr 2000 nicht mehr? Das behaupten nämlich einige.«

Ich lachte. »Der Millennium-Bug! Y2K! Davon habe ich gehört. Nein. Entweder wäre ohnehin nichts passiert oder sie haben den Fehler rechtzeitig behoben. Es war ein totales Nichtereignis.«

»Oh. Cool. Und was ist stattdessen passiert?«

Ich erzählte ihm die Highlights der letzten zwanzig Jahre, so gut ich konnte. Großartig war das nicht. Es gab den 11. September, den Irakkrieg und alle schlimmen Dinge, die danach passiert sind, und dann gab es noch den Klimawandel, den Brexit und Trump. Eine ganze Lawine aus deprimierenden Ereignissen. Ich sagte ihm, dass mir die Neunziger im Gegensatz dazu richtig cool vorkamen und dass ich ihn darum beneidete, diese Zeit erlebt zu haben.

»Oh Shit«, stieß er hervor. Dann holte er tief Luft und sagte das, was ich nicht laut aussprechen wollte. »Ich vermute«, begann er, »dass ich in deiner Welt vielleicht nicht mehr lebe. Wenn doch, dann wäre ich etwa fünfunddreißig. Und das wäre echt seltsam. Jetzt hier zu sein und mit dir zu reden und gleichzeitig als Fünfunddreißigjähriger irgendwo da draußen rumzulaufen. Trotzdem wäre es mir lieber als die Alternative.«

»Ja.« Ich sah ihn an und wusste, dass ich nichts Tröstliches zu sagen hatte. »Ich habe keine Ahnung. Ich meine, bilde ich mir das nur ein? Bilden wir es uns beide in unseren unterschiedlichen Jahrzehnten ein? Könnte sein. Womöglich sind wir beide noch am Leben. Mal sehen, was ich herausfinden kann. Jetzt gleich, wenn du willst.«

»Nein! Geh nicht.«

Ich lächelte. »Keine Angst, ich bleibe hier. Ich googele dich auf meinem Handy.«

»Du machst was?«

»Online.« Ich halte mein Handy hoch. »Hier.« Ich sah, wie er die Stirn runzelte, und schaltete einen Gang runter. »Im Internetbrowser. Ich kann deinen Namen und deinen Standort eingeben. Die Suchmaschine wird mir die Informationen liefern.«

»Auf deinem Handy?«

»Ja.«

Wir blickten uns beide gleichermaßen verwirrt an. Er lebte nur zwanzig Jahre früher als ich und trotzdem war ihm das alles völlig fremd. Meine Erklärungen schwebten im Raum und ergaben keinen Sinn. Er verstand wirklich nicht, was ich sagen wollte.

»Dann mach das«, sagte er schließlich.

Ich nickte und blickte auf das Display.

»Joe ... Wie ist dein Nachname?«

»Simpson. Buchstäblich der langweiligste Name aller Zeiten.«

»Joe Simpson. Der ist nett, nicht langweilig. Wie die Simpsons. Ich gebe auch noch Devon und 1999 ein.« Ich tippte alles in die Suchleiste. »Joe. Simpson. Devon. 1999. Oh.«

Ich starrte auf den Bildschirm. Dann sah ich ihn an. Der Junge in den alten Nachrichtenartikeln sah so aus wie der Junge vor mir. Er hatte das gleiche unordentliche hellbraune Haar. Er hatte die gleichen Augen, die gleichen markanten Wangenknochen. Das war er. Joe Simpson. Robert Pattinson, Cedric Diggory, Joe Simpson.

Joe Simpson war die Hauptperson in Nachrichtenmeldungen, die folgendermaßen betitelt waren: »Junge aus Devon verschwindet am Vorabend von Frankreichreise.« Oder: »Joes Vater: Bitte, lasst meinen Jungen zu uns zurückkommen« oder »Joe auf Überwachungskamera im Beachview gesichtet«, und dann: »Polizei zieht Bilanz: Wir werden vielleicht nie erfahren, was mit Joe passiert ist.«

Ein Internet wie heute gab es damals noch nicht, aber es waren jede Menge alte Artikel hochgeladen, aus denen man rekonstruieren konnte, was passiert war, und auch in neueren Artikeln wurde er über die Jahre hinweg immer wieder namentlich erwähnt, fast immer im Zusammenhang mit ungelösten Fällen von spurlos verschwundenen Personen.

Ich reichte ihm mein Handy, und er versuchte, es zu nehmen, aber entweder ging seine Hand direkt hindurch oder das Handy ging direkt durch seine Hand. Er ließ seinen Arm sinken, und ich hielt ihm das Telefon vor die Nase, damit er die Informationen lesen konnte, und scrollte weiter, wenn er nickte.

Joe Simpson, fünfzehn Jahre alt, war in der Nacht vor seiner Klassenfahrt nach Frankreich spurlos verschwunden. Für ihn also *heute*. Sein Freund Troy hatte sich vor der Schule noch von ihm verabschiedet, dann war Joe in die Stadt gegangen und Troy nach Hause, um zu packen. Das war vor zwanzig Jahren und zwei Tagen gewesen, und seither war Joe nie wieder gesehen worden, abgesehen von einer Aufnahme der Überwachungskamera des Einkaufszentrums. Allgemein war man der Ansicht, dass er »eine Dummheit begangen« hatte. Das war die Umschreibung für Suizid. Und doch saß er jetzt direkt vor mir und hatte keine Ahnung, was passiert war, und auch keinerlei selbstmörderische Absichten.

Zudem hatte man seine Leiche nie gefunden.

Ich sah einen Jungen vor mir, der vor zwanzig Jahren aus seinem eigenen Leben verschwunden war, und doch war er irgendwie hier bei mir. Ein Junge, der sich eines Tages von seiner Familie verabschiedet hatte und nie nach Hause zurückgekehrt war. Ein Junge, der vermisst wurde und den man für tot hielt.

Ich war vielleicht der einzige Mensch, der ihn seit 1999 gesehen hatte. Meine Gedanken sprangen hin und her. Sollte ich es der Polizei melden? Seine Eltern informieren? Mit wem sollte ich reden? Was sollte ich tun?

Ich streckte die Hand aus, nur um sicherzugehen. Meine Hand glitt durch ihn hindurch.

Ich blickte in Joes Gesicht und sah darin mein eigenes Entsetzen und meine Verwirrung tausendfach widergespiegelt. Für mich war es seltsam, aber für ihn war es existenziell. Er zitterte, bebte am ganzen Körper, als ob etwas aus ihm herauswollte. Ich konnte ihn nicht trösten, weil ich ihn nicht berühren konnte. Blaues Licht erhellte den Raum.

»Heute«, flüsterte er. »Jetzt. Es ist *jetzt* passiert. Ich weiß, dass du mich auch schon gestern gesehen hast, aber ich erinnere mich nicht. Obwohl, wenn ich es mir recht überlege, dann ist da so eine Art Nachhall ...«

»Das finden wir raus«, sagte ich. »Ich meine, ich werde alles tun, was ich kann, um dir zu helfen. Wir kriegen raus, was da los ist. Soll ich mal schauen, ob ich ...«

Ich hörte auf zu reden, als er ruckartig den Kopf hob und zur Tür sah. Ich folgte seinem Blick, aber die Tür war geschlossen. Mein Herz pochte. Wenn jemand hereinkäme, würde er Joe oder mich sehen können? Was, wenn die Person aus Joes Zeit stammte und ich für sie ein Geist war? Konnte ich mich jetzt tatsächlich im Jahr 1999 befinden? Was, wenn es Geister aus der Zukunft gab? So wie in der *Weihnachtsgeschichte* von Dickens. Vielleicht war es meine Aufgabe, das zu verhindern, was mit Joe geschehen sollte.

Ich drehte mich zu Joe um, doch er war nicht mehr da. Ich blickte wieder zur Tür. Sie war immer noch geschlossen.

Ich rannte hinaus ins Einkaufszentrum und suchte nach einem Beweis, dass ich mich im Jahr 2019 befand. Sahen die Geschäfte nicht anders aus? Hatte es Smith's schon vor zwanzig Jahren gegeben? Ja, natürlich. Ich sah mir die Menschen an. Es war schwer, einen eindeutigen Hinweis zu entdecken. Ich lief zu einer Frau mit einem Kinderwagen und dachte für eine verrückte Sekunde, es sei Mum mit Sasha, aber als ich schon fast vor ihr stand und sie aufblickte, um zu sehen, wer da auf sie zu-stürmte, sah ich, dass es nicht Mum war, und lief schnell an ihr vorbei. Ich drehte mich noch einmal um und wollte sie fragen, welches Jahr wir hatten, aber dann brachte ich es nicht über mich.

In meinem Kopf drehte sich alles, und ich brauchte unendlich viele panische Minuten, um zu begreifen, dass Smith's ein La-den war, der Zeitungen verkaufte, und Zeitungen hatten ein Datum. Ich betrat das Geschäft und eilte zur Zeitschriftenaus-lage – und dort, ganz oben auf dem *Guardian*, stand das Da-tum: Mittwoch, 13. März 2019. Ich spürte, wie sich mein Herz-schlag verlangsamte, als ich den Laden wieder verließ. Es war 2019 und alles war wieder normal. Es war der richtige Tag. Ich war in meiner eigenen Zeit.

Aber ich war auch ein kleines bisschen enttäuscht. Wäre ich zwanzig Jahre in die Vergangenheit gereist, hätte ich versuchen können, Joe zu retten, und danach hätte ich mich auf die Suche nach Mum gemacht.

14

Das war ein seltsamer Traum. Er hallt in Wellen in mir nach, aber ich werde ihn abschütteln. Ich sage mir, dass er nicht real war und dass *dies hier* real ist. Da war ein Mädchen aus der Zukunft – einer Zukunft, in der ich tot war – in dem Schrank im Beachview. Sie hat meinen Namen in einen futuristischen kleinen Taschencomputer eingegeben und mir erklärt, dass ich an dem Abend vor der Abreise nach Frankreich verschwinden werde und mich niemand je wieder sehen wird.

Ein Schauder überläuft mich. Das war furchtbar. Mein schlimmster Albtraum. Ich spüre, wie mein Herz klopft. Ich glaube, ich schwitze, aber wenn ich meine Stirn berühre, fühlt meine Haut sich normal an. Eigentlich sogar ziemlich kalt.

Ich liege in meinem Bett und bin definitiv am Leben. Ich zwicke mich, wie man es in Geschichten liest, um herauszufinden, ob es wehtut. Es tut nicht richtig weh, aber ich spüre es. Ich bin also lebendig.

Ich rapple mich auf und werfe mich vom Bett aus auf den Boden. Auch das tut nicht weh (es war kein besonders tiefer Fall, und ich habe unwillkürlich die Hände ausgestreckt, um mich abzufangen), aber ich höre Dads Stimme von unten: »Joseph? Was machst du da?«, und das reißt mich aus meinem Gedankennebel.

Natürlich bin ich am Leben. Ich bin hier, zu Hause, und mein Dad ist unten. Ich bin ein Vollidiot.

»Alles okay!«, rufe ich. Dann füge ich hinzu: »Bin aus dem Bett gefallen!«, um ihn zum Lachen zu bringen, was er auch tut, und zwar laut.

Die Schlafzimmertür geht auf und Gus steht da und sieht mich auf dem Boden liegen.

»Aus dem Bett gefallen?«, schnaubt er. »Du Vollidiot.«

»Ich weiß!« Ich stehe auf. »Ich bin ein Vollidiot. Das hab ich von meinem Bruder.«

Das ist ein blöder Spruch, aber es ist mir egal, denn ich bin glücklich. Ich bin so glücklich, dass ich singen möchte. Ich habe meinen Dad und meinen Bruder hier bei mir. Ich weiß nicht genau, wo Mum ist, aber ich weiß, dass sie lebt und mich liebt. Ich bin hier und ich bin am Leben.

»Na, Kleiner, bereit für das Playdate mit deinem Freund Enzo?«, fragt Gus.

Enzo. Das hatte ich vergessen.

Nach der Schule stelle ich fest, dass genau wie in meinem Traum ein Mädchen im Schrank von Beachview auf mich wartet. Sie sitzt neben der rosafarbenen Decke, die ich dort aufbewahre, aber sie weiß nichts davon, denn 2019 ist die Decke sicher längst auf der Müllhalde gelandet.

Sie kommt aus dem Jahr 2019. Ich bin tot. Es war kein Traum.

Wenn ich nicht tot bin, dann bin ich sehr, sehr verschwunden. Ich bin seit zwanzig Jahren verschwunden, und das bedeutet, dass ich tot bin. Es gibt keine andere Erklärung.

»Bist du Ariel?«, frage ich und erinnere mich an ihren Namen, als er mir schon über die Lippen kommt. Sie nickt. »Aus der Zukunft?«

»Ja«, sagt sie, und einen Moment lang bin ich zufrieden mit mir. Ich habe mich erinnert! Und mein Gedächtnis hat mich nicht getäuscht.

Aber dann ...»Ich bin tot«, sage ich, und die Erkenntnis kracht auf mich herab wie ein Wohnblock bei einem Erdbeben. Sie ist so gewaltig, so unfassbar, dass sie mich erdrückt, mich erstickt, mich völlig zum Stillstand bringt. Ich bin tot. Von da an geht es nicht mehr weiter. Es ist endgültig. Es ist das Letzte, was passiert.

Und doch bin ich hier.

»Das wissen wir nicht genau«, sagt sie.

»Ich dachte, es wäre ein Traum. Ich wollte, dass es ein Traum ist.«

Ich zwicke mich, und wieder tut es nicht weh. Sie rutscht zur Seite, damit ich mich hinsetzen kann, aber als sie ihre Hand ausstreckt, geht sie durch mich hindurch. Vermutlich könnten wir uns auch aufeinander draufsetzen, weil wir Geister in der jeweiligen Welt des anderen sind, aber das wäre irgendwie verrückt, und das Letzte, was wir jetzt brauchen, ist noch mehr Verrücktheit.

»Welcher Tag ist heute bei dir?«, fragt sie.

»Donnerstag. Der 11. März. Immer noch 1999.« Ich versuche, tief durchzuatmen, auch wenn es wahrscheinlich egal ist, ob ich atme oder nicht. Atmen ist ohnehin das falsche Wort, es ist etwas anderes. Es ist, als würde ich das Atmen nur nachahmen. »Und welcher Tag ist bei dir?«

»Auch Donnerstag!« Wir grinsen uns an, und eine Art Hoffnung keimt auf, aber dann fügt sie hinzu: »Der 14. März ... 2019. Es ist vier Uhr fünfzehn. Ich bin nach der Schule hierhergekommen. Für dich war gestern auch Donnerstag, stimmt's? Und für mich Mittwoch.«

»Hätte ich gestern die Frankreichreise antreten sollen?«

»Ja. Gestern Abend.«

»Aber es ist für heute Abend geplant. Es soll heute Abend stattfinden.« Mein Gehirn weigert sich noch, das alles zu begreifen. »Ich bin zur Schule gegangen und dann hierhergekommen. Ich ... Ich denke, genau so läuft es gerade ab.«

Wir sehen uns an, und ich merke, wie sie beschließt, meine Gedanken nicht laut auszusprechen.

Ich bin nicht bereit dafür.

»Also ist es für uns beide Viertel nach vier?« Ihre Stimme ist viel zu hoch. »Das ist doch schon mal was, oder? Ich meine, wir haben verschiedene Jahre und verschiedene Tage, aber unsere *Tageszeit* scheint die gleiche zu sein.«

»Ich denke schon.« Ich halte ihr meine Armbanduhr hin und sie zeigt mir ihr Handy. Auf beiden steht 16:17.

Verzweifelt versuche ich, mich nicht den schlimmen Dingen zu stellen, die mir durch den Kopf gehen, und frage stattdessen: »Und das ist wirklich ein *Telefon*? Wo ist das Nummernfeld? Wie wählt man?«

Sie lacht. Das lockert die Stimmung auf und wir konzentrieren uns beide auf diese Detailfrage.

»Ja«, sagt sie. »Das ist ein iPhone. Es wird von Apple hergestellt. Ich kann die Nummern so eingeben.« Sie tippt kurz auf das Display, woraufhin ein Tastenfeld erscheint.

»Apple wie die Computer?« Ich hätte Lust, das Ding auszutesten und damit herumzuspielen.

»Ja! Wie sieht dein Telefon aus?«

»Anders«, sage ich. »Ich habe es gerade erst bekommen und fand es ziemlich cool, aber ich denke oft nicht daran, dass ich es habe. Und wenn ich es benutze, dann nur, um Leute anzurufen. Oder um eine SMS zu verschicken. Man kann darauf aber auch Snake spielen.«

»Zeig mal her.«

»Ich habe es nicht dabei. In der Schule sind Handys nicht erlaubt.«

Stille tritt ein. Ich will nicht darüber reden, aber ich weiß, dass ich es muss. Ich muss mich mit der Tatsache abfinden, dass ich diesen Donnerstag immer wieder aufs Neue erlebe, und das ist unerträglich. Ich habe keine Ahnung, wie lange das schon so geht. Es ist, als blickte ich in einen Abgrund des Grauens, und ich versuche, wegzuschauen, die Zeit zurückzudrehen bis zu dem Moment, als ich es noch nicht wusste. Es klappt nicht.

»Glaubst du …« Ich wähle meine Worte sorgfältig und versuche, mit ruhiger Stimme zu sprechen. »Glaubst du, ich durchlebe diesen Tag immer wieder und schon seit …« Ich schaffe es nicht, eine Zahl zu nennen. »… schon seit langer Zeit?«, beende ich den Satz, indem ich ihn in der Schwebe lasse. »Stecke ich in diesem Tag fest? Mache ich jedes Mal das Gleiche, ohne es zu merken?«

In ihrem Gesicht kann ich ablesen, dass Ariel genau das denkt. Ihre Augen treffen meine, und sie schaut weg, dann wieder zurück zu mir.

»Vielleicht«, sagt sie.»Das könnte sein. Ja. Es ergibt für mich zwar keinen Sinn, aber nichts von alldem ergibt einen Sinn. Es könnte sein, dass … niemand weiß, was mit dir passiert ist, also hat dein Leben nie eine Art Abschluss gehabt. Du kannst nicht loslassen und dorthin gehen, wo … na ja, eben das, was dann folgt.« Ihre Augen füllen sich mit Tränen, und mir fällt wieder ein, dass ihre Mum gestorben ist.

»Mmm.« Ich will etwas Tiefsinniges sagen, aber es kommt nur ein *Mmm* heraus.

Ariel zwingt sich zu einem Lächeln. Ich spüre, wie sich mein Magen zusammenzieht, und selbst das ist Unsinn, weil ich ja gar keinen Magen habe. Es ist ein Geistermagen, ein vorgetäuschtes Zusammenziehen.

Ich habe mich heute nicht normal benommen. Ich war nicht auf der Toilette. Habe ich gegessen? Ich habe Dad Toast gemacht, ohne selbst etwas zu essen. Wahrscheinlich habe ich in der Schule zu Mittag gegessen wie alle anderen auch, aber ich glaube nicht, dass es nach irgendetwas geschmeckt hat. Vielleicht habe ich einen Schluck Wasser getrunken. Oder auch nicht. Es ist schwer, sich zu erinnern.

»Wollen wir mal versuchen, mehr herauszufinden?« Ariels Stimme holt mich in die Realität zurück – oder was auch immer das hier ist.

Ich nicke.»Aber was?«

Sie atmet tief ein und stößt die Luft wieder aus, sodass ihr die Locken einen Moment lang vor dem Gesicht tanzen.

»Ich weiß es nicht«, sagt sie.»Aber ich werde tun, was ich kann. Zuerst muss ich herausfinden, was genau mit dir passiert ist. Ich bin mir nicht sicher, wo ich anfangen soll. Aber ich werde es versuchen, Joe. Ich werde mein Bestes geben. Vielleicht könntest du ja ... ach nein, schon gut. Erzähl mir lieber alles, woran du dich erinnerst.«

»Ja.« Ich erinnere mich an rein gar nichts.

»Du konntest dich anfangs nicht an mich erinnern und jetzt kannst du es. Also kommen vielleicht noch mehr Dinge zurück. Als ich das letzte Mal hier bei dir war, hast du zur Tür geblickt, als ob dort jemand stehen würde. Aber da war niemand, und als ich mich wieder zu dir umdrehen wollte, warst du weg.« Sie starrt mich fragend an, aber ich schüttle den Kopf. In meinem Hirn ist nichts als Leere.

»Ich geb mir Mühe und versuche, mich heute ganz auf diesen Moment zu konzentrieren.«

»Ja, tu das. Und vielleicht kannst du mir sagen, was du von diesem Tag noch weißt, und auch von den Tagen davor. In den alten Zeitungsartikeln ist zwar vom Beachview die Rede, aber über diesen Raum steht da nichts. Wir wissen also schon etwas, was die anderen nicht wissen. Wir wissen, dass du hierhergekommen bist.«

Ich nicke. »Und wir wissen, dass ich zur Tür geschaut habe, weil dort jemand stand.«

»Ja. Und dann warst du plötzlich nicht mehr da. Ich bin rausgerannt. Ich hatte Angst, denn ich dachte, ich wäre im Jahr 1999 stecken geblieben. Aber das war ich nicht. Und dann habe ich mir gewünscht, ich wäre es.«

Ich lehne mich mit dem Rücken an die Wand. »Ich erinnere mich nicht an jemanden an der Tür. Tut mir leid.«

Ich spüre Tränen in meinen Augen brennen und versuche, sie wegzublinzeln, weil ich mir blöderweise einbilde, dass man vor einem Mädchen nicht weinen sollte. Dann wird mir klar, wie dämlich das ist, und ich lasse meinen Tränen freien Lauf. Ich strecke die Hand nach ihr aus und sie streckt mir ihre entgegen. Wir versuchen uns gegenseitig Trost zu spenden, um weitermachen zu können. Ich versuche zu lachen, aber es ist nicht lustig. Ich würde alles auf der Welt dafür geben, sie umarmen zu können.

Ich würde alles auf der Welt dafür geben, aber ich bin nicht in der Welt und ich habe nichts zu geben.

Ariel weint auch. Ich muss wieder an ihre Mutter denken.

»Sie ist heute vor einem Jahr gestorben«, sagt sie, als könnte sie meine Gedanken lesen. »Heute ist der Jahrestag.«

»Oh Shit. Das tut mir wirklich leid.«

»Schon gut. Seltsamerweise hilft es, hier zu sein. Sprich weiter mit mir.«

»Okay.« Mir fällt nichts ein, was ich sagen könnte, und so frage ich schließlich: »Was ist deine schönste Erinnerung an deine Mum?« Ich hoffe, es macht ihr nichts aus.

Sie schnieft und wischt sich mit dem Ärmel über Augen und Nase. »Entschuldigung«, sagt sie. »Nicht sehr damenhaft. Aber hier bei dir habe ich das Gefühl, so sein zu können, wie ich bin.«

»Na klar«, sage ich. »Hier gibt es keine Regeln. Selbst die grundlegendsten Gesetze sind außer Kraft gesetzt. Die von Zeit und Raum. Leben und Tod. Einatmen und Ausatmen.«

»Meine allererste Erinnerung überhaupt hat mit Mum zu tun«, sagt sie. »Ich saß auf ihrem Schoß und schaute in ein Buch. Ich erinnere mich daran, wie sie sich anfühlte. Sie war unter mir und um mich herum und ihre Haare fielen auf meinen Kopf. Ich erinnere mich an dieses Gefühl der Sicherheit. Ich wusste, dass es mir immer gut gehen würde, weil sie auf mich aufpasste.«

Ihr Gesicht ist rot und nass. Sie wischt sich wieder die Nase am Ärmel ihres Blazers ab und schluckt und schnieft. Wie gerne würde ich sie jetzt in den Arm nehmen. Ich strecke noch einmal die Hand nach ihr aus. Sie greift nach mir, aber wir können uns nicht berühren. Ich sehe sie weinen, und ich weine um mich selbst, aber wir sind zwei verschiedene Menschen. Wir sitzen beide nur da und weinen, und gerade als ich denke, ich sollte mich zusammenreißen und vernünftig mit ihr reden, geht die Tür auf, ich schaue hoch und alles wird dunkel.

15

Plötzlich war er weg. Ich saß in dem kleinen Zimmer, ganz allein, und fühlte mich seltsamerweise besser. Ich hatte geweint und geweint und geweint. Ich hatte um Mum geweint, und Joe hatte – na ja, er hatte um alles geweint. Es muss echt übel sein, wenn man erfährt, dass man seit zwanzig Jahren tot ist. Wir hatten uns nicht berühren können, aber allein die Tatsache, dass wir es beide gewollt hatten, bedeutete viel. Ich habe Izzy und Sasha oft umarmt, aber es war schon sehr lange her, dass ich jemand anderem nahe sein wollte.

Weinen tat gut. Ich hatte so sehr versucht, es nicht zu tun, aber jetzt dachte ich, dass ich es vielleicht öfter zulassen sollte. Katharsis. Soviel ich weiß, nannte man das so. Es bedeutete, dass etwas Großes und Emotionales passiert und man sich danach besser fühlt, auch wenn es zu dem Zeitpunkt, an dem es passiert, ganz schrecklich ist. Ich hatte jemanden getroffen, der mich verstand, und dafür liebte ich Joe. Ich war die einzige Person in Raum und Zeit, die ihn sehen konnte. Er brauchte meine Hilfe.

Ich lief nach Hause und ließ die Seeluft mein Gesicht trocknen. Zwischendurch ging ich etwas langsamer, um auf eine Textnachricht zu antworten und dabei möglichst normal zu klingen. Obwohl mich die Abwesenheit von Mum wie immer traf, sobald ich die Haustür öffnete, fühlte ich mich so zuversichtlich wie schon lange nicht mehr, als ich vor der Liste am Kühlschrank stand.

»Hey, Mum«, sagte ich in die Stille hinein. Ich stellte mir vor, wie sie mich begrüßte und mir einen Kuss auf die Wange gab. Ich stellte mir vor, wie sie die Hand ausstreckte, um mich zu berühren, und wir beide ins Leere griffen. Ich hoffte, dass sie da war. Es war nun schon ein Jahr her.

Ich sah mir die Liste an. Heute sollte ich Nudeln kochen. Wie schwer konnte das sein? Es war buchstäblich das Einfachste, was es gab, außer Take-away zu holen. Ich setzte den Wasserkocher auf und schaute in den Schrank. Wir hatten noch eine Packung Spiralnudeln. Perfekt.

Ich holte eine Pfanne heraus und dachte an Joe. Keiner wusste, was mit ihm passiert war. Ich googelte noch einmal, bis ich auf die Namen seiner Eltern stieß, Jasper und Claire Simpson.

Waren sie noch in der Stadt? Das war die Hauptfrage. War sein Vater hier? War seine Mutter aus Indien zurückgekommen? War sie überhaupt je dort gewesen? Was seine Mutter anging, schien Joe sich unsicher zu sein, er wusste nur, dass sie nicht bei ihnen lebte. Ich bemühte mich, sie nicht dafür zu verurteilen, dass sie gegangen war, aber ... wem wollte ich etwas vormachen? Wenn Joes Mum sich so verhalten hatte wie unser Dad, dann verurteilte ich sie genauso hart wie ihn, und das war *sehr hart*.

Was auch immer geschehen war, sie hatte den höchsten Preis bezahlt. Es gelang mir nicht, ihre Spuren bis in die Gegenwart zu verfolgen, weil es so viele Claire Simpsons auf der Welt gab, und bevor ich die Liste eingrenzen konnte, hörte ich einen Schlüssel in der Tür. Ich zuckte zusammen, wie immer, weil ich eine Sekunde lang fürchtete, dass es Dad sein könnte, obwohl er seinen Schlüssel hier zurückgelassen hatte, und rannte dann auf meine Schwester zu. Ich umarmte sie und bückte mich, um ihren gewölbten Bauch anzuschauen. »Hallo, kleines Baby!«, sagte ich. »Hier ist Tante Ariel!«

Sasha lachte. »Du bist ja so aufgedreht! Geht es dir gut? Ich habe mir Sorgen um dich gemacht.«

Ich hatte noch nie ein Geheimnis vor Sasha gehabt. Zumindest kein richtiges. Daher fing ich an zu erzählen. Ich erzählte ihr zuerst von den anderen Geistern und sie hielt mich nicht für übermäßig verrückt.

»Nach der Schule bin ich ins Beachview gegangen«, fuhr ich fort. »Ich habe dir doch von dieser kleinen Kammer im hinteren Teil des Einkaufszentrums erzählt? An dem Tag, als Dad wegging? Ich bin noch mal hingegangen und habe an Mum gedacht, weil ja heute ihr Tag ist, und ich habe die ganze Zeit geweint. Endlos, Sash. So viel habe ich nicht geweint, seit sie gestorben ist.«

»Ich dachte mir schon, dass dein Gesicht ein bisschen geschwollen ist«, sagte sie und berührte meine Wange. »Und ja, wann, wenn nicht heute. Mir geht es ähnlich. Aber jetzt siehst du etwas fröhlicher aus.«

»Ja. Ich habe ...« Ich sah sie an und hielt inne. Blaue Geister waren eine Sache. Ein toter oder vermisster Junge, der im Jahr 1999 gelebt, aber im Jahr 2019 mit mir gesprochen hatte, war etwas ganz anderes.

Wir beide hatten dieses erste Jahr nach Mums Tod überstanden, aber Sashas Leben war zurzeit schon kompliziert genug.

Sie sah mich an und wartete. »Du hast was?«

»Na ja, ich habe ... etwas begriffen.« Ich hielt inne. »Es war eine

Art Wendepunkt. Das Ende eines beschissenen Jahres. Etwas hat sich verändert, weißt du? Ich war an einem Punkt angelangt, an dem ich mich einfach den Dingen stellen musste, also ließ ich alles raus, und zum ersten Mal ging es mir ein bisschen besser. Und jetzt denke ich mir: Ist es nicht wunderbar, am Leben zu sein? Hier zu sein, im wirklichen Leben, in der Welt zu leben? Ich weiß, dass vieles scheiße ist.« Sasha runzelte die Stirn und legte die Hand auf ihren Babybauch. »Sobald er geboren ist, werde ich nicht mehr *scheiße* sagen, keine Sorge. Aber ich habe dich, und wir haben das Baby, und wir haben dieses Haus, in dem wir leben, und genug Geld. Wir haben es ein Jahr lang geschafft. Wir haben Glück. Wir sind nur für so kurze Zeit auf der Erde. Machen wir das Beste draus, okay? Mum würde das so wollen.«

»Okay.« Sie lachte. »Wow. Gib mir was von deiner Energie ab, Babe. Ich könnte ein bisschen davon gebrauchen.«

Ich nahm ihre Hand und versuchte, etwas von meiner positiven Energie auf sie zu übertragen. Sie tat so, als hätte sie einen elektrischen Schlag bekommen.

Ich konnte ihr nicht von Joe erzählen, denn sie hätte mir nicht geglaubt. Es war unser Geheimnis, meins und Joes. Es gehörte mir und einem Jungen aus dem Jahr 1999, der heute Nachmittag um Viertel nach fünf verschwunden war. Der jeden Nachmittag um Viertel nach fünf verschwand. Das musste der Zeitpunkt sein, an dem es passiert war, um Viertel nach fünf, am Donnerstag, dem 11. März, vor zwanzig Jahren.

Aber was war es? Was war geschehen?

»Okay«, sagte ich. »Setz dich hin und sieh fern, das ist ein Befehl. Das Essen ist gleich fertig. Es gibt Nudeln, aber ich mache noch eine Tomatensoße und vielleicht einen Salat? Das wäre doch gut, oder? Wegen dieser fünf gesunden Sachen am Tag und so. Und wir können auf Mum anstoßen und unglaublich positiv und tapfer sein.«

Ich öffnete die Schränke, inspizierte die Vorräte auf der Suche nach Dosentomaten. Da war eine Dose Tomatensuppe. Die tat es zur Not auch.»Morgen kaufe ich frisches Gemüse.« Mum hatte uns stets eingeschärft, dass wir zu jeder Mahlzeit Obst und Gemüse essen mussten, und das taten wir auch: Selbst in den schlimmsten Zeiten hatten wir die Gurke vom Burger und die Tomate auf der Pizza aufgegessen.

Mum war Anästhesistin und der klügste Mensch gewesen, den ich je gekannt hatte. Dad war auch Arzt, und ich hoffte, dass die Menschen in Inverness zumindest seine Fähigkeiten zu schätzen wissen würden, wenn schon nicht ihn selbst. Jede Wette, dass er inzwischen eine neue Freundin hatte.

Ich vermisste Dad nicht, aber es war seltsam, dass er einfach so aus unserem Leben verschwunden war. Ich hatte keine Ahnung, warum Mum bei ihm geblieben war. Er war furchtbar. Er war schrecklich zu ihr und zu Sasha gewesen und nett zu mir, hauptsächlich, so vermutete ich jetzt, um auf diese Weise noch gemeiner zu ihnen zu sein, und nicht, weil er mich wirklich mochte. Nicht einmal als Mum krank geworden war, hatte er irgendeine Art von Fürsorge gezeigt. Er hatte sich in sich selbst zurückgezogen und Sasha und mich ignoriert, bis Sasha ihm gesagt hatte, dass sie schwanger war, woraufhin er explodiert war, gegen mehrere Wände geschlagen hatte und stundenlang wie ein Verrückter durch die Stadt gefahren war.

Ich gab die Nudeln in die Pfanne und tippte rasch eine

E-Mail auf meinem Handy, bevor ich meine Meinung ändern konnte:

Lieber Dad,

ich schreibe dir, weil es jetzt ein Jahr her ist, dass Mum gestorben ist, und ich weiß, dass du sie auch vermisst. Ich hoffe, es geht dir gut in Schottland. Gib uns mal ein Lebenszeichen von dir. Uns geht es gut. Es wäre echt schön, wenn du dich mal bei Sasha melden würdest, ich glaube, sie würde sich darüber freuen. Ich auch.

Ariel xx

Kaum hatte ich die Mail abgeschickt, bereute ich es.

Ich ließ die Nudeln vor sich hin köcheln, wärmte die Suppe auf und setzte mich in der Zwischenzeit zu Sasha. Mein Blick wurde von dem Foto an der Wand angezogen. Es war unser Lieblingsbild, das wir aus dem Album genommen, vergrößert und gerahmt hatten. Auf dem Foto waren wir ungefähr drei und sieben Jahre alt, und Mum hatte uns auf ihren Schoß gequetscht, wobei ihre speziellen Mum-Arme irgendwie lang genug waren, um uns beide zu umfassen. Ich starrte in die Kamera, mit Puddinggesicht und zerzausten Haaren, Sasha (blond und süß) schaute mich an und lachte, und Mum machte eindeutig den Eindruck, als sei sie die glücklichste Frau der Welt. Ich mochte das Bild, auch wenn ich darauf ziemlich dumm aussah. Dad hatte es aufgenommen, aber abgesehen davon gefiel mir alles daran.

Ich überlegte, ob er auf meine Nachricht antworten würde. Bestimmt würde er das.

»Damals, als du klein warst«, begann ich und betrachtete unsere beiden jüngeren Versionen.

»Ja?«

»Warst du da im Kindergarten?«

»Ich war bei den Grashüpfern«, sagte sie und lächelte. »Es war schön dort. Ich würde den kleinen Knopf gerne dorthin schicken, aber der Kindergarten wurde vor Jahren geschlossen. Schon vor deiner Zeit. Dich hat Mum doch in diesen Hippie-Laden gegeben, oder?«

Ich erinnerte mich an den Hippie-Laden. Ich erinnerte mich an Singen und Tanzen und an das Planschen im Wasser und an Knetgummi. Vor allem aber erinnerte ich mich daran, dass ich weinte, weil ich meine Mutter so sehr vermisste. Einige Dinge haben sich nicht geändert.

»Gab es dort einen Mann, der den Kindergarten leitete?«, fragte ich. »Bei den Grashüpfern?«

Sasha verzog das Gesicht. »Da war ein Typ, der immer eine Gitarre dabeihatte. Aber sonst arbeiteten dort nur Frauen. Warum?«

Ich versuchte, ganz beiläufig zu sprechen, obwohl mir das Blut in den Ohren rauschte und ich nicht mehr richtig atmen konnte. »Ich habe da was im Internet gelesen. Über einen Jungen, der verschwunden ist. Jahre, bevor ich geboren wurde. Er ging auf unsere Schule. Sein Vater arbeitete bei den Grashüpfern. Mehr weiß ich nicht. Ich bin zufällig darauf gestoßen und fand das Ganze ziemlich seltsam. Dass ein Jugendlicher von unserer Schule spurlos verschwunden ist. Aus dem Einkaufszentrum. Und nie gefunden wurde. Ich habe mich gefragt, ob sein Vater im Kindergarten auf dich aufgepasst hat. Das war alles.«

»Ach, du meinst Joe Simpson? Jeder weiß über ihn Bescheid. Willst du etwa andeuten, dass sein Vater etwas mit der Sache zu tun hatte? Ich kann mich nicht erinnern, etwas in diese Richtung gehört zu haben. Aber es sind ja oft die Eltern, oder?« Ich schüttelte den Kopf. »Oh Gott, nein. Ich glaube nicht, dass es sein Vater war. Ich meine, vielleicht? Wer weiß? Ich habe nur gelesen, wo sein Vater gearbeitet hat, und dann ist mir eingefallen, dass du in diesen Kindergarten gegangen bist. Mehr nicht.«

»Ich schätze, er hat den Job aufgegeben, nachdem sein Sohn verschwunden war. Das war vor meiner Zeit. Joe Simpson ist wahrscheinlich weggelaufen, weißt du? Das tun Jungs manchmal. Ich bin mir ziemlich sicher, dass es am Ende darauf hinausgelaufen ist.«

Gedankenverloren legte sie die Hand auf ihren Bauch. Wir würden dafür sorgen, dass ihr kleiner Junge niemals einen Grund zum Weglaufen haben würde.

»Vielleicht«, erwiderte ich, denn mehr konnte ich nicht preisgeben. Ich konnte ihr ja schlecht sagen, dass ich wusste, dass genau das nicht passiert war.

Wie sich herausstellte, ergab Tomatensuppe aus der Dose keine besonders gute Nudelsoße.

Nachdem Sasha zu Bett gegangen war, suchte ich im Internet nach Gus Simpson, Joes Bruder, was erstaunlich leicht war. Er lebte in unserer Stadt, und als ich sein Foto entdeckte, stockte mir der Atem. Es war bizarr, jemanden anzuschauen, der Joe so ähnlich sah, aber fast vierzig Jahre alt war. Wenn er nicht so alt gewesen wäre, wäre er ein echter Hingucker gewesen. Nicht ganz so wie Joe, aber fast. Irgendwie hatte ich ein komisches Gefühl bei der ganzen Sache.

Und dann sah ich seine Familie. Gus hatte zwei Töchter. Ich musste ihn kennenlernen, aber ich wusste nicht, wie ich es anstellen sollte. Ich konnte ihm ja wohl kaum eine Nachricht schicken und ihm erklären, dass ich den Geist seines Bruders getroffen hatte und jetzt mit ihm reden wollte. Ich las alles, was ich auf seiner Facebook-Seite finden konnte, aber da stand nicht viel (oder falls doch, verhinderten seine Einstellungen, dass ich es sehen konnte): Er hatte Bilder von seiner Familie eingestellt und seinen Arbeitsplatz markiert, eine Anwaltskanzlei in der Stadt. Vielleicht wäre das eine Möglichkeit? Könnten Sasha und ich einen Anwalt brauchen?

Ich klickte auf das Profil seiner Partnerin. Sie hieß Abby Fielding und sah sehr nett aus. Freundlich. Die Kinder waren vielleicht acht und fünf Jahre alt.

Ich dachte lange darüber nach und entwarf dann eine Anzeige, in der ich für meine brandneuen, gerade erfundenen Dienstleistungen warb. Darin stand:

Hallo! Ich bin Ariel (wie die Meerjungfrau). Ich bin sechzehn und eine erfahrene, zuverlässige Babysitterin. Wenn Sie eine Babysitterin oder eine Kinderbetreuung brauchen, helfe ich gerne abends und am Wochenende. Alter ab zwei Jahren, vernünftiger Preis. Referenzen vorhanden. Ich liebe Kinder und verbringe gerne Zeit mit ihnen.

Das hörte sich bescheuert an (und war natürlich gelogen), aber nach allem, was ich in Abbys Profil gelesen hatte, könnte sie auf so etwas abfahren. Mütter mochten freundliche Mädchen, die mit ihren Kindern spielten und Disney-Namen hatten. Ich würde die Anzeige morgen in der Schule ausdrucken, nur ein Exemplar, und dann würde ich ihre Adresse ausfindig machen und ihnen das Blatt in den Briefkasten werfen.

Am Samstagmorgen wachte ich spät auf und scrollte durch Abbys Insta, immer weiter zurück in die Vergangenheit, bis ich auf ein Foto stieß, das sie gepostet hatte, als Mum noch lebte. Die Caption lautete: Diese Aussicht werde ich nie für selbstverständlich nehmen ❤.

Das Foto sah aus, als wäre es von einem Fenster im Obergeschoss aus aufgenommen worden. Am Horizont war in der Ferne das Meer zu sehen, im Garten stand ein dichter Laubbaum, und dazwischen – da war ich mir fast sicher – lag der Park mit dem Cricket-Feld. Das Ganze wurde von rosa Vorhängen eingerahmt.

Es war die Aussicht aus dem Fenster von Gus und Abby.

Game on. Wenn sie noch in dem Haus wohnten, würde ich sie aufsuchen. Mein Treffen mit Joe an diesem Nachmittag bestand aus einem Wirrwarr von Plänen und Möglichkeiten, und ich versprach, mich am Sonntag wieder zu melden.

Am frühen Sonntagmorgen schlich ich mich aus dem Haus und hinterließ eine Nachricht, dass ich an die frische Luft gehen wollte, um einen klaren Kopf zu bekommen. Ich schränkte die Auswahl auf fünf Häuser ein, indem ich zweimal die Straße am

Cricket-Feld entlangging. Dann setzte ich mich auf eine Bank auf der anderen Seite des Felds, eingemummelt in meinen wärmsten Mantel und meinen Schal, und tat so, als würde ich auf meinem Handy spielen, bis ich sah, wie Gus aus Haus Nummer fünf kam und losjoggte.

Ich versuchte, mir klarzumachen, dass dieser Mann zwei Jahre älter war als Joe, der wiederum ein Jahr jünger war als ich, aber dass er gleichzeitig ungefähr einundzwanzig Jahre älter war als ich. Ein Mann mittleren Alters. Er hatte zwanzig Jahre lang ohne seinen Bruder gelebt, also fünf Jahre länger, als er mit ihm zusammengelebt hatte. Ich war jetzt älter, als Joe je gewesen war und je sein würde, und der Abstand zwischen uns wurde mit jeder Sekunde größer.

Joe hätte fünfunddreißig sein müssen. Die Realität traf mich zum ersten Mal mit voller Wucht. Der Junge, den ich mochte, der Junge, der in der zehnten Klasse war, dieser Junge war jetzt fünfunddreißig. Das war schon ziemlich gruselig.

Ich richtete meine Haare und machte einen Kussmund, während ich mein Handy hochhielt und heimlich ein Foto von Gus machte. Es war kein gutes Bild, aber man konnte ihn erkennen.

Sobald er außer Sichtweite war, nahm ich alle meine Mut-Atome zusammen und ging den Gartenweg hinauf zur Nummer fünf. Auf dem Kiesbett im Vorgarten lag umgekippt eines dieser rot-gelben Plastikautos, mit denen kleine Kinder spielen. Es sah alt aus. Vielleicht hatte es einmal Joe gehört.

Ich schaute nach oben und sah rosa Vorhänge am Fenster im Obergeschoss.

Mit zitternden Fingern schob ich den Zettel durch den Briefschlitz der blauen Tür und eilte davon. Auf dem Heimweg machte ich einen Abstecher beim Supermarkt, kaufte jede Menge frisches Gemüse und kochte eine großen Topf Suppe für Sasha, das Baby und mich.

Dann wurde mir klar, dass ich mich heute nicht mit Joe treffen konnte, obwohl ich es versprochen hatte. Es war Sonntag und das Einkaufszentrum schloss um vier Uhr. Ich war traurig, dass ich mich nicht mit ihm unterhalten konnte. Ich vermisste ihn. Am meisten machte es mir zu schaffen, dass er auf mich warten würde, dass die einzige Person, mit der er wirklich reden konnte, nicht auftauchen würde.

Ich schickte ihm in Gedanken eine stumme Entschuldigung und hoffte, er würde nicht denken, ich hätte ihn für immer im Stich gelassen.

16

Ich werde auf die übliche Weise wach. Ich schreibe alles auf, während ich noch im Halbschlaf bin, und starre auf die Worte.

Ich bin tot. Es ist 2019. Der Tag wiederholt sich immer wieder. Ariel aus der Zukunft im Schrank im B'view. Wir treffen uns nach der Schule.

DU HAST KEINE ANGST VOR DER FRANKREICHFAHRT.

DU HAST ANGST, WEIL DU HEUTE STERBEN WIRST.

Die Reise nach Frankreich! Deshalb habe ich Angst. Mein Herz klopft so heftig, dass ich das Gefühl habe, es würde das Haus um mich herum zum Einsturz bringen, und irgendwie glaube ich nicht, dass es etwas ausmachen würde, wenn es so wäre. Ich will wirklich, *wirklich* nicht nach Frankreich. Aber warum? Und warum habe ich auf den Zettel geschrieben, dass ich keine Angst davor habe, wenn ich sie doch habe?

Warum habe ich geschrieben, dass ich sterben werde? Ich erschaudere. Dumme Traumgespinste, sonst nichts.

Ich betrachte mich im Spiegel. Ich sehe normal aus. Glaube ich zumindest. Mein Haar ist zerzaust und steht in alle Richtungen ab. Aber ich bin es, ganz sicher. Joe Simpson höchstpersönlich.

»Reiß dich zusammen«, sage ich laut, dann sehe ich Gus in der Tür stehen, der mich mitleidig ansieht.

Mitten in der Klassenleiterstunde lasse ich den Blick über die anderen Schüler schweifen und denke mir, dass ich nie am Frankreichaustausch teilnehmen werde, aber ich weiß nicht, warum ich das denke. Es muss ein Echo meines Traums sein: Wenn ich tot bin, kann ich nicht nach Frankreich fahren. Ich schüttle den Kopf und versuche, den Gedanken zu verdrängen. Ich mache mich über Lucas lustig, was mich für einen Moment ablenkt, und hänge mit Troy ab, der ein bisschen sauer auf mich ist, weil er denkt, ich hätte seinen Pokal geklaut, aber ich tue so, als hätte ich das nicht getan.

Nach der Schule laufe ich in die Stadt und kaufe eine Dose Tab. Ich treffe einen Mann und er ist wütend. Ich sage ihm leise, er solle sich verpissen, und er nennt mich einen kleinen Wichser.

Sobald ich die Tür der geheimen Kammer berühre, weiß ich, dass ich Ariel sehen werde, und dann fällt es mir wieder ein.

Ich sehe Ariel jeden Tag.

Ich gehe in den Raum und warte. Ich schließe die Augen und spüre, wie ich in dem Grauen meiner eigenen Existenz ertrinke. Das Grauen besteht darin, dass ich nicht existiere, und doch bin ich hier. Das Grauen besteht darin, dass ich den einen Tag immer wieder aufs Neue durchlebe. Dass nichts, was ich heute über mich gedacht habe, gestimmt hat. Ich kämpfe, als ob ich die Macht hätte, das Grauen abzuschütteln. Ariel ist die Einzige, die mich versteht.

Ich warte. Die Wände scheinen dichter zusammenzurücken als sonst, sie bewegen sich so langsam aufeinander zu, dass man es nicht sehen, aber spüren kann.

Ich frage mich, ob es eine Rolle spielt, dass ich von einem Tag auf den anderen alles über mich vergesse. Es ist wahrscheinlich besser, zu vergessen, als sich zu erinnern. Ich bin mir nicht sicher, wie ich den Tag überstehen würde, wenn ich wüsste, was an diesem Tag passiert.

Ich seufze. Es ist besser, nichts zu wissen, aber ich muss versuchen, mich zu erinnern. Ich muss herausfinden, was mit mir passiert ist. Ich soll Ariel jedes Detail meines letzten Tages erzählen, aber er verblasst bereits. Er ist jedes Mal ein bisschen anders. Wahrscheinlich ist das zwangsläufig so.

Ich könnte alles aufschreiben. Ich könnte versuchen, mir selbst einen Hinweis zu hinterlassen, aber ich habe keine Ahnung, wie ich das anstellen soll, abgesehen davon, dass ich Stift und Papier neben das Bett lege und beim Aufwachen sofort alles auf den Zettel kritzle, aber genau das scheine ich bereits mit meinem Mathebuch zu machen.

Ich denke über dieses eine Detail nach, weil es einfacher ist als die anderen Sachen. Aber es steht da, egal wohin ich schaue. Die Worte sind an jeder Wand in diesem Raum. Sie sind beleuchtet, neonfarben. DU WIRST STERBEN, steht da. HEUTE. JETZT. Ich sehe sie überall. Wenn ich nicht sterbe, werde ich für zwanzig Jahre verschwinden. Es scheint eine Art Leben nach dem Tod zu geben, aber ich habe zwanzig Jahre gebraucht, um zu merken, dass ich immer wieder denselben Tag erlebe. Ich glaube, mein Leben nach dem Tod besteht darin, dass ich jeden Tag zur Schule gehe, bisher etwa siebentausenddreihundert Mal, und wenn ich alle diese Tage richtig gelebt hätte, wäre ich fünfunddreißig, aber in Wirklichkeit bin ich immer noch fünfzehn.

Vielleicht bin ich in der Hölle gelandet. Das könnte mein persönliches, speziell auf mich zugeschnittenes Fegefeuer sein: Ich sitze allein in einer kleinen Kammer, weiß, dass ich immer fünfzehn sein werde, und warte auf meine einzige Freundin, die eigentlich schon da sein müsste, es aber nicht ist – und auf das andere. Das Böse. In der Zwischenzeit wird der Millennium-Bug sich als harmlos erweisen, aber der Klimawandel ist schlimmer als erwartet und die internationale Politik ist völlig aus dem Ruder gelaufen, und ich werde nie Teil der Welt sein, in der diese Dinge geschehen.

Ariel hat mir erzählt, dass Gus Kinder hat. Das fällt mir plötzlich wieder ein.

Sie hatte seine Adresse herausbekommen und wollte heute dorthin fahren.

Ich starre auf die Tür und spüre, wie ich langsam die Kontrolle verliere. Ich warte und warte auf Ariel, aber sie kommt nicht, und nach einer Weile wird mir klar, dass es fünf Uhr ist und sie nicht mehr kommen wird.

Sie ist alles, was ich habe. Was, wenn sie krank ist? Was, wenn sie auch gestorben ist? Vielleicht hat sie beschlossen, mich nicht mehr zu treffen. Vielleicht hat sie gedacht, dass sie sich mich nur eingebildet hat und dass es an der Zeit ist, sich für das Baby ihrer Schwester zusammenzureißen.

Ich zittere. Ich steige auf die kleine Bank auf und hüpfe hinunter. Es tut nicht weh. Ich werfe mich auf den Boden, wobei ich mich bemühe, meine Hände nicht auszustrecken, und lande mit dem Gesicht voran. Es tut immer noch nicht weh. Ich beiße mir in den Arm. Nichts. Ich schlage mir auf die Nase, bis sie bluten müsste, aber es kommt kein Blut heraus. Ich schlage mit dem Kopf gegen die Wand, wieder und wieder und wieder. Am Ende tut es weh. Gott sei Dank.

Ich stelle mir vor, wie Gus darauf wartet, dass ich heute Abend nach Hause komme. Ich frage mich, wann er aufhören wird, sich zu ärgern, und anfangen wird, sich Sorgen zu machen. Ich frage mich, wann Dad die Polizei rufen wird, wann Mum aus Indien zurückkommt, ob Dad immer noch Leiter einer Kindertagesstätte ist oder ob das Verschwinden des eigenen Kindes dazu führt, dass man sich nicht mehr um die Kinder anderer Leute kümmern kann. Meine Gedanken schweifen von der Gegenwart (lässt sich der Zeitpunkt bestimmen, an dem man aufhört, sich zu ärgern, und anfängt, sich Sorgen machen?) zur Zukunft (ich hoffe, Ariel geht es gut).

Ich frage mich, ob Mum und Dad überhaupt noch am Leben sind.

Gus hat Kinder. Ich werde sie nie kennenlernen. Es sei denn, Ariel bringt sie hierher? Vielleicht würden sie mich sehen können. Vielleicht könnte Gus es auch.

Ich weiß, dass ich mich konzentrieren muss, denn ich werde bald zur Tür schauen und jemand wird (vermutlich) hereinkommen. Wenn ich mich daran erinnern könnte, wer es ist, und das auch noch morgen früh nach dem Aufwachen, würde das wirklich weiterhelfen.

Vielleicht schaffe ich das ja. Ich erinnere mich schon an etwas mehr als zuvor. Ich nehme einen Stift aus meinem Rucksack und schreibe auf meinen Geisterarm: MERK DIR ALLES GANZ GENAU. Die Worte werden nicht mehr da sein, wenn ich aufwache.

Und dann lasse ich meinen Gefühlen freien Lauf, vielleicht nur ein paar Minuten, zumindest kommt es mir so vor. Ich sinke auf den Boden und kehre in meine Kindheit zurück, gebe mich ganz einem Wutanfall hin. Ich trete gegen den Boden. Schlage mit meinen Fäusten auf ihn ein. Nichts tut weh. Ich schluchze immer noch, als die Tür aufgeht. Ich schaue hoch, aber es ist nicht Ariel. Es ist ...

Alles wird dunkel.

17

Montag war ein ganz normaler Tag in der Schule. Izzy und ich haben über dumme Dinge gelacht, unsere Hausaufgaben gemacht, und ausnahmsweise musste ich mal keine Tränen zurückblinzeln, was irgendwie bedeutsam war. Auch die Mittagspause verbrachte ich mit Izzy, vor uns standen Teller mit matschigen Ofenkartoffeln.

»Ich nehme an, er ist inzwischen wieder aus Frankreich zurück«, sagte sie. »Der Junge, der dir die falsche Nummer gegeben hat? Du triffst dich doch nicht mit ihm, oder?«

»Ach, das«, sagte ich. Ich sehnte mich mit jeder Faser danach, ihr von Joe zu erzählen, sie in meine neue Welt einzuführen. Aber sie würde glauben, dass ich mir das alles nur einbildete. Das würde ich auch, wenn ich sie wäre.

Ich konnte es ihr genauso wenig sagen, wie ich es Sasha sagen konnte.

»Ganz sicher nicht«, beantwortete ich ihre Frage übertrieben abgeklärt. »Nichts ist so abschreckend wie eine falsche Telefonnummer. Er hat mich geghostet, also ist er für mich gestorben.«

Ein Schauer überlief mich. Nichts von alldem hatte ich sagen wollen.

»Mistkerl.« Izzy schüttelte den Kopf. Damit war das Thema beendet.

Stattdessen erstellten wir eine Liste mit möglichen zweiten Vornamen für Sashas Baby. Wir verbrachten den ganzen Nachmittag damit, eine Weltmeisterschaft der Jungennamen zu veranstalten, Meinungen von allen einzuholen, die in der Nähe waren, einige Namen auszuschließen und andere in die nächste Runde zu schicken, und um 15.30 Uhr stand das Ergebnis fest: Der zweite Vorname des Babys war Camembert (so ausgesprochen, wie es geschrieben wird, kurz Bert). Das versetzte mich in gute Laune, und ich schickte Sasha eine SMS, um ihr mitzuteilen, dass der zweite Vorname ihres Sohnes Camembert sein würde.

Fuck off, antwortete sie. Obwohl mir Bertie eigentlich ganz gut gefällt. Hmm ... also danke.

Ich sah jetzt überall Flimmergeister, ob ich an Blau dachte oder nicht, aber ich hatte keine Angst mehr vor ihnen. Vermutlich handelte es sich um kurze Ausschnitte von Joes letztem Schultag, da ich mich in dem Gebäude befand, in dem auch er damals gewesen war, genauso wie in dem kleinen Raum im Beachview, wo die Ebenen sich überlappten. Ich wusste nicht, ob ich recht hatte, aber ich hatte beschlossen, das zu glauben.

Ich sah alle genau an, in der Hoffnung, unter ihnen Joe zu entdecken, und fragte mich, ob wir auch dann miteinander sprechen konnten, wenn wir uns nicht an unserem gewohnten Ort trafen. Ich hatte keine Ahnung, warum ich ihn überhaupt sehen konnte. Irgendwie hatte es wohl mit Mum zu tun, aber womöglich ging es auch darum, dass ich herausfinden sollte, was mit ihm geschehen war. Würde ihm das helfen, den nächsten Schritt zu tun? Vielleicht.

Am Nachmittag fand ich mich mit einer Gruppe Geistermädchen auf der Toilette wieder. Ich war die Einzige aus dem Jahr 2019.

»Hey«, sagte ich. »Hört mal. Kennt ihr Joe Simpson?« Ich winkte mit beiden Armen. »Hallo? Könnt ihr mich verstehen?« Sie ignorierten mich. Sie konnten mich weder sehen noch hören, und dann ging die Toilettenspülung, und ein echtes Mädchen, das ich nicht kannte, kam aus der letzten Kabine und grinste mich an.

Die Schüler von 1999 machten mir weniger Angst, da ich jetzt wusste, wer sie waren. Das war nicht meine Geschichte, sondern ich half Joe bei seiner, und das nahm den Druck raus. Sie waren kein Symptom dafür, dass ich den Verstand verlor, wie ich anfangs gedacht hatte, und am liebsten hätte ich sie alle umarmt. Sie waren mit Joe verbunden (daran bestand kein Zweifel, denn sie trugen die gleiche Uniform wie er und sahen aus wie Leute aus den Neunzigern). Das bedeutete, dass sie irgendwie zu ihm gehörten und vielleicht für ihn um Hilfe baten. Daher bemühte ich mich, ihre Anwesenheit gut zu finden, obwohl mir die seltenen Tage am liebsten waren, an denen ich sie nicht sah.

Oft wünschte ich mir, Mum hätte 1999 irgendeinen Grund gehabt, an unserer Schule zu sein. Dann wäre ich ihr vielleicht jetzt begegnet. Aber sie war nicht an der Schule gewesen, daher konnte ich ihr auch nicht über den Weg laufen.

Ich rannte zum Beachview.

»Ariel!«, rief er und sprang auf. Er versuchte, mich zu umarmen, und ich erschauderte angesichts der seltsamen Kälte, die ich verspürte, als sein Körper meinen überlagerte. Es war halb

Kälte, halb Kribbeln, eine verdichtete Version dessen, was passierte, wenn ich in der Schule durch die Gänge ging und von Schülern aus der Vergangenheit umgeben war.

»Hör mal, Joe«, sagte ich. »Also wegen gestern ... Es tut mir so leid. Ich habe einfach nicht nachgedacht.«

»Was ist passiert?« Er wippte auf und ab. »Ich habe mir Sorgen gemacht. Am Ende bin ich ... Na ja. Lach nicht. Ich bin auf dem Boden gelandet und völlig durchgedreht. Ich dachte, dir wäre etwas Schreckliches zugestoßen. Ich dachte, du wärst krank oder du hättest keine Lust mehr, oder du hättest beschlossen, dass alles nur Einbildung ist. Da wurde mir klar, dass ich ohne dich nie etwas anderes tun werde, als diesen Tag immer und immer wieder zu erleben, für alle Zeiten. Und das war das Schlimmste. Das Schlimmste, was es gibt. Der Abgrund, verstehst du?«

Ich glitt mit meiner Hand durch seine Schulter. Ich musste herausfinden, was mit ihm geschehen war. Selbst wenn sich dadurch nichts änderte, er würde es dann wenigstens wissen.

»Es tut mir so leid«, sagte ich noch einmal. »Aber der Grund war ein anderer. Es war einfach nur Sonntag, Joe. Und sonntags schließt das Einkaufszentrum schon um vier. Das war alles. Ich habe am Samstag nicht daran gedacht, was dumm war, denn wenn ich einen Moment darüber nachgedacht hätte, wäre es mir aufgefallen, und dann hättest du dir keine Sorgen machen müssen. Ich werde dich sonntags nie sehen können, aber jetzt wissen wir das und können uns darauf einstellen.«

Ich zögerte und beschloss dann, weiterzureden. »Joe, ich habe dich vermisst. Wir kennen uns zwar noch nicht lange, aber ich mag mir gar nicht vorstellen, wie es wäre, wenn wir uns nicht jeden Tag sehen könnten. Beinahe jeden Tag. Ich bin geradezu besessen davon, herauszufinden, was mit dir passiert ist.«Ich sah ihn an und war etwas nervös, weil ich ihm meine Gefühle offenbart hatte, aber Joe lachte und weinte zugleich, denn er empfand diesen Moment offenbar genauso intensiv wie ich.

»Ich werde also nie beschließen, dass ich dich nicht mehr sehen will«, versicherte ich ihm, »denn du bist jetzt mein bester Freund.«

»Ariel,« sagte er. »Du bist großartig, aber ich möchte nicht, dass du das Gefühl hast, ich würde dich unter Druck setzen. Gestern ist mir klar geworden, dass ich, obwohl ich dich gerade erst kennengelernt habe, völlig von dir abhängig bin. Es ist ein bisschen so, wie wenn man jemandem im Krieg einen Unterschlupf bietet. Wie bei Anne Frank oder so.«

»Hey«, sagte ich. »Ich lauf dir nicht weg, okay? Freunde?«

Wir sahen uns auf eine Weise an, die für mich voller Magie war. Wir waren keine *Freunde*. Izzy war meine beste Freundin. Joe hingegen gab mir das Gefühl, dass ich mich öffnete, mich in jemand Neues verwandelte. Es war, als würde ich in die Sonne blicken. Er brachte mich zum Leuchten und machte mir zugleich Angst. Er war mehr als ein Mensch, mehr als ein Geist. Er vereinte das ganze Mysterium des Universums in sich, die Ungewissheit des Lebens nach dem Tod, den Riss im Gefüge der Wirklichkeit. Aber ich beschloss, uns *Freunde* zu nennen.

»Beste Freunde«, sagte er. Unsere Blicke trafen sich. Ich versuchte, mich zusammenzureißen. Er war beides – ein Riss im Gefüge der Wirklichkeit und ein extrem gut aussehender Junge.

»Also gut«, sagte ich betont sachlich. »Zeit für Updates. Ich habe herausgefunden, wo Gus wohnt. Es ist eines dieser schönen Häuser in der Nähe des Cricket-Felds, so wie wir es uns gedacht haben. Gestern früh habe ich vor dem Haus gewartet. Ich habe mich auf eine Bank gesetzt und so getan, als würde ich mit meinem Handy herumspielen. Und dann kam er raus und ging joggen.«

»Du hast Gus gesehen?«, fragt Joe erschüttert. »War er ... hat er ausgesehen wie ein siebenunddreißigjähriger Mann?«

»Ja. Es war bizarr. Ich kam mir vor wie eine Stalkerin, aber ich wollte etwas für dich herausfinden. Als er ganz in der Nähe war, habe ich so getan, als würde ich ein Selfie machen, und habe stattdessen ein Foto von ihm gemacht.«

»Du hast so getan, als würdest du *was* machen?«

Ich hob mein Handy und demonstrierte es ihm. »Ein Selfie machen, das geht so. Jeder macht das.« Ich hielt ihm mein Handy hin. »Siehst du, hier vorne gibt es noch eine Kamera. Mädchen machen angeblich kaum etwas anderes als Selfies. Alle halten uns für oberflächlich.« Ich zog eine Schnute und hielt das Handy hoch. Wir waren beide auf dem Display zu sehen, aber als ich das Foto gemacht hatte, war nur ich auf dem Bild.

»Oh mein Gott«, sagte er. »Ich bin nicht da. Sieh dir das an. Ich bin unsichtbar.« Er drehte sich um und berührte die Wand hinter sich, die stattdessen auf dem Foto abgebildet war.

»Ich wette, wenn du ein Foto machen könntest, wäre ich nicht darauf zu sehen.«

Wir sahen uns mit großen Augen an.

»Ich kann nicht auf deinem Foto sein, weil ich in deiner Welt nicht existiere«, überlegte er.

»Und ich existiere nicht in deiner.«

»Ich weiß, dass es noch verrücktere Dinge gibt«, sagte er, »aber ich finde es ziemlich irre. Ich bringe eine Kamera mit und wir können es ausprobieren. Aber ...« Er schüttelte sich. »Zurück zu Gus.«

»Genau. Ich habe so getan, als würde ich ein Foto von mir selbst machen, aber nur, um Gus zu fotografieren. Ich habe so getan, als würde ich die Kamera benutzen, die auf mich gerichtet ist, aber in Wirklichkeit habe ich die benutzt, die auf ihn gerichtet ist. Weißt du, was ich meine?« Joe nickte. »Willst du es sehen?«

Er nickte wieder, aber ich spürte, dass ein Teil von ihm das absolut *nicht* wollte. Ich hielt ihm das Handy hin.

»Hier«, sagte ich. »Das ist er, bei seinem sonntäglichen Morgenlauf.«

Ich sah auf dem Foto einen Mann mittleren Alters in locker sitzenden Laufshorts, der über ein Feld joggte. Joe sah etwas ganz anderes. Er schnappte nach Luft und versuchte, das Foto mit seinem Finger zu berühren.

»Mein Bruder«, sagte er. »Gus. Er ist es. Aber er sieht so ...«

Er verstummte. Ich redete weiter, weil ich wusste, dass wir nur wenig Zeit hatten.

»Joe«, sagte ich. »Ich habe dir doch erzählt, dass Gus Kinder hat? Und mit einer Frau namens Abby Fielding zusammenlebt?« Er nickte. »Und dass ich versuchen will, einen Job als Babysitterin bei ihnen zu bekommen? Es wird wahrscheinlich zu nichts führen, aber ich habe ihnen einen Zettel in den Briefschlitz an der Tür geworfen, nur für den Fall. Hattest du als Kind ein rot-gelbes Plastikauto?«

Er sah niedergeschmettert aus. »Ja«, sagte er. »Das hatte ich.

Man konnte sich reinsetzen und es mit den Füßen vorwärtsbewegen. Ich hielt mich für den Coolsten, weil ich mein eigenes Auto fuhr.«

»Es stand im Garten deines Bruders. Es sah sehr alt aus.«

Als er nichts darauf erwiderte, redete ich einfach weiter. »Soll ich das durchziehen, Joe, oder ist es dir zu viel? Nicht nur das Babysitten, sondern überhaupt alles. Ich habe darüber nachgedacht, was ich sonst noch tun könnte. Wenn du willst, kann ich recherchieren, was mit dir passiert ist. Ein bisschen, du weißt schon, Detektivarbeit leisten, wenn das nicht zu dumm klingt. Wenigstens wüssten wir dann Bescheid. Und deine Familie auch.«

»Ja«, sagte er nach einer langen Pause. »Ja. Bitte. Das Babysitten und auch die Detektivarbeit. Wenn es dir nichts ausmacht. Ich glaube, es wäre gut, wenn sie wüssten, was passiert ist. Und ich würde mich auch ein bisschen besser fühlen, wenn ich es wüsste. Sonst stelle ich nur wilde Vermutungen an.«

»Wahrscheinlich brauchen sie keine Babysitterin.«

Er kniff die Augen zusammen. »Hast du mir gesagt, wie Gus' Kinder heißen? Gibt es Fotos von ihnen?«

»Ich habe dir ihre Namen nicht genannt«, sagte ich, »weil ich sie damals noch nicht kannte. Jetzt weiß ich es. Sie heißen Zara und Coco. Sie sind ungefähr … ich bin mir nicht sicher. Von den Fotos her würde ich sagen, vielleicht fünf und sieben? So in etwa. Abby ist auf Facebook und nimmt es mit den Privatsphäre-Einstellungen nicht allzu genau.«

Ich bemerkte seinen Gesichtsausdruck. »Das erkläre ich dir ein andermal. Willst du die Fotos sehen?«

Ich blickte ihm in die Augen. Ich spürte, wie verwirrend und furchtbar das für ihn war, aber er nickte zaghaft, also öffnete ich meine Fotogalerie und blätterte durch die Screenshots, die ich im Rahmen meiner umfassenden Stalking-Aktion gemacht hatte.

»Hier, bitte schön. Das ist deine Schwägerin. Und das sind deine Nichten. Auf Insta sind ihre Gesichter nicht zu sehen, aber auf Facebook schon. Ach verdammt. Es tut mir so leid, Joe.«

Ich scrollte durch Abbys Facebook-Fotos und ließ ihn die beiden Mädchen anschauen, solange er wollte. Und Joe wollte nichts anderes. Ihm war egal, was Facebook ist, und auch die Privatsphäre-Einstellungen waren ihm egal. Er wollte nur seinen erwachsenen Bruder und seine unbekannte Schwägerin Abby sehen, die Frau, die er nie kennengelernt hatte, die Frau, die ihn nur als jemanden kannte, der spurlos verschwunden war. Vor allem aber wollte er die beiden Mädchen anschauen. Mit einer geradezu verzweifelten Sehnsucht. Er hätte ewig ihre kleinen Gesichter betrachten können.

»Ariel ...«, begann er, als unsere Zeit langsam zu Ende ging. »Das hört sich vielleicht komisch an, aber kannst du diese Fotos ausdrucken? Können wir sie hier drin aufbewahren? Damit ich sie immer anschauen kann? Ich weiß, dass ich die Mädchen im wirklichen Leben nie sehen werde, aber wenn ich nur ... wenn ich nur ...«

Von Gefühlen überwältigt brach er ab.

»Klar«, sagte ich. »Kein Problem. Ich kann sie in der Schule ausdrucken. Ich glaube, ich habe noch Kopierguthaben übrig.«

Ich plapperte weiter, was mir gerade einfiel, nur um etwas zu sagen. Denn eigentlich war mir klar, dass ich keine Fotos von

Kindern ausdrucken und hier deponieren würde, das wäre total schräg und unangemessen, außerdem würde Joe sie wahrscheinlich gar nicht sehen können.»Und morgen erzählst du mir alles, was nützlich sein könnte. Kannst du dir Notizen über jeden machen, dem du im Verlauf des Tages in der Schule begegnest?«

Ich sah, wie er tief Luft holte und zur Tür blickte. Im nächsten Moment war er verschwunden.

18

Es ist schon ziemlich verrückt, wenn man aufwacht und im selben Moment vage erkennt, dass das eigentlich unmöglich ist. Neben dem Bett liegt ein Zettel mit einer Notiz über einen Schrank im Beachview und ein Mädchen aus der Zukunft namens Ariel, aber das weiß ich längst. Es hat sich in meinem Kopf festgesetzt.

Es hat sich in meinem Kopf festgesetzt! Das ist neu. Ich bin mir sicher, dass es neu ist. Ich weiß, dass ich nach der Schule dorthin gehen werde, und ich weiß, dass ich diesen Tag schon tausendmal erlebt habe, und es heute wieder so sein wird und auch morgen, falls es in meiner Welt so etwas wie ein Morgen gibt.

Ich weiß, dass ich aller Wahrscheinlichkeit nach tot bin. Es ist echt übel, so etwas über sich selbst herauszufinden. Ich tapse ins Bad und betrachte mich im Spiegel. Ich denke an Ariel und beschwöre das Blau des Himmels vor meinem inneren Auge herauf.

Es funktioniert tatsächlich. Ich schimmere blau. Sie hatte recht.

Dad ruft von unten. Ich schaffe es, halb die Treppe hinunterzutaumeln und mich von ihm zu verabschieden. Es ist das letzte Mal, danach wird er mich für eine sehr lange Zeit nicht mehr sehen. Wem mache ich etwas vor? Er wird mich nie wieder sehen. Das weiß ich genau. Er weiß es nicht.

»Ich hab dich lieb, Dad«, sage ich und umarme ihn. »Vergiss das nicht.«

Er tritt einen Schritt zurück und lächelt mich an.

»Weißt du, Jojo«, sagt er, »ich sehe ja, wie nervös du bist.« Er sieht niedergeschlagen aus. Ich rufe mir in Erinnerung, wie ich früher war, und versuche, mich wieder in diesen Joe hineinzuversetzen. Ich grinse ihn an und gebe mich betont lässig.

»Nö«, sage ich. »Kein bisschen. Ich habe nur versucht, meine einfühlsame Seite zu zeigen. Mrs Dupont meint, wir sollen das öfter mal tun.«

Was zum Teufel sage ich da? Aber es scheint zu funktionieren. Sein Gesicht entspannt sich ein wenig.

»Tatsächlich? Mrs Dupont ist eine kluge Frau. Vermisst du deine Mum? Ich kann mir vorstellen, wie sehr du dir wünschst, sie wäre jetzt hier, um dich zu verabschieden. Tut mir leid für dich, Junge.«

»Ja«, sage ich, und er hat recht. Mum ist an diesem Tag nicht hier, und das bedeutet, dass ich sie seit zwanzig Jahren nicht mehr gesehen habe. Ich wünsche mir von ganzem Herzen, dass sie am 11. März noch zu Hause gewesen wäre. Ich bemühe mich, in die Rolle meines alten Ichs zu schlüpfen, aber ich merke auch, dass ich mich kaum an meine Mum erinnern kann. Sie hat langes Haar und dunkle Augen. Sie trägt weite, fließende Kleidung. Ich habe sie seit zwanzig Jahren nicht mehr gesehen. Ich werde sie nie wieder sehen. Der Tag, an dem sie wegging, war der letzte Tag in meinem Leben, an dem ich eine Mutter hatte.

Sie ist in Indien (glaube ich zumindest – ich kann mich nicht mehr an viel aus der Vergangenheit erinnern) und ich werde sie nie wieder sehen.

Wenn sie hier wäre, würde das, was jeden Tag aufs Neue kommt, vielleicht nicht passieren.

Ich schüttle den Kopf. Ich kann auf keinen Fall die einzige Person beschuldigen, die nichts mit alldem zu tun hat. Sie ist meilenweit weg. Es ist nicht ihre Schuld.

»Sie kommt wieder«, sagt Dad. »Das weißt du doch. Aber jetzt steht erst einmal die Frankreichreise an! Du wirst einen Mordsspaß haben, jede Wette!« Ich sehe, wie er nach einem passenden Satz auf Französisch sucht, aber keinen findet. »*Comme ci, comme ça*«, sagt er stattdessen. »*Voilà! L'addition, s'il vous plaît!*«

Damit wenigstens einer von uns ein bisschen Spaß hat, schenke ich ihm das aufrichtigste Lächeln, das ich zustande bringe, und führe aus irgendeinem Grund einen kleinen Tanz auf. Eigentlich zapple ich nur ein bisschen herum, was ziemlich albern ist, aber, na ja, Dad liebt so was.

»*Vraiment bien*«, sage ich. Ich habe keine Angst vor der Frankreichfahrt, weil ich gar nicht daran teilnehmen werde. »Wird schon alles gut gehen«, versichere ich ihm. »Bestimmt eine interessante Erfahrung. Aber auch irgendwie komisch, oder? Wenigstens wohne ich bei meinem Freund Enzo in Frankreich und das ist cool.«

»Das ist die richtige Einstellung. Gut. Wir sehen uns ja noch, bevor du gehst, und dann bist du im Handumdrehen wieder zu Hause.«

Gus trampelt geräuschvoll die Treppe herunter.

»Du bist noch hier?«, fragt er Dad, der auf seine Uhr schaut und »Pups!« murmelt.

»Pups?«, frage ich verwirrt.

Dad zuckt mit den Schultern.

»Für die Kleinen musste ich mir ein harmloses Wort ausdenken, und Pups ist ohnehin eines ihrer Lieblingswörter. Also ist es keine Katastrophe, wenn mir das ab und zu mal herausrutscht.«

»Na klar, es ist keine Katastrophe, wenn dir ab und zu ein Pups herausrutscht«, spottet Gus, und ich möchte losheulen. Ich werde sie so sehr vermissen.

An der Straßenecke treffe ich Troy, und wir hauen uns gegenseitig Sprüche um die Ohren, wie großartig unser neues Leben in Frankreich sein wird und wie wir Baguettes und Croissants und Schnecken essen werden.

»Wahrscheinlich bleibe ich für immer dort«, sagt er und fantasiert von einem Leben in einer Pariser Mansarde mit einer schönen Frau und seiner Künstlerkarriere. Das habe ich ganz sicher schon einmal gehört, aber ich lasse mich darauf ein, stelle Fragen und ziehe das Gespräch in die Länge, bis wir an der Schule sind.

Unterwegs kommen noch andere Schüler hinzu, und ich sehe sie alle an, weil ich weiß, dass sie irgendwann erwachsen sein werden und ich nicht, dass sie anderen Leuten erzählen werden: »Als ich in der Schule war, ist einer meiner Freunde verschwunden.«

Ich werde sie auch morgen wieder sehen. Und auch danach und danach und danach. Jeden einzelnen Tag bis zum Ende der Zeit.

Ich sehe Jemima an und sie grinst. Sie ist wirklich hübsch, und ich weiß, dass ich früher total in sie verknallt war, aber ich fühle nichts. Ich erinnere mich an eine enge Freundschaft mit Marco, die eine unerwartete Wendung nahm, aber auch da lässt mich mein Gedächtnis im Stich. Ich weiß ja nicht einmal, ob ich auf Mädchen oder Jungs stehe oder auf beide, denn die einzige Person, für die ich etwas empfinde, ist Ariel, und ich kann nicht behaupten, dass ich auf sie stehe. Das war so, als ich noch dachte, dass wir beide lebendige Menschen sind, und natürlich gefällt sie mir immer noch, aber jetzt ist alles so viel komplizierter geworden.

Mir fällt ein, dass ich eigentlich Informationen für sie sammeln sollte, und ich lasse Lucas ausnahmsweise neben mir hergehen, damit ich herausfinden kann, wie sehr er mich hasst. Wir kommen nicht gut miteinander aus, aber dass er mich in wenigen Stunden umbringen könnte, übersteigt meine Vorstellungskraft.

Lucas ist einfach ein schräger Typ. Er ist sehr groß und wirkt älter als wir anderen (aber ich bin fünfunddreißig, das macht mir so schnell keiner nach). Ich fühle mich unwohl in seiner Gegenwart und allein das macht ihn verdächtig.

»Hey«, sage ich.

»Alles klar, Joseph?« Er grinst dämlich. »*Comment ça va?*«

Ich ignoriere sein Französisch.

»Lucas«, sage ich. »Würdest du mich umbringen, wenn du sicher sein könntest, dass du ungeschoren davonkommst?«

Er wirft mir einen seltsamen Blick zu. »Warum sollte ich dich umbringen wollen?«

»Ist das ein Nein?«

Er runzelt die Stirn und geht weg.

Sobald ich im Klassenzimmer bin, mache ich mir Notizen zu unserem Gespräch.

»Was schreibst du da?«, fragt Troy und versucht, einen Blick auf mein Gekritzel zu werfen. Ich decke es mit der Hand ab, so wie in der Grundschule, wenn man nicht will, dass der Banknachbar beim Diktat abschreibt. In dem Notizbuch steht nur: Lucas hat nicht Nein gesagt, als ...

Ich hoffe, Troy hat es nicht gesehen. Er würde annehmen, dass zwischen uns etwas Ähnliches läuft wie bei meiner Freundschaft mit Marco, an die ich mich kaum noch erinnern kann, Troy aber sehr wohl.

Marco ist nicht in unserer Klasse. Ich bin mir ziemlich sicher, dass ich ihn normalerweise nie sehe – allenfalls ein flüchtiger Blick auf seinen Hinterkopf, so wie heute –, und das muss der Grund sein, warum ich ihn mir jetzt kaum noch vorstellen kann. Ich wünschte, ich könnte es. Er hat mich dazu gebracht, Gefühle zu haben.

Den Rest des Tages frage ich die Leute, ob sie mich umbringen würden, wenn sie wüssten, dass sie damit durchkämen, und überraschend viele antworten nicht mit einem Nein. Ein paar sagen Ja, aber ich glaube, sie wollen nur witzig sein. Ich schreibe alles auf.

Mitten in der Mathestunde fällt mir die andere Sache ein. Ariel hat etwas herausgefunden: Gus hat eine Freundin und zwei Kinder. Gus! Er ist siebenunddreißig. Ariel hat ihn beim Joggen gesehen und ein Foto gemacht. Es kommt mir von einem

Moment auf den anderen in den Sinn, als hätte ich eine Tür geöffnet und sie alle auf der anderen Seite vorgefunden. Coco und Zara. Meine Nichten. Eine Frau namens Abby Fielding.

Ich habe keine Ahnung, wieso ich das sofort wieder vergessen habe oder warum ich mich jetzt daran erinnere. Ich weiß nur, dass ich nicht einfach hier herumsitzen kann, um mich mit simultanen Gleichungen herumzuschlagen. Ich kann etwas bewirken, wenn auch nicht viel.

Ich stehe auf. Mr Patel sieht mich an. Als ich ein »Mir wird schlecht« hervorstoße, deutet er auf die Tür.

»Geh mit, Troy«, sagt er. Ich schüttle den Kopf.

»Ich schaff das schon.« Ich stürme aus dem Zimmer und renne, um möglichst überzeugend zu wirken, direkt zum Jungenklo.

Troy folgt mir trotzdem. Ich hätte dasselbe getan. Ich verziehe mich in eine Kabine, schließe sie ab und überlege, ob ich Kotzgeräusche machen soll, aber was soll das bringen? Ich drücke die Spülung, gehe wieder hinaus und blicke Troy mit einem zittrigen Lächeln an.

»Alles okay?« Er zieht sich auf die Fensterbank hoch, aber seine Füße berühren fast noch den Boden. In dem heruntergekommenen Raum hallt und stinkt es. Das Fenster ist vereist und schmutzig. Alle Kabinentüren stehen offen.

Ich nicke und sage: »Nein.«

Er sagt: »Das dachte ich mir. Also raus mit der Sprache.«

Troy und ich sind beste Freunde, seit wir vier Jahre alt waren. Es ist die klassische Sandkastenfreundschaft zweier Jungs, die sich zu einem Zeitpunkt kennengelernt haben, als sie niedlich waren und es nicht mal wussten, und die sich seither immer gut vertragen haben. Er ist ungewöhnlich groß, sehr schlaksig, hat feuerrotes Haar und olivfarbene Haut. Er wird immer wieder von Scouts angesprochen, die für Modelagenturen arbeiten, aber das weiß ich nur, weil ich es selbst einmal mitbekommen habe. »Du hast so einen ausdrucksvollen Blick«, schwärmen sie. »So unverwechselbar.«

Wie auch immer. Mir ist klar, dass ich nichts zu verlieren habe.

»Troy«, sage ich. »Du wirst mich für verrückt erklären, aber hör zu. Heute wird mir etwas Schreckliches zustoßen. Ich werde …« Ich halte inne. Ich schaffe es nicht. Die Worte wollen nicht über meine Lippen kommen.

Seine Miene verrät mir, dass er sich etwas ratlos fragt, worauf ich hinauswill.

»Okay«, sagt er behutsam. »Was hast du vor? Dude, du wirst doch keine Dummheiten machen, oder?«

»Nein! Aber. Oh Gott, es ist der absolute Wahnsinn.«

»Ich kann mit Wahnsinn umgehen.«

Ich zwinge die nächsten Worte heraus. »Seit zwanzig Jahren erlebe ich denselben Tag immer wieder aufs Neue. Jeden Tag nach der Schule treffe ich ein Mädchen im Beachview. Außer, wenn es für sie Sonntag ist. Für mich ist es nie Sonntag. Sie kommt aus dem Jahr 2019. Das Jahr-2000-Problem ist nie aufgetreten, aber ein paar Flugzeuge sind 2001 in das World Trade Center geflogen, und die globale Erwärmung … Jedenfalls weiß ich, dass ich heute Abend verschwinden werde, und in zwanzig Jahren wird niemand mehr wissen, was mit mir passiert ist, aber Gus hat eine Freundin und zwei Töchter. Zara und Coco.«

Ich blicke stirnrunzelnd auf den Boden, während ich spreche. Als ich aufschaue, halte ich unwillkürlich inne, weil ich sehe, dass er in Gedanken die Schritte durchgeht, die man in einem Notfall unternehmen soll. Etwas Besseres könnte mir nicht passieren. Wenn er es schafft, dass ich weggebracht werde, könnte das den Verlauf des Tages ändern. Ich werde weiterleben, meine Nichten kennenlernen und ein Leben führen. Dann werde ich Ariel in der Zukunft begegnen und alles tun, um ihr das Leben schön zu machen. Einen Moment lang bin ich überglücklich.

»Joe«, sagt Troy und schaut mich durchdringend an. »Shit. Also gut, ich denke, wir sollten gehen und mit jemandem reden. Ich rufe deinen Vater an.«

»Okay«, will ich sagen, aber ich kann nicht mehr sprechen, und dann breche ich dramatisch zusammen, und als ich wieder zu mir komme, sitze ich im Büro des Direktors, und sie rufen meinen Vater an, damit er mich abholt.

Ich kann nicht sprechen. Ich kann nichts tun, außer zu weinen, und nicht einmal das kann ich richtig. Ich werde sterben. Ich werde verschwinden. Dies ist der letzte Tag meines Lebens, und jedes Mal, wenn ich das sage, denken sie, ich sei noch durchgeknallter als vorher, weil mir niemand, *niemand* glaubt. Nur eine Person versteht mich, aber die wird erst 2002 geboren werden.

Dad trifft ein und ist so besorgt, dass ich mich noch schlechter fühle.

»Ich werde deine Mum verständigen«, sagt er. Ich schüttle den Kopf. Es hat keinen Sinn: Sie wird nicht rechtzeitig hier sein. Ich nehme an, dass sie sowieso zurückkommen muss. Er wird sie in ein paar Stunden anrufen müssen, wenn ich verschwunden bin. Ich ändere mein Kopfschütteln in ein Nicken. »Ja«, sage ich. »Ruf Mum an. Sag ihr, dass ich sie brauche.« Ich spüre, wie sie über meinen Kopf hinweg Blicke austauschen, und ich nehme mir vor, passiv zu bleiben – was, wie jeder weiß, nicht Joe Simpsons Art ist. Sie können machen, was sie wollen. Ich werde nicht ins Beachview gehen, und das bedeutet, dass ich nicht sterben werde. Wenn ich meinen Hintern nicht von diesem Stuhl fortbewege, werde ich am Leben bleiben.

Dad sagt, dass er mich nach Hause bringen wird. Mrs Dupont kommt herein, und sie sprechen leise darüber, mich von dem Austauschprogramm abzumelden. Der stellvertretende Schulleiter, Mr Marks, ist ausgebildeter Ersthelfer, aber das hier ist eine Nummer zu groß, da helfen keine Pflaster und kein Desinfektionsmittel, also ruft er den Hausarzt an und erklärt mir, dass ich um halb vier ins Ambulanzzentrum gehen soll und dort schon als Notfall angemeldet bin. Ich lasse alles über mich ergehen. Innerlich wird mir ganz warm. Ich kann das schaffen. Ich kann mich in ein sicheres Krankenhaus einweisen lassen, irgendwo, wo die Türen verschlossen sind, und dann werde ich nicht um Viertel nach fünf im Beachview sein, und das bedeutet – ganz sicher bedeutet es das –, dass ich am Leben bleibe. Ich kann die Kontrolle behalten, indem ich absolut nichts tue. Ich habe den Verlauf des Tages geändert.

Im Auto ist es stickig und es riecht eindeutig nach Fast Food. »Hast du hier drin etwas von McDonald's gegessen?«, frage ich und hebe einen kleinen Fetzen von einem Strohhalmpapier auf. Dad hält uns immer Vorträge über gesunde Ernährung.

Er freut sich offenbar so, dass ich den Mund aufgemacht habe, dass er sofort gesteht.

»Ja«, sagt er. »Schuldig im Sinne der Anklage. Neulich Abend überkam mich der Heißhunger. Plötzlich erinnerte ich mich an die Zeit, als McDonald's zum ersten Mal in diesem Land auftauchte. Wie aufgeregt wir waren, dorthin zu gehen. Wir haben so getan, als wären wir Amerikaner. Da hatte ich das Gefühl, dass es immer noch die beste Sache der Welt sein könnte, obwohl ich weiß, dass es das nicht ist. Ich bin zum Drive-in gefahren und habe den Wagen dann auf einem Parkplatz abgestellt, um das Essen allein zu genießen.«

»Und?«

»Igitt. Ich habe die Pommes gegessen. Den Burger habe ich weggeschmissen. Der Milchshake war gut.« Er deutet mit einem Nicken auf den Papierschnipsel in meiner Hand. »Was mir zum Verhängnis wurde.«

»Der große Detektiv hat dein Geheimnis gelüftet«, sage ich und wedle mit dem Strohhalmpapier, wenn auch nur halbherzig.

»Wir können dir einen Milchshake holen, wenn dich das aufmuntert«, sagt er vorsichtig. »Oder ein Happy Meal. Einen Fish McGuffin oder was auch immer.«

»McMuffin Bacon & Egg.«

»Einverstanden.«

»Nein. Es heißt McMuffin Bacon & Egg oder Filet-o-Fish. Nicht Fish McGuffin. Ich möchte nichts. Trotzdem danke.«

»Okay. Willst du … ich weiß nicht. Möchtest du einen Schluck Wasser trinken? Willst du, dass ich ein Lied singe? Oder soll ich den Mund halten? Was kann ich tun, um dir zu helfen?« Er legt seine Hand auf meine, aber das Auto gerät ins Schlingern, also nimmt er sie weg und ruft aus dem Fenster: »Tut mir leid, mein Junge!«.

Ich liebe meinen Vater. Einen wie ihn gibt es kein zweites Mal. Er muss eine furchtbare Zeit durchgemacht haben, als Mum uns verlassen hat, aber ich bin mir ziemlich sicher, dass er mir und Gus gegenüber nie auch nur ein mürrisches Gesicht gemacht hat.

Ich denke an Mum. Ich wünschte, ich hätte ein Handy wie das von Ariel, dann könnte ich mir Fotos von Mum ansehen. Das wäre cool, ich könnte sie mir anschauen, sooft ich wollte. Auf diese lässige Art über das Display wischen und die einzelnen Aufnahmen durchgehen.

Ich erinnere mich nicht daran, dass Mum weggegangen ist. Ich weiß nur, dass ich sie seit einer Ewigkeit nicht mehr gesehen habe.

Als mir klar wird, wo die Arztpraxis ist, wird mein ganzer Optimismus weggespült wie Kacke in der Toilette. Wo sonst sollte sie auch sein, wenn nicht hinter dem Beachview? Und was hätte Dad anderes sagen können als: »Wir haben noch eine etwa halbe Stunde. Sollen wir reingehen?« Und natürlich geht er schnurstracks zur Toilette, und ich bleibe allein zurück, um uns beiden eine Cola zu kaufen, und natürlich laufe ich einem wütenden Mann in die Arme und gehe dann hinein. Ich will es nicht, aber ich tue es trotzdem. Meine Beine tragen mich dorthin. Natürlich, natürlich, natürlich.

Ich schaffe es einfach nicht, aus der Sache rauszukommen.

19

Am Donnerstag bekam ich vor der Schule eine Nachricht.

Hallo Ariel! Ich heiße Abby und ich habe deinen Flyer mit dem Babysitter-Angebot erhalten. Hättest du eventuell am Freitag Zeit? Das heißt, morgen?! Unser Babysitter ist krank und das stellt uns natürlich vor ein großes Problem. Wir haben zwei Mädchen, 6 und 8. Falls du Zeit hast, könntest du vorbeikommen und uns alle kennenlernen, damit wir sehen, wie ihr euch versteht? Es ist immer besser, wenn man sich schon kennt. Vielen Dank, ich hoffe, es klappt! Ich drücke uns die Daumen!! Abby

Ich zwang mich dazu, bis zur ersten Pause zu warten. Dann überlegte ich lange hin und her, um den richtigen Tonfall zu finden, damit meine Antwort möglichst locker klang.

Hallo Abby! Ja, morgen geht klar. Ich könnte heute Nachmittag vorbeikommen, wenn das passt? Ich habe nachmittags noch ein Wahlfach, kann also nicht direkt nach der Schule kommen – wäre halb sechs in Ordnung? Oder ist das zu spät? Und wie lautet die Adresse? Vielen Dank! Ariel

Ich hatte nicht damit gerechnet, dass es funktionieren würde. Aber es hatte auf Anhieb geklappt – und gerade deswegen beschlich mich jetzt auf einmal ein seltsames Gefühl. Ich hoffte, Joe würde damit einverstanden sein. Dass er meinen Babysitter-Plan theoretisch guthieß, war das eine, aber es tatsächlich durchzuziehen, war etwas ganz anderes. Wenn ihm das zu viel war, würde ich gleich nach unserem Treffen den Termin absagen.

Wenn er eines Tages nicht auftauchte, konnte das bedeuten, dass er es geschafft hatte, den Verlauf der Dinge zu ändern und nicht zu sterben. Wenn er wiederholt nicht auftauchte, würde ich ihn im wirklichen Leben suchen, als Fünfunddreißigjährigen. Das hatten wir so vereinbart. Und das wünschte ich mir am allermeisten. Ich hatte das Gefühl, dass Joe und ich zusammen alles erreichen könnten. Sogar den Lauf der Geschichte ändern. Es war unmöglich, aber auch wir waren unmöglich, also könnte es sogar klappen.

Aber bevor es so weit war, musste ich ihn noch um etwas bitten.

Abbys Antwort kam fünf Minuten später – OMG, du bist unsere Rettung! Also dann bis halb sechs! x –, und sie nannte mir die Adresse, die ich bereits kannte. Ich grinste so sehr in mein Handy, dass ich fast in Ms Duke hineingelaufen wäre.

»Ariel«, sagte sie und legte mir beschwichtigend eine Hand auf die Schulter. »Ich hatte gehofft, dich zu erwischen. Hast du einen Moment Zeit?«

Ich fühlte mich unwillkürlich ertappt und überlegte, was ich angestellt haben könnte. Die Antwort war: nichts. Seit ich Joe getroffen hatte, ging es mir besser, denn nichts rückt die eigenen Probleme so sehr ins rechte Licht wie die Begegnung mit einem Jungen, der seit zwanzig Jahren zwischen Leben und Tod schwebt. Außerdem hatte ich nie Ärger mit Ms D., aber sie sah es als ihre Aufgabe, sich zu vergewissern, dass es mir gut ging.

»Ja«, sagte ich. »Klar.«

Sie lächelte. »Keine Sorge. Es ist nichts Schlimmes. Wir haben uns nur schon eine Weile nicht mehr gesehen, nicht wahr? Ein paar deiner Lehrer haben gesagt, dass es dir in letzter Zeit offenbar besser geht. Ich weiß, dass du dich gut verstellen kannst, deshalb wollte ich mich selbst davon überzeugen.«

Sie ging neben mir her, als wären wir Freundinnen, und ich gab mir Mühe, so zu tun, als wäre da kein Mädchen mit hohem Pferdeschwanz und Plateau-Sneakern auf ihrer anderen Seite. Ich strich meine Haare zurück und band sie mit dem Haargummi, den ich am Handgelenk trug, zu einem Pferdeschwanz zusammen, weil es mir gefiel, wie die Haare des Geistermädchens bei jedem Schritt mitschwangen. Ich sah sie aus den Augenwinkeln an, ging im Gleichschritt mit ihr und ließ meine Haare im Takt mit ihren schwingen.

Ich war auf dem Weg zu Französisch, also würden Ms Duke und ich den ganzen Weg zusammen gehen und auch gemeinsam dort ankommen. Ariel, der Liebling der Lehrerin.

»Es geht mir schon besser.« Ich sah ihr in die Augen und lächelte, um zu beweisen, dass ich es ernst meinte. Das Mädchen mit dem hohen Pferdeschwanz bog zum Englischunterricht in ein Klassenzimmer ab, an dem wir vorbeikamen. Ich ließ weiter mein Haar hin und her schwingen. »Ich denke ... na ja, ich nehme an, das liegt vor allem an Sashas Baby. Ein neues menschliches Wesen ist auf dem Weg in diese Welt, das ist einfach das Tollste überhaupt. Außerdem ist es ...« Meine Stimme stockte.

So ein Mist. So viel zum Thema »alles im Griff«. Fünf Sekunden, in denen ich so tat, als ginge es mir gut, und schon brach ich zusammen. Hektisch redete ich weiter. »Mittlerweile denke ich, dass es gut so ist, wie es jetzt ist. Mum kommt nicht zurück, und falls Dad plötzlich vor der Tür steht, lassen wir ihn nicht rein. Ich weiß jetzt, dass er Sasha schikaniert und sie mich jeden Tag vor ihm beschützt hat. Ohne ihn geht es ihr viel besser. In gewisser Weise haben wir Glück gehabt.« Joes Familie kam mir in den Sinn. »Vielen Leuten geht es schlechter als uns. Ich werde diesen Sommer hart arbeiten und so gut wie möglich in meinen Prüfungen abschneiden, um mir alle Optionen offenzuhalten. Es ist natürlich Scheiße. Tut mir leid. Ich meine, es ist wirklich –«

Sie unterbrach mich mit einem Lächeln. »Schon gut, Ariel. Ich habe das Wort schon mal gehört. Vielleicht habe ich sogar selbst schon mal *Scheiße* gesagt.«

»Gerade eben!«

»Ganz genau.«

»Ja. Also gut, es ist Scheiße, aber es ist eine erträgliche Scheiße, und ich weiß, dass die Welt unseres Babys aus Sasha, mir und Jai bestehen wird. Ich kann also nicht Trübsal blasen und jemanden vermissen, den das Baby nie kennenlernen wird, und ich werde ganz sicher keine Welt erschaffen, in der unser Baby traurig ist. Auf keinen Fall. Also.«

Wir waren fast schon am Klassenzimmer angelangt, und ich fragte mich, warum zum Teufel ich diesen Redeschwall auf dem Weg zum Französischunterricht losgelassen hatte. Das hatte ich ganz bestimmt nicht vorgehabt. »Ja. So sieht's aus.«

»Wie schön, dass du so positiv eingestellt bist«, sagte Ms D. »Das freut mich sehr. Wann ist der Geburtstermin?«

»Am 2. Juli.«

»Wunderbar. Ariel, wenn ich dir meine Nummer gebe, kannst du mir dann Bescheid geben, wenn das Baby da ist? Wenn es so weit ist, bist du schon nicht mehr an der Schule, und ich würde gerne ein kleines Geschenk vorbeibringen.«

Ich grinste. »Natürlich! Das verspreche ich Ihnen.«

Sie reichte mir eine Visitenkarte, die eigentlich gar keine war, sondern nur ein Rechteck aus Papier, auf das sie handschriftlich ihren Namen, ihre Telefonnummer und ihre E-Mail-Adresse geschrieben hatte. Florence Duke. Das hörte sich cool an. Wie ein Name aus der Renaissance.

»Danke«, sagte ich, aber sie hatte bereits die Klassenzimmertür geöffnet und sich wieder in die Lehrerin verwandelt.

»Ariel?« Izzy hatte mich abgefangen. »Du Geheimniskrämerin! Was treibst du heimlich? Sag nicht, dass es der Ghosting-Junge ist.«

Izzy war einfach zu schlau.

»Nein«, sagte ich. Ich wollte noch ein paar abwiegelnde Worte hinzufügen, aber mir fiel nichts ein. Mit diesem Überfall hatte ich nicht gerechnet. »Nein, ist er nicht.«

»Nein?« Sie sah mich erwartungsvoll an. Ich schwieg und überlegte fieberhaft. »Weil du nach der Schule etwas machst. Du gehst jeden Tag allein in die Stadt und sagst mir nie, warum. Ich dachte, es könnte vielleicht etwas mit diesem Joe zu tun haben.«

Ich schüttelte den Kopf. »Ich habe ihn nicht mehr gesehen oder von ihm gehört«, sagte ich. »Mal hat man Glück, mal hat man Pech, stimmt's?«

Izzys Ausdruck veränderte sich ein wenig und sie berührte mich am Arm. »Was ist los? Geht es dir gut?«

Ich seufzte. »Ja«, sagte ich. »Ehrlich. Ich bin mit meinen Gedanken oft woanders, tut mir leid. Lass uns am Wochenende etwas unternehmen.«

Sie nickte. »Ich habe mir überlegt, dass wir einen Tagesausflug nach London machen könnten. Nach Exeter fahren und dann nur ein paar Stunden mit dem Zug? Das ist doch gar nichts. Wie cool wäre das denn? Wäre Sasha damit einverstanden?«

Ich zwang mich zu einem Lächeln. »Ich könnte sie überreden. Ja. Das wäre großartig.«

Joe sah schrecklich aus, aber als er von Abbys Textnachrichten hörte, wurde er munter.

»Ernsthaft?« Seine Augen füllten sich mit Tränen. »Du gehst zu Gus nach Hause? Jetzt gleich? Oh mein Gott, Ariel. Wenn ich nur mitkommen könnte ... Würdest du Fotos für mich machen?«

»Nur wenn niemand sonst in der Nähe ist. Also wohl eher am Freitag und nicht heute.«

»Fotos von den Mädchen?«

Ich dachte darüber nach. »Ich weiß nicht«, sagte ich. »Das wäre ziemlich übergriffig. Mal sehen, was ich tun kann. Ich werde dir alles erzählen. Absolut jede Minute meiner Zeit dort. Okay?«

Er lächelte das traurigste Lächeln, das ich je gesehen hatte. »Du bist die Beste.«

Ich ging durch den kleinen Vorgarten, in dem das Plastikauto stand, bis zur blauen Haustür. An der Türschwelle atmete ich tief durch, bevor ich die Klingel drückte. Ich war nur hier, um die Mädchen zu treffen. Es würde höchstens fünfzehn Minuten dauern. Es war nett, dass Abby ihren Töchtern die künftige Babysitterin erst einmal vorstellen wollte, bevor sie uns zusammen allein ließ. Bestimmt war sie eine coole Mutter.

Ich versuchte, die Traurigkeit zu verdrängen, und setzte ein Lächeln auf, als ich Schritte hörte.

»Ariel? Hi!« Abby sah genauso aus wie auf ihren Fotos in den sozialen Medien. Okay, sie war etwas kleiner, als ich erwartet hatte, aber den braunen Pagenkopf und die Sommersprossen auf der Nase erkannte ich sofort wieder. Sie trug ein geblümtes Kleid. »Vielen Dank, dass du gekommen bist. Eine Tasse Tee? Oder etwas Kaltes?« Ihre Hand, die sie zur Begrüßung ausstreckte, war schmal und zart.

»Eine Tasse Tee nehm ich gern«, sagte ich und betrat mit einem Kribbeln im Magen das Haus. Ich hatte es geschafft. Ich war drinnen.

»Komm mit in die Küche. Die Mädchen freuen sich schon auf dich. Zumindest Coco. Zara ist sehr schüchtern, aber das ist nicht persönlich gemeint. Sobald sie dich kennengelernt hat, wird sie auftauen. Deshalb wollte ich, dass du erst einmal zu Besuch kommst.«

Ich folgte ihr in das Haus, das wie eine stilvollere Version unseres eigenen Hauses wirkte. Das Erdgeschoss war zu einem einzigen Raum umgebaut worden, sodass es jetzt eine große, fröhlich gelbe Wohnküche gab, in der ein Topf mit Tomatensoße auf dem Herd vor sich hin köchelte. Daneben lag eine Packung

Spaghetti bereit. Ein dunkelhaariges Mädchen lief direkt auf mich zu, machte einen Knicks und sagte:»Hallo. Mein Name ist Coco.«

Ich ging in die Hocke.»Hallo, Coco. Ich bin Ariel.«

Abby lachte.»Der Knicks kommt daher, dass sie gerade mit Ballett angefangen hat. Sie ist begeistert davon. Wir sollen jetzt alle voreinander einen Knicks machen.«

Ich stand auf, um einen Knicks vor Coco zu machen, die vergnügt lachte und ihre Arme um meine Beine schlang. Das würde ganz einfach werden.

»Bist du eine Meerjungfrau?«, fragte sie in mein Bein hinein. Also genau in den Körperteil, der zugleich die Antwort auf ihre Frage war.

»Nur wenn ich im Wasser bin.« Ich sah mich nach dem anderen Mädchen um.

Zara saß in der Sofaecke, eingewickelt in eine Decke, hinter der sie ihr Gesicht verbarg. Ich blickte Abby an, die zu ihr eilte.

»Hey«, sagte sie und stupste den verhüllten Kopf des kleinen Mädchens an.»Klopf, klopf! Zara. Das ist Ariel, weißt du noch? Sie wird morgen auf euch aufpassen, wenn Daddy und ich zur Arbeit gehen müssen. Wenn ihr am nächsten Morgen aufwacht, sind wir wieder da. Sag mal Hallo.«

Ich ging zu ihr.»Hallo, Zara«, begrüßte ich sie.»Hey, wie alt bist du?« Sie antwortete nicht, also sagte ich:»Ich bin sechzehn. Ich wette, du bist auch fast sechzehn, stimmt's?«

Die Decke bewegte sich.»Natürlich nicht«, wies sie mich zurecht.»Wenn man so alt ist, braucht man keinen Babysitter. Ich bin acht.« Abby zog die Decke von ihrem Gesicht und ich zuckte zusammen.

Sie war Joe. Zara glich ihrem verschollenen Onkel auf eine Weise, die auf den Facebook-Fotos nicht zu erkennen war. Es lag in ihrem Wesen, in der Art, wie sie ihren Kopf hielt, wie sie lächelte und zu Boden sah. Er war hier in diesem Raum, im Ebenbild eines kleinen Mädchens. Sogar ihr Haar war wie seins, dunkler an den Wurzeln und heller an den Spitzen.

Meine Beziehung zu Joe war auf eine ganz unerwartete Weise real geworden. Hier war er, ein Teil von ihm, in der physischen Welt, ein Funke von Joe in einem Mädchen, das er nie kennenlernen würde. Er war in meine Welt eingetreten. Er war 2019 in Zara lebendig geworden.

Meine Emotionen überwältigten mich. Sie brachen wie eine Flutwelle über mich herein und brachten das Gefühl von Verlust mit sich. Zara hatte jemanden verloren, noch ehe sie geboren war, genau wie Sashas Baby. Ich vermisste meine Mum. Ich vermisste Joe, für Zara, für Coco, für Gus. Ich wollte alle zerbrochenen Teile wieder zusammenfügen. Ich blinzelte heftig, und als ich sah, dass Abby mich beobachtete, versuchte ich, meine Gefühle zu überspielen, und tat das Einzige, was mir in diesem Moment einfiel: Ich täuschte ein Niesen vor.

»Gesundheit«, sagte Coco hinter mir. Ich blickte über meine Schulter: Sie streckte segnend eine Hand aus wie der Papst.

»Danke«, erwiderte ich, dann drehte ich mich wieder zu Zara um und rang um Fassung. Konzentrier dich auf die Mädchen.

»Du bist acht«, sagte ich und zwang mich zu einem idiotischen Grinsen, während ich die Tränen wegblinzelte. »Das ist die Hälfte von sechzehn. Aber wenn du sechzehn bist, bin ich vierundzwanzig, und wenn du vierundzwanzig bist, bin ich zweiunddreißig, und das ist dann kaum noch ein Unterschied.«

»Meine Mum ist neununddreißig«, sagte sie bedeutungsvoll, und Abby verdrehte die Augen.

»Ja«, sagte sie. »Vielen Dank auch.«

»Daddy ist siebenunddreißig.«

»Das klingt ja uralt!«, sagte ich.

»Wie auch immer!«, mischte Abby sich energisch ein. »Ich merke schon, dass ihr drei gut miteinander auskommen werdet. Coco, auch wenn es fast Zeit zum Abendessen ist, möchtest du uns allen einen Keks bringen?«

Coco huschte davon und ich setzte mich neben Zara. *Fast Zeit zum Abendessen?* Hieß das etwa, Gus würde jeden Moment nach Hause kommen?

»Also«, sagte ich. »Wann soll ich morgen hier sein?«

»So gegen Viertel vor sieben?«, schlug Abby vor. »Gus und ich müssen um sieben los. Wir werden zu Fuß in die Stadt gehen. Die Veranstaltung findet beim Italiener statt. Du weißt schon, direkt am Hafen. Venezia irgendwas? Sie haben das ganze Restaurant gemietet und es gibt ein festes Menü. Wir sollen Pizza essen und gleichzeitig Reden hören und Leuten applaudieren, die Preise bekommen, und so weiter. Nicht gerade die schönste Art, einen Abend zu verbringen, aber da müssen wir wohl durch.«

»Meine Schwester hat dort gearbeitet, als sie in der Oberstufe war«, sagte ich. »Es ist ein schönes Lokal. Ich meine, sie haben einen hohen Standard in der Küche, jedenfalls spuckt niemand ins Essen.«

»Gut zu wissen! Ich werde es Gus sagen.«

Sie grinste mich an. Abby, dachte ich, war wirklich sehr nett. Ich konnte es kaum erwarten, Joe von alldem zu berichten.

Coco reichte mir mit klebrigen Fingern einen gefüllten Doppelkeks, und ich aß ihn ganz auf, zuerst die obere Schicht, dann die Ränder der unteren Schicht und dann die cremige Mitte. Ich trank den Tee, den Abby mir reichte, und musste mir eingestehen, dass es nicht unbedingt zu erwarten gewesen war, dass Leute einem bei der ersten Begegnung und in Gegenwart ihrer kleinen Kinder von ihrem verlorenen Schwager erzählten.

Um sechs Uhr brach ich auf. Gus war noch nicht da, aber morgen würde ich ihn auf jeden Fall kennenlernen.

20

Ich wache auf und weiß alles. Ich schreibe es auf und mache einen Plan.

Jetzt geht es darum, ihn auch in die Tat umzusetzen.

»Mir ist schlecht!« Ich renne an Dad vorbei ins Bad und schließe die Tür ab. Ich stecke mir die Finger in den Hals, um mich zum Erbrechen zu bringen, aber es klappt nicht. Wie machen die Leute das nur? Es schüttelt mich. Ich schiebe meine Finger so weit hinein, wie ich kann, aber ich scheine keinen Würgereflex zu haben. Da ist einfach nichts.

Ich fülle den Krug, der immer noch neben der Badewanne steht (ein Überbleibsel aus der Zeit, als Mum ihn für eine komplizierte Haarwaschprozedur benutzte) und kippe ihn ins Klo. Es hört sich halbwegs wie Erbrochenes an, und ich rufe sicherheitshalber laut »Igitt!«. Dann fange ich an, mir die Zähne zu putzen, und öffne die Badezimmertür mit der Zahnbürste in der Hand und einem schaumigen Mund.

Dad sieht furchtbar besorgt aus. Er nimmt mir den kranken Sohn total ab.

»Joe!«, sagt er. »Du Armer. War dir heute Nacht schon schlecht?«

Ich öffne den Mund, um Nein zu sagen, überlege es mir aber in letzter Sekunde anders.

»Ja.« Ich nicke tapfer. »Ich habe mich bemüht, leise zu sein. Ich wollte niemanden aufwecken.«

»Bullshit.« Das ist Gus.

»Nicht diese Sprache!«, ermahnt ihn Dad.

»Sorry«, sagt Gus. »Ich meine: *Pups noch mal.* Du liebst es doch, Leute aus dem Schlaf zu reißen. Ich wette, du hast versucht, uns zu wecken, damit wir uns um dich kümmern. Dem süßen kleinen Jojo geht es nicht gut.«

Ich zucke mit den Schultern. Ich sehe meinem Bruder an, dass er mich durchschaut hat, aber ich weiß auch, dass er mich nicht verraten wird. Dad schickt mich zurück ins Bett, legt seine Hand auf meine Stirn und bringt mir ein Glas Wasser, an dem ich heldenhaft nippe.

»Ich werde der Schule Bescheid geben. Du bleibst hier.« Er schlägt sich an die Stirn wie Homer Simpson. »Nein! Die Frankreichfahrt. Du kannst nicht mit, wenn du dir einen Magen-Darm-Virus eingefangen hast. Enzo kann ja trotzdem herkommen, wenn die Klasse aus Frankreich uns besucht. Ich kümmere mich darum. Du ruhst dich einfach aus. Überlass das deinem alten Vater. Ich rufe sofort Mrs Dupont an.«

»Aber klar rufst du sie sofort an«, spottet Gus von der Tür aus. Ich kichere, obwohl ich die Vorstellung hasse, dass Dad auf Mrs Dupont steht. Das ist total falsch. Manchmal frage ich mich, ob Mum einen Freund in Indien hat. Bei dem Gedanken wird mir übel, was nur gut ist, denn dann kann ich mich besser verstellen.

»Soll ich bei dir zu Hause bleiben?« Armer Dad. Mein Plan ist, mich nicht von der Stelle zu rühren und abzuwarten, was um vier Uhr passiert. Ariel und ich haben vereinbart, dass sie mich in ihrem Jahr 2019 suchen geht, wenn ich zwei Tage hintereinander nicht auftauche. Stell dir vor, sie würde mich finden.

Stell dir das mal vor. Stell dir vor, ich wäre da draußen und würde leben. Fünfunddreißig sein.

Ich schaue Gus an, der einen auf überlegen macht und mir damit zu verstehen gibt, dass er weiß, was hier läuft, während er gleichzeitig Dad drängt, zur Arbeit zu gehen. *Du wirst mit einer Frau namens Abby zusammenleben*, sage ich im Stillen zu ihm. *Und zwei Töchter haben, die Zara und Coco heißen. Coole Namen.*

Wenn ich heute im Bett bleibe und nicht einmal versuche, zum Beachview zu gehen, dann werde ich – ganz sicher, ganz sicher, ganz sicher – den Lauf meines Lebens ändern. Ich werde am Leben bleiben. Ich werde Gus' Töchter kennenlernen und ein richtiger Onkel sein.

Ich krieche zurück ins Bett und lasse es zu, dass Dad meine Klamotten und Bücher einsammelt und sie auf den Stuhl legt. Er nimmt mein Mathebuch in die Hand und sieht sich den Einband an.

»Nicht lesen!«, schreie ich. Mit einem Satz bin ich aus dem Bett und werfe mich wie beim Rugby-Tackling auf ihn. Er plumpst auf den Boden, als ich ihm die Füße wegziehe, und reibt sich verwirrt den Hintern.

»Autsch!«, sagt er. Das Buch hat er immer noch in der Hand. Ich zerre den Einband herunter, reiße ihn in Stücke und stecke mir die Papierfetzen in den Mund. Sie lassen sich leicht hinunterschlucken. Das klingt seltsam, aber es ist so. Den Einband eines Mathebuchs hinunterzuschlingen, ist im Grunde auch nichts anderes, als das Schulessen oder einen Toast oder ein Crunchie oder eine Tüte Chips zu essen.

Sie schmecken alle irgendwie gleich.

»Was machst du da?«, ruft Dad. »Joseph! Du hast doch nicht etwa die Papierfetzen gegessen?«

»Nein«, sage ich. »Das war ein Zaubertrick. Eine Taschenspielerei.«

Er sieht nicht überzeugt aus. Leider kennt er sich mit Zaubertricks und Taschenspielereien aus, und er weiß genau, dass das nichts dergleichen war.

»Was stand drauf?«, fragt er. »Kreatives Schreiben oder so? Ich wollte wirklich nicht neugierig sein.«

Tatsächlich war auf dem Einband gestanden:

ARIEL WIRD HEUTE ABEND AUF GUS' TÖCHTER AUFPASSEN. 1. Gib Troy seine Trophäe zurück. 2. TU SO, ALS WÄRST DU KRANK. Versuch, den ganzen Tag zu Hause zu bleiben – wenn du nicht aus dem Haus gehst, kannst du nicht sterben.

Das hätte mir gerade noch gefehlt, wenn Dad das gelesen hätte.

»Ja. Kreatives Schreiben. Es war etwas sehr Privates. Tut mir leid, dass ich dich umgestoßen habe.«

Ich lege mich wieder ins Bett und versuche, kränklich und schwach auszusehen. Diesmal wirkt es weniger überzeugend.

»Schon okay«, sagt Dad und reibt sich wieder den Hintern. »Ich hätte nicht hingesehen, wenn ich das gewusst hätte.« Er hält inne und sieht mich bedeutungsvoll an. »Du glaubst doch nicht wirklich, dass du stirbst, wenn du aus dem Haus gehst, oder?«

»Kreatives Schreiben!«

»Ich mache mir langsam Sorgen, Joe.«

»Mir geht's gut.«

Er holt mir noch ein Glas Wasser, obwohl ich das erste noch nicht getrunken habe. Ich mache es mir im Bett bequem, um abzuwarten, bis die Sache ausgestanden ist. Wenn ich nicht aufstehe, kann ich nicht sterben. Ich werde nirgendwo hingehen und niemandem die Tür öffnen. Ich werde einfach genau da bleiben, wo ich bin, und wenn ich morgen aufwache, ist vielleicht ein neuer Tag.

Jedes Mal, wenn ich zur Schule gehe, lande ich, egal was ich tue, im Beachview. Wenn ich das Haus nicht verlasse, dann werde ich auch nicht im Beachview enden. Das klingt völlig logisch und müsste doch irgendwie zu bewerkstelligen sein.

»Geh ruhig zur Arbeit, Dad«, sage ich beinahe im Befehlston von meinem vorgetäuschten Krankenlager aus.

Ich höre, wie Gus ihn aus der Tür bugsiert, während Dad protestierend sagt: »Aber wenn der Norovirus im Haus ist … ich muss mich doch um Joe kümmern …«

Ich weiß, dass kein Norovirus im Haus ist, Gus weiß es, und Dad weiß es eigentlich auch. Schließlich höre ich die Tür zuschlagen und dann Gus' Schritte auf der Treppe.

»Warum tust du so, als wärst du krank?«, fragt er und bleibt in der Tür zu meinem Zimmer stehen.

»Ich tue nicht nur so.«

»Joseph.«

»Es geht mir nicht gut. Deshalb will ich nicht mit nach Frankreich. Stell dir vor, du bist seekrank und gleichzeitig richtig krank.«

»Bullshit. Und was ist der wahre Grund?«

Ich seufze. Mir fällt kein einziger Grund ein, der ihn überzeugen würde. Ich darf auf keinen Fall etwas sagen, was dazu führen könnte, dass ich als Notfall zum Arzt ins Beachview gebracht werde.

»Ich bin nur ein bisschen deprimiert«, sage ich zu ihm, was ja auch stimmt. »Ich brauche einen Tag im Bett. Oder auf dem Sofa. Ich möchte den ganzen Tag nur fernsehen. Ich ...« Ich zögere. Könnte das funktionieren? »Ich vermisse Mum. Glaubst du, sie hätte mich gezwungen, zur Schule zu gehen?«

»Ja. Du hättest ihr nicht eine Sekunde lang etwas vorgemacht. Du hast Dad getäuscht, weil er niemanden anlügt und die Kinder, um die er sich kümmert, zu klein sind, um ihn auszutricksen, also ist so etwas nicht auf seinem Radar. Er ist ein Unschuldslamm. Aber im Ernst: Du bleibst zu Hause, *weil du Mum vermisst*? Wie alt bist du, drei?«

Ich nicke zu beiden Fragen. Ja, ich vermisse Mum. Ja, ich bin drei. Wenn mein Plan heute nicht klappt, könnte ich meinen Reisepass nehmen und sie suchen gehen. Indien wäre doch sicher weit genug vom Beachview entfernt, oder?

Alles, was ich brauche, sind ein paar Hundert Pfund für das Flugticket, genug Geld, um zum Flughafen zu kommen, und wahrscheinlich ein Visum (was ich alles nicht habe). Soll ich abhauen und einen Zug nehmen? Würde ich es weit genug schaffen, um spätestens nach vier Uhr außer Gefahr zu sein? Es ist mir egal, was nach siebzehn Uhr fünfzehn passiert.

Ich werde es versuchen, wenn das hier nicht klappt.

»Ich bleibe bei dir«, sagt Gus. Ich schleppe meine Bettdecke nach unten, und wir sitzen nebeneinander, sehen irgendwelche Vormittagssendungen an und futtern das ganze Essen weg, obwohl ich, wie ich ja jetzt weiß, genauso gut ein Notizbuch essen könnte. Als Gus nach oben geht, schmettere ich meinen Teller gegen die Wand und verschlucke eine Scherbe. Sie geht gut runter und schmeckt exakt so wie der Toast. Ich esse auch alle anderen auf, um Gus nichts erklären zu müssen.

Ist das echt? Mit welcher Version von Gus habe ich es zu tun? Der Gus in Ariels Welt würde sich nicht an heute erinnern. Oder doch?

Wir reden über nichts Bestimmtes, und ich klammere mich an die Hoffnung, dass es funktionieren könnte, denn wenn ich das nicht tue, breche ich zusammen. Ich bin fünfzehn. Das ist nicht der letzte Tag in meinem Leben.

Um zwei zaubert Gus ein paar getoastete Sandwiches für das Mittagessen, und ich bemühe mich, das Sandwich zu essen und nicht den Teller. Auf Channel Four wird *The Producers* gezeigt. Das ist lustig: Wenn ich Ariel wiedersehe, werde ich sie fragen, ob sie den Film je gesehen hat. Es wird drei Uhr. Um Viertel nach drei verkündet Gus, dass er einkaufen geht. Dad wird um zwanzig nach fünf zu Hause sein und dann habe ich es geschafft. Der Rest meines Lebens wird sich vor mir ausbreiten.

Um zehn vor vier klopft es an der Tür. Ich ignoriere es, aber das Klopfen hört nicht auf. Schließlich gehe ich hin und schaue durchs Guckloch.

Es ist Troy.

Ich schätze, die Schule war vor zwanzig Minuten zu Ende. Seit heute Morgen habe ich keinen Gedanken mehr an Troy verschwendet, aber jetzt kann ich ihm seine Trophäe geben und das endlich von meiner To-do-Liste streichen.

»Hey«, sagt er. »Du bist also krank? Kommst du nicht mit nach Frankreich?«

Ich versuche, wirklich, wirklich, wirklich krank auszusehen.

»Nein«, sage ich. »Bleib besser auf Abstand. Ich habe den ganzen Tag gekotzt. Ganz im Ernst.«

Er ist schon im Wohnzimmer. »Das«, sagt er, »ist eine Menge Schokoladenpapier für jemanden, der den ganzen Tag krank war.«

»Gus ist zu Hause geblieben«, sage ich. »Er hat alle Snacks im Haus aufgegessen und ist jetzt zum Einkaufen gegangen. Er hat die Schule geschwänzt.«

Ich hebe unsere Verpackungen und das Leergut auf und bringe alles in die Küche. Troy folgt mir. Mit dem Rücken zu ihm esse ich eine von den Club-Keks-Verpackungen. Es schmeckt fast gut. Ich schenke Troy ein Glas Saft ein und hole mir Wasser, der Glaubwürdigkeit wegen.

»Ich fühle mich jetzt ein bisschen besser.« Ich nippe an dem Wasser und versuche, tragisch und tapfer auszusehen. Mir fällt ein, dass ich auch in das Glas beißen könnte, aber das würde mir ein One-Way-Ticket ins Beachview bescheren, also lasse ich es bleiben. »Aber nicht genug, um die Reise anzutreten. Ich meine, mein Dad würde mich nie fahren lassen, nicht wenn ich brechen musste.«

»Oh, Mann! Was soll ich nur ohne dich machen?«

Das trifft mich mitten ins Herz. Was *wird* Troy nur ohne mich machen? »Ich weiß«, sage ich. »Tut mir leid, Mann.«

Er wird für immer ohne mich leben müssen.

»Hast du meine Fußballtrophäe gesehen?«, fragt er. »Die kann ich doch nicht verloren haben. Wenn ich endlich mal was gewinne ...«

»Ja«, sage ich, und dann klingelt das Telefon. Ich warte den Anrufbeantworter ab, dann dröhnt Gus' Stimme durch den Raum.

»Joe! Joe, ich weiß, dass du da bist. Nimm ab! Nimm sofort ab!«

Der Ton in seiner Stimme bringt mich dazu, mich zu melden.

»Hey«, sagt er. »Ich brauche dich. Du musst herkommen. Es ist ein Notfall.«

»Was für ein Notfall?« Ich hüpfe schon auf einem Bein, ziehe mir einen Schuh an und hoffe, dass meine Pyjamahose als eine besonders beknackte Straßenhose durchgeht. »Und wo?«

»Mich hat ein Auto angefahren«, sagt er. »Mir geht's gut. Ich meine, ich lebe eindeutig noch. Aber du musst kommen und mir helfen. Sie haben mich hierhergebracht, aber jetzt lassen sie mich nicht mehr gehen, es sei denn, jemand holt mich ab, und Dads Handy ist aus.«

»Wo bist du?«

Aber ich weiß es. Natürlich weiß ich das.

»Beachview.«

Die Wände kommen näher. Die Decke kommt herunter. Was ich auch tue, ich lande immer wieder dort. Ich kann nicht entkommen. Ich habe keinen Spielraum. Jeder Weg führt an denselben Ort.

Um vier bin ich im Beachview. Ich versuche, zu der Arztpraxis zu gehen, um Gus abzuholen und ihn mit dem Taxi nach Hause zu bringen, aber meine Beine lenken mich in einen wütenden Mann hinein und dann in den Schrank, wo Ariel wartet.

21

Joe tauchte auf, so wie immer. Ich sah ihn mitleidig an.

»Was hast du heute versucht?«

Er seufzte. »Ich bin zu Hause geblieben. Ich wollte dortbleiben, egal was passiert.«

»Und?«

»Gus wollte einkaufen gehen und ein Auto hat ihn angefahren. Ich musste ihn von dem Arzt dort drüben abholen. Ich habe es nicht geschafft, weil meine Beine mich stattdessen hierhergetragen haben.«

»War Gus okay?«

»Ja. Er hörte sich zumindest so an. Und es war nicht der echte Gus.«

»Hast du den wütenden Mann getroffen?«

»Er ist immer da.« Joe sah besorgt aus. »Ich hoffe, Gus wurde nicht wirklich von einem Auto angefahren.«

»Vielleicht kann ich ihn ja fragen.«

»Oh mein Gott«, sagte er. »Du könntest Gus in zwanzig Jahren fragen!«

Wir starrten uns an, dann schüttelte sich Joe.

»Wie auch immer. Morgen werde ich versuchen, mit dem Zug nach London zu fahren. Aber jetzt musst du auf meine Nichten aufpassen!«

»Ja, das stimmt«, sagte ich. »Also. Wir haben eine Liste mit allen Leuten, mit denen du normalerweise sprichst. Ich gehe sie gerade durch, aber außer Lucas sticht mir im Moment niemand ins Auge. Ist dir noch jemand eingefallen?« Ich nahm mein Notizbuch und meinen Stift heraus und sah Joe erwartungsvoll an. Er nickte und ging auf meinen geschäftsmäßigen Tonfall ein.

Er begann, die Leute an seinen Fingern abzuzählen. »Stehen diese Leute alle auf deiner Liste? Dad und Gus, natürlich. Troy Henry. Der Nachbar, Mr Armstrong. Jemima. Ich glaube, manchmal sehe ich Marco, aber nur von hinten. Dann Alicia, Lucy. Lucas Ingleby.«

Ich blickte auf meine Liste und nickte. Wir waren diese Namen nun schon einige Male durchgegangen. Alle seine alten Schulfreunde lebten ein normales Leben in Devon oder London, abgesehen von Troy, der sich in nichts aufgelöst zu haben schien.

Ich schrieb die Namen von Joes Lehrern auf: Soweit wir es herausfinden konnten, hatte nur der gutmütige Mr Patel uns beide unterrichtet. Die wichtigste Lehrerin an Joes letztem Tag war Mrs Dupont, wegen der bevorstehenden Reise, aber weder er noch ich gingen davon aus, dass sie in diesen Raum stürmen und ihn ermorden würde.

»Dad steht auf Mrs Dupont«, sagte er und erzählte mir eine Geschichte, wie sein Vater bei einem Treffen mit ihr geflirtet hatte. Es war selten, dass er sich so klar an Dinge erinnerte, die zwanzig Jahre zurücklagen, also musste das Eindruck auf ihn gemacht haben.

Ich musste mich sehr, sehr, sehr anstrengen, um cool zu bleiben, als Gus die Tür öffnete, denn er war Joes Bruder und ich wollte ihm sofort alles erzählen.

»Hallo«, sagte ich. »Ich bin Ariel, die Babysitterin.«

»Ariel!« Er grinste und winkte mich hinein. Sein Gesicht wies schon die ersten Falten auf, denn er war siebenunddreißig und hatte seinen Bruder verloren. »Vielen Dank, dass du gekommen bist. Die Mädchen haben mir schon von dir erzählt. Du hast sie beeindruckt. Schön, dich kennenzulernen.«

Ich folgte ihm nach drinnen. Gus war größer, als ich erwartet hatte, und er sah natürlich genauso aus, wie er ausgesehen hatte, als ich ihn neulich vor dem Haus erspäht hatte. Ich wünschte mir so sehr, dass Joe mit mir hätte herkommen können.

»Ihre Töchter sind reizend«, sagte ich, und meine flatternden Nerven zwangen mich, schnell zu sprechen. »Unser Kennenlerntermin war wirklich nett. Ich glaube, wir werden viel Spaß miteinander haben. Ich werde im Juli Tante, da ist es gut, schon mal ein bisschen Zeit mit Kindern zu verbringen. Sie wissen schon. Sich daran zu gewöhnen, nicht mehr die Jüngste zu sein. Ich war immer die Jüngste in meiner Familie.«

Ich plapperte immer weiter und versuchte, freundlich zu wirken. Ich wollte jemand sein, mit dem sie reden konnten, ich wollte Gus Dinge erzählen, damit auch er mir etwas erzählen würde.

»Eine kleine Nichte oder ein kleiner Neffe!« Gus sah nur mäßig interessiert aus. »Wie schön. Das erste Kind?«

»Ja«, sagte ich. Ich holte mein Handy aus der Tasche, blickte auf das Display und mimte Erleichterung. Das war albern, aber es war der einzige Plan, den ich hatte. »Oh puh. Entschuldigung. Meine Freundin ist gestern von einem Auto angefahren worden, nur ganz leicht, aber sie musste heute zum Arzt. Zum Glück ist alles in Ordnung.«

Die Mädchen sahen fern und Abby eilte in einer Wolke aus Parfüm hin und her. Sie trug ein Wickelkleid und glitzernde Ohrringe.

»Oh nein!«, sagte sie. »Ist sie wirklich okay? Von einem Auto angefahren zu werden, hört sich nicht gut an.«

»Ich glaube, sie konnte gerade noch aus dem Weg springen, als sie angefahren wurde. Es geht ihr eigentlich gut. Der Arzt hat ihr gesagt, dass das öfter passiert, als man denkt. Ist Ihnen so etwas schon mal passiert?«

»Zum Glück nicht«, sagte Abby.

»Mir auch nicht«, sagte Gus, als ich ihn ansah.

Ich steckte das Handy weg. Hatten wir es uns doch gedacht, dass es nicht der echte Gus aus Joes Zeiten gewesen war! Dies war jedenfalls der Beweis.

»Weißt du schon, ob es ein Junge oder ein Mädchen wird?«, fragte Abby und küsste mich auf beide Wangen. »Danke, dass du gekommen bist, Ariel. Du bist unsere Retterin.«

»Es ist ein Junge«, sagte ich. Es wird komisch sein, einen Jungen im Haus zu haben. »Haben Sie gewusst, dass Sie Mädchen bekommen?«

Gott, es war so einfach. Kein Wunder, dass den Erwachsenen nie der Gesprächsstoff auszugehen schien. Man löcherte sie mit Fragen über ihre Babys und Kinder, und das ging ewig so weiter. Selbst wenn man die Person nicht kannte, konnte man sie einfach nach ihren Kindern fragen und war sofort befreundet.

»Ja, wir wussten es«, sagte Abby. »Ich konnte es nicht ertragen, zu wissen, dass es diese Technologie gibt, und sie dann nicht zu nutzen. Ein kleiner Neffe! Wie schön. Okay, Coco geht um acht ins Bett, Zara um halb neun. Sie werden versuchen, dich dazu zu bringen, ihnen Geschichten vorzulesen, aber lass dich nicht von ihnen um den Finger wickeln. Sieh fern, wenn du willst. In der Dose da oben sind Kekse und im Gefrierschrank ist Eiscreme. Nimm dir, was du willst. Tee ist da. Kaffee gibt es hier. Da drüben steht Saft, wenn dir das lieber ist. Es wird nicht später als elf. Du glaubst gar nicht, was für eine Erleichterung es ist, sagen zu können: ›Ich muss los – Babysitter!‹«

Und mir nichts, dir nichts waren sie weg.

Wir spielten ein paar Runden Verstecken, dann bat ich die Mädchen, den Schlafanzug anzuziehen. Das war ganz einfach. Sasha, so dachte ich, würde eine großartige Mutter sein, denn auf Kinder aufzupassen, machte Spaß. Coco war einverstanden, nach fünf Geschichten schlafen zu gehen, aber Zara wollte reden.

Wir saßen auf ihrem Bett in ihrem winzigen Zimmer, und ich wünschte mir von ganzem Herzen, dass ich sie zu Joe bringen könnte. Er würde sich so freuen, sie zu sehen. In der Zwischenzeit war das Zusammensein mit ihr das, was dem Zusammensein mit Joe in der realen Welt am nächsten kam. Ich kam mir ein wenig verrückt vor, als ich mir eingestand, dass ich mich in das Leben dieses kleinen Mädchens eingemischt hatte, um ein zwanzig Jahre altes Rätsel zu lösen, und nicht, weil ich mich eigentlich um sie kümmern wollte. Ich hatte nie den Wunsch gehabt, auf Kinder aufzupassen, hatte mich nie im Entferntesten für Kinder interessiert.

Aber das änderte sich gerade. Es machte mir Spaß.

Zara war immer noch etwas schüchtern, aber ich plauderte darüber, dass meine Schwester ein Baby bekommen würde, und stellte Fragen über die Zeit, als Coco noch klein war, und sie öffnete sich langsam.

»Sie war so nervig«, vertraute sie mir an. »Das ist sie immer noch, aber als sie klein war, war sie wirklich schrecklich. Sie hat einfach alles auf den Boden geworfen. Einmal habe ich ewig an einem Bild gemalt und sie kam einfach daher und hat es zerrissen. Ich war so traurig. Meine Mum hat mir ein neues Bild gemalt, aber es war schlecht, also habe ich es zerrissen. Ich wollte sie zum Weinen bringen, aber sie hat nur gelacht.«

»Ich bin die kleine Schwester in meiner Familie, also muss ich für Sasha sehr nervig gewesen sein.«

»Sasha ist ein schöner Name. Aber Ariel gefällt mir besser.« Sie sah mich mit großen Augen an. »Heißt du gern so wie eine Meerjungfrau?«

»Meistens, ja. Manchmal ist es lästig.«

»Meine Mum heißt Abby. Wie heißt deine?«, fragte sie.

Damit hatte ich nicht gerechnet, und für ein paar Sekunden verspürte ich einen Stich in der Brust. Ich holte tief Luft.

»Meine Mum ist gestorben«, erklärte ich ihr. »Letztes Jahr. Sie hieß Anna und sie war sehr nett. Jetzt gibt es nur noch mich und Sasha, weil unser Dad nicht mehr bei uns wohnt.«

Zaras Augen wurden groß. »Oh nein«, sagte sie. »Arme Ariel.« Sie tätschelte mir mehrmals zaghaft den Arm.

Ich blinzelte heftig. »Danke. Ist schon gut, mein Schatz. Sie wurde krank und ist dann leider nicht mehr gesund geworden. Wir vermissen sie jeden Tag. Es ist komisch, dass Sashas Junge sie später nur von Fotos kennen wird.«

Meine Mutter wäre außer sich gewesen, wenn sie von Sashas Schwangerschaft erfahren hätte, aber sie hätte sich schnell wieder beruhigt. Zum jetzigen Zeitpunkt der Schwangerschaft hätte sie sich wahnsinnig darauf gefreut, Großmutter zu werden. Ich ertrug die Vorstellung kaum, denn Mum wäre eine wunderbare Grandma gewesen. Sie hätte gewusst, wie man einen Säugling versorgt, all das, was Sasha und mir noch ein Rätsel ist.

Ich beschloss erneut, Joe zu bitten, in seiner Welt nach ihr zu suchen. Ich war immer wieder kurz davor, ihn zu fragen, aber dann bekam ich jedes Mal Angst. Ich wusste, wenn er sie nicht finden würde – wenn sie am 11. März 1999 nicht in der Stadt gewesen war –, wäre ich am Boden zerstört. Es fühlte sich besser an, zu denken, dass sie hier gewesen sein könnte, als zu wissen, dass sie nicht hier gewesen war.

»Du bist die Tante des Babys«, überlegte Zara, und ich nickte. Sie runzelte nachdenklich die Stirn. »Ich habe einen Onkel, den ich nicht kenne. Er ist gestorben, als ich noch gar nicht auf der Welt war. Daddys Bruder. Mein Onkel Joe. Das war sehr traurig für Daddy und Grandpa und Grandma.«

Ich zwang mich, überrascht auszusehen. Mein Herz klopfte wie wild.

»Das war es ganz bestimmt«, sagte ich. »Dein armer Daddy. Hat deine Mum deinen Onkel Joe auch gekannt?«

Sie schüttelte den Kopf. »Nein. Damals ging er noch zur Schule. Er verschwand, und sie haben ihn nie gefunden, aber sie glauben, dass er gestorben ist.«

Mir wurde wieder klar, dass sie ein kleines Kind war und längst ins Bett sein sollte. Ich war eine schlechte Babysitterin.

»Vielleicht sind dein Onkel Joe und meine Mum zusammen im Himmel«, sagte ich. Sie sah mich skeptisch an. »Vielleicht beobachten sie uns jetzt und reden über uns, weil wir über sie reden.«

Zara nickte. »Ja. Vielleicht sind sie Geister. Vielleicht sind sie jetzt hier und sitzen neben dir auf dem Bett. Hoffentlich ist es so.«

Mir wurde warm ums Herz, sie war näher an der Wahrheit dran, als sie ahnte.

»Das hoffe ich auch«, sagte ich.

Als ich sie zudeckte, konnte ich nicht anders, als ihr einen Kuss auf die Stirn zu geben, wie Mum es immer getan hatte.

»Gute Nacht, Ariel«, sagte sie. »Gute Nacht, Anna, Ariels Mum. Gute Nacht, Onkel Joe.«

Sobald die Mädchen schliefen, machte ich mich an die Arbeit und vertiefte mich in die Suche nach Troy Henry und Claire Simpson. Die meisten von Joes Freunden und Familie waren leicht zu finden: Nach allem, was Joe über Lucas Ingleby gesagt hatte, hatte ich fast erwartet, dass er im Gefängnis sitzen würde, aber er war tatsächlich ein Buchhalter. Jasper Simpsons Name tauchte von Zeit zu Zeit im Internet auf und er hatte einen privaten Facebook-Account. Claire und Troy hingegen tauchten nirgendwo auf.

Ich machte nur eine kurze Pause, als Izzy anrief. »Ich wollte bloß mal hören, wie es dir geht«, sagte sie. »Du bist irgendwie anders, Ariel. Du weißt, dass du mit mir über alles reden kannst, egal wann.« Sie hielt inne und plötzlich trat eine peinliche Stille ein. Das hatte es bei uns noch nie gegeben.

»Mir geht's gut«, sagte ich.

Ich stellte mir vor, was ich als Nächstes sagen würde, aber auch das würde sie nicht abhalten, sich Sorgen um mich zu machen, also hielt ich mich zurück und sagte nicht: *Ich habe einen anderen besten Freund. Erinnerst du dich an den Jungen, der mich geghostet hat? Tja …*

Stattdessen führten wir ein seltsam steifes Gespräch, das ich beendete, indem ich so tat, als sei eines der Mädchen aufgewacht.

Um halb zwölf kam ich mit dem Taxi nach Hause. Sasha war schon im Bett, und ich steckte meinen Kopf in ihr Zimmer, um ihr zuzuwinken, aber mir schwirrte der Kopf und ich konnte nicht schlafen. Ich holte drei große Bogen Papier aus meiner Kunstmappe, räumte einen Platz in dem ganzen Durcheinander auf dem Tisch frei und fing an, alles aufzuschreiben, was ich bisher wusste.

LEUTE AM LETZTEN TAG, schrieb ich auf ein Blatt und zählte alle auf, über die wir gesprochen hatten:

Joes Dad, JASPER SIMPSON: lebt noch, nur wenig Onlinepräsenz. Scheint in Devon zu wohnen, Adresse bis jetzt noch nicht ausfindig gemacht.

GUS SIMPSON: Kontakt hergestellt.

MR ARMSTRONG: 2004 starb ein Thomas Armstrong im Alter von 90 Jahren hier in der Gegend – möglicherweise er.

TROY HENRY: spurlos verschwunden.

LUCAS INGLEBY: Buchhalter in London.

MARCO MANCINI: macht Musikvideos und Werbeclips, manchmal in London, manchmal in Italien, manchmal in L.A.

JEMIMA SAUNDERS: Mutter von drei Kindern, lebt immer noch in der Stadt und verkauft online Kunsthandwerk.

ALICIA KAMINSKY: hat vermutlich geheiratet, ihren Namen geändert und ist nach Australien gezogen, bin mir aber nicht hundertprozentig sicher, ob es die richtige Person ist.

LUCY JONES: verheiratet und Namensänderung, lebt in Brighton, 12 Tsd. Instagram-Follower.

Lehrkräfte:

MRS DUPONT: ist nicht mehr an der Schule und wahrscheinlich schon im Ruhestand.

MR PATEL: Unterrichtet uns beide, scheint nicht der Mörder zu sein.

Der wütende Typ im Beachview: ??

Joes Mutter, CLAIRE SIMPSON: Joe sieht sie am letzten Tag nicht und sie ist keine Verdächtige, aber auch nicht auffindbar.

Auf einem anderen Blatt erstellte ich eine etwas unbeholfene Skizze der Gegend, mit Joes Wohnort, der Schule und dem Beachview. Die ganze Sache hatte sich auf Straßen abgespielt, die ich jeden Tag entlanglief. Ich war am richtigen Ort, aber zur völlig falschen Zeit.

22

Ich bin um sieben Uhr morgens am Bahnhof. Ich bin früh aufgestanden und habe eine Nachricht für Dad hinterlassen, auch wenn es völlig egal ist, ob er sich Sorgen macht, weil er ohnehin nicht der echte Dad ist. Ich hoffe, Ariel hat es geschafft, Gus wegen der Sache mit dem Auto zu fragen, damit wir Gewissheit haben, aber ich glaube, diese Leute sind nur eine Art Avatar von sich selbst.

Ich schultere mein Gepäck. Es ist nur mein Schulrucksack, aber ich habe ein paar Sachen von zu Hause hineingepackt. Unnötiges Zeug: Ich brauche keinen Proviant, aber ich habe eine Packung Club-Kekse mitgenommen, weil es bedeutsam sein könnte, dass sie immer im Schrank bereitliegt. Ich habe meinen Discman dabei, auf dem immer nur *Different Class* läuft, und ein Buch von Margaret Atwood. Die Autorin hat Ariel mir empfohlen. Das Buch, das ich lesen sollte (*Oryx und Crake*), ist noch nicht geschrieben worden, also habe ich stattdessen *Der Report der Magd* gekauft. Ich hätte es mir selbst nie ausgesucht, aber es gefällt mir.

Der Morgen ist kalt und auf dem Bahnsteig ist viel los. Neben mir steht ein Mann. Er trägt einen Arbeitsoverall und hat eine Werkzeugtasche bei sich. Ich schätze, er ist etwa fünfunddreißig. *Ich auch*, möchte ich sagen. *Ich bin fünfunddreißig wie du.* Der Mann runzelt die Stirn und starrt über das Gleis hinweg auf nichts Bestimmtes. Ich sehe, wie sein Atem in der kalten Luft Wölkchen bildet. Ich betrachte meinen eigenen Atem.

Da sind keine Wölkchen.

Der fast leere Zug kommt an, und alle drängeln unauffällig, um einen Sitzplatz zu bekommen, denn der Zug hat nur zwei Waggons und es warten viele Leute.

Vor dem dichtesten Gedränge an der Tür bleibe ich kurz stehen. Mache ich das gerade wirklich? Steige ich an einem Schultag in einen Pendlerzug?

Ich habe keine Fahrkarte und nur sehr wenig Geld, aber das ist mir egal, denn was kann schlimmstenfalls passieren? Und wenn ich im Gefängnis lande? Genial. Realistischer ist, dass sie mir eine Geldstrafe aufbrummen, die ich nicht bezahlen muss, weil ich tot bin.

Ich suche mir einen Platz am Fenster und schaue hinaus, während ich »Common People« höre. Hinter den Hausdächern kann ich in der Ferne die graue Linie des Meereshorizonts erkennen. Der Mann mit dem hauchenden Atem setzt sich neben mich und nickt mir kurz zu, aber ich merke, dass er nicht sprechen will. Er holt ein Buch heraus, und das erinnert mich an meine eigene Lektüre, also hole ich meins auch heraus. Er liest *Bridget Jones's Diary*. Er lacht ab und zu, versucht es aber zu kaschieren.

Zwanzig Minuten später sind wir in Exeter und die Passagiere eilen in alle Richtungen davon. Ich schließe mich der Menge an, die zum Bahnsteig vier drängt, um auf den Zug nach London zu warten. Sollte ich einen Fahrkartenkontrolleur erspähen, werde ich mich auf der Toilette verstecken. Mein Geld würde vermutlich sogar reichen, um nachträglich noch eine Fahrkarte von der vorherigen Station zu kaufen. Ich weiß nicht, warum ich mir so viele Gedanken mache. Ja, warum eigentlich? Ich hatte noch nie Angst, schwarzzufahren, und ich habe mich schon oft herausgeredet, um der Strafe zu entgehen. Man muss die Leute einfach zum Lachen bringen, dann lassen sie einen gehen. Aber dieses Talent scheint mir abhandengekommen zu sein. Früher war ich lustig, jetzt nicht mehr.

Ich suche mir einen Gangplatz im hinteren Teil des Wagens, nicht weit von der Toilette entfernt, falls ich mich verstecken muss. Ich sitze neben einer Frau, die ein blassrosa Teil strickt. Sie sieht wie fünfzig aus, hat ein hübsches Gesicht und trägt einen flauschigen weißen Pullover. Ihre Frisur sieht nach teurem Haarschnitt aus. Als ich mich setze, schenkt sie mir ein kleines Lächeln, ansonsten ignorieren wir uns, so wie man es eben tut.

Der Zug setzt sich in Bewegung, und schon bin ich auf dem Weg nach London, ohne einen Plan zu haben, außer dass ich um vier Uhr so weit wie möglich von zu Hause weg sein will, und vor allem, dass ich um Viertel nach fünf nicht mehr in der Nähe vom Beachview sein will. Wir kommen an Tiverton Parkway vorbei, es steigen immer mehr Leute ein, viele von ihnen müssen stehen. Ich schaue mir die Leute an und bin bereit, meinen Platz frei zu machen, wenn jemand einsteigt, der ihn besonders nötig hat, aber ich sehe nur junge Männer in Anzügen, und für die mag ich nicht aufstehen.

Noch eine Minute, dann liegt Devon hinter mir.

Kurz hinter Tiverton sagt die Frau neben mir: »Entschuldigung, junger Mann.« Ich stehe auf, um sie hinauszulassen. Aus den Augenwinkeln sehe ich, was dann passiert. In einem freien Teil des Gangs flirrt die Luft, und beim genauen Hinschauen sehe ich, dass die Frau dort ein Rad schlägt. Sie schlägt allen Ernstes ein perfektes Rad im Gang des Zugs, ihre Füße recken sich kurz bis zur Decke, die Zehen sind gestreckt. Die herumstehenden Pendler weichen ihren Sockenfüßen aus. Ich schaue nach unten. Da stehen ihre Stiefel, sie hat sie auf dem Boden abgestellt.

Natürlich. Das war ja so was von klar, dass ich mich ausgerechnet neben eine Verrückte setze.

Ich schaue auf ihr Strickzeug auf dem Klapptisch. Es ist so weich. Ich frage mich, ob es für ein Baby gedacht ist. Das lässt mich an Ariel und an Gus' Töchter denken. Ich drehe mich wieder zu der Frau um, die jetzt auf mich zukommt und lacht.

Sie hat etwas Seltsames an sich. Da ist so ein ganz bestimmter Ausdruck in ihren Augen.

Ein paar Leute sagen: »Hoppla!« und »Hast du das gesehen?«, aber die allermeisten ignorieren die Frau, weil Zugpendler sich nun mal so verhalten.

Ich stehe wieder auf, um sie zu ihrem Fensterplatz zu lassen. »Auch anders, was?«, sagt sie, und ich nicke. »Ich mache das jeden Morgen. Sie sagen mir nie, dass ich es lassen soll, weil sie so verklemmt und britisch sind. Es macht Spaß. Manchmal steige ich auf einen Tisch und rezitiere Gedichte, um Abwechslung zu schaffen. Du solltest auch etwas tun.«

»Wie wär's damit?« Ich ziehe den Schnürsenkel aus meinem Turnschuh und esse ihn. Sie nickt, wirkt aber nicht sonderlich überrascht.

»Ich bin Lara«, sagt sie.

Ich nehme ihre Hand. Wir sehen uns an.

Ich sehe es in ihrem Gesicht.

Es ist das, was ich in meinem Spiegel sehe. Eine Müdigkeit, ein Zerrbild des Lebens. Eine Resignation. Man kann einen Zugwaggon entlangrennen und Rad schlagen, so viel man will, aber wenn man weiß, dass man sterben wird, dass man bereits gestorben ist, dass jeder Tag an derselben Stelle sich in nichts auflöst und man aufwacht und alles immer wieder von vorn beginnt, dann zählt Radschlagen im Zug gar nichts. Genauso wenig wie das Essen eines Schnürsenkels.

Ich lasse das Blau des Himmels in meinen Kopf fließen und schaue wieder zu Lara. Da ist es. Das Blau strömt aus ihr heraus.

»Haben du und ich etwas gemeinsam, mein Lieber?«, fragt sie leise.

»Ja, das könnte sein.« Ich blicke auf ihr Strickzeug und frage mich, warum sie das tut. Ich kann mir nicht vorstellen, dass irgendein Baby diesen Pullover jemals tragen wird.

»Wo kommst du her? Es ist mir eine Freude, dich kennenzulernen. Ich habe seit ... nun, seit langer Zeit keinen neuen Geist mehr gesehen. Es ist schwer, den Überblick zu behalten, nicht wahr? Ich habe eine Ewigkeit gebraucht, um herauszufinden, was los ist.«

Mein Gehirn versucht, mit ihr Schritt zu halten. Einen Moment lang bin ich überrascht, wie beiläufig sie das Wort *Geist* ausspricht, andererseits lässt sich diese Tatsache kaum bestreiten. Wie es aussieht, bin ich in einen Zug gestiegen und ausgerechnet neben einem anderen Geist gelandet. Ich hätte es nicht für möglich gehalten, wie so vieles andere auch.

»Ich glaube nicht, dass ich es jemals herausgefunden hätte«, sage ich.

»Aber das hast du. Der 11. März 1999, stimmt's?«

Ich starre sie an. »Sind Sie heute auch gestorben?«

Sie seufzt. »In der Tat, mein Lieber. Ich fahre mit diesem Zug nach London, steige in Paddington aus und gehe draußen vor dem Bahnhof die Zufahrtsrampe hinauf, wo alle herumstehen und rauchen. Dann wird alles dunkel. Ich bin mir ziemlich sicher, dass ich von einem Taxi oder einem Bus überfahren werde. So genau weiß ich das nicht. Ich mochte meinen Job in London, aber ich schaffe es nie bis zu meiner Arbeitsstelle.«

»Okay«, sage ich. »Oh verdammt, ich habe so viele Fragen.«

Sie lehnt sich zurück und nickt. Dann sagt sie mit einem breiten Lächeln: »Gut. Schieß los. Erzähl mir deine Geschichte.«

Also fange ich an. Als ich auf Ariel zu sprechen komme, sehe ich, wie sich ihre Miene verändert.

»Moment«, sagt sie, als ich zu Gus übergehen will. »Zurück zu Ariel. Holy Shit. Du sagst, deine Freundin Ariel ist ein lebendiges Mädchen aus der Zukunft, mit dem du *sprechen* kannst?« Sie rutscht auf ihrem Sitz nach vorne und beugt sich zu mir. »Du sprichst mit einem echten Mädchen? Verstehe ich das richtig?«

»Jep.« Ich sehe an ihrer Reaktion, dass das für Geister nicht normal ist. »Wir treffen uns an dem Ort, an dem ich vermutlich sterben werde. Sie war sehr aufgewühlt, weil ... na ja, es gibt da einiges in ihrer Familie. Wir sehen uns jeden Tag. Fast jeden Tag. Am Sonntag kann sie nicht kommen, da ist das Einkaufszentrum geschlossen.«

»Richtig«, sagt Lara, fast zu sich selbst. »Holy, holy, holy Shit. Wir können also mit echten Menschen reden. Du Glückspilz. Und sie lebt im Jahr 2019!« Sie lehnt sich in ihrem Sitz zurück und blickt durch das Fenster hinaus auf die Felder. Als sie sich wieder mir zuwendet, lese ich in ihrem Gesicht so viele meiner eigenen Gefühle, dass ich für immer an ihrer Seite bleiben möchte. »Oh mein Gott – 2019. Wir machen das schon seit zwanzig Jahren? Fuck, fuck, fuck, fuck. Wie sieht es in der Zukunft aus?«

Ich sage es ihr. Millennium-Bug, World Trade Center, Klimawandel, Internet, Brexit, Trump. Ich sehe, wie ihr Vertrauen in mich ins Wanken gerät. In ihren Augen sehe ich eine Mischung aus Entsetzen und Skepsis.

»Wie auch immer«, sage ich, um das Thema zu wechseln. »Können wir nur Geister treffen, die den gleichen Todestag haben wie wir?«

»Ja, ich glaube schon«, antwortet Lara. »Im Lauf der Jahre habe ich mich immer wieder mit dieser Frage beschäftigt. Jeden Tag sterben etwa fünfzig Millionen Menschen auf der Welt. Nur etwa fünfzig sterben in der Umgebung von Exeter, und darunter sind nur wenige, deren Todesursache noch immer fraglich ist. Denn das scheint das Entscheidende zu sein. Wir sind hier, weil unser Tod ungeklärt ist. Andere Leute sterben und bleiben nicht hier hängen. Soweit ich das beurteilen kann – ich bin keine Expertin, aber ich habe ein paar Mal mit einem gesprochen –, sind wir ein *Glitch*, eine Störung im System, weil es nicht ganz klar ist, wie wir gestorben sind. Weiß der Himmel, wie das bei mir ist: Anscheinend habe ich mich schon zwanzig Jahre lang mit dieser Frage beschäftigt, aber immer noch keine Antwort gefunden. Und bei dir hört es sich so an, als würdest du heute noch ermordet werden, mein Lieber. Tut mir leid.«

»Aber wenn ich es nach London schaffe«, sage ich, »sieht es vielleicht anders aus.«

»Ja«, erwiderte sie tonlos. »Hört sich gut an, funktioniert aber nicht. Glaub mir. Es gibt nichts, was du dagegen tun kannst. Ich habe das bis zum Äußersten ausgereizt und bin vor einen Zug gesprungen. Es hat lange gedauert, bis ich diesen blöden Überlebensinstinkt überwunden hatte. Du weißt schon: *Aber ich könnte dabei sterben!* Dabei ist das längst passiert. Am Ende habe ich es trotzdem getan.«

Eigentlich wusste ich das schon. Natürlich wusste ich es. Trotzdem habe ich das Gefühl, als hätte Lara mir meinen letzten Funken Hoffnung genommen und ihn in die Flammen geworfen. Er leuchtet kurz hell auf und ist dann weg. Ich bin eine Hülse, eine Schale, ein Haufen verbrannter Zweige. Ich bin ein Fehler im System.

»Und?«, stoße ich hervor.

»Ich bin aufgewacht, es war Morgen und ich bin einfach aufgestanden, um zur Arbeit zu gehen.«

Ich will nicht weinen, aber es ist zu spät. Ich weine schon. Wenn ich mich nicht weiter an die Hoffnung klammere, den Verlauf meines Tages ändern zu können, weiß ich nicht, was ich tun soll.

Laras Tonfall ändert sich. Sie versucht, mich aufzumuntern, so wie es meine Mum immer getan hat. »Hey, du hast eine

Detektivin da draußen! Kannst du sie dazu bringen, nach mir zu suchen? Was für eine wunderbare Idee, dass eine Geisterdetektivin für mich unterwegs wäre.« Sie legt ihren Arm um meine Schultern. Ich lehne mich an sie. Seltsamerweise ist sie der körperlichste Mensch, den ich seit zwanzig Jahren getroffen habe.

»Natürlich!«

»Das wäre wunderbar. Ich bin Lara Billingham. Ich lebe in Exeter und arbeite in London. Ich bin zweiundfünfzig Jahre alt und mein Sohn Josh wird bald Vater. Daher das ewige Stricken. Es ist für mein Enkelkind.«

»Oh, das tut mir sehr leid.«

»Könntest du versuchen, etwas über das Baby herauszufinden? Vielleicht, wenn ich dir Joshs alte Adresse gebe?«

»Josh Billingham?« Sie nickt. »Wohnt er auch in Exeter?« Sie nickt erneut. »Das sollte als erster Anhaltspunkt genügen. Ariel recherchiert mit ihrem Handy. Es ist wie Magie. Man gibt einfach den Namen von jemandem ein und es zeigt einem alles über ihn an. Lieblingsfotos und so weiter, einfach alles. Ziemlich verrückt.«

»Ich bin froh, dass du in meinen Zug eingestiegen bist, mein Junge.«

»Ich auch.«

»Ich frage mich, wie du rechtzeitig zu deinem Einkaufszentrum zurückkommen sollst – wie das Universum oder wer auch immer dafür verantwortlich ist, das anstellt. Aber irgendetwas wird schon passieren.«

Während sie das sagt, erscheint der Fahrkartenkontrolleur. Ich schaue Lara an.

»Eine Erwachsene und ein Kind nach London, bitte«, sagt sie.

»Wie alt ist er?«, fragt der Kontrolleur. Ein älterer, mürrischer Typ.

»Fünfzehn«, sage ich.

»Hast du einen Ausweis dabei?«, fragt er.

»Nö.«

»Wie praktisch, dass du gerade noch unter der Altersgrenze liegst«, sagt er.

»Sie haben mich ertappt«, sage ich. »Ich bin fünfunddreißig.« Er verdreht die Augen, schnaubt verärgert und gibt mir ein Kinderticket. Lara zahlt für uns beide. Wir schauen uns an.

»Was, wenn ich es doch schaffe?«, frage ich sie. »Was dann?«

Als wir in der Nähe von Reading sind, werfe ich einen kurzen Blick auf mein Handy. Da sind ungefähr eine Million Anrufe von Dad, der Schule, Troy und Gus. Ich höre mir die Nachrichten auf dem Anrufbeantworter nicht an. Ich schalte das Handy aus und stecke es weg. So können sie mich nicht erwischen. Ich spreche mit Lara. Sie erzählt mir, wie sie zu der Erkenntnis kam, dass sie denselben Tag immer wieder neu erlebt.

»Gott weiß, wie oft es passiert ist, bevor ich es herausgefunden habe«, seufzt sie. »Seit du mir gesagt hast, dass wir schon das Jahr 2019 haben, kann ich es mir ungefähr ausrechnen. Es begann mit einem Déjà-vu-Gefühl, und irgendwann wurde mir klar, dass ich nicht nur das *Gefühl* hatte, es sei schon einmal passiert, sondern dass es wirklich schon einmal passiert ist. Nach und nach fügen sich alle Teile zu einem Bild zusammen, und das ist niederschmetternd, was? Wir sind bald in London, also hör zu: Da ist ein Mann in Cornwall. Leo. Einmal bin ich früher aufgestanden als sonst und habe einen Zug in die falsche Richtung genommen. Ich war so sicher, dass es funktionieren würde, und zunächst funktionierte es auch, aber dann hatte der Zug in Bodmin Parkway eine Panne und ich landete im Schnellzug nach Paddington. Jedenfalls gab es in Bodmin ein hübsches, altmodisches Bahnhofscafé, und ich holte mir eine Tasse Tee, einfach um etwas Warmes in der Hand zu haben. Da war ein Typ, der herumtanzte und sich seltsam benahm, und nach einer Weile merkten wir, dass wir zwei etwas gemeinsam hatten.«

»Wie haben Sie das gemerkt?«

»Genauso wie ich es bei dir gemerkt habe. Und du bei mir. Der blaue Schimmer, den man nur sieht, wenn man genau hinschaut. Das blaue Licht, das aus einem herausstrahlt.« Sie sieht mich fragend an. »Zumindest sehe ich es so.«

»Ja. Ich auch. Ariel sieht es auch.«

»Es ist immer da, aber es ist nie das Erste, was man sieht. Leo glaubt, dass er im Zug stirbt oder auf die Gleise stürzt, und er hält sich immer am Bahnhof von Bodmin oder in den nahen Wäldern auf, falls du ihn mal sprechen willst. Er ist derjenige, der mir die Sache mit dem *Glitch* erklärt hat. Seine Theorie besagt, dass man keine Ruhe finden kann, wenn der eigene Tod nicht aufgeklärt wird. Oder weitergehen zu dem, was auch immer kommen mag.« Sie strahlt übers ganze Gesicht. »Und das ist doch etwas, oder? Für mich ist es ein großer Trost: die Tatsache, dass es ein Leben nach dem Tod gibt. Ich bin katholisch erzogen worden, dann war ich jahrelang Atheistin, aber wir sind doch der lebende, sprechende Beweis für ein Leben nach dem Tod, oder?«

»Stimmt«, sage ich. »Sie glauben also, dass wir erst zu etwas anderem werden können, wenn wir unseren Tod aufgeklärt haben?«

»Das weiß nur der Himmel allein. Wobei ich bezweifle, dass es ein funkelnder Himmel oder eine flammende Hölle sein wird. Der entscheidende Punkt ist doch, dass wir es uns nicht vorstellen können. Leo ist übrigens der Meinung, der *Glitch* entsteht, wenn die offizielle Geschichte über den eigenen Tod und das, was wirklich passiert ist, nicht übereinstimmen. Ohne ein ordentliches Ende kann man nicht weitermachen: Es geht darum, dass dein Leben stimmig ist.« Sie verzieht das Gesicht. »Er meint auch, dass wir alle in einer Simulation sind, dass wir nicht so sehr Gotts Gnade ausgeliefert sind, sondern irgendeinem technischen Programmierer der Zukunft, aber nun ja. Wie auch immer. Vielleicht kann der Programmierer den Computer reparieren? Oder Gott wird auf uns aufmerksam. Vielleicht ist es ja ein und dasselbe.«

Ich versuche, das alles zu verarbeiten. Und ich weiß jetzt schon, dass ich Lara in diesem Zug noch oft besuchen werde. Bei ihr fühle ich mich innerlich warm und etwas besser und viel weniger allein.

»Aber was, wenn das nicht passiert?«, frage ich. »Können wir dann trotzdem den nächsten Schritt gehen?«

Ich merke, wie schnell ich jede Hoffnung aufgegeben habe, dass ich noch leben und fünfunddreißig sein könnte. Ich glaube, ich wusste längst, dass ich tatsächlich schon seit vielen Jahren tot bin.

»Was das angeht, kann ich nur spekulieren«, sagt sie. »Es gibt kein Lehrbuch zu diesem Thema. Aber da war eine Frau in Paddington. Wir haben ein paar Mal miteinander gesprochen. Sie war definitiv eine von uns. Wir haben Notizen verglichen, aber irgendwann war sie verschwunden. Ich habe sie seit Jahren nicht mehr gesehen. Meine Theorie – nun ja, eigentlich die von Leo – ist, dass, wenn das ›Rätsel‹ gelöst ist«, sie macht Anführungszeichen mit ihren Fingern, »du zu dem übergehen kannst, was als Nächstes kommt.«

»Also brauche ich Ariel ganz dringend«, sage ich. »Ich brauche sie, wenn ich das alles beenden will.«

»So ist es,« bestätigt Lara. »Und ich brauche meine eigene Ariel. So ein Mist. Ich bin nie auf die Idee gekommen, jemanden aus der Zukunft zu suchen, der mir hilft. Das ist merkwürdig, oder? Wir schweben außerhalb der Zeit. Deine Ariel lebt im Jahr 2019. Das heißt, dass wir uns im Jahr 2019 befinden, aber wir können nur im Jahr 1999 leben?« Sie starrt auf das Strickzeug in ihrem Schoß. »Ist das Baby jetzt zwanzig Jahre alt? Verdammt. Ich muss den Pullover größer machen. Oder vergeht die Zeit unterschiedlich? Gibt es gar keine Jahre mehr? Und seid ihr zwei aus irgendeinem Grund einfach miteinander kollidiert?« Sie sieht mich mit zusammengekniffenen Augen an. »Steht ihr aufeinander? Ist es das? Eine Liebesgeschichte jenseits von Raum und Zeit?«

Ich lache. »Lara«, sage ich, »natürlich steh ich auf sie.«

Ich halte inne und denke über meine Worte nach. Ich habe sie einfach so gesagt, aber sie sind wahr. Ich habe es mir nur noch nicht eingestanden.

»Ariel ist hübsch und lustig und lebendig, und bis ich Sie

traf, dachte ich, sie wäre meine einzige Freundin im Universum.«

»Kannst du ... okay, das klingt jetzt vielleicht ein bisschen schräg ... aber kannst du sie anfassen?«

»Nein!« Ich lache, weil es endlich jemand versteht. Ich lache, weil ich sonst weinen würde. »So haben wir es überhaupt erst herausgefunden. Ich habe sie genervt und sie stand in der Tür und ich wollte gehen, also habe ich versucht, mich an ihr vorbeizudrängen. Sie meinte nur, es habe sich seltsam angefühlt, als meine Hand durch sie hindurchging. Kribbelnd und kalt. Ich habe nichts gespürt, aber das wollte ich ihr nicht sagen.«

»Mmm. So etwas hört ein Mädchen nicht gern. ›Bei dir fühle ich ... nichts.‹«

Ich nicke und lache. »Willst du mit mir gehen?«, sage ich mit Comicfigurstimme. »Ich bin tot, und wenn ich leben würde, wäre ich viel zu alt für dich, und außerdem fühle ich absolut nichts, wenn ich dich berühre.«

Wir lachen und lachen. Ich ärgere mich, als der Zug langsamer wird, und ich merke, dass wir in Paddington ankommen. Ich will nicht dort sein, noch nicht. Ich bin noch nicht bereit, Laras Tod zu erleben. Ich bin auch nicht bereit, zurück nach Devon gebracht zu werden, aber ich weiß, dass beides passieren wird.

Die Polizei steht an der Absperrung im Bahnhof.

»Joseph Simpson?«, fragt eine Beamtin.

»Nein«, sagt Lara und stellt sich schützend vor mich. »So heißt er nicht. Das ist mein Sohn, Kevin«. Ich kichere leise, weil sie mich Kevin nennt, doch dann halte ich inne. Was, wenn das funktioniert? Was, wenn es tatsächlich funktioniert? »Also lassen Sie ihn bitte in Ruhe.«

Sie spricht jetzt mit einer Lehrerinnenstimme und klingt dabei ziemlich furchteinflößend. Wenn ich die Polizistin wäre, würde ich einen Rückzieher machen, aber vielleicht wäre ich genau deshalb nie zur Polizei gegangen.

»Tut mir leid, Madam«, sagt eine andere Frau, die zierlich, aber knallhart ist. »Wir können das schnell aufklären. Ich möchte nur seinen Ausweis sehen.«

Ich frage mich, ob der *Glitch* es mir ermöglicht, die Zeit anzuhalten, einen Ausweis für »Kevin« zu beschaffen und sie dann wieder zu starten, aber natürlich geht das nicht.

Ich tue so, als ob ich in meiner Tasche krame. Ich nehme die Club-Kekse heraus, das Buch, das ich nicht gelesen habe, meinen Discman, mein ausgeschaltetes Handy.

»Das reicht mir auch.« Die Frau nimmt mir das Telefon aus der Hand, bevor ich sie daran hindern kann.

»Das können Sie nicht machen!«, protestiert Lara, aber da hat die Polizistin das Handy schon eingeschaltet und blickt auf das Display. Mit einem schiefen Lächeln dreht sie sich wieder zu mir um.

»Wenn du nicht Joe Simpson bist«, sagt sie, »warum hast du dann sein Handy? Und warum siehst du aus wie er?«

Ich seufze. »Muss ich nach Hause?«

»Deine Eltern machen sich große Sorgen«, sagt sie. »Wir fahren dich jetzt nach Devon zurück.«

»Was ist mit mir?«, fragt Lara. »Ich habe ihn entführt. Sie sollten mich verhaften. Stecken Sie mich in die Zelle!«

»Ja.« Mir wird klar, was sie vorhat. »Sie hat es getan. Sie hat mich auf dem Weg zur Schule entführt und mich gezwungen, mich für Kevin auszugeben. Sie ist verrückt und gefährlich. Sie sollten sie auf jeden Fall einsperren, bis … mindestens bis heute Mittag.«

»Oder auch nur bis halb zwölf«, sagt Lara.

Sie machen sich gar nicht erst die Mühe, zu antworten.

Im Bahnhof geht es sehr laut zu. Das Dach ist aus Glas und sehr hoch und es wimmelt hier nur so von Menschen. Es sind viel mehr, als ich an meinem normalen Tag in Devon sehe, und es sind andere Menschen, interessantere Menschen. Es sind nicht die tausend hauptsächlich weißen Teenager aus Devon, die meinen Alltag bevölkern.

Ich folge der Polizei durch die Bahnhofshalle, schaue mich um und schlurfe so langsam wie möglich weiter. Ich lausche den Geräuschen der Züge, dem Klappern und Klirren, dem Summen von Stimmen, dem Quietschen der kleinen Wägelchen, die Menschen und Gepäck transportieren. Ich liebe jedes einzelne Geräusch. Ich merke, dass Lara hinter uns geht, und als ich mich umdrehe, um sie anzusehen, grinst sie mich an. Mit zwei Fingern ihrer rechten Hand deutet sie auf ihre Augen und dann auf sich selbst.

Ich verstehe, was sie meint: Sie will, dass ich sehe, was mit ihr passiert.

Das Polizeiauto steht unten an der Taxischleife, die auf die Hauptstraße hinausführt, und mir wird klar, dass dies der Ort ist, den Lara erwähnt hat, der letzte Ort, an den sie geht. In wenigen Sekunden wird sie sich nicht mehr daran erinnern können, was passiert ist – weil sie sterben wird. Die Leute stehen herum und rauchen und weiter oben wartet eine Reihe von Taxis. Ich trödle bewusst herum, krame in meiner Tasche, bleibe stehen, um den einen noch übrig gebliebenen Schnürsenkel zu binden. Lara geht an mir vorbei. Sie wirft mir einen Blick zu und ich erwidere ihre Augen-Geste von vorhin. Als ich ins Auto einsteigen muss, rutsche ich auf die rechte Seite und beobachte durchs Fenster, wie wir langsam auf die Straße fahren.

Ich sehe Lara weitergehen, und als wir sie überholen, drehe ich mich um und blicke durch die hintere Windschutzscheibe. Lara sieht mich nicht an. Wir biegen gerade nach rechts ab, als sie auf dem Gehweg stehen bleibt. Aber noch bevor eintritt, was auch immer sich ereignen wird, ist sie außer Sichtweite. Ich bin so frustriert, dass ich schreien könnte.

Sie bringen mich nach Devon. Die Fahrt ist langweilig. Wir kommen um drei Uhr dort an. Dad wartet schon. Er geht mit mir zu dem Arzt im Beachview für eine psychiatrische Überweisung. Wir müssen noch eine Weile warten. Dad gibt mir das Geld für eine Dose Coke. Ich drehe mich um und stoße mit einem Mann zusammen, der mich beschimpft, und dann gehe ich in den kleinen Raum, ganz genau wie ich es immer mache.

23

Joe war wie ausgewechselt. Er glühte, vibrierte.

»Oh mein Gott, Ariel.« Er tanzte geradezu. »Ich bin nach London gefahren! Und auf dem Weg dorthin habe ich jemand getroffen, der auch ein Geist ist! Ich habe sie im Zug getroffen. Sie stirbt am selben Tag wie ich!«

Ich unterdrückte den Anflug von Eifersucht, denn das war dumm und egoistisch von mir.

»Erzähl mir alles.« Ich zwang mich zu einem Lächeln und stellte mir vor, wie Joe und dieses Geistermädchen ihren gemeinsamen letzten Tag noch einmal durchlebten und für immer glücklich und verliebt waren.

Als er sagte, sie sei zweiundfünfzig, schämte ich mich dafür, wie erleichtert ich war. Ich fing sofort an zu recherchieren. Im Internet stieß ich auf mehrere Traueranzeigen. Lara Billingham war auf dem Weg zur Arbeit in London vor dem Bahnhof Paddington angefahren worden. Man hatte den Fahrer, der einfach weitergefahren war, nie ausfindig machen können. Es wurde vermutet, sie könnte gestoßen worden sein.

Ich schauderte, als ich das Datum sah: Es war am 11. März 1999 passiert, genau wie Joe gesagt hatte. Niemand wusste, wer ihr das angetan hatte oder warum, und so war sie wohl dazu verdammt, weiter jeden Tag zur Arbeit zu pendeln.

»Sie hat im Zug einen Pullover für ihr Enkelkind gestrickt«, sagte Joe. »Das Baby sollte zwei Monate später auf die Welt kommen. Die Wolle war rosa, also nehme ich an, dass sie mit einem Mädchen gerechnet hat. Ich habe nicht daran gedacht, sie zu fragen. Ihr Sohn heißt Josh Billingham.«

Es dauerte nicht lange, bis ich auch hierauf eine Antwort fand. Mabel Billingham war am 7. Juni 1999 geboren worden und inzwischen fast zwanzig Jahre alt. Ich zeigte Joe ihr Foto. Sie hatte langes, geglättetes Haar, trug Lipgloss und studierte in Leeds Ingenieurtechnik.

»Ach verdammt«, sagte er. »Ich wünschte, ich könnte das Lara zeigen. Ich werde noch mal diesen Zug nehmen und es ihr sagen.«

»Tu das«, ermunterte ich ihn. »Ich bin froh, dass du jemand anderen kennengelernt hast.« Ich überlegte, dass Lara eine Art Ersatzmutter für ihn sein könnte, aber das sagte ich ihm natürlich nicht. »Wirst du dich mit dem Typ in Bodmin treffen?«, fragte ich stattdessen.

»Ja. Jetzt, wo ich weiß, dass er dort ist, muss ich da hin.«

»Lass uns gemeinsam gehen«, schlug ich vor. »Es klingt vielleicht etwas bizarr, aber das Ungewöhnliche an der ganzen Sache ist nicht der *Glitch*, sondern wir. Wir beide.«

Das gefiel mir. Es hörte sich gut an. *Wir*. Wir beide waren in diesem Universum das eigentlich Einzigartige. Ich sah Joe an und wusste, dass es stimmte. Außerdem erzählte er mir, dass Lara mich eine Geisterdetektivin genannt hatte, und auch das gefiel mir. Das war meine geheime Identität. Wer wäre nicht gern eine Geisterdetektivin?

»Ich werde also deine Detektivin sein«, sagte ich, »und mich noch mehr anstrengen, um alles aufzuklären. Ich habe sämtliche Informationen auf einem großen Bogen Papier notiert und eine Karte gezeichnet. Wenn du willst, versuche ich auch, für Lara etwas herauszufinden, aber ich konzentriere mich erst einmal auf dich, okay?«

»Okay«, sagte er.

Wir hatten eine Menge Arbeit vor uns, wenn ich das Rätsel wirklich lösen wollte, aber die Zeit reichte nicht, um alles zu besprechen. Ich dachte an die Eifersucht, die der Gedanke an einen weiblichen Geist in mir ausgelöst hatte, und fragte: »Hattest du eine Freundin, als du noch gelebt hast? Abgesehen von deiner Schwärmerei für Jemima, meine ich?«

Joe lächelte. Die Begegnung mit Lara hatte ihm offenbar so viel Auftrieb gegeben, dass nicht einmal diese Frage ihn aus der Fassung brachte.

»Nein«, sagte er. »Aber es gab da einige Angebote.« Er warf mir einen betont lässigen Blick zu und wir prusteten los. »Eigentlich war ich wählerisch«, sagte er. »Wenn ich damals gewusst hätte, wie wenig Zeit mir noch blieb, wäre ich lockerer gewesen. Mir gefielen Mädchen und Jungs, allerdings nur einige, und nicht unbedingt die, bei denen man es erwarten würde. Ich meine ...« Er hielt inne und sah ein wenig verlegen aus. »Darf ich ein bisschen angeben?«

»Bitte sehr.«

»Ich glaube, ich war ziemlich attraktiv. Andere interessierten sich für mich. Ich hatte Freunde und ich war sportlich. Gus war eifersüchtig, weil ich mit Leuten auskam und er nicht.«

»Ja«, sagte ich. »Ich war auch ein bisschen so. Vor Mum. Wie du, meine ich. Nicht wie Gus.«

»Das stimmt! Ich habe es sofort gemerkt. Wir sind uns ähnlich. Vielleicht sind wir überhaupt nur deshalb zusammengekommen. Ich weiß es nicht. Also, ich war wahnsinnig verknallt in Jemima, als ich dreizehn war. Du weißt schon. Sie hat mich abblitzen lassen, aber auf eine sehr nette Art. Sie war vierzehn. Auf keinen Fall wollte sie mit einem Kind ausgehen.«

»Und jetzt hat sie Kinder und einen Etsy-Shop.«

Es gab eine Pause, in der ich ihn dabei beobachtete, wie er beschloss, nicht zu fragen, was ein Etsy-Shop war.

»Ich meine, natürlich hat Jemima mich nicht umgebracht, aber ich würde gerne wissen, wie ihr Leben jetzt aussieht. Nicht nur die Fakten über ihre Kinder und so. Sondern wie es ihr wirklich geht. Ich hoffe, sie ist glücklich. Sie hat es verdient. Die andere große Sache war Marco. Das war ziemlich schräg, wahrscheinlich weil ich die ganze Zeit an meinen Gefühlen gezweifelt habe. Ich fragte mich: Bin ich schwul? Bin ich hetero? Bin ich beides? Hilfe!«

Das kam überraschend. »Marco Mancini. Er ist Regisseur.«

»Ja. Ich hatte überhaupt nicht damit gerechnet, derartige Gefühle für einen Jungen zu entwickeln. Wir hatten eine intensive Freundschaft. Dann haben wir uns zweimal geküsst, und ich bekam Angst und war so verwirrt, weil ich nicht wusste, ob ich hetero oder schwul bin.«

Ich wollte etwas sagen, aber Joe winkte ab. »Ich weiß. Ich weiß, dass das nicht immer so eindeutig ist, aber ich hätte es mir gewünscht. Ich meine, da verliebst du dich zweimal in deinem kurzen Leben, und dann in einen Jungen und ein Mädchen?«

Ich sah, wie seine Augen feucht wurden, und merkte, dass auch mir die Tränen in die Augen traten.

»Ich weiß nicht, was für ein Mensch ich jetzt wäre«, sagte er. »Mit fünfunddreißig. Man kann bei anderen nachschauen, was passiert ist, aber bei mir kann das niemand, weil ich noch fünfzehn bin. Marco ist Regisseur. Jemima hat Kinder und einen Etsy-Shop. Und was bin ich? Das ist nicht fair.«

»Alles andere als fair«, sagte ich mit belegter Stimme.

»Du bist dran.« Er wischte sich mit dem Ärmel übers Gesicht und sah mich mit großen Augen an. Ich wollte ihn so gerne küssen. Ich wollte, dass wir uns Halt gaben und uns umeinander kümmerten.

Das war etwas anderes als die oberflächliche *Schwärmerei* bei unserer ersten Begegnung, damals, als wir noch völlig ahnungslos waren. Es ging tiefer und jagte mir angesichts der gegebenen Umstände auch etwas Angst ein.

»Ich hatte eine Zeit lang einen Freund«, sagte ich. »Jack. Jack Lockett. Er ist einfach umwerfend, aber wir haben uns getrennt, als Mum krank wurde. Die Zeit mit ihm war lustig, aber nicht sehr intensiv. Wir haben vor allem miteinander gelacht und er war ein toller Freund. Jack ist ein Skateboarder. Er ist cool. Ich weiß, dass er sofort mit mir ausgehen würde, wenn ich Lust auf ein Date hätte. Aber als meine Mutter krank wurde, hatte ich für so etwas keinen Sinn mehr, also war es wirklich ein Fall von ›Es liegt nicht an dir, sondern an mir‹. Aber, Joe? Ich bin froh, dass du diese Erfahrungen gemacht hast. Und noch etwas: Du kannst sein, wer immer du willst, und niemand wird dich verurteilen. Und wenn doch, dann scheiß drauf. Im Ernst, hier im Jahr 2019 kannst du wirklich sein, was du willst. Dein Leben. Deine Regeln.«

»Ich wünschte, ich könnte das auch so sehen«, sagte er.

Es war fast Zeit, zu gehen. Jetzt war der Moment gekommen. »Nur noch eine Sache«, begann ich vorsichtig. »Ich wollte das schon lange fragen, aber ich hatte ein bisschen Angst. Okay, ich hatte eine Riesenangst.«

Er sah mich erschrocken an. »Was ist los?«

»Oh, nichts Schlimmes. Es ist nur ... wenn es dir nichts ausmacht ... würdest du auch mal nach meiner Mum Ausschau halten?« Meine Stimme zitterte, aber ich fuhr entschlossen fort. »Ich habe keine Ahnung, ob sie an dem entscheidenden Tag in der Stadt ist, und das hat mich bisher auch davon abgehalten, dich zu fragen. Was, wenn sie beim Einkaufen in Exeter ist und erst um fünf Uhr zurückkommt? Dann würdest du sie nie sehen können, und das wäre so niederschmetternd. Aber sie könnte auch hier sein. Ich bin natürlich noch nicht geboren, aber Sasha ist ungefähr sechs Monate alt, und das bedeutet, dass Mum im Mutterschaftsurlaub ist. Ich weiß, dass es nicht die echte Person sein wird. Es wird eine Version von ihr sein, aber trotzdem. Könntest du dich vielleicht kurz nach ihr umsehen? Sie heißt Anna Brown und wohnt in der Sheringham Road 12.« Ich schluckte. Das hatte mich meine letzte Kraft gekostet.

»Oh Shit«, sagte Joe. »Natürlich. Gleich morgen kümmere ich mich darum. Wieso habe ich nicht selbst daran gedacht? Tut mir leid. Ich habe kein Handy, das Fotos macht, aber ich werde Gus' Kamera klauen. Ich verspreche, wenn ich dich morgen sehe, habe ich deine Mutter und deine Schwester gefunden. Das steht ganz oben auf meiner Liste.«

Wir lächelten uns an und im nächsten Moment war Joe verschwunden.

24

Sheringham Road Nummer zwölf ist ein schönes, normales Haus mit vielen Pflanzen im Vorgarten. Es hat eine blaue Eingangstür und ungefähr tausend Narzissen davor und sieht ein bisschen wie ein Haus aus einem Märchen aus. Ich habe wieder so getan, als ob ich kotzen müsste, aber diesmal habe ich Gus ins College gescheucht, und jetzt schwänze ich die Schule, um Ariels Mutter und ihre kleine große Schwester aufzuspüren.

Aber vorerst starre ich nur das Haus an. Ich kann nicht an die Tür klopfen, weil ich nicht weiß, was ich dann sagen soll. Ich könnte es Anna Brown einfach erklären, aber ich will ihr keinen Schrecken einjagen.

Andererseits ist sie ja nur eine Version von sich selbst. So gesehen, kann ich tun, was ich will.

Ich bereite mich darauf vor, indem ich einen Ziegelstein auf dem Gehweg zertrümmere und ihn esse. Das beweist, dass ich kein menschliches Wesen bin: Ich bin ein *Glitch* und die normalen Regeln gelten nicht für mich. Meine Welt wirkt auf mich wie eine Computersimulation. Ich klettere auf die Gartenmauer eines Anwesens, atme ein paar Mal tief durch und tauche in ein Gewächshaus ein, als würde ich in einen Swimmingpool hechten (eine Fähigkeit, die ich früher einmal hatte, wie ich mich plötzlich erinnere). Meine Fingerspitzen durchstoßen das Glas, aber es tut nicht weh. Ich lande mit dem Kopf auf einem Holzregal mit Tomatenpflanzen, die alle herunterfallen. Der ganze Boden ist mit Blättern und Erde und Holzsplittern und Glasscherben bedeckt, aber das macht nichts, denn es sind keine echten Tomatenpflanzen und es war kein echtes Gewächshaus und auch das Glas ist nicht echt. Ich stehe auf, stelle fest, dass ich völlig unversehrt bin, und springe zurück über die Mauer, bevor ein wütender Heimgärtner kommt, um mich anzuschreien und Schadenersatz zu verlangen.

Als ich endlich bereit bin, klopfe ich an die Tür von Nummer zwölf. Die Frau, die mir aufmacht, hat ein Baby auf der Hüfte und sieht Ariel so ähnlich, dass ich im ersten Moment denke, ein seltsamer Zeitsprung hätte mich zur zukünftigen Ariel und ihrem Neffen katapultiert. Wenn die Zeit nicht so statisch ist, wie wir immer gedacht haben, dann ist alles möglich.

Aber nein. Diese Frau ist Mitte zwanzig.

»Hallo«, sagt sie. »Kann ich dir helfen?«

»Oh mein Gott«, sage ich. »Ja, das können Sie. Sie sind Anna Brown und das ist Sasha, richtig?«

Sie macht einen Schritt zurück, ihr Blick wird wachsam.

»Tut mir leid«, sagt sie. »Sollte ich dich kennen?«

»Nein. Entschuldigen Sie, dass ich hier so auftauche. Aber ich bin sehr froh, dass ich Sie gefunden habe. Mein Name ist Joe und ich bin ein Geist. Das ist eine lange und merkwürdige Geschichte, aber ich kann alles beweisen. Ich bin ein Freund Ihrer anderen Tochter, Ariel.«

Sie schenkt mir ein vages Lächeln, weicht aber noch einen Schritt zurück.

»Du bist ein Geist«, sagt sie. »Aha.«

»Ja. Ich weiß eine Menge über Sie. Es tut mir wirklich leid, Sie so zu überrumpeln. Hey, Sasha!«

Ariels Mutter dreht sich von mir weg, um das Baby vor mir zu schützen. Ich werde ihr nicht sagen können, dass sie am 14. März 2018 sterben wird, auch wenn sie ja eigentlich gar nicht Ariels echte Mum ist. Und ich kann ihr auch nicht sagen, was ich über ihren Mann weiß.

»Tut mir leid, aber du musst jetzt gehen«, sagt sie. Mir wird klar, dass sie Angst vor mir hat. Ich versuche, einen Schritt zurückzutreten und gleichzeitig einen Fuß auf der Schwelle zu lassen, aber sie ist schneller als ich, stößt die Tür zu und schiebt meinen Fuß hinaus. Das hätte wahrscheinlich richtig wehgetan, wenn ich etwas spüren könnte.

Ich höre, wie sie die Tür von innen verschließt. Ich höre, wie sie einen Riegel vorschiebt und dem Baby mit leiser Stimme etwas zuflüstert. Ich höre ihre Schritte, die von der Tür wegführen. Dann werden die Vorhänge am Fenster neben mir zugezogen.

Das ist ja richtig gut gelaufen.

Kurz spiele ich mit dem Gedanken, das Fenster einzuschlagen, die Vorhänge beiseitezuschieben und in ihr Wohnzimmer einzudringen. Ich stelle mir vor, wie ich die kleine Sasha entführe und sie ins Beachview bringe, um dort mit ihr auf Ariel zu warten. Ich beschließe, morgen wiederzukommen und es auf eine subtilere Weise zu versuchen. Ich könnte hier jetzt alles tun. Einfach alles. Aber ich muss mich beherrschen.

Ich schlage nicht das Fenster ein und schnappe mir auch nicht das Baby. Stattdessen trete ich den Rückzug an und gehe bis zum Ende der Straße. Da das Haus auf einem Hügel steht, führt ein sehr steiler Weg hinunter zu einem schmalen braunen Strand. Ich mach mich an den Abstieg, doch dann denke ich: Wozu die Mühe? Ich lasse mich auf den Boden plumpsen und rutsche wie ein Kind, das seinen Schlitten vergessen hat und trotzdem hinuntersaust. Ich juchze, weil mich ganz unerwartet die Aufregung packt, ich werde durch die Luft katapultiert, aber auch unaufhaltsam nach unten gezogen, nach unten, nach unten, denn trotz allem unterliege ich der Schwerkraft. Ich werfe meine Arme in die Luft und schreie. Die nach Regen riechende Luft klatscht mir ins Gesicht, und ich denke, dass ich noch nie etwas Schöneres getan habe.

Dann liege ich auf dem feuchten Sand und lache mich kaputt. Das werde ich wieder tun. Immer und immer wieder. Es ist mir egal, ob die Leute mich anstarren. Ich kann alles machen. Vielleicht ist dies eine Simulation. Das heißt, ich kann Grenzen ausloten und sie verschieben. Ich bin der Klempner in *Donkey Kong*, aber ich muss nicht über Fässer springen. Ich bin der Einzige, der weiß, dass das alles nicht real ist, und ich bin der König meiner eigenen Welt.

Zumindest den ersten Teil habe ich geschafft. Ich habe herausgefunden, dass Anna und Sasha heute in der Stadt sind. Ich rutsche noch drei Mal den Klippenpfad hinunter, aber meine Hose wird nicht schmutzig. Ich laufe durch das Wasser, um die Landzunge herum, zum Hauptstrand der Stadt und spüre keine Nässe. Ich bin immun gegen die Blicke, die mir die Leute zuwerfen. Ich kann tun, was ich will.

Und da ich hier festsitze, werde ich das auch tun.

25

Ich machte mich in meiner Schuluniform auf den Weg, rief im Sekretariat an und hinterließ eine Krankmeldung, bei der ich mich als Sasha ausgab, dann fuhr ich zum Beachview und zog mir in der Toilette normale Kleidung an.

Izzy schickte eine Nachricht: **Bist du wirklich krank? Bist du okay?**

Mir geht's nicht so gut, antwortete ich, und das stimmte sogar. So etwas hätte ich früher nie getan. Ich wäre nie auf die Idee gekommen, egal wie langweilig der Lernstoff war. Die Arbeit musste erledigt werden und danach würden interessantere Dinge auf mich warten.

Können wir später reden? Sie war hartnäckig. **Ich mache mir Sorgen um dich. Wenn etwas nicht in Ordnung wäre, würdest du es mir doch sagen, oder?**

Ich schrieb zurück: **Es ist alles in Ordnung. Ehrlich.** Ich stellte mein Handy auf lautlos und steckte es weg.

Ich ging rüber zu Smith's. Was, wenn ich Izzy von Joe erzählte? Ich hasste es, Geheimnisse vor ihr zu haben, nach allem, was sie für mich getan hatte. Wie jedes Mal, wenn ich darüber nachdachte, stieß ich auf die gleiche Hürde: Sie würde mir nicht glauben.

Es wäre so cool, diese Detektivarbeit mit Izzy an meiner Seite zu machen. Vielleicht gab es doch irgendeine Möglichkeit.

Ich hatte mich auf den Weg ins Beachview gemacht, um mit dem Sicherheitspersonal zu sprechen. Ich wollte mich in diese Aufgabe stürzen, damit ich nicht ständig darüber nachdachte, was Joe wohl gerade tat, sowohl jetzt als auch vor zwanzig Jahren war. Er hatte versprochen, nach Mum zu fahnden, und wenn ich so viel für ihn unternahm, würde er diese eine Sache bestimmt auch für mich tun. Die Vorstellung, dass Joe und Mum einander gegenüberstehen könnten, löste ein seltsames Gefühl in mir aus und spornte mich noch mehr an.

»Entschuldigung?« Der Wachmann, vor dem ich stand, konnte nicht hier gearbeitet haben, als Joe verschwand. Er war jung, hatte Akne-Narben im Gesicht und machte einen freundlichen Eindruck.

»Alles okay?«, fragte er.

»Ja.« Ich holte tief Luft. »Das hört sich jetzt vielleicht komisch an … ganz sicher tut es das … aber ich stelle gerade Nachforschungen an. Mein Cousin ist 1999 hier in der Gegend verschwunden, und ich hoffe, mit jemandem sprechen zu können, der damals hier war. Ich bin aber kein Detektivmädchen oder so.«

Kaum hatte ich das gesagt, ärgerte ich mich über mich selbst. Detektivmädchen – das klang so, als würde ich mich darüber lustig machen. Ich war eine *Geisterdetektivin*, was viel cooler war, aber das konnte ich ja nicht sagen.

»Ich habe nur versprochen, meiner Tante zu helfen«, fügte ich schnell hinzu. »Es geht ihr nicht gut, und sie möchte unbedingt, dass ich mit jedem spreche, der an diesem Tag in der Nähe gewesen sein könnte. *Du* kannst wohl kaum da gewesen sein.«

Er lachte. »Stimmt, und du auch nicht.«

Ich versuchte ein strahlendes Lächeln. »Stimmt. Ich war damals noch ein paar Jahre von meiner Geburt entfernt.«

»Und ich war drei Jahre alt. Joe Simpson, sagst du? Ich weiß, wer das ist. Jeder weiß das. Hier passiert ständig irgendein Mist, aber seither ist zum Glück nichts so Gravierendes mehr passiert. Ein paar von den Jungs von damals arbeiten sogar immer noch hier. Du würdest dich wundern, wie viele Leute in ihrem Leben auf der Stelle treten. Du könntest mit Pete reden – er hat heute Dienst. Er steht vor der Drogerie, in Zivil. Ein älterer Mann. Er arbeitet schon ewig hier. Sag ihm, dass ich dich geschickt habe. Ich bin Dan. Er ist ein knurriger Kerl.«

»Danke, Dan«, sagte ich. »Woran erkenne ich ihn?«

»Alt. Mürrisch. Schlecht gelaunt. Aber verrate ihm nicht, dass ich ihn so beschrieben habe. Ziemlich kaputt, der Arme.« Dan zeigte auf ihn. »Schau. Da drüben. Jeans und blaue Fleecejacke. Er denkt, wenn er sich so anzieht, fällt er nicht auf.«

Pete war bei Weitem nicht so nett wie Dan. *Mürrisch* war sogar noch untertrieben, außerdem war er ein bisschen zu groß für meinen Geschmack. Er überragte mich ein ganzes Stück, daher wich ich einen halben Schritt zurück und wünschte dann, ich hätte es nicht getan.

»Dein Cousin?«, fragte er nach. »Und wer bist du?«

Joe hatte mir gesagt, was ich antworten sollte, falls diese Frage aufkäme, aber so schnell hatte ich damit nicht gerechnet.

»Seine Cousine zweiten Grades. Ich bin Alice. Meine Mum ist die Cousine seines Vaters. Ich habe Joe nie kennengelernt. Aber ich kenne Gus und Abby und ihre beiden Töchter. Ich bin ihre Babysitterin. Kennen Sie die Familie?«

»Ein bisschen«, sagte er. »Gut genug. Ich wollte nur sichergehen, dass du nicht für eine Zeitung schreibst. Aber das ist ja wohl eher unwahrscheinlich. Es sei denn, du arbeitest für die BBC-Kindernachrichten. Oder für ein Comicmagazin.« Sein geringschätziges Kichern machte mich wütend. Wie konnte er es wagen, so herablassend und abscheulich zu sein? »Dan sagte, Sie hätten Dienst gehabt, als Joe verschwand.« Ich starrte ihn an, als wäre er ein Verdächtiger, und womöglich war er das auch. Er war der einzige Mensch, den ich getroffen hatte, der an jenem Nachmittag am selben Ort wie Joe gewesen war.

»Schon möglich«, sagte er. »Was geht das dich an? Ich habe damals allen erklärt, dass ich nichts zu sagen habe, weil nichts passiert ist. Ich habe gearbeitet, ja. In Uniform, das heißt, du stehst nur zur Abschreckung herum. In Zivil hast du die Chance, Ladendiebe auf frischer Tat zu ertappen, aber in Uniform bist du wie ein Warnschild. Ich habe Joe Simpson nicht gesehen, oder falls doch, habe ich ihn nicht bemerkt. Warum auch? Zu der Zeit, als er als vermisst gemeldet wurde, hatte ich längst Feierabend. Ich weiß, dass er auf dem Überwachungsvideo zu sehen war, aber die Aufnahme wies Lücken auf, und es war nichts darauf zu erkennen, was einen Hinweis auf seinen Verbleib hätte geben können. Aber das weißt du ja sicher. Wenn du glaubst, du entlockst mir etwas, was die Polizei von Devon und Cornwall damals nicht aus mir herausbekommen hat, dann, kleine Miss Marple, hast du eine etwas überzogene Vorstellung von deinen Fähigkeiten.«

Er starrte mich ebenso finster an wie ich ihn. Ich wich einen Schritt zurück, dann trat ich wieder vor, diesmal sogar zwei

Schritte. Ich war jetzt so nah, dass ich seinen Atem riechen konnte. Kaffee und Pfefferminzbonbons, mit einem Hauch von Fleisch.

»Okay«, sagte ich. »Was, denken Sie, ist passiert?«

Pete wollte etwas sagen, zögerte jedoch und zuckte nur mit den Schultern. »Das Leben kann manchmal hart sein für einen jungen Mann. Ich habe einen Sohn. Er hat es nicht leicht gehabt. Die Jugendlichen haben es alle nicht leicht. So was passiert immer wieder. Mobbing? Was ist nur mit denen los? Psychische Probleme? Familiäre Probleme? Aber als Cousine wüsstest du natürlich davon. Der hat sich umgebracht, würde ich sagen. Da kannst du so viel herumschnüffeln, wie du willst, daran wirst du nichts mehr ändern.«

»Ja«, sagte ich. Das war einfach nur trostlos. »Also, danke –«

Ich wollte gerade seinen Nachnamen für meine Unterlagen erfragen (obwohl es sicher einfacher wäre, Dan zu fragen), als Pete losrannte und sich eine Frau schnappte, die gerade die Drogerie betreten wollte. Das Geschrei war groß, offensichtlich ging es darum, dass sie Hausverbot hatte und jeder das wusste. Ich sah, wie er sich aufrichtete und sie mit seiner Größe einschüchterte. Wie sie ihm ins Gesicht schrie, bis sie sich schließlich umdrehte und aufgab.

Ich seufzte. Er hatte sich in Joe geirrt. Oder?

Die Worte, die er gewählt hatte, waren allerdings seltsam. *Etwas, das die Polizei von Devon und Cornwall nicht aus mir herausbekommen hat.* Eine merkwürdige Art, es auszudrücken, oder?

Ich setzte mich auf eine Bank, öffnete mein Notizbuch und begann zu schreiben:

225

Pete. Wachmann, um die 65? Gemeiner Kerl. Hatte damals
Dienst, sagt aber, er habe Joe nicht gesehen/bemerkt. Geht von
Selbstmord aus. Wollte nicht reden. Sagt er die Wahrheit?
Wahrscheinlich schon. Wird er wieder mit mir reden? Nicht,
wenn er es verhindern kann.
»Wenn du glaubst, du entlockst mir etwas, was die Polizei
von Devon und Cornwall damals nicht aus mir
herausbekommen hat ...« Verdächtig, so etwas zu sagen?
Aber Menschen sagen seltsame Dinge.
NB: Das mit der Cousine hat funktioniert, weil ich über Gus
und die Mädchen reden konnte. Aus irgendeinem Grund habe
ich ihm gesagt, dass ich Alice heiße??? War kurz in Panik.
Besser als Ariel, schätze ich, da weniger einprägsam.

Das war meine erste Beweisführung und sie war alles andere als
wasserdicht. Ich setzte mein mutigstes Gesicht auf und beschloss, Joes altes Haus zu observieren.

Das war schwierig, denn ich musste herausfinden, wer dort
lebte, ohne dass jemand auf mich aufmerksam wurde. Wenn
Joes Vater noch in diesem Haus wohnte, könnten Gus oder
Abby oder die Mädchen dort zu Besuch sein – wie sollte ich
ihnen erklären, warum die neue Babysitterin mit fadenschei-
nigen Fragen an die Tür klopft? Andererseits war es mitten
am Tag, wahrscheinlich waren sie bei der Arbeit oder in der
Schule.

Mein Plan war, das Haus zu beobachten und abzuwarten, was
passiert – was nichts anderes hieß, als Stunden damit zu verbringen, ins Leere zu starren. Vielleicht liefen Observationen
immer so ab. Ich konnte verstehen, warum die Polizei das in ei-

nem Auto und mit ein paar Donuts machte, zumindest in den Fernsehsendungen.

Es war ein schönes Reihenhaus mit einem Rasen, und es lag auf einer Anhöhe, von der aus man das Meer sehen konnte. Sasha und ich wohnten auf halber Höhe jenseits des Hügels in einer größeren Doppelhaushälfte, denn vor einem Jahr waren wir noch eine ganz normale Familie mit gut verdienenden Eltern gewesen. Der Weg von Joes Haus zu mir dauerte etwa zehn Minuten. Zwanzig Jahre und zehn Minuten.

Ich machte Fotos von der Vorderseite des Hauses. Die Vorhänge waren alle offen und es brannte kein Licht. Hier oben parkte man entlang der Straße und nicht in der Auffahrt, daher konnte ich nicht erkennen, ob ein Auto zum Haus gehörte. Nichts rührte sich. Eine Katze spazierte durch den Garten und sprang auf den Zaun, aber das hatte nichts zu bedeuten, Katzen denken, dass ihnen alles gehört.

Ich blieb eine halbe Stunde lang, aber es tat sich nichts. Ich war mir fast sicher, dass niemand da war und mich niemand beobachtete. Trotzdem würde ich irgendwann auffallen. Erst als ich bereits entschlossen war, zu gehen, nahm ich meinen Mut zusammen und klingelte, nur um Joe sagen zu können, ich hätte es versucht. Ich spähte durch das Vorderfenster. Mein Blick fiel auf die Rückseiten einiger Geburtstagskarten. Ich machte gerade ein Foto davon, als ich zu meinem Entsetzen hörte, wie sich im Haus Schritte näherten. Ich steckte mein Handy zurück in die Tasche und versuchte, mein klopfendes Herz zu beruhigen. Die Tür ging auf und jemand sah mich sehr überrascht an.

Das ergab überhaupt keinen Sinn.

»Ariel?«

»Oh«, stieß ich hervor. Ich überlegte, was ich sagen sollte, aber mir fiel nichts ein. »Entschuldigung. Hab mich im Haus geirrt.«

»Du hast dich im Haus geirrt?«, fragte meine Französischlehrerin und zog elegant die Augenbraue hoch.

Ms Duke wohnte in Joes altem Haus. Ich registrierte die Tatsache vorerst nur, um später darüber nachzudenken, denn im Moment schwänzte ich die Schule und hatte buchstäblich an die Tür einer Lehrerin geklopft. Die, wenn ich es mir recht überlege, selbst die Schule zu schwänzen schien.

Ich musste aus dem Stand eine Geschichte erfinden und sie mit Details ausschmücken, in der Hoffnung, dass mir unter Druck eine plausible Erklärung einfallen würde.

»Entschuldigung«, sagte ich. »Ich wusste nicht, dass Sie hier wohnen, sonst hätte ich nicht geklingelt. Ich war ...« Ich hielt inne. »Ich habe nicht damit gerechnet, auf eine Lehrerin zu treffen, also ist jetzt wohl ein Geständnis fällig.«

Denk dir was aus, Ariel. Sag etwas Schlaues.

»Ich bin nicht zur Schule gegangen, weil ich mich so schlecht gefühlt habe.« Spontan fiel mir ein, dass ich bei ihr *Scheiße* sagen durfte.

»Scheiße«, sagte ich. »Sagen Sie bitte Sasha nichts davon, aber ich habe im Sekretariat angerufen und mich als meine ältere Schwester ausgegeben. Bitte, verpfeifen Sie mich nicht. Es ist das erste Mal, dass ich das gemacht habe. Und dann bin ich einfach herumgelaufen, und ich glaube, ich hatte eine kleine Panikattacke, und dann habe ich eine große Flasche Cola gekauft für einen neuen Energieschub und so, aber dann musste ich aufs Klo, und ich war mir ziemlich sicher, dass dies das Haus ist, in dem Izzys Tante wohnt, sie arbeitet im Moment nicht, weil sie kleine Kinder hat, also habe ich einfach gehofft, dass das die richtige Adresse ist und ich ihre Toilette benutzen darf.«

Ich versuchte ein Lächeln. *Ernsthaft, Ariel? Etwas Besseres hast du nicht auf Lager?* »Aber es ist nicht nur eindeutig das falsche Haus, es ist auch noch *Ihr* Haus. Entschuldigung. Ich schätze, das heißt, ich bin aufgeflogen.«

Ich riskierte einen Blick in ihr Gesicht. Sie lachte.

»Oh, Ariel«, sagte sie. »Ich habe keine Ahnung, was du wirklich vorhast, aber das war die am wenigsten überzeugende Geschichte, die ich je gehört habe. Komm rein.«

Ich versuchte, ernst zu bleiben. »Tut mir leid.«

Ich trat über die Schwelle und befand mich in Joes altem Haus.

Dies war das Haus, in dem er den Tag begann. In den letzten zwanzig Jahren war er hier aufgewacht und hatte den 11. März erlebt. Er war heute hier aufgewacht, in seiner Welt. Und jetzt war ich hier, zwanzig Jahre später, in meiner. Aber was war mit Ms Duke?

»Ich sollte auch in der Schule sein«, sagte sie. »Ich sehe es dir an, dass du dir genau diese Frage stellst. Eigentlich habe ich am Montagnachmittag keinen Unterricht, daher bin ich nach Hause gegangen, um zu korrigieren und dabei auf eine Lieferung zu warten. Ich dachte, du wärst jemand, der meine ... nun ja, meine Bestellung bringt.«

»Entschuldigung! Und ich habe nicht einmal ein Paket für Sie. Ich werde gehen. Es tut mir leid.«

Der Flur hatte Holzdielen und blassgrüne Wände. An der Wand hing ein großer Spiegel, in dem ich mich selbst sah. Ich hätte nicht hier sein dürfen und doch stand ich da und spiegelte mich darin.

»Was machst du wirklich hier, Ariel? Du brauchst es mir nicht zu sagen, wenn du nicht willst. Ich bin nur etwas verwirrt, aber du kannst dir ruhig Zeit lassen. Willst du reden? Eine kleine Pause vom Korrigieren wäre gerade recht.«

Sie ging den Flur entlang in eine Küche. Der Raum war gemütlich. Ein bisschen unordentlich, mit einem Papierstapel an der Seite und einem Turm Kochbücher im Regal. Sie schaltete den Wasserkocher ein.

»Eine Tasse Tee?«, fragte sie.

»Sind Sie sicher?«

»Ja, ich bin mir sicher. Ich weiß nicht, wie die Regeln lauten, aber da du nun mal vor meiner Tür aufgetaucht bist, bin ich mir ziemlich sicher, dass etwas nicht stimmt. Wir werden jetzt eine Tasse Tee trinken, und du kannst mir sagen, was los ist, wenn du möchtest.«

Ich wusste nicht, was ich darauf antworten sollte, daher sagte ich einfach nur: »Sie sind so nett.«

»Musst du wirklich auf die Toilette?«

»Ja.«

»Du siehst aus wie jemand, der zu viel Coca-Cola getrunken hat. Davon kriegt man einen Koffeinkoller. Ist das bei dir so?«

Ich nickte nur. Sie deutete auf die kleine Toilette im Erdgeschoss unter der Treppe. Ich musste daran denken, dass Joe hier seine Krankheiten möglichst realistisch vorgetäuscht hatte, und das brachte mich aus dem Konzept. Der Raum war kleiner, als ich es mir aufgrund seiner Beschreibung vorgestellt hatte. Ich pinkelte, drückte die Spülung, wusch mir die Hände und fotografierte jeden Winkel des winzigen Raums. Die Seife war flüssig und duftete nach Maiglöckchen. Das Handtuch war blassgrün. Ich dokumentierte alles auf meinem Handy und überlegte, was Ms D. wohl denken würde, wenn sie mich jetzt sehen könnte. Ich kam mir ziemlich schäbig vor.

Sie schob einige Papiere beiseite, damit wir uns an den Küchentisch setzen konnten. Ich wusste nicht, was ich sagen sollte, aber ich schaffte es immerhin, sie nicht zu fragen, warum sie im Haus von Joe Simpson wohnte. Ich sah ihr an, dass sie meinen Besuch für eine Art Hilfeschrei hielt, also ließ ich mich darauf ein und wir sprachen über meinen Vater.

»Er hat nicht einmal *versucht*, Kontakt aufzunehmen«, sagte ich. »Ich werde Sasha das nie erzählen, aber ich habe ihm vor einiger Zeit eine E-Mail geschickt, an Mums Todestag. Er hat sie ignoriert. Er weiß, dass sein Enkelkind in weniger als drei Monaten auf die Welt kommen wird. Er hat versucht, mich aus der Schule zu nehmen, damit ich mit ihm nach Schottland gehe, und jetzt hat er nicht einmal zurückgeschrieben. Es macht mir nichts aus, weil wir ohne ihn besser dran sind, aber trotzdem. Er weiß, dass wir unsere Mutter verloren haben. Das ist ihm scheißegal, oder?«

Ich merkte, dass ich weinte, aber es waren Tränen der Wut, der Frustration.

»Oh, das tut mir so leid.« Ms Duke reichte mir drei Schokoladenkekse auf einem Teller. »Er hat euch Mädchen nicht verdient. Und das ist noch eine gewaltige Untertreibung. Ich nehme an, jeder Mensch reagiert anders auf einen Verlust, aber alles, was er getan hat, ist ein Musterbeispiel dafür, wie man es nicht machen sollte. Du und Sasha, ihr macht das toll, Ariel.«

»Danke«, sagte ich, aber das brachte nicht ansatzweise meine Gefühle zum Ausdruck. Ms D. war wunderbar. Ich hatte keine Ahnung, wie ich sie fragen sollte, wann sie hierhergezogen war und wo der Vorbesitzer abgeblieben war, also sagte ich: »Das ist ein schönes Haus. Wohnen Sie schon lange hier?«

»Zwölf Jahre oder so«, sagte sie. »Das kommt mir nicht lang vor, aber für dich ist das natürlich der größte Teil deines Lebens.«

Ich stand auf, als ich meinen Tee ausgetrunken und einen vierten Keks gegessen hatte. Neben mir lag ein Stapel Schulhefte, und ich wusste, dass Ms Duke sich wieder an die Arbeit setzen musste, dass ich mit meinem Auftauchen hier massiv über das Ziel hinausgeschossen war.

Gerade als ich mich bedanken wollte, hörte ich einen Schlüssel in der Haustür. Ich drehte mich um.

»Das wird mein Mann sein«, sagte Ms Duke. »Keine Sorge. Er ist zahm.« Dann rief sie: »Schatz! Ich habe Besuch.«

Es war mir nie in den Sinn gekommen, dass Ms Duke einen Ehemann haben könnte, trotz der Gerüchte über ihre vielen Ehen. Ich warf einen Blick auf ihre Hand. Sie trug tatsächlich einen Ehering. Ich hatte nie darauf geachtet. Ich fühlte mich sehr, sehr unbeholfen.

»Hallo!«, rief eine Männerstimme. »Besuch, sagst du?«

Dann war er bei uns in der Küche. Er gab Ms Duke einen Kuss und drehte sich, seinen Arm um ihre Taille gelegt, zu mir um. Mein Blut pochte und meine Beine wackelten, und ich bemühte mich so sehr, normal zu wirken, dass ich zuerst gar nicht verstand, was er sagte.

Er war kleiner, als ich erwartet hätte.

»Das ist Ariel«, stellte Ms Duke mich vor.

»Hallo, Ariel«, sagte ihr Mann. »Ich bin Jasper.«

Er streckte die Hand aus, und ich konzentrierte mich darauf, sie zu schütteln, während ich gleichzeitig alle meine Kräfte aufbot, um die Fassung zu bewahren. Meine Gedanken begannen zu rasen. Sie hatte ihn als ihren Mann bezeichnet. Und das war ganz offensichtlich. Beide trugen Eheringe. Er hatte sie gerade auf den Mund geküsst. Das war der Beweis.

Er war definitiv ihr Ehemann.

Und er war definitiv Joes Vater.

Meine Französischlehrerin lebte in Joes Haus mit seinem Vater. Sie war mit Jasper Simpson verheiratet.

Joe hatte gesagt, dass sein Vater für seine Französischlehrerin, Mrs Dupont, schwärmte. Aber Ms Duke konnte nicht Mrs Dupont und auch Mrs Simpson sein. Oder doch? Waren das nicht zu viele Namen für eine einzige Person?

Entschuldigungen stammelnd, verabschiedete ich mich und machte mich so schnell wie möglich aus dem Staub.

»Okay«, sagte ich zu Joe. »Das wird dich umhauen. Ich verstehe es selbst nicht, also sage ich es einfach geradeheraus. Ich habe deinen Vater getroffen.«

»Was?«

»Er ist wirklich nett. Ich bin zu deinem Haus gegangen. Ich war sogar im Haus. Ich war unten auf der Toilette pinkeln.«

»Und er war da?«

»Nicht auf dem Klo.« Wir grinsten beide. »Okay. Also deine Französischlehrerin? Mrs Dupont?« Joe nickte. Ich hatte einen Screenshot von der Schulwebsite auf meinem Handy, den ich ihm zeigen wollte. »Ist sie das, zwanzig Jahre später, was meinst du?« Meine Hand zitterte, als ich ihm das Handy hinhielt.

Joe sah es sich an und nickte wieder.

»Ja, eindeutig. Was machst du ...?« Ich konnte sehen, wie er versuchte, meinen Gedanken zu folgen.

»Also. Ich war bei dir zu Hause«, fing ich noch einmal an. Ich setzte mich dicht neben ihn, strich ihm mit der Hand übers Bein und hoffte, dass ihn das etwas tröstete. Ich fragte mich, wie es wohl wäre, sein Bein richtig zu berühren, aber ich wusste, dass ich es nie erfahren würde.

»Zuerst dachte ich, es sei niemand da.« Ich erzählte ihm die Geschichte, die damit endete, dass Ms Dukes Ehemann nach Hause kam. »Meine Ms Duke ist deine Mrs Dupont. Sie wohnt seit zwölf Jahren in diesem Haus.«

»Warum hat sie so viele Namen?«

»Ja genau! Darüber habe ich auch schon nachgedacht. In der Schule heißt es, sie sei fünfmal geschieden worden, aber ich habe das nie geglaubt. Ich vermute, sie hat sich irgendwann von Monsieur Dupont scheiden lassen und wieder ihren Mädchennamen angenommen, der Duke sein könnte – sie ist ja keine Französin –, und den hat sie nicht geändert, als sie deinen Vater geheiratet hat. Viele Leute tun das nicht. Vor allem, wenn man Lehrerin ist und alle sich erst an den neuen Namen gewöhnen müssen und er für jede Menge Gossip sorgt.«

Joe dachte darüber nach. »Ja. Das könnte die Erklärung sein.«

Ich sah ihm in die Augen. Ich wollte sehen, welche Wirkung meine Neuigkeiten auf ihn hatten. Ich hoffte, dass er damit zurechtkam.

»Deine Französischlehrerin ist meine Französischlehrerin«, sagte ich. »Meine Vertrauenslehrerin ist deine Stiefmutter. Oh, und ich habe ein paar Fotos gemacht.« Ich zeigte ihm zwölf Fotos von der Toilette im Erdgeschoss, dazu sechs von der Außenseite des Hauses und ein sehr unscharfes durchs Fenster, das ich aufgenommen hatte, kurz bevor Ms D. die Tür öffnete.

Er betrachtete die Bilder. Fuhr mit dem Finger durch sie hindurch. Brachte mich dazu, das Foto des Vorderfensters zu vergrößern, und ließ seinen Finger über dem Display schweben.

»Oh Gott«, sagte er. »Siehst du das? Im Wohnzimmerfenster. Das ist die Rückseite einer Trophäe, die Dad als Clown gewonnen hat, 1983 oder so. Ich kann nicht glauben, dass er sie noch hat. Er steht genau da, wo er immer war. Ich habe sie heute Morgen noch gesehen.«

Viel mehr als vage Umrisse konnte ich nicht erkennen. Die Trophäe hatte eine gebogene Kante und war nur von hinten zu sehen. In meiner Vorstellung sah der Preis für den besten Clown aus wie ein Miniaturclown mit einer roten Nase und einem gruseligen Lächeln. Ich gehörte zwar nicht zu den Menschen, die sich vor Clowns fürchteten, fand sie aber manchmal ein bisschen unheimlich.

»Hat dein Vater wirklich als Clown gearbeitet?«, fragte ich. »Ich meine, er hat heute nicht wie einer ausgesehen.«

Joe lachte. »Nicht so, wie du es dir vorstellst. Er war nicht ... Ronald McDonald. Falls es den noch gibt?«

Ich nickte. »Jep.«

»Und kein gruseliger aus einem Horrorfilm. Wenn du ihn mal zum Reden bringen willst, frag ihn nach der subtilen Kunst der Clownerie. Er kann stundenlang dozieren. Es ist eine Kunstform. Sie wird missverstanden. Das, was die meisten Leute als Clownerie bezeichnen, ist eine Travestie. Clownerie ist mit der Pantomime verwandt.« Seine Augen füllten sich mit Tränen. »Ja. Frag ihn das.«

»Das werde ich tun«, versicherte ich ihm. »Sehr gerne sogar, Joe. Und ich war jetzt schon im Haus. Ich habe eine Tasse Tee getrunken. Ich habe ihn kennengelernt. Seine Frau ist meine Vertrauenslehrerin, weil sie eine psychologische Zusatzausbildung hat.«

Uns beiden wurde klar, dass sie diese Fähigkeiten im Laufe der Jahre oft bei Jasper eingesetzt haben musste. »Sie ist wahrscheinlich genau die Richtige für deinen Vater. Wir kommen voran.«

»Was ist mit meiner Mutter passiert?«, fragte Joe.

Ich sah, wie er tief durchatmete, und ich machte mir klar, dass wir die Antwort zwar nicht kannten, aber bald herausfinden würden.

»Heute ist also ein großer Tag für uns«, sagte er. »Du hast meinen Vater gesehen, Ariel. Ich habe deine Mum gesehen. Es hat mich ziemlich umgehauen, aber morgen werde ich es gelassener angehen. Sie ist hier. In der Stadt. Sie lebt in meiner Welt. Ich habe sie getroffen.« Ich sah, wie er sich zu einem Lächeln zwang. »Wie es aussieht, haben wir jetzt beide schon die Eltern des anderen kennengelernt.«

26

»Ich habe deine Mutter gesehen«, sage ich. Ich bin so froh, dass ich Ariel ausnahmsweise etwas zu geben habe, nach allem, was sie für mich getan hat. »Ich habe deine Mum gesehen. Es hat mich ziemlich umgehauen, aber morgen werde ich es gelassener angehen. Sie ist hier. In der Stadt. Sie lebt in meiner Welt. Ich habe sie getroffen. Wie es aussieht, haben wir jetzt beide schon die Eltern des anderen kennengelernt.«

»Hast du ein Foto gemacht?«

»Heute nicht, aber morgen werde ich es machen, versprochen. Ich weiß jetzt, was ich tun muss. Ich habe mit ihr gesprochen, Ariel. Sie hatte Sasha auf dem Arm, also kenne ich jetzt auch deine Schwester! Ein süßes Baby. Morgen werde ich die richtigen Dinge sagen.«

Dad ist mit Mrs Dupont verheiratet. Und Ariels Beschreibung nach sind sie glücklich. Das ist gut, denke ich.

»Erzähl mir alles«, flüstert Ariel, und das tue ich, obwohl es nicht viel zu sagen gibt: Ich klopfte an die Tür, kannte den Namen ihrer Mutter und den des Babys und sagte ihr, ich sei ein Geist. Sie schob mich hinaus, schloss die Tür ab und zog die Vorhänge zu. Ich rutschte ein paar Mal einen Abhang hinunter und lief durch die Brandung.

»Sie sah aus wie du«, beende ich meinen Bericht. »Ganz wie

du. Sie war dir so ähnlich, dass ich zuerst dachte, *du* wärst es, mit Sashas Baby, und dass ich noch etwas weiter in die Zukunft gereist wäre. Ich kann mir nicht vorstellen, dass du irgendeine Ähnlichkeit mit deinem Dad hast. Wie alt ist deine Mum?«

»Sechsundzwanzig«, sagt sie wie aus der Pistole geschossen.

»Sasha ist sechs Monate alt. Meine Mutter war sechsundzwanzig, als sie Sasha bekam, und dreißig, als sie mich bekam. Dazwischen hatte sie zwei Fehlgeburten.« Gedankenverloren runzelt sie die Stirn. »Frag, ob du Gartenarbeit machen kannst, für einen guten Zweck. Etwas, bei dem du nicht ins Haus gehen musst. Dann plaudere über das Baby und erzähle ihr, dass deine Mutter dich verlassen hat, um nach Indien zu ziehen. Sie wird Mitleid mit dir haben.«

»Ich nehme an, dein Dad war zu dieser Zeit noch Teil der Familie?«

Ariel zuckt mit den Schultern. »Vermutlich. Er kann sich ins Knie ficken.«

»Vielleicht sollte ich ihn suchen und ihm das sagen. Einfach nur, weil es sich gut anfühlen würde.«

Ariel grinst. »Ja. Das kannst du.«

»Du hast nichts von ihm gehört?«

»Nein. Ist das zu fassen? Ich habe mich überwunden und ihm geschrieben. Sasha habe ich nichts davon gesagt. Und er hat meine E-Mail einfach ignoriert.«

Ariel hält inne und atmet tief durch. »Ich nehme an, ich sollte nachsichtig sein und ihm einen Nervenzusammenbruch zugestehen oder so, aber das kann ich nicht. Ich komme mir dumm vor, weil ich versucht habe, ihn zu kontaktieren. Er ist für mich genauso tot wie Mum. Jetzt sogar noch mehr.«

»War er vorher schon schlimm? Bevor deine Mutter krank wurde, meine ich?«

Sie sieht mir in die Augen. »Ja. Sasha konnte nie etwas richtig machen. Er hat ihr immer zu verstehen gegeben, dass er enttäuscht war, egal was sie tat. Und er war gemein zu Mum. Er schrie sie an, dass wir aus diesem Kaff wegziehen müssten, dass sie ihn zu einem armseligen Leben in einem beschissenen Ort gezwungen hätte.«

Sie liest meine unausgesprochene Frage und beantwortet sie. »Er war nie gewalttätig. Nicht wirklich. Er hat gegen Wände geschlagen oder Dinge zertrümmert, direkt neben Sasha oder Mum, aber er hat sie nicht verletzt.«

»Klingt trotzdem sehr gewalttätig.«

»Er hat das Gleiche mit mir gemacht, kurz bevor er wegging. Ich habe gesagt, dass ich nicht mitkomme, und er hat erst gegen das Bett und dann gegen die Wand geschlagen. Ich bin fast froh darüber, weißt du? Ich habe mich schlecht gefühlt, als er mich anders behandelt hat. Es war mir unangenehm. Er ging mit mir in den Freizeitpark, aber wenn Sasha mitkommen wollte, sagte er: »Nein, das ist nur für mich und Ariel.« Er kam oft mit kleinen Geschenken für mich nach Hause, für sie hatte er nie etwas dabei. Ich war nie in Schwierigkeiten, aber sie hat er wegen jeder Kleinigkeit schikaniert. Ich war sein Goldkind und ich hasste es. Es lag nicht daran, dass er mich besonders mochte. Ich war für ihn nur ein Mittel, um Sasha zu verletzen.«

»Das muss ätzend gewesen sein.«

Sie zuckt mit den Schultern. »Die Lage eskalierte, als er sich heimlich mit mir nach Schottland davonmachen wollte. Als ich mich weigerte, wandte er sich von mir ab. In gewisser Weise ist es eine Erleichterung, für Sasha mehr als für mich. Ich dachte zuerst, es könnte zu Spannungen zwischen uns führen, weil wir so unterschiedlich behandelt worden waren, aber sie hat Mums freundliches Wesen geerbt. Wenn *ich* ihm gesagt hätte, dass ich schwanger bin und das Baby bekommen will, hätte er sich vielleicht damit abgefunden. Weil es Sasha war, hat er sie eine Zeit lang ignoriert und ist dann abgehauen. Das war, als sie erfuhr, dass es ein Junge wird. Vielleicht wurde es dadurch für ihn realer?«

»Bastard.«

»Ja, oder?« Ariel seufzt. »Ich wünschte, ich könnte in deine Zeit reisen.« Sie blickt zur Tür. »Der Gedanke, dass ich dort auf Mum treffen könnte, ist ein echter Mindfuck.«

»Siehst du die Leute von 1999 noch in der Schule?«

»Ja, sie sind noch da, aber sie stören mich nicht mehr. Sie sind ein Teil deiner Welt. Ich denke gern an die Farbe Blau und sehe zu, wie das Licht den Raum erhellt. Ich halte immer Ausschau nach dir, weißt du? Früher haben sie mir Angst gemacht. Jetzt freue ich mich einfach, dass ich deine Freunde sehe.« Sie runzelt die Stirn. »Ich werde noch einmal versuchen, mit ihnen zu sprechen. Man kann nie wissen. Es könnte uns weiterbringen.«

»Ich war in letzter Zeit nicht oft in der Schule. Aber vielleicht gehe ich mal wieder hin. Wir könnten uns dort treffen.«

Ariel grinst und mein Herz macht einen Hüpfer. »Lass es uns versuchen! Warum gehen wir morgen nicht beide hin und schauen, was passiert? Am besten ganz früh. Kennst du den Geografiekorridor? Zweiter Stock?«

»Mein Klassenzimmer ist da oben.«

»Perfekt. Was hältst du von acht Uhr zwanzig? Das könnte klappen.«

»Ja«, sage ich. »Versuchen wir's. Wir haben ein Date.«

Wir grinsen uns an. Das Wort *Date* glitzert in der Luft zwischen uns. Ich kann es fast sehen, es schwebt in der Stille, während wir beide den Atem anhalten. D-A-T-E.

Ich habe ein Date mit Ariel, außerhalb dieses Schranks. Es findet zwar auf dem Geografiekorridor statt, aber es ist trotzdem ein Date. Ich grinse immer noch dümmlich, als die Tür aufgeht und alles dunkel wird.

27

Ich war um halb sieben aufgestanden, hatte geduscht, ausgiebig gefrühstückt und einen Zettel für Sasha hinterlassen:

Bin auf dem Weg zur Schule. Heute Projektarbeit. Ist mir erst um Mitternacht eingefallen. x

Das würde sie freuen: Es war genau das, was sie von mir erwartete. Früher hatte ich meine Aufgaben immer sehr gewissenhaft erledigt, möglichst gut und pünktlich. Jetzt war ich abgelenkter als je zuvor. Es war mir egal, welche Noten ich in diesem Sommer bekam, solange ich es damit in die Oberstufe schaffte, und selbst das bereitete mir kein Kopfzerbrechen, denn ich war mir ziemlich sicher, dass das College mich sowieso nehmen würde. Joe war wichtiger. Wenn ich vor der Wahl stand, die bestmöglichen Noten zu bekommen oder jemanden zu retten, der mir so viel bedeutete, dass jedes einzelne Atom in mir es spürte – wenn ich diesen Menschen davor bewahren konnte, in einem Abgrund jenseits von Zeit und Raum festzustecken –, dann wusste ich, was ich zu tun hatte.

Ich schrieb Izzy, dass ich heute früher in die Schule gehen würde, um zu arbeiten. Sie antwortete mit **okay**, ein Zeichen dafür, dass sie verärgert war, aber ich würde es später wiedergutmachen.

Wir gingen immer zusammen zur Schule. Sie hatte mir in den letzten Jahren zugehört, und jetzt, da ich meine Trauer allmählich überwunden hatte, hörte ich mir auch mehr von ihren eigenen Problemen an. Ich mochte es, wenn sie von ihrem Zuhause erzählte, das glücklich und normal war und mir ein warmes Gefühl gab.

Mir war klar, dass sie dachte, ich würde sie ausschließen, und deshalb sehr verletzt war. Ich musste ihr Vertrauen zurückgewinnen, aber ihr die Wahrheit sagen, das konnte ich nicht. Immer wenn ich mit dem Gedanken spielte, mich jemandem anzuvertrauen, stieß ich auf dasselbe Hindernis. Ich konnte es Izzy nicht sagen, ich konnte es Sasha nicht sagen, ich konnte es weder Gus noch Abby noch Ms Duke oder Jasper sagen, denn keiner von ihnen würde mir glauben. Alle würden mich für verrückt halten und für Joes Familie wäre es einfach nur schrecklich.

Eine leere Schule ist ein unheimlicher Ort. Meine Schuhe quietschten in den Gängen und auf der Treppe, und dann stand ich vor den Erdkundesälen, wo Poster von Vulkanen und aus Flussarmen entstandenen Altwasserseen hingen, und ganz am Ende des Gangs ... da war er. Da war Joe. Er hatte sofort diesen blauen Schimmer um sich herum, weil mein Blick auf einen der abgebildeten Flüsse gefallen war, kurz bevor ich Joe entdeckte.

Ich lief zu ihm, mit ausgestreckten Armen, und rannte durch ihn hindurch, nur so zum Spaß. »Oh mein Gott!« sagte ich zittrig und lachte.

»Hallo, du«, sagte er. »Es hat geklappt.«

»Da sind wir also.«

Wir konnten nicht aufhören, uns gegenseitig anzulächeln. Ich glaube, ich habe mich noch nie so sehr gefreut, jemanden zu sehen.

»Was bedeutet das jetzt?«, überlegte ich laut. Mein Handy machte *Pling!* Ich ignorierte es.

»Es bedeutet, dass wir ein Wahnsinnsteam sind!«, sagte Joe.

»Genau das bedeutet es.«

»Ja, oder?« Ich führte einen kleinen Tanz auf, denn 2019 war niemand da, der mich beobachten konnte. Joe machte mit. Er grinste und versuchte, ein Rad zu schlagen. Es war keine Glanzleistung, aber das hielt ihn nicht davon ab, noch drei weitere zu machen. Ich konnte sehen, wie er allmählich Gefallen an seiner Welt fand.

»Und es könnte ...« Er hielt abrupt inne und setzte von Neuem an. »Es könnte bedeuten, dass wir, wenn wir zur selben Tageszeit am selben Ort sind – einem Ort, der in unseren beiden Welten existiert – uns treffen und etwas unternehmen können. Oder auch nicht«, fügte er schnell hinzu. »Keine Ahnung.«

»Lass uns eine Zeit und einen Ort ausmachen. Mal sehen, ob wir es schaffen. Es wäre das Beste ...« Ich konnte nicht mehr weitersprechen, so überwältigt war ich von der Vorstellung. Stattdessen schaute ich auf mein Handy, grinste und hielt es ihn hin.

»Hey! Schau mal!«

Ariel. Tut mir leid, dass es SCHON WIEDER so kurzfristig ist, aber könntest du morgen für ein paar Stunden babysitten, so von vier bis sechs Uhr nachmittags? Meine Mutter kommt ins Krankenhaus und ich möchte sie gerne begleiten. Du müsstest die Mädchen vom Hort abholen – ich weiß, dass du selbst

Schule hast und nicht schon um zwanzig nach drei da sein kannst. Danach könntet ihr euch zu Hause die Zeit vertreiben und um sechs übernimmt dann Gus die beiden. Ich hätte auch einen anderen Babysitter fragen können, aber die Mädchen wollen dich! Abby xxx

Ich schloss für einen Moment die Augen und machte meine Atemübungen. Fünfmal einatmen, fünfmal halten, fünfmal ausatmen. Die Wolkengipfel der Venus. Der Gedanke, dass die Mutter von jemandem krank war, machte mir zu schaffen. Ich beruhigte mich langsam.

»Tu es«, sagte Joe. Ich war mir nicht sicher, ob er meinen Anflug von Panik bemerkt hatte. »Natürlich nur, wenn du willst. Ich werde den morgigen Tag schon überstehen, auch wenn es bedeutet, dass ich dich dann nicht sehen kann. Immerhin sehe ich dich heute zweimal.«

Ich nickte und sammelte mich, um Abby zu antworten. Das mit Ihrer Mum tut mir leid, schrieb ich zurück. Ich hoffe, es ist nichts Schlimmes? Und ja, kein Problem, ich kann auf die beiden aufpassen.

Du bist die Beste!!, antwortete sie. Mum geht's gut. Es ist nur ein CT, nichts Akutes. Du musst zur Grundschule von Manor Park, die Nachmittagsbetreuung findet in der Schulhalle statt. Die Mädchen werden BEGEISTERT sein! XXX

Ich drehte mich wieder zu Joe um. Bald würden die ersten Schüler eintreffen, aber ich hatte eine Idee. Natürlich konnte ich in einem verlassenen Korridor einsame Gespräche mit mir selbst führen. Ich konnte sogar herumgestikulieren, wie ich wollte, wenn ich eine winzige Kleinigkeit änderte.

Ich fischte meine Ohrstöpsel aus der Hosentasche, schloss sie an mein Handy an und steckte mir einen davon ins Ohr. »Jetzt kann ich sagen, was ich will, ohne komplett gaga zu wirken«, erklärte ich ihm zufrieden.

Er nickte. »Aber kommst du dir nicht blöd vor? Mit einem Mobiltelefon zu sprechen? Ich schon, wenn ich meins benutze.«

»Nein, überhaupt nicht. Jeder macht das.«

Er sah sich um. »Ich fasse es immer noch nicht, dass wir uns an einem anderen Ort treffen können. Da tun sich ganz neue Möglichkeiten auf.«

»Ich habe einmal einen Jungen gesehen«, überlegte ich laut, als eine Erinnerung in mir aufstieg. »Er hat draußen auf dem Spielplatz *Hilfe* an die Wand geschrieben. Du warst es nicht. Keine Ahnung, warum du es nicht warst. Das wäre doch naheliegend, oder nicht?«

»Was hat er ...«, fing Joe an, aber dann kam ein Junge ins Blickfeld. Er ging auf Joe zu. Ich dachte an Blau und er war blau.

»Führst du Selbstgespräche?«, fragte er.

Joe seufzte und machte ein Gesicht, wie ich es von ihm nicht kannte – genervt, ja sogar ein bisschen gehässig. »Lucas«, sagte er ziemlich arrogant – aber vielleicht war sein früheres Ich tatsächlich so gewesen. »Nein, du Idiot. Ich habe für das Stück geübt.«

»Welches Stück?«

»Hat nichts mit der Schule zu tun. Es ist für meinen Schauspielkurs. Nationales Jugendtheater.«

Ich prustete los. Was für eine irre Lüge und wie leicht sie ihm über die Lippen gekommen war.

Lucas lachte auch, er glaubte ihm kein Wort. »Natürlich«,

sagte er. »Schon klar. Aber solltest du heute nicht *Parlaying en fransay* machen?«

»Wenn ich wüsste, wie man auf Französisch ›Fuck off‹ sagt, dann würde ich das tun, Dude.«

Joe ging weg, er sah großspurig aus und ganz anders als der Joe, den ich kannte.

Ich holte ihn ein.

»Hallo, Mr Attitude.« Ich sah zu Lucas zurück, der sichtlich verletzt war. »Nationales Jugendtheater? Gratulation! Ich habe gehört, dass es unglaublich schwierig ist, dieses Vorsprechen zu bestehen.« Joe warf mir einen Seitenblick zu und lächelte schief.

»Das ist also Lucas«, sagte ich und tat immer noch so, als ob ich in mein Handy sprechen würde. »Ich konnte ihn genau sehen und hören. Du warst ziemlich schroff.«

Mir fiel ein, dass ich noch einmal mit den Leuten aus Joes Umkreis sprechen wollte. Ich drehte mich um. »Lucas!«, rief ich. Ich fuchtelte mit den Armen. »Hey, Lucas Ingleby? Alles okay?«

Er konnte mich nicht hören. Ich drehte mich wieder zu Joe, der mir zuflüsterte: »Welchen Eindruck hat er auf dich gemacht?« Ich konnte ihm seine Angst ansehen. Das war der Joe, den ich kannte. »Ich muss immer wieder an ihn denken und das hat etwas zu bedeuten. Vielleicht hat er ...«

Ich unterbrach ihn. »Du warst viel schlimmer zu ihm als er zu dir. Du hast ihm ein ›Fuck off‹ an den Kopf geworfen. Er hat sich nur ein bisschen über dich lustig gemacht.«

Er sah überrascht aus. »Meinst du?«

Wir zuckten beide zusammen, als die Glocke läutete. Das bedeutete, dass wir zur ersten Stunde gehen mussten. Ich stand vor einem Erdkundesaal, der zu meiner Zeit ein Klassenzimmer war, und plötzlich wimmelte es nur so von anderen Schülern. »Wir sehen uns später.« Ich streckte die Hand aus und ließ sie durch seine hindurchgleiten. Dann machte ich mich auf den Weg, allein, leicht fröstelnd inmitten des doppelten Gedränges von Joes Leuten und von meinen.

Ich hatte den ganzen Tag versucht, mich zu konzentrieren, aber irgendwann hatte ich es aufgegeben. Ich sorgte mich um Joe, der tot war und nicht wusste, warum. Joe, der heute wieder Mum und Sasha besuchen wollte. Ich sorgte mich um meinen Neffen und meine Schwester, um Zara und Coco und Izzy. Da war kein Platz mehr für Quadratgleichungen. Ich wollte zwar die Prüfungen in meinen Abschlussfächern schreiben, aber vor allem wollte ich herausfinden, was mit Joe Simpson passiert war, und ihn aus seinem *Glitch* befreien. Ich hoffte inständig, dass ich beides auf einmal schaffen würde.

Izzy allerdings war den ganzen Tag über stinksauer. Sie hatte kaum ein Wort mit mir gesprochen.

»Es tut mir leid«, raunte ich ihr in der Klassenleiterstunde zu.

»Wieso?«, fragte sie knapp. »Du hast doch gar nichts gemacht.«

»Eben. Was ist los?«

Sie schüttelte den Kopf. »Das ist unwichtig. Ich wollte heute Morgen etwas mit dir besprechen, aber du warst nicht da. Und nach der Schule läufst du immer weg. Sind wir überhaupt noch Freundinnen?«

»Ach, Izzy!« Ich fühlte mich schrecklich. »Natürlich sind wir das! Ich habe dich so lieb. Lass uns am Wochenende etwas unternehmen.« Eine Idee nahm in meinem Kopf Gestalt an.

»Warum fahren wir nicht nach London, wie du gesagt hast?«

Sie zog die Augenbrauen hoch. »Wirklich?«

»Wirklich.«

Zu Hause fand ich Sasha vor, die, eingewickelt in eine Decke, Netflix schaute, neben sich einen Milchshake von McDonald's. Sie sah erschöpft aus, und ich hatte ein schlechtes Gewissen, weil ich jeden Tag nach der Schule weg war. Sasha hatte das nie infrage gestellt, weil sie dachte, ich würde lernen.

»Hey.« Ich schlüpfte zu ihr unter die Decke und sie nahm meine Hand und legte sie auf ihren Babybauch.

»Alles okay?«, fragte sie.

»Ja.«

»Wie läuft's mit dem Lernen?«

Ich seufzte. »Ist total langweilig.« Langweilig und lückenhaft.

»Du weißt es ja selbst. Ich hoffe einfach, ich lerne genug.«

»Ganz bestimmt. Ich habe volles Vertrauen in dich.« Sie seufzte. »Meinst du, wir sollten umziehen? Ich habe darüber nachgedacht.«

Ich schaute zum Fernseher. Und tatsächlich lief da gerade die Realityshow *Selling Sunset*. Irgendwelche Leute besichtigten eine riesige Villa mit Pool in den Hollywood Hills.

»Also dieser Luxusschuppen ist eine Nummer zu groß«, sagte ich.

»Ja. Schon klar. Aber ein anderes Haus. Ein kleineres. Eines, das nicht von Dad ist.«

»Das können wir nicht«, sagte ich. Das war Mums Zuhause, und seit ich Joe getroffen hatte, fragte ich mich, ob sie immer noch hier sein könnte, jeden Tag um uns herumging, uns beobachtete, nach uns sah. Vielleicht war es so. Vielleicht wartete sie auf das Baby, wie Lara im Zug.

»Ja«, sagte Sasha. »Es ist immer noch Mums Haus.«

Ich nickte. Wir schwiegen eine gefühlte Ewigkeit lang.

»Ich muss morgen babysitten«, wechselte ich schließlich das Thema. »Nach der Schule, bis sechs Uhr.«

»Ariel.« Sasha lehnte sich zurück und runzelte die Stirn. »Das ist doch deine Lernzeit. Kannst du das nicht auf den Abend legen? Wenn es denn überhaupt sein muss.«

»Ich weiß«, sagte ich. »Tut mir leid. Aber es sind doch nur zwei Stunden. Also gut: Ab sofort babysitte ich tagsüber nicht mehr.«

»Okay. Mach es morgen noch mal, und dann lässt du es sein. Wir müssen nur diesen Sommer überstehen. Du bestehst deine Prüfungen ...«

»Und du bekommst ein Baby.«

Sie streichelte ihren Bauch, und mir fiel wieder auf, wie müde sie aussah. Unwillkürlich fragte ich mich, wo ihre Freunde waren. Sasha hatte stets eine Schar von Leuten um sich gehabt. Jetzt war sie immer allein, bei der Arbeit im Café oder völlig platt zu Hause.

Dabei wusste ich ja, wo die anderen waren: Sie waren fast alle an der Uni, und die, die nicht studierten, waren weggezogen, um eine Ausbildung zu machen. Sasha war die Einzige ihrer lauten, lustigen Clique, die noch da war.

»Du siehst erschöpft aus«, sagte ich. »Wie wär's, wenn ich dir ein Bad einlasse? Und während du im Wasser entspannst, koche ich dir ein Chili und gehe Schokolade kaufen.«

Sasha nickte. »Jetzt, wo du es sagst«, erwiderte sie, »könnte ich mir absolut nichts Schöneres vorstellen.«

28

Ich klopfe an die Tür von Nummer zwölf. Anna Brown öffnet mir, die kleine Sasha auf der Hüfte, und sieht mich mit demselben höflichen Blick an wie beim ersten Mal. Heute habe ich allerdings ein anderes Drehbuch. Und den dazugehörigen Text hat ihre Tochter geschrieben, die noch gar nicht geboren ist.

»Hallo!«, sage ich. »Ich heiße Joe und ich arbeite für eine Wohltätigkeitsorganisation. Entschuldigen Sie die Störung, aber brauchen Sie vielleicht Hilfe bei der Gartenarbeit? Wir sammeln Geld für ein Kinderhospiz.«

Sie sieht mich überrascht an, dann lächelt sie.

»Natürlich!«, sagt sie. »Das ist eine schöne Sache. Ich habe den Garten ein wenig vernachlässigt, seit die Kleine da ist. Vielleicht könntest du das Unkraut zwischen den Narzissen ausreißen? Wirf es einfach in die kleine Gartentonne in der Ecke. Das wäre wunderbar. Vielen Dank!«

»Überhaupt kein Problem«, sage ich und setze keinen Fuß in die Tür, was im Nachhinein betrachtet beim letzten Mal eine ziemlich aggressive Aktion gewesen war. Stattdessen knie ich mich in den Garten und fange an, Unkraut zu rupfen. Ich fühle mich ein bisschen schäbig, was den Teil mit dem Kinderhospiz angeht, aber ich weiß auch, dass jede Spende, die jemand wie ich dem Hospiz zukommen ließe, nur eine imaginäre wäre.

Wie immer regnet es fast, aber das ist mir egal. In den Blumenbeeten sind auch ein paar Schneeglöckchen und Krokusse, die ich stehen lasse. Alles andere reiße ich an den Wurzeln aus und hoffe, dass nichts Kostbares und Seltenes dabei ist. Ich werfe alles in die Komposttonne in der Ecke.

Nach etwa einer Stunde kommt Anna mit einem Tablett heraus und stellt es an den Stufen zur Tür ab.

»Hier, bitte sehr«, sagt sie. »Die Kleine ist eingeschlafen. Ich habe dir ein Glas Fruchtsaft und einen Keks mitgebracht. Das ist keine Bevormundung, oder? In deinem Alter habe ich Tee gehasst.«

Ich grinse. »Ich trinke alles«, sage ich wahrheitsgemäß. Ich könnte eine Gallone Benzin in mich hineinkippen und es ginge mir gut. Ich könnte den Atlantik leer trinken und bräuchte nicht einmal zu pinkeln.

Sie geht wieder ins Haus und holt sich eine Tasse Tee, dann setzt sie sich auf die oberste Treppenstufe.

»Ist das ein Schulprojekt?«, fragt sie. »Weil heute ja ein Schultag ist, oder?«

»Ja, im Rahmen des Duke of Edinburgh Award«, sage ich, und sie nickt. »Die Ablenkung kann ich gut gebrauchen, denn bei mir zu Hause läuft es gerade nicht so gut.« Ich zeige ihr meine beste Version eines Joe-Simpson-Lächelns aus alten Zeiten.

»Ach, du Armer«, sagt sie sofort.

»Ist schon okay«, erwidere ich tapfer. »Da ist nichts Schreckliches passiert oder so. Aber meine Mutter ist nach Indien gezogen und ich vermisse sie. Das ist alles.«

»Oh, das muss furchtbar schwer sein«, sagt sie bedauernd. Ariel hat recht, sie ist wirklich sehr nett. Und sie ist so wie Ariel. Oder Ariel wird so sein, wenn sie sechsundzwanzig ist. Wir unterhalten uns eine Weile, und ich schaffe es, nichts Dummes von mir zu geben. Sie trinkt ihren Tee aus und geht wieder ins Haus. Ich beende das Unkrautjäten und bin mit meiner Arbeit zufrieden. Meine Hände sind schmutzig, aber ich lecke die Erde von ihnen ab.

»Das ist wunderbar«, sagt sie, als ich klingle, um zu sagen, dass ich fertig bin. »Vielen Dank.« Sie gibt mir fünf Pfund, und ich beschließe, Ariel zu bitten, fünf Pfund an das Kinderhospiz zu spenden, vielleicht auch ein bisschen mehr wegen der Inflation.

Ich nehme Gus' Kamera aus meiner Tasche. »Sie können Nein sagen, wenn Sie es nicht wollen, aber dürfte ich vielleicht ein Foto von Ihnen in Ihrem Garten machen? Für unser Projekt. Eine zufriedene Kundin? Das Foto kommt höchstens auf eine Schautafel in der Schule.«

Sie lacht. »Klar, wenn du möchtest!« Sie stellt sich in ihren Garten und lächelt, die kleine Sasha in die Hüfte gestemmt. Ich mache elf Fotos in schneller Folge.

Ich habe es geschafft. Ich bin so zufrieden mit mir, dass ich sofort in die Schule zurückkehre. Doch statt in den Unterricht zu gehen, treibe ich mich in den Ecken herum und halte Ausschau nach Ariel. Ich weiß, dass für sie heute Freitag ist, aber ich kann mich nicht an ihren Stundenplan erinnern. Schließlich entdecke ich sie kurz vor Beginn des Nachmittagsunterrichts in einem der Gänge.

»Hey, weißt du was?« Ich passe mich ihrem Schritt an und gehe neben ihr her. Sie zuckt kurz zusammen, dann lächelt sie mich an. Ich sehe, dass sie mit mir reden will, aber sie ist mit anderen Leuten zusammen. Es ist nicht fair, dass sie meine Freunde sehen kann, ich ihre aber nicht. Ich sehe nur Ariel. Ich habe nur Augen für sie. »Du brauchst mir nicht zu antworten. Ich habe alles genau so gemacht, wie wir gesagt haben, und es hat funktioniert! Ariel, deine Mutter ist total nett! Wir haben uns richtig gut unterhalten. Ich habe Unkraut gejätet. Und ich habe elf Fotos von ihr und Sasha gemacht!«

Ariel strahlt übers ganze Gesicht. Sie bleibt stehen und bückt sich, wie um ihre Schnürsenkel zu binden.

»Ich komme gleich nach!«, ruft sie. Ich gehe neben ihr in die Hocke.

»Wirklich?«, flüstert sie. »Oh mein Gott, Joe. Das ist ja unglaublich. Ich danke dir so, so sehr! Kann ich die Fotos sehen? Mist, ich habe jetzt Geschichte. Kannst du mitkommen und sie mir zeigen? Ich werde nichts dazu sagen können, aber ich freue mich jetzt schon wie verrückt. Ich kann nicht bis morgen warten. Oh mein Gott.«

Sie steht auf und eilt davon. Ich folge ihr in das Klassenzimmer, das in meiner Welt zum Glück leer ist. Ich knie mich neben ihre Schulbank. Ich habe keine Ahnung, was im Unterricht vor sich geht, aber ich hole Gus' Kamera heraus. Die Qualität der Aufnahmen entspricht nicht dem, was sie von ihrem Handy gewohnt ist, aber die Kamera hat ein kleines Fenster auf der Rückseite, in dem die Bilder angezeigt werden, die ich gemacht habe, und alle elf sind von ihrer Mutter und ihrer Schwester. Ich schalte den Apparat ein und zeige sie ihr. Sie schnappt nach Luft und bittet mich, die Kamera so halten, dass sie die Fotos genauer ansehen kann.

»Nein, es geht mir gut«, flüstert sie jemanden zu, der neben ihr sitzt. »Ich hab meine Tage.«

Ich halte die Kamera direkt vor ihre Nase und klicke durch die Fotos. Irgendwie sind sie alle gleich, aber wenn man sie kurz hintereinander anschaut, bekommt man ein Gefühl dafür, wie Anna sich bewegt, wie Sasha winkt und lächelt. Ich gehe sie alle zweimal durch, und dann vor und zurück und vor und zurück, bis Ariel lächelnd nickt, um zu sagen, dass es genug ist.

»Soll ich gehen?«, frage ich. Ariel nickt. Plötzlich habe ich eine Idee. Was ist besser, als zu gehen? Ariel zum Lachen zu bringen, ist besser, als zu gehen.

Ich schlendere nach vorne und stelle mich auf das Lehrerpult. »Oh Captain! My Captain!«, rufe ich und hoffe, dass sie den Film gesehen hat. Ich schaue zu ihr und sehe, wie sie sich ein Lachen verkneift. Ich springe auf den nächstgelegenen Tisch und hüpfe dann quer durch den Raum von Bank zu Bank. Ich klettere die Regale bis zur Decke hoch und werfe mich auf den Boden. Ich fange an zu singen. Ich versuche mich an »Common People« und liefere meine beste Jarvis-Imitation. Ich schlage ein missglücktes Rad nach dem anderen quer durch den Raum und ahme dabei Lara nach.

Von Zeit zu Zeit sehe ich Ariel an. Sie beobachtet mich mit großen Augen. Hält sich die Hand vor den Mund. Beißt sich auf die Lippe. Verdreht die Augen. Dann setzt sie sich aufrecht hin und sagt: »Nein, tut mir leid. Mir geht's gut, danke«, in einem Ton, der mir verrät, dass sie von einem Lehrer ermahnt wurde.

Ich liege rücklings auf dem Boden und singe lauthals »Tinky Winky, Dipsy, Laa-Laa, Po!«, als ich höre, wie sich jemand an der Tür räuspert, und Mrs Dupont fragt: »Joe? Joe Simpson? Bist du das?«

Scheiß drauf. Inzwischen ist mir alles egal. Ich springe auf und sage: »Ja, ich bin es. Sie werden meinen Vater heiraten, Mrs Dupont. Ich hoffe, Sie werden sehr glücklich miteinander.«

Die Dinge nehmen ihren gewohnten Lauf: Sie wollen Dad anrufen, und ich weiß, wie es dann weitergeht. Ich beschließe, es geschehen zu lassen. Ich will ihn sehen und am Ende werde ich ohnehin im Beachview landen.

Ich setze mich ins Auto und sehe ihm beim Fahren zu. Ich mache mir nicht die Mühe, den McDonald's-Papierschnipsel aufzuheben, der neben meinem Fuß liegt. Dad hat sich einen Pullover über sein Grashüpfer-Poloshirt gezogen: Ich glaube, er will wie ein Fischer aus Cornwall aussehen, aber er wirkt eher wie ein Weihnachtsmann. Er ist so perfekt. Ich möchte mir gar nicht vorstellen, was er in den letzten zwanzig Jahren durchgemacht hat.

»Was ist los mit dir, Jojo?«, fragt er, während er fährt. »Willst du darüber reden? Du musst nicht mit nach Frankreich, weißt du? Dass es dir gut geht, ist das Einzige, was zählt. Soll ich Mum nach Hause holen?«

Das hatten wir schon mal. »Ja, bitte«, sage ich. »Ich wünschte, sie könnte jetzt sofort kommen. Ich würde mich wirklich freuen, wenn ich sie heute sehen könnte, aber ich weiß, dass das nicht geht.«

Er sieht mich verwundert an. »Natürlich kann sie heute kommen! Warum denn nicht? Das ist doch klar. Sie wird direkt nach Hause fahren. Das weißt du doch.«

Ich schaue aus dem Fenster, mein Herz klopft. Mein falsches Herz, das nicht richtig schlägt.

»Wo ist sie?«, frage ich mit piepsiger Stimme.

»Joe? Erinnerst du dich nicht?«

Ich schüttle den Kopf, aber ich will ihm antworten, also sage ich: »Sie macht einen ... Yogakurs?«

»Genau! Siehst du? Du weißt also, wo sie ist.«

»Wo ist der Kurs noch mal?«

Es kann unmöglich Indien sein. Er hat gerade gesagt, sie könne heute noch zurückkommen. Aber wenn es nicht Indien ist ...

»In Reading«, sagt er. »Der letzte Teil ihrer Ausbildung zur Yogalehrerin. Das wusstest du doch, Junge. Sie ist nur von Montag bis Freitag weg. Wir hatten ja keine Ahnung, dass du damit zu kämpfen hast, Jojo. Ich nehme an, du möchtest, dass deine Mutter dir zum Abschied winkt, wenn du zum ersten Mal allein ins Ausland fährst. Aber du musst nicht, wenn du nicht willst. Wirklich nicht.«

Ich kann das nicht glauben. Ich versuche zu atmen (Aber wozu eigentlich? Es macht keinen Unterschied. Ich bin kein Mensch, ich bin die Kopie eines Menschen).

»Ich dachte, sie wäre für immer weg«, flüstere ich. »Das hatte ich ganz vergessen.«

Arme Mum! Da ist sie gerade mal fünf Tage weg und verliert gleich ihren Sohn.

Ich bin erst vor Kurzem mit dem Zug durch Reading gefahren. In mir reift ein Plan. Ich kann Lara im Zug treffen und dann in Reading aussteigen und meine Mutter suchen.

Ich kann Mum suchen. Gleich morgen.

Ein völlig neues Gefühl durchströmt mich. Ich kann meine Mutter noch einmal sehen, bevor ich sterbe. Ich habe sie seit zwanzig Jahren nicht mehr gesehen, aber jetzt weiß ich, wo sie ist.

Wir sind ein bisschen zu früh im Beachview. Dad geht auf die Toilette. Ich kaufe ein Getränk, das ich nicht will, laufe einem wütenden Mann in die Arme und verziehe mich glücklich in die kleine Kammer, obwohl ich weiß, dass Ariel heute nicht kommt.

Ich fahre zu Mum. Morgen.

29

»Wohin gehst du?« Izzy stand vor mir und versperrte mir den Weg. Es war an dem einen Tag, an dem ich nicht ins Beachview ging, daher hatte ich eine gute Antwort parat.

»Ich hole zwei Kinder von der Grundschule ab und passe auf sie auf.«

Sie warf mir einen skeptischen Blick zu. »Du? Im Ernst?«

»Ganz im Ernst. Die beiden Mädchen, bei denen ich neulich Babysitterin war. Komm doch mit. Dann siehst du es.«

Sie wirkte nicht sehr überzeugt, ging aber trotzdem mit.

»Hör zu, Ariel«, begann sie. »Okay, ich habe nicht damit gerechnet, dass du auf Kinder aufpasst, und du hast mir auch versprochen, dass wir am Samstag nach London fahren, aber das alles ändert nichts daran, dass ich mir Sorgen um dich mache. Ich will schon seit Ewigkeiten mal außerhalb der Schule mit dir reden. Aber du läufst immer weg. Wir treffen uns so gut wie nie. Du sagst mir nicht, wohin du gehst. Und du schreibst mir auch nicht mehr jeden Tag. Sei mir nicht böse, aber ich habe Sasha eine Nachricht geschickt. Weil ich mir Sorgen mache.«

Izzy sah mich mit ihren großen braunen Augen an, nervös, aber entschlossen. Ihre Haare wehten ihr ins Gesicht.

Ich blieb abrupt stehen.

»Du hast was?«

»Sei mir nicht böse.«

»Was?« Mir fehlten die Worte. Das war wie ein Angriff aus dem Hinterhalt.

Sie wandte sich ab. »Tut mir leid. Ich wusste, dass du so reagieren würdest, aber ich musste es tun. Denn ich weiß, wie verletzlich du bist. Ich bin mir sicher, dass du jemanden triffst. Du verhältst dich seltsam. Und früher hast du immer mit mir gesprochen, egal was war. Was ist so schlimm, dass du es mir nicht sagen kannst? Es muss etwas sehr Ernstes sein.«

Ich legte eine Hand auf ihren Arm. »Izzy, hör auf! Du hast Sasha eine Nachricht geschickt? Wann denn? Was hast du geschrieben?«

»Was denkst du denn, Ariel?« Sie schrie es beinahe. Dabei erhob Izzy nie ihre Stimme. »Wir haben noch nicht miteinander gesprochen, aber das werden wir noch tun. Ich werde ihr sagen, dass du jeden Tag nach der Schule in die Stadt fährst und behauptest, in der Bibliothek zu arbeiten, was nicht stimmt. Ich werde ihr sagen, dass ich mir absolut sicher bin, dass du dich mit jemandem triffst. Irgendeinen Typ. Und es geheim hältst. Ich kenne dich besser, als du denkst. Irgendwas ist los. Was läuft da? Worauf hast du dich eingelassen?«

»Bitte, erzähl das nicht Sasha«, bat ich sie. »Oder hast du es ihr schon gesagt?«

Izzy zog sich zurück. »Nein. Wie ich schon sagte, ich habe ihr geschrieben. Ich habe sie gefragt, ob wir reden können, weil ich mir Sorgen um dich mache. Sie hat geantwortet, dass sie bis sechs Uhr arbeitet und mich dann anruft. Ich werde um diese Zeit zwar beschäftigt sein, aber ich nehme mir die Zeit, um mit ihr zu reden, und du kannst mich nicht daran hindern. Ich tue das für dich, Ariel, auch wenn du es nicht begreifst.«

Ich kniff die Augen zusammen und stellte mir das Ganze aus Izzys Sicht vor. Ich wusste, dass sie sich Sorgen machte. Es war nicht ihre Schuld. Das alles war nur so aus dem Ruder gelaufen, weil ich ihr nicht die Wahrheit sagen konnte. Dass ich mich mit einem Geist herumtrieb. Dass er im Geschichtsraum herumgealbert und mich zum Lachen gebracht hatte, direkt vor ihren Augen. Dass er meiner Mutter bei der Gartenarbeit geholfen und elf Fotos gemacht hatte. Es war so verrückt.

»Magst du mitkommen, um die Mädchen abzuholen?«, fragte ich. »Jetzt gleich?«

»Eigentlich nicht. Wie gesagt, ich habe noch andere Dinge zu tun.«

»Was denn?«

»Ich treffe jemanden.«

»Wen?«

Sie sah zu Boden. »Ich versuche schon seit Ewigkeiten, es dir zu sagen, aber du bist nie da. Aber egal, das können wir ein andermal machen.« Sie warf einen Blick auf ihr Handy. »Mein Termin ist um fünf. Ich könnte also noch ein Stück mit dir gehen.«

»Was ist das für ein Termin?«

Izzy seufzte. »Hör zu, die Sache ist viel weniger wichtig als deine. Und das sage ich jetzt nicht passiv-aggressiv. Die letzten Jahre sind scheiße gelaufen für dich. Für mich nicht. Im Ernst, mach dir keine Gedanken. Und lass es zu, dass ich mir Sorgen um dich mache. Ich habe den Verdacht, dass du an einen älteren Mann geraten bist und dass du nach allem, was du durchgemacht hast, unglaublich anfällig für so was bist. Ich weiß noch, wie schnell du dich in den Jungen verliebt hast, der dir die falsche Nummer gegeben hat. Willst du mir ernsthaft erzählen, dass es gar nichts in der Art ist?«

»Wirklich nicht. Erzähl mir lieber von dir.«

»Morgen.«

Ich sah sie forschend an. »Du hast recht. Man kommt sich blöd vor, wenn man das Gefühl hat, ausgeschlossen zu werden. Okay. Kannst du nicht doch nach Manor Park mitkommen? Izzy, es tut mir leid. Ich erzähl dir alles, weil es wirklich nicht so ist, wie du denkst.«

»Du willst mir alles erzählen?«, fragte sie. »Jetzt? Die ganze Wahrheit?«

»Jetzt sofort.«

»Na dann los.«

Ich zog meinen Blazer aus, stopfte ihn in meine Tasche und schlüpfte stattdessen in einen Hoodie.

»Okay«, sagte ich. »Versprich mir, dass du mich nicht für verrückt hältst. Ich meine, denk, was du willst, aber versprich mir, dass du mich nicht dafür *hasst*, dass ich verrückt bin.«

Ich schaute sie nicht an, aber ich wusste, dass sie lächelte.

»Ich verspreche dir, dass ich dich nicht hassen werde«, sagte sie und nahm meine Hand, woraufhin ich einen Blick in ihre Richtung riskierte und dann stehen blieb und sie umarmte. Izzy war klein und zierlich, aber ihre Umarmungen waren erstaunlich kräftig.

»Also gut«, sagte ich. »Ich treffe mich mit niemandem. Ganz im Ernst. Niemand, der real ist. Ich gehe ganz allein in einen kleinen Raum im Beachview. Ich gehe schon seit Langem nach der Schule dorthin, sitze einfach da und rede in Gedanken mit Mum. Das ist so beruhigend. Fast wie beim Meditieren.« Sie nahm wieder meine Hand und drückte sie. »Ach, Sweetie«, seufzte sie. »Aber was ist da noch ...«

Ich nickte. »Eines Tages entdeckte ich, dass da drin mal was passiert ist. Genau in dem Raum. Da war ein Junge, ungefähr in unserem Alter. Joe Simpson. Ein anderer Joe als der, der mich geghostet hat«, fügte ich schnell hinzu. »Das versteht sich ja von selbst. Er wurde dort zuletzt vor zwanzig Jahren gesehen. Und dann ist er plötzlich verschwunden. Niemand hat ihn je wieder gesehen. Ich bin ... na ja, ich bin wie besessen von dieser Geschichte. Ich will unbedingt herausfinden, was mit ihm passiert ist. Ich muss es einfach. Das ungelöste Rätsel lässt mir keine Ruhe. Ich arbeite jeden Nachmittag daran.«

»Okay.« Izzy holte tief Luft. »Verstehe ich das richtig? Du triffst dort niemanden, sondern du beschäftigst dich nur mit der Erinnerung an einen vermissten Jungen von vor zwanzig Jahren?« Sie lächelte ein wenig. »Nur, um das klarzustellen – da ist kein älterer Mann, der dich dazu bringt, ihm Nacktfotos zu schicken?« Sie hielt inne. »Und auch nicht jemand, der behauptet, er sei der echte Joe Simpson, der Jahre später zurückgekommen ist?«

»Oh Gott, Izzy! Natürlich nicht. Wie kommst du nur darauf? Ich muss herausfinden, was mit Joe Simpson passiert ist. Ich muss es einfach. Es ist wegen Mum. Es ist kein Geheimnis, was mit ihr passiert ist. Erst wurde sie krank, dann ist sie gestorben, und ich war bei allem dabei. Es war niemandes Schuld. Nicht, was das angeht. Bei Mum ist es ganz einfach. Sie ist gestorben und wir haben ihre Asche verstreut. Deshalb tut mir Joes Familie so leid, denn zwanzig Jahre später wissen sie immer noch nicht, was passiert ist. Ob er weggelaufen ist oder Selbstmord begangen hat. Wobei ich nicht glaube, dass er eines von beiden getan hat.«

Wir näherten uns Manor Park und ich verlangsamte mein Tempo.

»Das kann du nicht wissen«, sagte sie. »Wirklich nicht, Ariel. Psychische Probleme von Jungs sind kompliziert und damals kannte man sich damit noch nicht so aus.«

»Ich weiß«, sagte ich, als wir vor dem Schultor standen. »Aber ich glaube nicht, dass es das war. Hör zu, ich erzähle dir später mehr. Ich muss jetzt die Mädchen holen. Und du musst gehen, oder?«

Sie schaute wieder auf die Uhr. »Es ist erst zehn nach vier, ich habe noch ein bisschen Zeit. Wo wohnen sie denn?«

»Beim Cricket-Feld.«

»Das trifft sich gut, es liegt auf meinem Weg. Ich begleite euch, wenn das okay ist. Und was bei mir los ist, erzähle ich dir am Samstag auf der Fahrt nach London?«

Sie sah mich erwartungsvoll an.

»Natürlich!«, sagte ich. »Wenn du die Mädchen jetzt kennenlernst, solltest du noch eine Sache wissen. Es ist auch der Grund, warum ich überhaupt mit dem Babysitten angefangen habe.«

Sie sah mich fragend an.

»Ms Duke ist mit dem Vater von Joe Simpson verheiratet. Und diese beiden Mädchen sind die Kinder von Joes Bruder. Es sind also Joes Nichten.«

Ich ging schnell durch das Tor, damit sie nichts mehr sagen konnte.

Die Mädchen freuten sich, mich zu sehen, und Zara war auch gar nicht mehr schüchtern. Sie verlor recht schnell ihre Scheu gegenüber Izzy, während ihre Schwester Coco um Izzy herumtanzte und ihr bis ins kleinste Detail erzählte, was sie in der Schule erlebt hatte.

»Und dann sind wir nach draußen gegangen«, sagte sie. »Da wurde Fangen gespielt, aber ich hatte keine Lust darauf, also haben wir uns einen Fußball geholt und stattdessen Fußball gespielt, aber ...« Und so ging es weiter und weiter.

»Ich bin froh, dass du gekommen bist«, sagte Zara, als wir ein Stück hinter Coco und Izzy zurückfielen. »Wir haben Mummy gesagt, dass wir dich wollen.«

Ich grinste sie an. »Danke!«

Wir sprachen über die Schule und über die Unterschiede zwischen ihrer und meiner Schule. Zara mochte Lesen und Schreiben am liebsten, und ich sagte ihr, dass ich das auch mochte, aber dass Geschichte mein Lieblingsfach war, und wir sprachen darüber, wie schön es war, Fächer abwählen zu können, die man nicht mochte, und ehe wir uns versahen, waren wir bei ihnen zu Hause und Izzy machte sich auf den Weg zu ihrem geheimnisvollen Termin. Sie warf mir noch einen bedeutungsvollen Blick zu und ich erwiderte ihn.

»Komm mit rein, Izzy!«, rief Coco. Sie stampfte mit dem Fuß auf. »Komm *rein*!«

»Das geht nicht«, sagte Izzy und hob die Hände. »Deine Eltern haben nur Ariel gefragt. Ich kann nicht als Fremde in euer Haus kommen, wenn sie mich nicht kennen und nur ihr Kinder da seid. Da geht es auch um euren Schutz, Coco. Ich sag dir was: Überrede deine Eltern, mich beim nächsten Mal einzuladen, dann komme ich auf jeden Fall mit rein, okay? Außerdem muss ich um fünf Uhr woanders sein, ich sollte mich also lieber beeilen.«

Halb im Laufschritt eilte sie davon, und ich ging ins Haus und setzte mich mit den Mädchen vor den Fernseher, denn nach einem langen Schultag war das alles, was wir noch wollten. Ich gab ihnen etwas von dem Saft, wobei ich unwillkürlich an den Fruchtsaft dachte, den Mum Joe heute eingeschenkt hatte, und verteilte Kekse. Dabei stellte ich fest, dass es mir ganz gut gefiel, die Verantwortung zu tragen. Ich war immer die Jüngste gewesen, und auch heute hatte ich noch oft das Gefühl, nicht älter als Zara zu sein.

Ich beobachtete Zara, die fernsah und fröhlich lachte. In Gedanken blendete ich Joe über sie. Ich wusste, dass er im Moment allein im Beachview war, und hoffte, dass es ihm gut ging, obwohl es niemandem weniger gut gehen konnte als ihm, trotz seines Herumalberns heute in der Schule. Manchmal hatte ich eine düstere Vision von ihm, wie er zweihundert Jahre in der Zukunft immer noch dort sitzt. Im Vergleich dazu waren die Flammen des Infernos ein Klacks. Für alle Ewigkeit in einem Einkaufszentrum in Devon auszuharren, auch dann noch, wenn alle, die man kannte, tot waren – das war die wahre Hölle.

Als die Sendung zu Ende war, spielten wir Verstecken, was etwa eine halbe Stunde lang ein wilder Spaß war, bevor es mit einem Schrecken endete, als wir Coco tatsächlich nicht mehr fanden. Zehn fürchterliche Minuten lang hyperventilierte ich bei dem Gedanken, Joes Familie mitteilen zu müssen, dass ein weiteres Kind verschwunden war. Dann entdeckten wir sie, eingerollt in einem Wäschekorb unter einem Handtuch.

»Ich habe gewonnen! Ich habe gewonnen!« Lachend sprang sie auf. »Du hast verloren und ich habe gewonnen!«

Ich war so erleichtert, dass mir fast die Tränen kamen.

»Wow, du bist ein echter Profi im Verstecken, Coco«, sagte ich. »Bist du immer so gut?«

»Sie hat es leicht«, sagte Zara. »Sie ist klein. Sie kann sich überall reinquetschen.«

»Ja, ich bin *immer* so gut«, sagte Coco. Ich schaute auf die Uhr. Viertel vor sechs. Joe würde inzwischen weg sein, während in *dieser* Welt jeden Augenblick Gus auftauchen würde.

»Wir müssen jetzt ein bisschen zur Ruhe kommen«, sagte ich und ließ mich nicht zu einem weiteren Spiel überreden. »Habt ihr noch etwas für die Schule zu machen? Lesen vielleicht?«

»Du sollst mir ein Buch vorlesen!«, rief Coco und deutete auf mich.

Zara sah mich mit ihren glänzenden Augen an und war ganz Joe. »Ich könnte dir aus meinem Lesebuch vorlesen?«

»Ja, das wäre schön«, sagte ich. »Wie wär's, wenn zuerst du etwas vorliest, und danach lese ich Coco eine Geschichte vor, wenn sie eine hat, die ihr gefällt?«

Ich war die beste Babysitterin auf der ganzen Welt. Ich war genial. Ich würde eine fantastische Tante sein. Schon lange hatte ich mich nicht mehr so selbstbewusst gefühlt.

Zara und ich saßen auf dem Sofa und sie las mir ein Kapitel aus einem Märchenbuch vor. Wir kamen ins Gespräch darüber, warum eine Prinzessin gerettet werden muss, was uns auf das Patriarchat brachte. Dann kam Coco mit einem Bilderbuch an, in dem es um eine Mutter geht, die sich in ein Monster verwandelt, wenn die Kinder nicht aufräumen. Beim Lesen überfiel mich ein heftiger Anflug von Trauer, was mich selbst überraschte.

Ich blinzelte gegen die Tränen an und hoffte, die Mädchen würden es nicht bemerken, als im selben Moment Gus hereinkam. Er trug einen Anzug und sah abgehetzt aus, aber er bemühte sich, höflich und freundlich zu mir zu sein. Er sah Joe heute nicht sehr ähnlich. Gus hatte sandfarbenes Haar, wohingegen Joes dunkler war, und auch seine Gesichtszüge waren anders. Die entsprechenden Gene hatte er direkt an seine älteste Tochter weitergegeben.

»Ariel«, sagte er. »Vielen, vielen Dank. Du hast uns wieder mal gerettet. Ich weiß, dass deine Abschlussprüfungen anstehen, umso mehr weiß ich es zu schätzen, dass du dir die Zeit genommen hast.«

»Es hat Spaß gemacht,« erwiderte ich. »Wirklich. Die Mädchen waren großartig.«

»Ariel ist jetzt unsere Babysitterin«, verkündete Coco. »Sie ist netter als Jane. Das findet Zara auch. Wir wollen Ariel die ganze Zeit haben.«

Gus lachte. »Zum Glück seid ihr die Königinnen der Welt, also dürft ihr alles bestimmen. Aber Ariel ist sehr beschäftigt, Liebling.«

Ich dachte an das Versprechen, das ich Sasha gegeben hatte. »Ich habe bald Prüfungen und bin *tatsächlich* sehr beschäftigt, aber abends kann ich auf euch aufpassen und meine Schularbeiten mitbringen.«

»Seht ihr«, sagte Gus. »Ariel ist vernünftig und erledigt ihre Hausaufgaben.«

»Nicht immer, aber jetzt kommt es wirklich darauf an. Meine

Prüfungen sind Mitte Juni vorbei, und danach freue ich mich schon darauf, Zeit mit euch zu verbringen. Allerdings kommt das Baby meiner Schwester Anfang Juli, da könnte ich dann ein bisschen eingespannt sein.«

Ich sah, wie ein Schatten über Gus' Gesicht huschte, und erkannte darin das Gefühl wieder, das mich zuvor bei der kleinen Geschichte mit der Mutter überkommen hatte. Das Thema Geschwister musste schwierig für ihn sein. Ich verspürte einen Stich im Magen. Gus' Bruder war ganz normal aus dem Haus gegangen und nicht mehr zurückgekommen. Ich stellte mir vor, dass Sasha das tun würde.

»Ich kann kaum erwarten, dass ich endlich das Baby deiner Schwester anschauen darf«, sagte Zara, und ich hätte sie am liebsten umarmt.

»Ja, das wäre super, oder?« sagte ich. »Ich freue mich auch schon sehr. Wenn du willst, kannst du dann zu uns kommen.«

»Ja, das will ich.«

Gus ging nach oben, um sich umzuziehen, und kehrte kurz darauf in T-Shirt und typischen Papa-Shorts zurück. Als er zu uns herüberkam, legte sich Coco schnell auf das Sofa, zog die Decke über sich und tat so, als ob sie schliefe.

»Aufwachen!«, sagte Gus. »Wach auf, Coco.« Er tapste mit merkwürdigen Schritten auf sie zu. Das war offensichtlich ein Spiel von ihnen.

»Ich kann nicht«, quetschte sie hervor. »Ich bin ein Zombie.«

»*Ich* bin ein Zombie«, sagte Gus monoton. »Ich werde dein Hirn fressen.«

»Du hast wie ein Roboter gesprochen, obwohl du ein Zombie bist!«, sagte Zara. »Du bist dumm!«

Coco sprang auf und streckte ihre Arme aus wie ein Zombie. »Du bist dumm«, sagte sie mit einer Roboterstimme. »Ich werde dein dummes Gehirn fressen.«

Gus sah mich an. »Entschuldigung«, sagte er. »Das ist ein Spiel von früher. Wir nennen es Roboterzombies, aber das ist eine lange Geschichte.«

Ich stand schon an der Türschwelle und wollte mich verabschieden, als ich spontan die Gelegenheit nutzte, um Gus etwas zu sagen.

»Zara hat mir von Ihrem Bruder erzählt.« Ich sah, wie er vor Überraschung zusammenzuckte. Ich dachte daran, wie Joe heute im Geschichtsunterricht den Titelsong der *Teletubbies* gesungen hatte, verdrängte die Erinnerung aber rasch wieder. »Es tut mir so leid. Meine Mutter ist letztes Jahr gestorben, und ich weiß, wie ...« Mehr brachte ich nicht heraus, denn anstelle von Worten wollte eine Flut von Schluchzern über meine Lippen kommen. Ich wollte über Joe sprechen, nicht über meine eigenen Gefühle. Aber das ließ sich nicht so leicht trennen.

Gus streckte seine Hand aus. Einen Moment schwebte sie über meiner Schulter, bevor er sie zurückzog.

»Ja«, sagte er. »Ich weiß nicht, was Zara gesagt hat, aber sie ... interessiert sich in letzter Zeit sehr ... für Joe. Für meinen Bruder. Ich nehme an, das ist eine faszinierende Sache: der Onkel, den man nie kennengelernt hat und auch nie kennenlernen wird. Das Spiel mit den Roboterzombies vorhin? Das basiert auf dem letzten Gespräch, das ich mit ihm hatte. Zara hat mich gefragt, und ich habe es ihr erzählt, und sie war davon begeistert. Warum auch nicht? Es ist schön, Joe in ihr wiederzuerkennen.« Er seufzte. »Aber ja, ich musste mich mit der Tatsache abfinden, dass er wahrscheinlich schon vor Jahren gestorben ist. Wir wissen es bis heute nicht genau. Es ist die Hölle. Das mit deiner Mutter tut mir auch sehr leid. Diese Dinge sind furchtbar.«

Ich wollte ihm so gerne alles erzählen, aber ich konnte nicht. »Mir auch«, sagte ich. »Ich meine, das mit Joe tut mir auch sehr leid. Ich kann mir gar nicht vorstellen, wie das gewesen sein muss. Er ist einfach verschwunden?«

Gus nickte. »Entweder hatte er einen Unfall, für den es keine Zeugen gab, oder er war zur falschen Zeit am falschen Ort und wurde deshalb getötet und seine Leiche anschließend versteckt. Beides ist unvorstellbar schrecklich, und wir hatten auch nie die geringsten Hinweise darauf, obwohl ich immer den Verdacht hatte, dass einer seiner Freunde etwas wusste und es nicht sagte.«

Das ließ mich aufhorchen und beinahe hätte ich spontan den Namen *Lucas* ausgesprochen. Denn wen sonst sollte er meinen?

»Tatsächlich?«, sagte ich stattdessen. »Wie kommt das? Von wem sprechen Sie?«

Gus ging nicht auf meine Frage ein. »Am Ende verdächtigt man jeden. Und im Gegenzug verdächtigen die Leute automatisch und für immer die Familie und das ist einfach grauenvoll.« Er seufzte. »Tut mir leid, Ariel. Du hast deine Mutter verloren. Ich will deinen Verlust nicht dadurch schmälern, dass ich dir unsere Geschichte erzähle. Es ist interessant, dass Zara mit dir über Joe gesprochen hat. Normalerweise braucht sie länger, um mit Leuten warm zu werden, aber dich hat sie sofort ins Herz geschlossen.«

»Ich hoffe, dass Sie eines Tages herausfinden, was mit Joe passiert ist.«

»Danke. Das hoffe ich auch. Abby möchte heiraten, aber es fällt mir schwer, mir eine Hochzeit ohne meinen Bruder vorzustellen. Bei anderen Hochzeiten in der Familie klaffte immer eine Lücke, wo er hätte sein sollen. Meine Eltern sind nicht bei bester Gesundheit, und es wäre schön, wenn sie wüssten, was mit ihm passiert ist, bevor sie sterben, aber das ist sehr unwahrscheinlich.« Er sah niedergeschlagen aus.

»Leben Ihre Eltern in der Nähe?« Ich bedauerte die Frage sofort, da ich Jasper ja bereits getroffen hatte. Ich durfte den Bogen nicht überspannen.

»Ja«, sagte Gus und schaute über seine Schulter zurück, als Coco aufschrie. Unser Gespräch neigte sich eindeutig dem Ende entgegen. »Mein Vater und meine Stiefmutter wohnen gleich den Hügel hinauf. Sie sind großartig. Meine leibliche Mutter verbringt ein paar Monate hier, den Rest des Jahres ist sie in Indien. Sie kommt nur vorbei, um Zeit mit den Mädchen zu verbringen. Nach der Sache mit Joe hat sie es hier einfach nicht mehr ausgehalten, weißt du?«

»Das kann ich mir vorstellen«, sagte ich. »Nein, eigentlich kann ich das nicht.«

»Stimmt. Ich gehe jetzt besser und sehe nach, was los ist«, sagte Gus. »Vielen Dank noch mal, Ariel. Und entschuldige, dass ich so viel über meinen Bruder gesprochen habe. Das tue ich normalerweise nicht, schon gar nicht an der Haustür. Wie schön, dass du in unser Leben getreten bist. Ich weiß nicht, wie Abby dich entdeckt hat, aber wir sind alle sehr froh darüber.«

»Ich habe Zettel mit Angeboten fürs Babysitten durch Briefkastenschlitze geworfen«, sagte ich. *Während Sie auf dem Feld dort drüben joggen waren*, verkniff ich mir. »Ich habe bewusst Häuser ausgesucht, in denen Kinder leben. Im Grunde genommen hat mich das kleine Auto hierhergeführt.« Ich deutete mit einem Nicken auf das verbeulte rot-gelbe Tretauto, das auf dem Kies im Vorgarten stand.

»Oh, das alte Ding!« Gus lachte. »Ich hätte es längst wegbringen sollen. Sieh es dir an! Es gehörte Joe und mir, als wir klein waren. Wir haben es so sehr geliebt, dass Dad es für zukünftige Enkelkinder aufbewahrt hat, und jetzt sind selbst die zu alt dafür. Die Zeit vergeht.«

Lächelnd stellte ich mir einen kleinen Joe vor, der sich in dem Auto mit den Füßen fortbewegte und sich dabei unglaublich cool vorkam.

»Ja, die Zeit vergeht«, sagte ich.

Auf dem Heimweg holte ich mein Handy heraus, um Izzys Nachrichten zu lesen. Oder zumindest hätte ich das getan, wenn sie welche geschickt hätte. Ich war mir so sicher gewesen, dass sie mir eine Menge Kommentare über Joe und die Mädchen geschrieben hatte, aber da war nichts.

Ihr Leben drehte sich nicht nur um mich.

Ich hatte keine Ahnung, wo Izzy war oder was sie tat. Sie hatte mir nicht gesagt, mit wem sie sich um fünf treffen wollte. Ich schickte eine kurze Nachricht – **Danke fürs Zuhören, bin gespannt auf deine Neuigkeiten** –, aber auch darauf antwortete sie nicht.

Als ich nach Hause kam, sagte Sasha: »Was ist los mit dir? Izzy hat sich Sorgen um dich gemacht. Ich habe sie nach der

Arbeit zurückgerufen, aber sie meinte nur, dass jetzt alles in Ordnung sei. Ein bisschen mysteriös, wenn du mich fragst. Ist wirklich alles in Ordnung?«

»Ja, wirklich. Sie hat sich Sorgen um mich gemacht, aber wir haben geredet und es war nur ein Missverständnis.«

Sasha nickte. »Okay. Wie war das Babysitten? Was gibt es zum Abendessen?«

Ich schaute auf die fünfzehn Pfund, die ich gerade verdient hatte, und sagte: »Take-away.« Während wir auf unsere Curry-Bestellung warteten, schickte ich Izzy eine weitere Nachricht:

Tut mir leid, dass ich so eine miese Freundin war, und danke, dass du die Mädchen mit mir abgeholt hast. Was auch immer du heute Abend machst, ich hoffe, es ist schön, und ich kann kaum erwarten, dass du mir davon erzählst. Ist Samstag noch okay für dich? Dann können wir über alles reden. Ich habe etwas in London zu erledigen, also wenn du Lust hast, bleibt es dabei.

Ich verfolgte die kleinen grauen Punkte, als sie tippte, aufhörte, tippte und wieder aufhörte, aber als ihre Antwort kam, stand da nur: Ja, das machen wir. Ich hatte einen unglaublichen Abend. Es gibt viel zu erzählen. xxx

30

Ich schleiche vor sechs aus dem Haus und hinterlasse eine Notiz:

Musste noch Hausaufgaben machen. Bin früh zur Schule gegangen. Wir sehen uns später.

Es ist eine lahme Ausrede, und sie werden sie mir nicht abnehmen, aber das macht nichts.

Ich gehe zuerst zum Strand, blicke in das frühe Morgenlicht und atme die Seeluft ein, die für mich nach gar nichts riecht. Ich klammere mich verzweifelt an das Gefühl, lebendig zu sein, auch wenn ich es gar nicht bin. Ich laufe über den Sand, schaue auf meine Fußabdrücke und freue mich, dass sie noch da sind. Ich ziehe meine Schuhe und Socken aus, kremple die Hosenbeine hoch und wate ins Meer. Ich versuche, auf dem Wasser zu laufen, aber das klappt nicht. Stattdessen paddele ich um die Landzunge herum zum Nachbarstrand und schlittere ein paar Mal die Klippe hinunter. Ich übe Radschlagen und frage mich, wie lange es dauert, bis ich Backflips über den Strand machen kann und dabei möglichst cool aussehe. Ich beschließe, eine Sprache zu lernen und ein Instrument zu spielen. Da wir zu Hause kein Klavier haben, muss es ein Instrument sein, zu dem ich jeden Morgen Zugang habe.

Die Hundespaziergänger sehen mich an. Aber das ist mir egal. Wenn man sich nicht darum kümmert, was die Leute reden, kann man so ziemlich alles machen, was man will.

Ich renne, so schnell ich kann, und komme trotzdem nicht aus der Puste. Ich mache einen Kopfstand. Es macht mir seltsamerweise sogar Spaß.

Heute ist mein Todestag, und ich bin mir so sicher, wie ich nur sein kann, dass ich nicht selbstmordgefährdet bin, auch wenn das alle von mir denken. Und das wiederum bedeutet, dass ich entweder einen Unfall hatte oder jemand anders an meinem Tod beteiligt war.

Mich umgebracht hat.

Wenn es ein Unfall gewesen wäre, hätte man meine Leiche gefunden. Sie liegt wahrscheinlich in der Nähe des Einkaufszentrums, weil es keine anderen Spuren gibt. Vielleicht schaue ich sie mir gerade an. Meine zwanzig Jahre alten Knochen liegen wahrscheinlich irgendwo im Atlantik, wo sie nie gefunden werden. Vom Hauptstrand aus kann man das Dach des Einkaufszentrums sehen. Das ist gar nicht so weit weg.

Ich denke an Ariels Notizen. Wir sind nicht weitergekommen. Ich weiß viel über die Menschen, die ihr Leben weitergeführt haben, aber nichts darüber, was mit mir passiert ist.

Ich mache mich auf den Weg zum Bahnhof; ich bin zwar immer noch nass, aber das stört mich nicht im Geringsten.

Meine Gedanken kehren immer wieder zu Lucas zurück.

Ich unterziehe meine Gefühle für ihn einer strengen Prüfung. Da ist etwas anderes. Etwas Neues. Ich bin schon fast am Bahnhof, als ich mir eingestehe, dass es sich dabei ziemlich sicher um *Schuld* handelt. Aber es ist nicht *seine* Schuld.

Jedes Mal, wenn ich Lucas sehe, sage ich etwas Gemeines zu ihm. Ariel hat es miterlebt. Ich erinnere mich an ihren Gesichtsausdruck, als ich »*Fuck off*« zu ihm sagte. Sie war überrascht und enttäuscht.

War ich gemein zu ihm?

Habe ich ihn gemobbt?

Ich setze meine Kopfhörer auf. Ich habe nur *Different Class* dabei, aber das ist in Ordnung. Ich kenne jedes Wort von dem Album.

Lara strickt heute ein blaues Teil, aber sie legt es sofort aus der Hand und räumt ihre Sachen weg, damit ich mich neben sie setzen kann.

»Joe!«, sagt sie. »Ich dachte schon, ich hätte dich verschreckt. Oh mein Gott, bin ich froh, dass du noch einmal hergekommen bist.«

»Tut mir leid, dass ich es nicht früher geschafft habe«, sage ich. »Ich musste nachdenken. Wissen Sie was, Lara? Ich habe herausgefunden, dass meine Mum gar nicht in Indien ist! Sie ist in Reading.«

Sie lacht. »Das kann man leicht verwechseln.«

»Sagen Sie nichts. Ich komme mir vor wie der letzte Idiot. Ich habe mir Sachen zusammengereimt, um die Lücken zu füllen.«

»Ach, mein lieber Junge.«

»Ich wusste nur eines: An meinem letzten Tag hatte ich Mum nicht gesehen. Ich glaube, im Laufe der Jahre haben die zeitlichen Dimensionen sich für mich verändert, sodass ich glaubte, sie seit Ewigkeiten nicht mehr gesehen zu haben, und mir eine passende Geschichte zurechtgelegt habe. Weil sie nicht da war und ich wusste, dass sie eine Umschulung zur Yogalehrerin machte, erfand ich das Szenario mit Indien. In Wirklichkeit –«

»Macht sie Yoga in Reading?«

»Ja. Sie ist nur von Montag bis Freitag weg, und auch nur diese Woche. Blöd, dass es für mich immer Donnerstag ist.«

»Ja, nicht? Steigst du also in Reading aus?«

»Ja.«

Sie strahlt übers ganze Gesicht und tätschelt meinen Arm. »Du wirst deine Mum sehen!« Sie freut sich aufrichtig für mich und ich lächle genauso begeistert zurück wie sie.

»Ich habe die Adresse. Das Studio nennt sich Dojo-Yoga.«

»Dojo-Yoga? Da hat wohl jemand etwas durcheinandergebracht.«

»Ich bin froh, dass es einen albernen Namen hat, den kann man sich leicht merken und hat ihn nach dem Reset nicht gleich vergessen. Wir haben noch zweieinhalb Stunden, bis wir dort ankommen, stimmt's? Also, Ariel hat für Sie recherchiert. Das Wichtigste: Wenn Sie die traditionellen Babyfarben bevorzugen, dann lagen Sie beim letzten Mal richtig.« Ich deute mit einem Nicken auf ihr Strickzeug und warte, bis sie begreift.

»Ich soll in Rosa stricken? Das Baby ist ein Mädchen?«

»Mabel Lara Billingham. Sie wird am Montag, dem 7. Juni, geboren.«

»Am errechneten Geburtstermin! Perfekt. Und sie haben ihr meinen Namen gegeben.«

Ich sehe, wie die Gefühle sie zu überwältigen drohen, und das verstehe ich besser als alles andere in meiner Welt. »Sie geht auf die Uni in Leeds und studiert Ingenieurwesen. Sie hat lange, glatte Haare und trägt Lipgloss. Sie macht sich wirklich gut, Lara. Du brauchst dir also keine Sorgen um sie zu machen. Sie ist okay. Ich habe sie in den sozialen Medien gesehen, sie scheint wirklich glücklich zu sein.« Ich sehe ihr fragendes Gesicht. »Soziale Medien, das sind Texte und Fotos im Internet. So erfährt Ariel etwas über andere Menschen. Ich wünschte, ich könnte es dir zeigen.«

Unwillkürlich bin ich zum Du übergegangen. Wir reden lange über Mabel, und ich denke darüber nach, wie viel Liebe in Laras täglichem Stricken steckt. Sie tut es für ein ungeborenes Baby, das längst erwachsen ist und studiert. Stricken ist für sie die einzige Möglichkeit, wie sie ihre Liebe für ihre Enkelin zum Ausdruck bringen kann. Es ist das Einzige, was sie für sie tun kann, und es ist völlig sinnlos.

»Danke, Joe«, sagt sie schließlich, sichtlich um Fassung bemüht. »Das ist unglaublich. Die beiden hatten mir gesagt, dass ihnen der Name Mabel gefällt. Ich fand ihn ein bisschen altmodisch, aber als das Baby geboren wurde, kam es auf meine Meinung nicht mehr an.«

Ich warf einen Blick auf die Uhr.

»Da ist noch etwas«, sagte ich. »Ich konnte nicht sehen, was vor dem Bahnhof mit dir passiert ist. Als es geschah, waren wir schon um die Ecke gebogen. Soll ich es noch einmal versuchen?«

»Würdest du das für mich tun?«

»Natürlich. In ein paar Tagen komme ich wieder. Diesmal werde ich meine Spuren so gut verwischen, dass wir keinem Polizisten in die Hände laufen. Das verschafft mir genug Zeit, um mit dir die Rampe hinaufzugehen. Wenn du das möchtest.«

»Danke.« Sie nimmt meine Hand. Es ist der echteste Kontakt, den ich seit zwanzig Jahren hatte. Ich möchte sie nie wieder loslassen.

In Reading wartet keine Polizei auf mich. Ich steige in ein Taxi und frage nach dem Dojo-Yogastudio. Der Fahrer weiß, wo es ist, und fährt los. Ich beobachte den Taxameter und wünsche mir, ich hätte mehr Geld von zu Hause mitgenommen. Ich habe acht Pfund und fünfundzwanzig Pence, aber das macht nichts, denn ich kann ja weglaufen, ohne das Taxi zu bezahlen. Aber das Taxi bringt mich zu meiner Mutter, und sie wird den Fahrer bezahlen, denn sie ist meine Mum.

Wie sich herausstellt, befindet sich das Yogastudio in der Nähe des Bahnhofs, und am Ende habe ich sogar noch vier Pfund und fünfzig Pence übrig. Ein Stück die Straße hinunter gibt es einen Blumenladen, dort bekomme ich für das Restgeld einen Strauß rosa und weißer Nelken, und auf dem Weg nach draußen klaue ich noch eine Schachtel Pralinen, weil Mum die wahrscheinlich immer noch mag. Jeder mag sie.

Das Dojo befindet sich im ersten Stock eines Bürohauses. Niemand hält mich auf, als ich das Gebäude betrete.

Niemand hält mich auf, als ich die Treppe hochgehe.

Hinter einem Empfangstresen sitzt ein Mann. Er hat einen Pferdeschwanz, ist ganz in Schwarz gekleidet und sieht mehr nach *Dojo* als nach *Yoga* aus. Der Raum duftet nach Zimt, der Boden ist poliert und mit Teppichen ausgelegt. Ich bin froh, dass meine Mutter die ganze Zeit an einem schönen Ort war.

»Hallo!«, begrüßt der Mann mich so enthusiastisch, dass ich mich frage, ob er auf Drogen ist. »Kann ich dir helfen?« Ich setze mein gewinnendstes Lächeln auf. »Ja, das hoffe ich. Das klingt jetzt vielleicht ein bisschen komisch, aber meine Mum macht diese Woche einen Kurs hier. Sie hat heute Geburtstag, und ich habe Blumen und Pralinen für sie, als Überraschung von mir und meinem Bruder.«

»*Aaah*«, sagt er. »Wie reizend von dir.« Er schaut auf die Uhr und überlegt. »Sie sind in Studio zwei. Um halb elf ist Pause, kannst du so lange warten? Wer ist deine Mutter? Lass mich raten, es ist ... Claire, oder?«

Es ist jetzt zehn Uhr fünfzehn. »Ja!«

»Gus oder Joe?«

Ich bin so glücklich, dass ich tanzen möchte. Ich lasse mich zu einem kleinen Hüpfer hinreißen, einfach nur so.

»Ich bin Joe«, sage ich.

»Sie spricht die ganze Zeit von euch beiden. Das ist so süß. Setz dich doch. Möchtest du ein Glas Wasser?«

Ich schüttle den Kopf. Es ist eigentlich ganz angenehm, sich nicht mehr um solche Dinge wie Essen und Trinken kümmern zu müssen.

Die langsamste Viertelstunde der Welt vergeht, aber ich surfe auf einer Glückswelle, die sich *Mum redet die ganze Zeit über mich* nennt. Bis gestern dachte ich, sie hätte uns vergessen. Stattdessen langweilt sie die Leute in Reading mit ihrem Gerede über mich und Gus. Ich vermute, dass sich die Stimmung heute Abend ändern wird, wenn einer ihrer beiden Jungs, über die sie ständig redet, für immer verschwindet. Ich sehe den Mann an und hoffe, dass er nicht aus Langeweile das

Geburtsdatum meiner Mutter auf irgendeiner Liste nachschlägt und feststellt, dass sie heute gar nicht Geburtstag hat. Er geht ans Telefon und erzählt jemandem, dass die Samstagskurse normalerweise voll sind, man aber natürlich, wenn man früh genug kommt, auf gut Glück vorbeischauen kann.

»Heute kein Unterricht?«, fragt er und wendet sich wieder mir zu.

»Lehrerschulung.«

Nach einer Million Stunden öffnet sich irgendwo im Gebäude eine Tür und der Mann sagt: »Na also.«

Ich zittere von Kopf bis Fuß.

»Claire!«, ruft er. »Claire! Du bist mir vielleicht eine Geheimniskrämerin! Dachtest du, wir finden nicht heraus, dass du heute Geburtstag hast? Du hast einen ganz besonderen Besucher.«

Ich höre die vertrauteste, perfekteste Stimme der Welt sagen: »Dan, was um alles in der Welt redest du …« Dann kommt sie um die Ecke und bleibt stehen. »Joe!«

Ich springe auf, laufe zu ihr und umarme sie. Ich spüre, wie sich ihre Arme um mich schließen. Ich bin zehn, sieben, zwei, ein Baby, ein Fötus. Ich bin einfach ein Kind, das seine Mum ganz schrecklich braucht.

»Joe«, sagt sie. »Joe, was ist passiert? Geht es Dad und Gus gut? Was ist los?«

»Es geht ihnen gut.« Ich senke die Stimme. »Tut mir leid, aber du musst so tun, als ob du Geburtstag hättest.« Ich halte ihr die Blumen und Pralinen hin und sie nimmt sie.

»Danke!«, sagt sie laut. »Das wäre nicht nötig gewesen!« Sie stellt alles auf dem Tisch ab. »Was ist los?«, fragt sie leise.

»Können wir irgendwo hingehen und reden? Nur solange du Pause hast?«

Sie tritt einen Schritt zurück und löst unsere Umarmung ein klein wenig. »Natürlich. Komm mit. Dan? Ich muss einen Teil der nächsten Stunde ausfallen lassen, okay? Kannst du es Nicki sagen?«

Mum schafft es, mich nicht mit Fragen zu bestürmen, bis wir in einem Café ganz in der Nähe sind, ein schlichtes, leicht schmuddeliges Lokal, das so gar nicht zu ihr passt. Ich schaue sie einfach nur an und bin unglaublich erleichtert, sie gefunden zu haben. Ich hatte vergessen, wie sie wirklich aussieht. Ich hatte sie durch eine etwas andere Version ersetzt, eine Mutter, die ohne mich zwanzig Jahre lang nach Indien geht. Meine echte Mum hat langes Haar, das langsam grau wird. Sie trägt Leggings, ein T-Shirt und darüber ihren Mantel. Sie ist ungeschminkt, aber vor allem sieht sie unglaublich besorgt aus.

»Was ist los, Joe?«, fragt sie, als wir uns hinsetzen. »Wie sehr muss ich mir Sorgen machen?«

»Ach, Mum. Ich musste dich unbedingt sehen. Ich habe schreckliche Angst vor etwas, das heute Abend passieren wird. Und ich wollte dich noch einmal sehen, bevor ich ...« Ich zögere und streiche in Gedanken das Wort *sterben*. »... gehe.«

»Oh, Joseph.« Sie legt ihre Hand auf meine. »Hör mal, du musst nicht nach Frankreich fahren, wenn es das ist, wovor du Angst hast. Ehrlich, so wichtig ist das nun auch wieder nicht. Ganz und gar nicht. Es lohnt sich nicht, sich darüber so aufzuregen. Weiß Dad, dass du nicht in der Schule bist?« Ich schüttle den Kopf. Ich habe selbst in der Schule angerufen, um mir etwas Zeit zu verschaffen. »Dann ruf ich ihn an. Komm, ich bring dich nach Hause. Mein Kurs ist morgen zu Ende, aber ich kann heute mit dir nach Hause fahren. Ich lasse den Rest des Tages ausfallen und fahre morgen nur noch einmal hierher. Ich bin mir sicher, dass sie mir das Zertifikat trotzdem geben. Mein Sanskrit kann ich heute Abend fertig machen.«

Sie sieht mich so intensiv an, dass ich für einen Moment glaube, sie weiß alles. Mir wird warm ums Herz. Ich bin glücklich. Sie hat uns nicht verlassen. Sie ist immer noch mit Dad zusammen. Ich weiß, dass sie sich später trennen werden, dass Dad wieder heiraten wird, aber im Moment, heute, sind sie glücklich miteinander.

»Können wir jetzt gleich nach Hause fahren?«

»Gib mir ein paar Minuten, damit ich das mit Dan und Nicki klären kann. Und dann müssen wir noch zum Hotel, um meine Sachen und das Auto zu holen.«

»Danke, Mum. Es tut mir leid. Das ist wahrscheinlich das erste Mal seit Jahren, dass du für so etwas Zeit hast. Und jetzt verderbe ich es dir.«

Sie lacht, beugt sich zu mir und zerzaust meine Haare. »Sei nicht albern. Wenn du mir etwas vorgemacht hättest, hätte ich dich nach Hause geschickt. Aber eine Mutter weiß Bescheid, und sie weiß auch, wann es ernst ist. Sie weiß, wann sie das Wohl ihres Kindes über alles andere stellen muss, und das ist einer dieser Momente. Vielleicht können wir im Auto richtig reden? Da fällt es einem oft leichter.«

Ich nicke. »Es wird sich verrückt anhören«, warne ich sie.

»Mit verrückt komm ich klar«, sagt sie. »Was das angeht, kenne ich mich aus.«

Sie schaut auf die Straße, fährt, hört zu, und ich ertappe mich dabei, wie ich ihr mein Herz ausschütte. Ich erzähle ihr, dass ich seit mehr als zwanzig Jahren denselben Tag erlebe. Ich erzähle ihr von der Begegnung mit Ariel. Ich erzähle ihr von all den zukünftigen Dingen und von Lara und von Gus und Abby und den Mädchen. Ich erzähle ihr, dass sie im Jahr 2019 hauptsächlich in Indien lebt und nur zurückkommt, um ihre Enkelinnen zu besuchen, und dass Dad mit meiner Französischlehrerin verheiratet ist. Ich sage ihr, dass niemand eine Ahnung hat, was mit mir passiert ist.

Sie hört zu, ohne etwas zu sagen, außer einem gelegentlichen »Mmm« oder ähnlichen Lautäußerungen. Sie schaut geradeaus auf die Straße, abgesehen von einem kurzen Blick, wenn sie meint, ich sehe es nicht. Sie denkt, ich hätte einen Nervenzusammenbruch, aber das ist mir egal. Es ist einfach schön, ihr alles zu erzählen, vom Anfang bis zum Ende, während sie nur dasitzen kann und zuhören muss. Sie versucht nicht, mich zu unterbrechen oder zum Schweigen zu bringen. Sie hört einfach zu.

Als ich alles gesagt habe, warte ich auf eine Antwort. Ich weiß, wie sie ausfallen wird, und ich habe recht. Sie erklärt mir sanft, dass ich nicht nach Frankreich fahren soll und dass sie mir Hilfe besorgen wird. »Als Erstes gehen wir zu einem Arzt, der Notdienst hat, und dann sehen wir weiter.«

Aber das ist mir egal. Ich wusste, dass ich wieder im Beachview landen würde, aber diesmal schaffe ich es mit Mum fast bis zu Ariel.

31

Joe war so glücklich wie schon lange nicht mehr. Er hatte seine Mum gefunden. Aber ich merkte auch, dass er nicht darüber reden wollte. Er sagte mir lediglich, dass er sie aufgespürt und dazu überredet habe, ihn zurück nach Devon zu bringen. Er hatte sich kurz vor dem Beachview für immer von ihr verabschiedet und stand jetzt ganz offensichtlich immer noch unter Schock. Jahrelang hatte er angenommen, seine Mum hätte ihn verlassen, weil sie ihn nicht genug liebte, nur um jetzt festzustellen, dass er damit völlig falschgelegen hatte.

»Setzt dich erst mal hin«, sagte ich, »und lass mich reden. Du kannst auch einfach nur dasitzen und musst nicht zuhören, wenn du nicht willst. Ich wünschte, ich könnte dich umarmen.«

»Ich auch«, sagte er.

»Also.« Ich holte meine Notizen aus der Tasche und breitete sie auf dem Boden aus. »Siehst du das?«

»Nein. Ja. Ich glaube, ich kann sie nur sehen, wenn du sie berührst.«

»Wie seltsam!«

Wir probierten Verschiedenes aus und stellten fest, dass er sie tatsächlich nur sehen konnte, wenn ich sie berührte.

Ich legte meine Hand auf das erste Blatt Papier. »So. Das hier ist der Zeitstrahl.«

Ich tippte mit dem Finger auf das andere Blatt. »Und das hier ist meine getippte Liste mit Recherchen zu allen relevanten Personen. Ich habe die Leute gestrichen, von denen ich sicher sein konnte, dass sie nicht wichtig sind, und mich auf die hier konzentriert.«

Ich hielt die Liste hoch.

LUCAS INGLEBY: Lebt in London. Arbeitet in der Buchhaltung. Heimatadresse im offenen Wählerverzeichnis gefunden. Seine Mutter Maria Ingleby arbeitet in der Greentrees-Grundschule (nicht in der Schule von Z & C).
Gus sagte, dass jemand etwas verheimlicht habe, und ich glaube, er meinte damit Lucas. Joe war ziemlich abweisend und gemein zu ihm.
Macht ihn das zum Hauptverdächtigen? Er ist momentan die erste Wahl.
SAMSTAG FAHRT NACH LONDON, UM IHN AUSFINDIG ZU MACHEN.

MARCO MANCINI: Lebt abwechselnd in London, L.A. und Rom, arbeitet beim Film. Könnte ihn möglicherweise in seinem Büro aufsuchen, wenn er in London ist. Keine Privatadresse, alle Konten in den sozialen Medien sind privat, aber Coverfotos lassen auf einen Ehemann schließen. Habe auf FB und Insta angefragt, aber er hat nicht geantwortet.

TROY HENRY: Nach 2010 ist nichts mehr im Internet zu finden. Davor hat er über seinen Umzug nach Frankreich gepostet. Seine Eltern Sheila und Piet leben immer noch hier.

JEMIMA SAUNDERS: Lebt hier, hat drei Kinder, verkauft Babykleidung auf Etsy, sieht glücklich und nett aus. War ganz einfach, sie ausfindig zu machen: Ich habe etwas in ihrem Etsy-Shop bestellt.

GUS & FAMILY: Immer noch hier. Kontakt fest hergestellt.

JASPER SIMPSON/MRS DUPONT (FLORENCE DUKE): Ebenfalls hier.
Kontakt hat sich unverhofft ergeben.

CLAIRE SIMPSON: Wir wissen nur, dass sie in Indien lebt und ein paar Mal im Jahr zurückkommt, um ihre Enkelkinder zu sehen. Online nicht auffindbar, da ihr Name zu häufig vorkommt, egal welche Suchbegriffe ich ausprobiere. Ist wahrscheinlich absichtlich offline.

ZORNIGER TYP IM BEACHVIEW: Keine Ahnung, wer das ist – Joe fragen, ob er ein Foto machen kann?

»Es ist nicht viel«, gab ich zu.

»Ich komme immer wieder auf Lucas zurück«, sagte Joe. Er sah zur Tür. »Ich kann mir zwar nicht vorstellen, dass er hereinplatzt und mich umbringt. Aber du hast recht, ich war schrecklich zu ihm. Mehr, als mir bewusst war. Vielleicht sind wir in einen Streit geraten, und er hat mir auf den Kopf geschlagen, ohne mich gleich töten zu wollen. Und wenn Gus dachte, dass er etwas verheimlicht, dann bedeutet das vielleicht, dass er sich seltsam verhalten hat? Irgendwie schuldig?«

289

»Vielleicht. Aber wo ist deine Leiche?«

Er seufzte. »Das ewige Rätsel. Im Meer. Das ist die einzige Erklärung.«

Armer Joe. Ich wünschte mir so sehr, ihn richtig trösten zu können.

»Ich liebe dich, Joe«, sagte ich.

Ich hielt inne, schockiert über mich selbst. Ich liebte ihn wirklich, aber ich hatte nicht vorgehabt, es auszusprechen. Liebte ich ihn auf eine romantische Art? Oder wie einen Bruder? Ich kannte die Antwort, aber ich gab mir große Mühe, es platonisch zu meinen. Gut gemacht, Ariel. Du hast dich in einen Geist verliebt und es ihm aus Versehen gesagt.

Ich hätte gerne gewusst, wie es sich anfühlte, meine Hand auf seine Wange zu legen. Ich hätte gerne gewusst, wie er roch.

»Ich liebe dich auch, Ariel«, sagte er schlicht. »Natürlich tue ich das. Ich bete dich an. Du bist alles für mich.«

»Ich wünschte ...« Ich hielt inne. Nichts von alldem würde irgendetwas besser machen. »Na ja, du weißt schon. Ich wünsche mir alles. Ich werde dich nicht aufgeben, Joe.«

Er antwortete nicht. Starrte nur auf mein Blatt Papier und seufzte.

Ich nahm meine Hand weg, um ihn am Lesen zu hindern, und marschierte auf und ab, soweit es der kleine Raum zuließ. »Also«, begann ich erneut. »Ich fahre morgen nach London. Izzy begleitet mich. Sie weiß es zwar noch nicht, aber wir werden erst einmal zu Lucas' Adresse fahren. Morgen ist Samstag. Hoffentlich ist er zu Hause. Ist das okay? Das ist etwas Konkretes und daher kann ich es tun. Ich würde gerne mit Laras Zug fah-

ren, um herauszufinden, ob ich sie sehen kann, aber so früh können wir nicht starten, außerdem fährt dieser Zug samstags
nicht.«

Joe lächelte, aber ich sah ihm an, dass er sich dazu zwingen
musste.

»Danke«, sagte er.

»Joe, sprich mit mir.«

»Tut mir leid.«

»Es ist das Treffen mit deiner Mutter, nicht wahr?«

»Das hat alles verändert. Ich habe sie zwanzig Jahre lang
nicht gesehen und jetzt war sie einfach da. Ariel, ich glaube, ich
fahre morgen nach Bodmin, um diesen Typen zu suchen, von
dem Lara mir erzählt hat. Vielleicht sehen wir uns ja am Bahnhof. Danach fahre ich einfach jeden Tag nach Reading. Wenn
ich es schaffe, an einem Tag Dad, Gus, Troy, Mum, Lara und
dich zu sehen, dann wäre das der beste Tag meines Lebens. Und
ich werde eine Sprache und ein Instrument lernen und wie man
Backflips macht.« Er lächelte traurig. »Vor mir liegt eine ganze
Ewigkeit. Die kann ich genauso gut nutzen.«

»Dann tu das«, sagte ich. »Aber wie bringst du Troy in diesem
idealen Tag unter? Und eigentlich hast du deinen Dad und Gus
heute gar nicht gesehen, oder?«

»Stimmt«, sagte er. »Vielleicht mache ich einfach zwei Tage
draus, die ich abwechselnd lebe. Und wenn ich Lucas sehe,
werde ich unglaublich nett zu ihm sein. Das könnte etwas ändern, wer weiß?«

Ich dachte daran, wie furchtbar Joe zu Lucas gewesen war
und wie sehr ich es verabscheut hatte. Ich nickte. »Wer weiß?«

Auf dem Weg nach Hause hörte ich über meine Kopfhörer *Different Class*, weil das der Sound von Joes Tag war, als ich plötzlich eine Berührung auf meiner Schulter spürte. Ich drehte mich um. Zu meiner Überraschung stand Jack Lockett vor mir. Seine Haare fielen ihm ins Gesicht, er lächelte schüchtern und strich sie hinters Ohr.

»Hallo.« Ich lächelte ihn an und nahm einen Ohrstöpsel heraus.

»Darf ich ein Stück mit dir gehen?« Er war größer als ich, aber kleiner als Joe, und er hatte ein Skateboard dabei. Ich hatte ihn nicht kommen hören, weil meine Musik so laut war.

»Klar«, sagte ich. »Wie geht's?«

»Oh, mir geht's gut«, erwiderte er. »Aber was ist mit dir? Es kommt mir vor, als hätte ich dich schon ewig nicht mehr gesehen, Ariel. Ich wollte nur ... Du weißt schon.« Er sah hinreißend unbeholfen aus. »Ich hoffe einfach, es geht dir gut.«

»Danke«, sagte ich. »Ehrlich, Jack, es ist alles okay. Es geht mir jetzt viel besser. Ich weiß ja selbst, dass ich einen totalen Breakdown hatte.«

»Hey. Wer hätte das an deiner Stelle nicht gehabt?«

Jack war objektiv gesehen ein umwerfender Typ. Er war wirklich nett. Und er war in mich verliebt. Eine Zeit lang waren wir das perfekte Paar gewesen und ich würde ihn immer schrecklich gernhaben.

Wenn Joe mein Herz nicht besetzt hätte, wäre ich, das wurde mir in diesem Moment klar, wieder offen dafür, Zeit mit Jack zu verbringen. Er dachte offensichtlich in dieselbe Richtung, denn er fragte: »Hast du vielleicht Lust, mal mit mir abzuhängen?«

Ich nickte, dann schüttelte ich den Kopf und sagte: »Ich bin mir nicht sicher, Jack. Ich mag dich wirklich, und ich würde gerne mit dir zusammen sein, aber ...«

Sein Gesicht wurde ausdruckslos und er trat einen Schritt zurück.

»Klar. Tut mir leid. Bis dann«, sagte er und fuhr auf seinem Skateboard davon.

Ich ging nach Hause und erzählte Sasha, dass ich am Samstag mit Izzy nach Exeter fahren würde. Sie nickte, ohne wirklich zuzuhören. Ihrer verkniffenen Miene nach zu urteilen, war sie gerade dabei, Jai eine Nachricht zu schreiben. Ich fing an, Gemüse für den Wok zu schnippeln, und wartete, bis Sasha das Handy hinwarf (vorsichtig, auf ein Sofakissen) und »Scheißkerl!« sagte.

»Was?«, fragte ich so sanft wie möglich.

»Er will am Leben des Babys teilhaben. Und auch nicht. Dann doch. Dann wieder nicht. Er will uns finanziell unterstützen, aber nur, wenn wir wirklich knapp bei Kasse sind. Ich habe ihn nie um etwas gebeten, weil es meine Entscheidung ist, das durchzuziehen, aber wenn er endlich aufhören würde, ständig seine verdammte Meinung zu ändern, wäre das einfach großartig.«

»Er ist ein Idiot.« Ich kippte ordentlich Salz in die Reispfanne. Ich war immer noch ein bisschen aufgewühlt. Ich hatte Jack abgewiesen, weil ich Joe liebte. Wenn man die Augen zusammenkniff und alles so verschwamm, dass man die unangenehmen Seiten nicht sah, lief meine Beziehung zu Joe unglaublich gut.

»Er ist so nervig«, sagte Sasha. »Ich dachte, er würde sich jetzt als Vater sehen, weil bald ein Baby da sein wird, das irgendwie zur Hälfte von ihm ist, und das ist doch wirklich eine tolle Sache.«

Sie seufzte. »Andererseits ist er neunzehn. Ich weiß, dass wir nur rumgemacht haben und keinen Plan hatten. Dieses Baby ist meine Rettungsleine, nicht seine. Ich will nicht, dass er mich heiratet! Ich will nicht mal, dass er mein Freund ist. Ich will nur, dass er sich dem Baby zuliebe ein klein wenig mehr anstrengt. Aber er hat es noch nicht einmal seinen Eltern gesagt. Kannst du dir das vorstellen, Meerjungfrau? Ich bin fast im sechsten Monat schwanger, meine Mutter ist tot, mein Vater ist abgehauen, und ich lebe mit meiner kleinen Schwester zusammen, die jeden Abend kocht, weil sie ein Engel ist und wir uns verdammt noch mal irgendwie *durchschlagen* müssen. Und dann ist da noch der arme kleine Jai, der beide Eltern und mehrere Geschwister hat und von dem keiner weiß, dass er Vater wird. Wenn man bedenkt, dass dieser Typ sein Geld nur mit einem Ferienjob als Eisverkäufer verdient, weiß ich nicht, wie er uns unterstützen will, falls er das überhaupt will. Es ist mir auch egal! Ich möchte nur, dass er zumindest emotional für mich da ist. Ich hasse es, dass ich diejenige bin, die ihn trösten muss.«

Sie brach geräuschvoll in Tränen aus. Ich drehte das Gas runter und umarmte sie. Ich sagte beruhigende Dinge, ohne zu wissen, ob sie wahr waren oder nicht. Ich sagte ihr, dass er sicher wieder zur Vernunft kommen würde und dass es die eine Sache sei, allein bei der Vorstellung auszuflippen. »Aber etwas anderes ist es, wenn da plötzlich ein echter Mensch ist. Du hast recht. Wenn er seinen Sohn sieht, wird sich alles ändern.«

»Wir sind echte Menschen«, widersprach sie. »Wir waren

auch mal Babys. Und Dad ist trotzdem wegen uns ausgeflippt. Wegen mir.«

»Jai ist besser als Dad«, erwiderte ich. Damit brachte ich sie doch noch zum Lachen.

»Na, wenn das ein Lob sein soll«, sagte sie. »Aber du hast recht.«

»Ich frage mich, warum Mum ihn geheiratet hat. Und warum er die ganze Zeit geblieben ist.«

Sasha seufzte. »Darüber nachzudenken, bringt uns auch nicht weiter. Ich vermute, dass er in gewisser Weise von ihr abhängig war. Vielleicht hat er sie auf seine Art zu sehr geliebt, um ohne sie zurechtzukommen. Er wollte immer wegziehen, weißt du noch? Aber Mum wollte nicht und er ist nie allein gegangen. Erst als sie weg war.«

Ich schauderte bei dem Gedanken.

»Er war furchtbar zu Mum. Weißt du noch, wie er neben ihr an die Wand geschlagen hat? Das ist eine verdammt toxische Art, jemanden zu sehr zu lieben. Ich glaube, er ist einfach ein Arsch.«

»Ja. Egal was passiert, darüber sind wir uns einig. Das ist eine unumstößliche Wahrheit.«

Wir sahen uns lächelnd an, und mit einem Mal war alles ein bisschen besser. Wir aßen das Wok-Gericht, das gut schmeckte, und naschten dann die gesamten Schokoladenvorräte weg.

»Also, ein echtes Baby«, sagte ich.

»Ich weiß.«

»Können wir langsam mal anfangen, ein paar Dinge zu kaufen?«

Sasha war abergläubisch und wollte nichts kaufen, bevor die

Geburt nicht kurz bevorstand, aber jetzt, wo sie im sechsten Monat schwanger war, fand ich es an der Zeit, uns mit dem Nötigsten einzudecken.

»Bald.« Sie grinste. »Ich denke, wir könnten mit einem Moses-Körbchen und ein paar Kleidungsstücken anfangen. Und danach weitermachen. Stell dir mal vor, diese winzigen Sachen! Und das ist jetzt so real.«

»Kinderwagen?«

»Für den Anfang vielleicht nur ein Tragetuch. Wir brauchen keinen Autositz oder so was. Wir haben ja kein Auto.«

»Was ist mit Taxis?«

»Ariel! Wie oft nehmen wir ein Taxi? Nie.«

»Und wie bringen wir ihn vom Krankenhaus nach Hause?«

»Ich weiß nicht.«

Wir wussten eigentlich gar nichts, aber das war egal. Wir würden es schon schaffen.

32

Der Bahnhof von Bodmin liegt mitten in einem kleinen Wäldchen, außer einem Parkplatz gibt es dort nichts. Es ist ein schöner Ort, an dem sich, vom Ein- und Ausfahren der Züge einmal abgesehen, nichts zu ereignen scheint.

Ich komme um halb zehn an und entdecke den Geist sofort inmitten einer Schar von genervten Fahrgästen. Zumindest nehme ich an, dass der Mann, der im Schneidersitz mit geschlossenen Augen am Ende des Bahnsteigs sitzt, der Geist ist. Ich stelle mir das Blau des Himmels vor, und da ist es: die leuchtende Aura um ihn herum. Nach Laras Beschreibung hatte ich einen übellaunigen Typ erwartet und in meiner Vorstellung war er einer von der etwas schmuddeligen Sorte. Doch dieser Mann trägt einen Anzug. Er ist um die fünfunddreißig, hat ein asiatisches Aussehen, wirkt äußerst gelassen und ist umgeben von dem typischen blauen Schimmer. Ich möchte mich ihm nicht unaufgefordert nähern, um ihn nicht zu erschrecken, also setze ich mich einfach im Schneidersitz in einiger Entfernung hin und warte, bis er mich bemerkt. Mir fällt auf, dass er leise vor sich hin summt.

»Hi«, sage ich, nachdem ich ein paar Minuten gewartet habe. Ich habe ja schließlich nicht den ganzen Tag Zeit.

Er reißt die Augen auf. »Hey«, sagt er.

»Ich bin Joe.« Hat Lara mir seinen Namen genannt? Ich kann mich nicht erinnern.

Er springt auf. »Oh, wie nett. Ein Neuer. Wie hast du mich gefunden?« Er streckt die Hand aus und zieht mich hoch.

»Lara«, sage ich. »Ich habe sie im Zug nach London getroffen.«

Er streckt mir zur Begrüßung die Hand hin. »Es ist mir ein Vergnügen, dich kennenzulernen, Joe. Ich bin Bodmin-Leo.«

»Bodmin-Leo?«

»So nenne ich mich, damit jeder sofort weiß, wo ich zu finden bin. Es ist nicht immer leicht, alles im Kopf zu behalten, nicht? Ich warte jeden Tag an diesem Bahnhof, weil ich gerne der Ansprechpartner für die Ortsgruppe Devon und Cornwall bin. So bin ich für alle jederzeit erreichbar. Ich mache das schon seit … nun ja, die Zeit verliert an Bedeutung, stimmt's?«

»Ja.« Ich denke über seine Antwort nach. »Die Ortsgruppe Devon und Cornwall? Wie viele von uns gibt es denn? Und sind wir alle vom 11. März 1999?«

»Ja, Joe, und das bedeutet, dass es leider nur sehr wenige von uns gibt. Aber heute ist einer mehr da! Was für eine Freude. Unsere Gruppe besteht, wie du ganz richtig vermutest, aus Leuten, die am selben Tag mit dem *Glitching* angefangen haben. Ich wünschte, wir könnten mehr als das sein, aber leider ist das unmöglich. Drei von uns habe ich in Cornwall kennengelernt, und – seit du zu uns gestoßen bist – vier weitere kommen aus Devon, darunter die reizende Lara. Sie besuchen mich nicht so oft, wie ich es gerne hätte. Erzähl mir deine Geschichte.«

Er reibt sich erwartungsvoll die Hände. »Lass uns in den Wald gehen. Ich will nicht, dass du abgeholt und zurückgebracht wirst ... zurück in die Schule, nehme ich an?«

Ich folge ihm aus dem Bahnhof über einen Parkplatz zu einem steinigen Weg.

»In dieser Richtung befindet sich ein Herrenhaus«, sagt er und zeigt in die Ferne. »Lanhydrock House. Viktorianisch. Ich habe dort gearbeitet und gehe immer noch ab und zu in das Café. Nur so zum Spaß. Aber nicht heute. Heute, denke ich, gehen wir in die Höhle.«

Seine Andeutung löst bei mir ein leichtes Unbehagen aus. Sollte ich wirklich einem (sehr) seltsamen und toten Mann in seine Höhle folgen? Und das an dem Tag, an dem ich ermordet werde? Ist es denkbar, dass Leo derjenige ist, der mich tötet? Wohl kaum, denn wir waren beide schon lange tot, bevor wir uns zum ersten Mal trafen. Andererseits, das alles ist so verrückt und nichts davon ergibt einen Sinn.

Ich überwinde meine Bedenken und folge ihm den Weg entlang.

Seine Höhle stellt sich als ein Baumhaus heraus, zu dem man über einen versteckten, schlammigen Pfad gelangt. Er schwingt sich hinauf, und ich folge ihm. Falls er vorhat, mich anzugreifen, könnte ich ihn von dort oben hinunterstoßen. Er hockt sich auf einen flachen Ast und fordert mich mit einer Handbewegung auf, mich ihm gegenüberzusetzen.

»Wir *glitchen* also?«, frage ich sofort.

»Das tun wir«, sagt er. »Direkt zur Sache! Das gefällt mir. Ja. Ich nenne es so. Meine Theorie ist, dass Zeit und Raum ganz anders sind als das, was man in der Schule lernt, und dass nichts real ist. Ich glaube, die Welt ist computergeneriert oder das Spielzeug von jemandem. Was auch immer davon zutrifft, irgendetwas stimmt mit dem Programm nicht, und eines Tages wird es repariert werden. Oder es hat etwas mit dem kommenden Jahrtausend zu tun. Die Zahlen ändern sich. Und bevor das passiert, geht einiges schief. Andererseits sind die Zahlen etwas Künstliches, oder? Nur eine Form der Ordnung, in die der Mensch die Zeit presst. Was wiederum der Simulationstheorie zusätzliche Glaubwürdigkeit verleiht. Also, was ist los mit dir, Joe?«

Ich fasse mich so knapp wie möglich, aber als ich auf Ariel zu sprechen komme, fällt er fast vom Baum.

»Sag das noch mal.« Er deutet mit dem Finger auf mich.

»Ich treffe jeden Tag ein Mädchen aus dem Jahr 2019. Sie versucht herauszufinden, was mit mir passiert ist. Inzwischen hat sie in ihrer eigenen Welt meine Familie kennengelernt. Meinen Bruder und seine Familie. Meinen Vater.«

»Stimmt das wirklich, Joe?«, fragt er skeptisch. »Oder hast du dir das als eine Art Trost ausgedacht?«

»Es ist wahr!« Seine herablassende Reaktion ärgert mich. »Ich kann dir sagen, wie es im Jahr 2019 ist.«

»Ja, aber du könntest alles Mögliche behaupten, denn ich kann es nicht überprüfen.« Leo sieht mich misstrauisch an. »Ich habe noch nie jemanden getroffen, der aus der Zukunft kommt. Falls, ich sage, *falls* das alles stimmt, kannst du sie dann herbringen?«

»Weiß ich nicht. Wenn sie will, können wir es ja mal versuchen. Es müsste ein Samstag sein, weil sie unter der Woche Schule hat. Morgen ist Samstag für sie, aber da fährt sie nach

London, um den Typen aufzusuchen, von dem wir glauben, dass er mich umgebracht haben könnte.«

Wir bleiben noch eine Weile auf dem Baum, aber ich merke bald, dass man nicht gleich Freundschaft schließen muss, nur weil man einen anderen Geist vor sich hat. Leo ist reizbar und scheint genervt von der Tatsache, dass ich ihm mehr zu erzählen habe als er mir. Ich fühle mich mit ihm nicht so verbunden wie mit Lara. Seine *Glitch*-Theorie ist genau das: eine sehr schwammige Theorie. Wir tauschen Geschichten über unseren letzten Tag aus: Er geht davon aus, dass er in einem Zug sterben oder unter einen Zug gestoßen werden wird, was unwahrscheinlich ist, denn sein Tag geht immer zu Ende, kurz bevor er den Bahnhof erreicht.

»Soll ich Ariel bitten, für dich zu recherchieren?«, frage ich aus Höflichkeit. »Sie hat es für Lara getan und ihre Enkelin gefunden.«

»Ja! Danke! Leo Chatterjee. Ich wohne in Par und habe oben in Lanhydrock im Naturschutz gearbeitet. Ich bin immer mit dem Zug bis zu dieser Station gefahren und habe die letzte Strecke zu Fuß zurückgelegt – das Anwesen ist etwa eine halbe Stunde entfernt und wunderschön. Seit ich herausgefunden habe, was mit mir los ist, mache ich mir nicht mehr die Mühe, zur Arbeit zu gehen. Ich warte einfach am Bahnhof oder laufe durch den Wald. Ich melde mich jeden Morgen krank. Früher, als ich den Tag ganz normal durchlebte, kam ich mit dem Zug hierher und ging zur Arbeit, und nach Dienstschluss machte ich mich wieder auf den Rückweg, um den Zug nach Hause zu nehmen. Aber egal was ich jetzt mache, um fünf Uhr vierzig ist alles vorbei, und ich wache wieder in meinem Bett zu Hause auf. Sag ihr, sie soll für mich recherchieren, dann kommst du wieder her und erzählst mir, was sie herausgefunden hat! Versprochen?«

Ich stelle fest, dass ich ihn jetzt etwas besser leiden kann. Wir müssen unsere Verbündeten nehmen, wie sie sind.

In Leos Augen ist etwas Wildes. Ich frage mich, was mit ihm passiert ist. Ich halte es für unwahrscheinlich, dass ihn hier jemand unter einen Zug gestoßen hat. Ein Bahnübergang wäre besser. Oder eine Brücke.

Ich schüttle mich. Das ist kein guter Gedanke.

Wir treiben uns noch eine Weile im Wald herum. Ich ertappe mich dabei, wie ich eine Festung aus Ästen baue und mich dann hineinsetze. Leos nervöse Energie ist ansteckend.

Als ich den Zug zurück nach Exeter nehme, hat sich meine Meinung über ihn geändert. Irgendwie mag ich ihn. Mir gefällt das, was er tut.

»Ich komme bald wieder«, sage ich zu ihm.

»Ja, bitte.« Einen Moment lang sieht er verzweifelt aus, und mir wird klar, dass alles, was er tut, nur der Versuch ist, die Verzweiflung in Schach zu halten. »Bitte. Mach mir keine Hoffnung, nur um dann nie wieder etwas von dir hören zu lassen. Tu das nicht. Bring sie dazu, etwas über mich herauszufinden. Falls es sie wirklich gibt. Leo Chatterjee. Mit einem doppelten ›e‹ am Ende.«

33

Wir wählten zwei Sitze in Fahrtrichtung, da Izzy sonst reisekrank wurde, und machten es uns bequem. Auf Sashas Drängen hin hatte ich ein vernünftiges Lunchpaket mitgenommen, obwohl sie dachte, wir würden nur nach Exeter fahren. Izzy hingegen hatte eine Tragetasche voller Chips, Süßigkeiten und Getränkedosen dabei. Sie breitete alles auf ihrem Klapptisch aus, obwohl es erst neun Uhr morgens war, öffnete ein Twix und reichte mir einen der beiden Riegel.

»Na dann los«, sagte ich mit Schokolade im Mund. »Erzähl.«

Ich sah ihr an, dass es etwas Gutes sein würde, denn sie glühte förmlich. Sie drehte sich zu mir, biss etwas von der Keks-Unterseite des Twix ab und grinste. Sie trug eine pinke Strickjacke über einem weißen T-Shirt. Sie sah einfach süß aus.

»Ich habe jemanden kennengelernt«, sagte sie.

»Wirklich? Wen denn?«

Izzy hatte noch nie einen Freund gehabt. Wir hatten über Jungs geredet, und viele hatten sie im Laufe der Jahre gefragt, ob sie mit ihnen auf ein Date gehen würde, aber sie hatte immer Nein gesagt. Sie hatte mir erklärt, ihre Ansprüche seien einfach zu hoch, aber die Dramen in meinem Leben hatten mich stets davon abgehalten, nachzufragen.

Sie war so überglücklich, dass ich ihre Freude am liebsten in

Flaschen abgefüllt und ein Parfüm daraus gemacht hätte, das man immer dann benutzen konnte, wenn man einen richtig schönen Tag haben wollte. Aber da war noch etwas anderes. Eine unterschwellige Nervosität.

»Okay«, sagte sie. »Bist du bereit dafür?«

Einen verrückten Moment lang dachte ich, dass auch sie sich in einen Geist verliebt haben könnte.

»Ja! Erzähl es mir!«

»Es ist jemand, den ich online kennengelernt habe. Wir haben ewig gechattet, und jetzt habe ich die Person auch im echten Leben getroffen, und ich bin wirklich glücklich. Ich bin so glücklich, Ariel. Ich weiß, es ist noch sehr früh, und ich versuche so sehr, cool zu bleiben, aber so habe ich mich noch nie gefühlt. Endlich ...«

»Endlich hast du eine Person getroffen, die deinen hohen Ansprüchen gerecht wird?«

»Genau.«

Langsam dämmerte es mir.

»Warum sagst du Person?«, fragte ich.

Sie zuckte mit den Schultern. »Weil ich mich nicht richtig traue, sie zu sagen«, murmelte sie mit einem Bissen Twix im Mund. Sie schaute weg und dann wieder her. Ich umarmte sie.

Izzys neuer Schwarm hieß Tally und wir sprachen lange über sie. Sie war siebzehn und hatte schönes, dichtes schwarzes Haar. Sie hatten sich im Internet kennengelernt und sich auf Anhieb gut verstanden. Während ich mich um Zara und Coco gekümmert hatte, hatten sie ihr erstes Date. Sie waren ins Café gegangen und dann ins Kino. Izzy war total aus dem Häuschen.

»Es ist nicht nur sie«, erklärte Izzy, als der Zug Devon verließ.

»Obwohl, natürlich ist es sie. Absolut sogar. Aber es ist noch viel mehr. Ich habe endlich das Selbstvertrauen, ich selbst zu sein. Ich habe so sehr versucht, Jungs zu mögen, weil ich dachte, es wäre einfacher, weißt du?«

Ich stellte fest, dass ich gar nicht so sehr überrascht war. Dass alles zusammenpasste und Sinn ergab. Ich freute mich für sie. Aber ich war auch ein bisschen traurig. Ich hatte so etwas mit Joe nicht erlebt und würde es auch nie erleben. Ich konnte mich ja nicht einmal dazu durchringen, jemandem von ihm zu erzählen, weil er schon seit zwanzig Jahren tot war. Niemand würde sich jemals darüber freuen, von dieser Beziehung zu hören. Es würde für niemanden außer für uns von Bedeutung sein.

Aber ich wollte keinen anderen. Ich hätte die Sache mit Jack wieder aufleben lassen können, aber ich liebte Joe. Nur Joe. Für mich würde es immer nur Joe geben.

Wir sollten den Stoff aus der Gedichtanthologie für den Englischunterricht wiederholen, aber wir kamen nicht einmal dazu, das Buch aus der Tasche zu holen. Wir aßen unseren ganzen Proviant auf und redeten über Izzy und Tally und dann über unsere Mission in London.

»Das war eine gute Idee«, sagte Izzy. »Findest du nicht? Ein Tagesausflug nach London. Weißt du was? Du bist echt verrückt, aber ich bin jetzt auch neugierig, was mit diesem Jungen passiert ist. Die kleinen Mädchen waren so niedlich. Ihr armer Dad!« Sie schauderte. »Wenn wir dieser Familie irgendwie helfen können, dann bin ich dabei. Ich meine, ich kann dich doch nicht allein auf die Suche nach einem Verdächtigen schicken, oder?«

Ehe wir uns versahen, fuhren wir durch Reading, und ich machte ein Namaste-Handzeichen in die Richtung, von der ich annahm, dass dort das längst geschlossene Dojo-Yoga gewesen sein könnte. Eine halbe Stunde später waren wir in London.

Es war wärmer als zu Hause, und am Ende der Straße in Haggerston, in der Lucas Ingleby wohnte, blühten die Kirschbäume rosa. Die Sonne wärmte meine Wangen, als wir langsam bis zur Tür seines Wohnblocks gingen. Ich schaute Izzy an, die den Ausflug nun eindeutig bereute, als wir tatsächlich vor der Tür eines fremden älteren Mannes standen. Ich konnte praktisch die Gedankenblase über ihrem Kopf sehen: *Ich könnte jetzt bei meiner Freundin sein.* Ich war gerade dabei, den richtigen Klingelknopf zu suchen, als die Haustür aufging.

Er wollte an uns vorbei, ohne uns anzusehen, aber ich stellte mich ihm in den Weg.

»Hi«, sagte ich und versuchte, diesen muskulösen Mann mit jenem Lucas in Einklang zu bringen, von dem Joe mir erzählt hatte, dem Jungen, den ich auf dem Schulkorridor gesehen hatte. Sein Haar war grau meliert und das war ein Schock für mich. Auch Gus war schon älter, aber er war Joes großer Bruder, wohingegen dieser Mann in der gleichen Jahrgangsstufe wie Joe gewesen war. Sie waren gleichaltrig. Wenn Joe noch leben würde, hätte er vielleicht auch schon graue Haare. Stattdessen war er jünger als ich.

Außerdem hatte ich diesen Mann erst vor Kurzem als Jungen gesehen, und das reichte aus, um mir einen Schauer über den Rücken zu jagen. Ich hatte ihn reden hören, seinen verletzten Blick gesehen, als Joe ihn gedankenlos brüskiert hatte.

Er hielt inne. »Hallo?«, sagte er, weder freundlich noch unfreundlich. Er war einfach ein Mann, der an einem Samstagnachmittag aus dem Haus ging. Seiner Kleidung und der Tasche nach zu urteilen, war er auf dem Weg ins Fitnessstudio.

»Lucas?«, sagte ich. »Das hört sich jetzt vielleicht komisch an, aber könnten wir kurz mit Ihnen reden? Wir sind von Ihrer alten Schule und schreiben gerade einen Artikel über Joe Simpson für die Schülerzeitung. Es ist nämlich zwanzig Jahre her, dass er verschwunden ist. Sein Bruder Gus sagte, Sie wären mit ihm befreundet gewesen. Haben Sie ein paar Minuten Zeit, um mit uns zu reden?«

Nachdem Izzy und ich zahllose, bis ins Kleinste ausgefeilte Ideen durchgespielt hatten, hatten wir uns darauf geeinigt, so nahe wie möglich bei der Wahrheit zu bleiben. Vor allem sollte er nicht denken, wir seien in irgendeiner Weise sexuell an ihm interessiert (igitt), und deshalb hatten wir uns für diese Begründung entschieden. Sich auf die Autorität der Schule zu berufen und anzudeuten, dass ein Lehrer die Sache beaufsichtigt, diente uns als eine Art Sicherheitsnetz.

»Wir könnten ja tatsächlich einen Artikel über ihn schreiben«, hatte Izzy vorgeschlagen.

»Wenn wir eine Schülerzeitung hätten, würde sie ihn vielleicht sogar drucken«, hatte ich ihr zugestimmt.

»Also ist es praktisch wahr.«

Jetzt beobachtete ich Lucas, der unser Hauptverdächtiger war, um zu sehen, ob eine bestimmte Emotion über sein Gesicht flackerte. Aber da war nur Überraschung. Er hatte verständlicherweise nicht damit gerechnet, auf der Straße angesprochen und nach jemandem von vor zwanzig Jahren gefragt zu werden. Er schien weder Panik noch Schuldgefühle zu empfinden, aber das besagte nichts. Wenn man jemanden umbringen und es zwanzig Jahre lang verbergen konnte, hatte man ein gutes Pokerface.

Dann änderte sich sein Gesichtsausdruck erneut. Er lächelte. Plötzlich sah er nett aus.

»Joe Simpson!«, sagte er.»Mein Gott. Ein Geist aus der Vergangenheit. Armer Joe. Hat man herausgefunden, was passiert ist?«

»Nein«, sagte ich.»Wir machen diese Geschichte nur, weil wir ... weil die Schule an den zwanzigjährigen Jahrestag erinnern will. Ich meine, es ist nicht direkt der Tag, aber doch zeitnah. Ich glaube, seine Familie möchte, dass er nicht in Vergessenheit gerät.«

Lucas nickte.»Und du hast mit Gus gesprochen? Wie geht's ihm?«

»Es geht ihm gut. Er lebt mit einer netten Frau zusammen und hat zwei Töchter.«

Wir gingen mit ihm die Straße entlang. Mir fiel auf, dass Lucas einem Interview nicht ausdrücklich zugestimmt hatte, aber er hatte uns auch nicht weggeschickt, also war es wohl das Beste, einfach weiterzureden.

»Wie habt ihr mich gefunden?«, fragte er.»Und dann fangt ihr mich vor der Tür ab. Man könnte meinen, ich wäre berühmt oder so, aber ... hätten wir das nicht per E-Mail machen können?«

Mir fiel auf die Schnelle keine Antwort ein.

»Ja, das hätten wir«, sprang Izzy ein,»aber wir hatten einen Ausflug nach London geplant, und nachdem wir Ihre Adresse nachgeschaut hatten, beschlossen wir, persönlich vorbeizuschauen. Haggerston ist cool, und wir wollten sowieso einen Abstecher hierher machen, um den Kanalweg entlangzugehen.« Ich hatte nicht einmal gewusst, dass es einen Kanalweg gab. Diese neue, selbstbewusste Izzy war erstaunlich.

»Woher habt ihr meine Adresse?«

»Wählerliste«, sagte ich, und er lachte.

»Ich dachte mir noch, ich hätte das Kästchen ankreuzen sollen, damit die Adresse nicht sichtbar ist«, sagte er. »Hört mal, ich will keine Spaßbremse sein, aber wie alt seid ihr, fünfzehn? Sechzehn? Ihr solltet nicht meilenweit von zu Hause entfernt an einem Samstagnachmittag bei fremden Männern auftauchen. E-Mail ist sicherer.«

»Ja,« sagte ich. »Aber jetzt sind wir nun mal hier. Könnten wir einen Kaffee trinken gehen oder so? Wir laden Sie auch ein.«

Lucas seufzte. Er hatte diese eigenartige Statur wie jemand, der täglich ins Fitnessstudio ging. Er war sehr groß und sehr breit, und die Muskeln an seinem Oberkörper waren so ausgeprägt, dass er aussah, als würde er gleich umkippen, weil seine Beine im Vergleich dazu ziemlich dünn waren. Sein Haar war sehr kurz geschnitten, und all das zusammen ließ ihn auf den ersten Blick beinahe Furcht einflößend erscheinen, dennoch hatte ich nicht das Gefühl, dass er gefährlich war, vor allem nicht, wenn wir an einem öffentlichen Ort einen Kaffee mit ihm tranken.

»Also gut, ihr beiden«, sagte er. »Weil es um Joe geht. Ich bin gerade auf dem Weg ins Fitnessstudio und würde das Training nur ungern ausfallen lassen. Wir treffen uns in einer Stunde, okay? Da ihr den Kanal sehen wollt, treffen wir uns dort im Café.

Da vorne müsst ihr nach rechts abbiegen und dann links, dann seht ihr es schon vor euch. Vielleicht doch lieber in einer Stunde und zwanzig Minuten?«

»Ich glaube nicht, dass er es war.«

Izzy nickte zustimmend. Wir warteten im Café an einem Tisch in der Ecke und beobachteten die Leute, die mit dem Fahrrad fuhren, vorbeijoggten und mit ihren Hunden und Kindern den Weg entlangspazierten. Eigentlich hätten wir endlich unseren Lernstoff wiederholen müssen, stattdessen sahen wir anderen Leute bei ihrer Freizeitbeschäftigung zu und sprachen über Lucas.

»Ja«, sagte sie. »Er sah nicht schuldbewusst aus, oder? Er hatte nicht die Ausstrahlung von ...«, sie ließ die Finger in der Luft kreisen, »... Oh nein! Meine Vergangenheit hat mich doch noch eingeholt!«

»Er hat sich sogar gefreut, über Joe zu sprechen.«

Ich überflog unsere Frageliste. Wir hatten uns vorbereitet. Lucas würde wahrscheinlich ewig im Fitnessstudio sein. Und wir hatten Prüfungen vor uns. Widerwillig schob ich die Liste beiseite und nahm die Gedichtanthologie zur Hand.

»Also«, sagte ich. »Wo waren wir? Gedichte über Macht und Schuld?«

Anderthalb Stunden später setzte er sich zu uns an den Tisch, in der Hand eine Porzellantasse mit Kräutertee oder etwas Ähnlichem, und wir legten Shelleys berühmtes Gedicht »Ozymandias« zur Seite.

»Also«, begann er. »Joe Simpson. Ich habe nachgedacht,

während ich Gewichte gestemmt habe: Warum ich? Ich kannte ihn nur etwa eineinhalb Jahre. In Devon muss es jede Menge Leute geben, die ihn von Kindesbeinen an kannten. Wir standen uns nicht mal besonders nahe. Warum habt ihr ausgerechnet mir aufgelauert? Oder seid ihr hinter jedem her?«

»Standen Sie sich wirklich nicht nahe?«, fragte ich mit einem möglichst unschuldigen Blick. »Gus sagte, Sie hätten zu seinen Freunden gehört. Er dachte sogar, Joe hätte am Tag seines Verschwindens mit Ihnen gesprochen.«

»Ach ja? Das stimmt wohl, aber Freunde waren wir nicht. Da solltet ihr euch besser an Troy wenden. Habt ihr ihn schon kontaktiert?«

»Wir haben es versucht«, sagte ich. »Er lebt in Frankreich, oder? In den sozialen Medien war nichts über ihn zu finden. Es ist wirklich schwer, ihn aufzuspüren.«

»Ich könnte ihm eine Nachricht schicken. Ich bin mir ziemlich sicher, dass ich im Internet auf ihn gestoßen bin. Ja! Da habe ich ihn. Er ist auf LinkedIn.«

Izzy lachte. »An LinkedIn haben wir natürlich nicht gedacht.«

»Oh ja, bitte!«, sagte ich zu Lucas. »Das wäre großartig. Noch etwas: Dürfen wir unser Gespräch aufzeichnen?« Er nickte amüsiert und Izzy aktivierte die Aufnahmefunktion ihres Handys. »Lucas Ingleby, danke, dass Sie sich zu einem Gespräch bereit erklärt haben. Können Sie uns zunächst Ihre Erinnerungen an Joe Simpson schildern? Wie war er so?«

Lucas lehnte sich in seinem Stuhl zurück. »Okay. Das war eine prägende Zeit in meinem Leben. Ich war in der neunten Klasse und neu an der Schule. Es war nicht leicht, so spät dazuzustoßen, als alle schon ihren Freundeskreis hatten. Ich war ein Außenseiter. Um ehrlich zu sein, habe ich nie dazugehört, und es gab nicht gerade viele Jungs in Devon, deren Eltern multiethnischer Herkunft waren, sodass ich oft zu einer Art Zielscheibe wurde. Ich war drei Jahre lang auf dieser Schule und Joe verschwand etwa nach der Hälfte der Zeit. Alles ist unterteilt in die Zeit vor und nach Joe. Ich mochte ihn wirklich. Das sage ich nicht nur wegen dem, was dann geschehen ist. Ich weiß noch, dass er mir sofort aufgefallen ist, weil er einer von diesen coolen Kids war. Er hatte alles und wusste es nicht einmal. Er war gut in der Schule und sportlich, aber vor allem hatte er das gewisse Etwas. Das Funkeln. Die Energie. Die Magie. Aus ihm wäre etwas ganz Besonderes geworden. In dem Moment, in dem ich ihn sah, wollte ich mit ihm befreundet sein, und das war wohl mein Verhängnis. Ich mochte ihn, aber er mochte mich nicht, und er konnte ziemlich abweisend sein. Ich habe mich wohl zu sehr bemüht und ihn damit genervt. Außerdem war er mit Troy befreundet, und sie wollten niemand anderen, weil sie sich als Duo sahen. Ich war eifersüchtig. Ich war groß für mein Alter – nicht so kräftig wie jetzt, aber groß und ein bisschen tollpatschig und ... in welcher Klasse seid ihr jetzt, in der Zehnten?«

»In der Elften«, sagte ich.

»Ja. Euch beiden geht es offensichtlich gut, aber ihr kennt doch sicher auch Mitschüler, die zu kämpfen haben? Die keine besten Freunde haben und allein abhängen? Dieses Teenager-Alter kann manchmal die Hölle sein. Zumindest war es das für mich. Ich wollte einen Freund, und ich wollte, dass es Joe ist. Er hielt mich für eine peinlichen Trottel, aber ich habe es weiter versucht, und er hat mir immer wieder gesagt, warum ich scheiße bin. Klingt ziemlich erbärmlich, ich weiß. Als er verschwand, hatte das einen großen Einfluss auf mich. Es veränderte mein Leben für immer. Ich sage das nicht, weil ich mich in den Vordergrund spielen will, ganz und gar nicht. Es geht um Joe und seine Familie. Aber ich musste trotzdem einen Weg finden, damit umzugehen. Wisst ihr, was ich meine? Wir alle mussten das. Natürlich gab es Vertrauenslehrer, mit denen man reden konnte, aber was mich betrifft, blieb das nur an der Oberfläche. Ich brach innerlich entzwei. Jetzt sieht man mir das nicht mehr an, aber es war so.

Ich war völlig fertig. Mehr als das. Fertig sind manche Leute schon, wenn sie den falschen Sirup in ihrem Frappuccino serviert bekommen. Ich war am Boden zerstört. Mein Leben stand still, aber ich musste trotzdem weitermachen.«

Er sah uns über den Rand seines Getränks hinweg an. Ich wartete darauf, dass er mehr sagen würde, aber er tat es nicht.

»Manchmal täuscht der Eindruck, den man von Menschen hat«, sagte ich. »Mag sein, dass wir so aussehen, als hätten wir keine Probleme, aber meine Mutter ist letztes Jahr gestorben und mein Vater ist weggelaufen und ich lebe bei meiner schwangeren Schwester.«

»Oh! Tut mir leid«, entschuldigte er sich leicht verlegen. »Ich meinte nur ...«

»Und ich habe mich heute Morgen im Zug vor Ariel geoutet«, sagte Izzy unerwartet.

Ich nahm ihre Hand und drückte sie. Wir sahen uns an und lächelten.

»Oh Gott. Entschuldigt bitte. Meine Bemerkung war unangebracht.«

»Aber was ist mit Joe?«, fragte ich. »Er hatte Troy und seinen

Vater und Gus. Und seine Mum. Seine Eltern haben sich inzwischen allerdings scheiden lassen. Glauben Sie, er hatte insgeheim zu kämpfen gehabt?«

»Willst du damit andeuten, er könnte ›etwas Dummes gemacht haben‹?« Lucas machte Anführungszeichen in die Luft. »Nein, das glaube ich nicht, obwohl man das natürlich nie wissen kann. Aber ich bin sicher, er hätte eine Nachricht hinterlassen. Er hatte ein sehr enges Verhältnis zu seiner Familie. Auf keinen Fall hätte er so etwas getan, ohne einen Abschiedsbrief zu schreiben. Außerdem wurde seine Leiche nie gefunden.«

Lucas sagte die richtigen Dinge. Wir hatten ihn überfallen, und er wirkte interessiert und hilfsbereit, nicht schuldbewusst oder nervös. Außerdem hatte ich mit eigenen Augen gesehen, wie gemein Joe zu ihm gewesen war. Ich wollte ihn nicht zwingen, darauf einzugehen, andererseits war davon auszugehen, dass seine Gefühle kompliziert waren.

Izzy beugte sich vor und stellte die wichtigste Frage von allen. »Was, glauben Sie, ist damals passiert?«

Lucas sah uns beide abwechselnd an. Ich konnte sehen, wie er überlegte.

»Können wir das Ding ausschalten?«, fragte er und deutete mit einem Nicken auf Izzys Handy, woraufhin sie die Aufnahme stoppte. »Ich sage es nicht gern, aber ich habe immer gedacht, dass ihn jemand umgebracht hat. Oder ihn entführt hat. Ihr kennt ja die Sherlock-Holmes-Methode. Man eliminiert das Unmögliche, und was übrig bleibt, muss die Wahrheit sein. Ich habe das Gefühl, dass er verschleppt wurde. Man verschwindet nicht einfach spurlos. So etwas passiert nicht zufällig. In den ersten Tagen nach seinem Verschwinden habe ich mich als Detektiv betätigt, bin aber nicht weit gekommen. Ich meine, ich hatte keine Ahnung, wo ich anfangen sollte. Wer würde Joe Simpson umbringen? Die einzige Person, die er nicht mochte, war ich, und ich habe es nicht getan. Ich war ziemlich sicher, dass niemand aus seiner Familie ihm etwas angetan hatte. Und welchen Grund sollten irgendwelche anderen Leute haben, ihn umzubringen? Er war ein ganz normaler Teenager, kein millionenschwerer Erbe. Niemand, der die Aufmerksamkeit der richtig bösen Jungs auf sich ziehen könnte.«

Er blickte hinauf zur Decke. »Gott, es ist seltsam, das alles noch einmal durchzugehen. Wenn man also Selbstmord ausschließt, wozu ich wegen der Sache mit dem Abschiedsbrief neige, und wenn man ausschließt, dass jemand einen Mord an ihm geplant hatte – weil es wirklich niemanden gibt, der das getan haben könnte, und weil so etwas mitten im Zentrum von Devon einfach nicht passiert –, dann bleiben nur noch wenige Möglichkeiten. Entweder er hatte einen Unfall und seine Leiche wurde nie gefunden, weil sie vielleicht im Meer lag, oder er wurde entführt. Oder aber jemand hat ihn aus Versehen oder absichtlich getötet und es geschafft, ihn dauerhaft loszuwerden ...«

Er blinzelte. »Entschuldigung. Ihr habt mich in die Vergangenheit zurückversetzt. Ich war wie besessen von dieser Sache. Ich entwickelte eine Art Verfolgungswahn und sah praktisch überall potenzielle Angreifer. Deshalb beschloss ich, mir Kraft anzutrainieren. Ich war dem heutigen Fitnesstrend zeitlich weit voraus.« Er verdrehte die Augen. »Schreibt nichts davon in eurem Artikel. Nichts davon, okay?«

»Nein«, sagte ich sofort. »Der Artikel wird kurz sein. Aber inzwischen interessiere ich mich immer mehr für diese Sache, ganz unabhängig von dem Bericht für die Schulzeitung. Ich kannte Joe ja gar nicht.«

Tut mir leid, Joe, entschuldigte ich mich im Stillen. Ich kenne dich. Und ich liebe dich.

»Aber es kommt mir so vor, als würde ich ihn kennen, und ich kann nicht glauben, dass sein Schicksal nie geklärt werden konnte. Es ist so mysteriös.«

»Ja, das ist es. Ich konnte jahrelang nicht schlafen, weil ich immer wieder gegrübelt habe. Es gab zu der Zeit keinen Raubüberfall im Beachview. Es gab keine Hinweise darauf, dass Kriminelle dort ihr Unwesen trieben. Da war einfach nichts. Ich habe keine Ahnung. Wo würde man am besten eine Leiche loswerden?«

»Im Meer«, sagte Izzy.

»Ja. Darauf läuft es immer wieder hinaus. Aber selbst dann würde sie höchstwahrscheinlich wieder angeschwemmt werden. Ich habe viele Berechnungen angestellt und bin damals zu dem Schluss gekommen, dass er vielleicht im Fluss liegen könnte. Er ist an manchen Stellen sehr tief, und wenn man die Leiche beschwert hätte, könnte sie dort für immer verborgen sein. Aber dann haben sie ihn ausgebaggert. Sie haben nichts unversucht gelassen. Doch da war nichts. Deshalb komme ich auf die Entführung zurück. Seine Leiche ist weg, also muss sie irgendwo anders sein. Sie könnte überallhin gebracht worden sein.« Lucas sah uns wieder an und lächelte. »Entschuldigt. Und noch mal meine Bitte, das nicht in eurer Zeitschrift zu veröffentlichen.«

»Das werden wir nicht«, versicherte ich ihm. »Aber da wir gerade von dem Artikel sprechen, können Sie uns etwas über den

Tag seines Verschwindens erzählen? Können Sie sich an das letzte Gespräch zwischen Ihnen und Joe erinnern?«

Lucas schwieg sehr lange. Als er schließlich sprach, klang er gedankenverloren und traurig.

»Komische Sache«, sagte er. »Wenn man zu oft über etwas nachdenkt, hört es auf, real zu sein. So wie jetzt – erinnere ich mich an mein letztes Gespräch mit Joe, oder erinnere ich mich an mich selbst, wie ich jahrelang ununterbrochen darüber nachgedacht habe? Ich bin mir nicht sicher, ob ich die Realität und meine Erinnerungen daran auseinanderhalten kann. Er sollte an diesem Abend mit auf die Frankreichfahrt. Sie sind natürlich nie gefahren. Man kann nicht in einen Bus steigen und losfahren, wenn einer aus der Gruppe unauffindbar ist. Aber ich erinnere mich, ihn an diesem Tag in der Schule gesehen zu haben. Ich habe an der Straße herumgelungert, die er und Troy vor der Schule immer entlanggingen, und versucht, mich ihnen anzuschließen. Das klingt, als wäre ich in ihn verknallt gewesen oder so. War ich aber nicht. Ich wollte nur einen Freund, und je öfter Joe ›Fuck off‹ zu mir sagte – er konnte sehr direkt sein –, desto mehr hing ich wie ein kleines Hündchen an ihm. Obwohl Riesendogge es besser trifft: Ich war damals schon einen Meter achtzig groß und ein Kerl wie ein Kleiderschrank.

Wie auch immer. An diesem Tag holte ich sie kurz vor der Schule ein. Ich war wahnsinnig neidisch, dass sie nach Frankreich fahren durften. Diese Reise kostete zweihundert Pfund, und ich weiß noch, dass das für meine Familie völlig unmöglich war. Ich mochte Französisch sehr, und ich wäre gerne mitgefahren – nicht, weil man eine Woche lang bei Leuten wohnen muss, die man nicht kennt, sondern wegen der Busfahrt, der Fähre, der Freundschaft, der Witze, die man macht, wenn man zurückkommt, all das –, aber ich hatte keine Chance. Ich war von Eifersucht zerfressen. Ich glaube, ich habe versucht, mit ihm Französisch zu sprechen. *Ça va bien*, so was in der Art, um zu sagen: ›Hey, du fährst heute nach Frankreich!‹, und er sagte: ›Fuck off‹. Ich weiß auch nicht. Ich war nicht gut in solchen Sachen. Sozialkompetenz gehörte nicht gerade zu meinen Stärken. Auch in den Jahren danach tat ich mich damit schwer. Vielleicht habe ich es nie richtig gelernt.«

»Doch, natürlich beherrschen Sie das«, sagte Izzy höflich. Lucas nickte dankend.

»Ich glaube nicht, dass wir an diesem Tag zusammen Unterricht hatten, aber wie gesagt, es ist lange her, und ich weiß nicht, woran ich mich tatsächlich erinnere oder was ich mir im Nachhinein zusammenreime. Nach der Schule sah ich jedenfalls, wie Joe in die Stadt ging und Troy erzählte, er wolle ein Geschenk für die Familie in Frankreich besorgen. Ich wäre gerne mitgegangen, aber das war ausgeschlossen. Ich wünschte, ich hätte es getan. Ich wünschte, ich wäre ihm gefolgt und hätte auf ihn aufgepasst. Fest steht, dass er ins Beachview ging und danach nie wieder gesehen wurde.«

Izzy fragte: »Wann haben Sie erfahren, dass er vermisst wurde?«

Ich war überrascht. Und ich wunderte mich ein bisschen, warum ich nicht selbst daran gedacht hatte, ihn das zu fragen. Aus irgendeinem Grund schaffte ich es nicht, über den Augenblick hinauszudenken, in dem Joes letzter Tag sein abruptes Ende fand.

Lucas seufzte. »Noch in derselben Nacht. Nicht nur ich, wir

alle. Als Teenager von heute könnt ihr euch kaum vorstellen, wie es damals war, so ganz ohne soziale Medien. Einige Leute hatten Handys, ich nicht. Die Leute riefen über das Festnetz an und fragten, ob ihn jemand gesehen habe. Meine Mutter klopfte an meine Tür und fragte mich, ob ich wüsste, wo er sei. Irgendwie hoffte sie wohl, dass wir beide einfach zusammen in meinem Zimmer abhingen und redeten. Leider war es nicht so. Wir schlossen uns der groß angelegten Suche an – ihr wisst ja, wie das ist. Alle waren unterwegs. Wir liefen durch die Straßen und riefen seinen Namen, fragten jeden, klebten sein Foto an Laternenpfähle, wie man es bei Katzen macht. Ich war überzeugt, wir würden ihn finden. Gleich um die nächste Ecke. Oder an der übernächsten.«

Er hörte auf zu sprechen, und mir wurde klar, dass die Geschichte in gewisser Weise an dieser Stelle endete.

»Aber niemand hat ihn je gefunden«, sagte ich.

»Ich glaube, keiner von uns hat in dieser Nacht ein Auge zugetan, denn man kann ja unmöglich sagen: Leider finde ich ihn nicht, also gehe ich jetzt nach Hause und lege mich hin. Ich habe wochenlang nicht richtig geschlafen, höchstens mal eine Stunde.« Er rieb sich die Augen. »Jahrelang. Meine Güte, wenn ich mich so reden höre. Es ist zwanzig Jahre her, aber es wird nicht leichter. Irgendwann ist man so weit, sich einzugestehen, dass er aller Wahrscheinlichkeit nach tot ist. Aber wie gesagt, leichter wird es trotzdem nicht. Und auch wenn es gegen jede Vernunft ist – die Hoffnung verlässt einen nie. Man gibt sie nie auf, nicht ganz.«

»Tut mir leid, dass das wegen uns alles noch einmal hochgekommen ist«, sagte Izzy. Ich war froh darüber: Er sah schrecklich aus. Ich war nicht gerade Miss Marple, aber inzwischen war ich mir sicher, dass Lucas Joe nichts angetan hatte. Joe hatte ihn ziemlich mies behandelt – das hatte ich mit eigenen Augen gesehen, auch wenn ich gern darauf verzichtet hätte –, aber ich konnte mir nicht vorstellen, dass Lucas sich an dem Tag mit den Fäusten gewehrt und Joe unbeabsichtigt einen tödlichen Schlag versetzt hatte.

Izzy sagte all die richtigen Dinge. Ich konnte mich kaum noch zusammenreißen, also hatte sie die Zügel in die Hand genommen. Sie war großartig.

»Hey,« sagte Lucas. »Tut mir leid, dass ich euch einfach so mein Herz ausschütte. Ihr wolltet nur ein paar Zitate für euren Artikel. Aber es hat gutgetan, über ihn zu reden. Ich bin froh, dass ihr seine Geschichte aufschreibt. Es ist wichtig, dass er nicht in Vergessenheit gerät. Aber im Ernst, dass ein alter Mann wie ich seinen Kummer bei zwei jungen Mädchen ablädt, das ist unangemessen. Tut mir leid.«

Er sah sich im Café um, wie um herauszufinden, ob die anderen Gäste das ebenfalls missbilligten, aber alle waren mit anderen Dingen beschäftigt.

»Keine Sorge«, sagte ich. »Und danke, dass Sie mit uns gesprochen haben. Das war sehr nett von Ihnen. Ich verspreche Ihnen, dass wir nur ein paar Zitate von Ihnen für unseren Artikel verwenden werden.«

»Ach«, sagte Lucas. »Ihr könnt ruhig alles abdrucken, was ihr mit dem Handy aufgenommen habt. Das ist mir egal. Schickt ihr mir eine Kopie, wenn er fertig ist? Ich finde es sehr schön, dass ihr euch dafür interessiert.« Er blinzelte. »Bei diesen Erinnerungen werde ich ganz emotional. Hey, habt ihr Fotos für euren Artikel? Ich habe ein paar auf meinem Handy. Haltet mich für sentimental, aber ich habe hier sogar einen Joe-Simpson-Ordner.« Er fand ihn schnell und reichte mir sein Handy. Ich blätterte durch die Fotos von alten Aufnahmen. Man konnte die Knicke sehen und die Farben waren ziemlich verblasst.

Der Anblick verschlug mir den Atem.

Dieser Junge war mein Joe, nur anders. Jetzt verstand ich zum ersten Mal, warum Lucas so eifersüchtig gewesen war, warum Joe ein Goldjunge gewesen war. Er strahlte eine Lebenskraft aus, die der Joe, den ich kannte, nicht hatte. Ich liebte meinen Joe, aber jetzt sah ich, dass er nur ein Schatten seiner selbst war. Auf einem der Fotos grinste er in die Kamera, blinzelte in die Sonne, und alles, angefangen von seinen Haaren, seiner Haut bis zu seinem Lächeln, war so unglaublich jung. So lebendig. Ich blinzelte heftig und beschloss dann, dass es okay war, zu weinen.

Dieser Joe war bei allen beliebt, aber er war nicht nett zu Lucas gewesen. Meinen Joe mochte ich lieber und irgendwie kriegte ich das gerade alles nicht auf die Reihe.

Es gab auch ein Klassenfoto. Ich entdeckte Joe sofort, in der Mitte der ersten Reihe, neben einem Jungen, der sehr groß war und sehr rote Haare hatte. Das musste Troy sein.

Plötzlich wurde mir klar, dass ich Troy schon einmal gesehen hatte.

Troy sah Joe an, und Joe grinste frech in die Kamera und streckte den Daumen hoch. Ich suchte nach Lucas, er stand in der letzten Reihe, mit gerunzelter Stirn.

Troy war der Junge auf dem Spielplatz gewesen. Er hatte mit einem Stein HILFE an die Wand geschrieben.

»Wow«, sagte ich leise.

Izzy schaute mir über die Schulter. »Joe sieht *super* aus«, sagte sie. »Ein bisschen wie Robert Pattinson.«

Ich reagierte nicht darauf.

»Es muss doch etwas geben, was wir tun können.« Wir sahen uns an, und Izzys bedingungslose Unterstützung öffnete bei mir alle Schleusen. Es war mir egal, was die anderen dachten, weil ich einfach so losheulte.

»Also dann«, sagte Lucas schließlich, aber auch er blinzelte heftig. »Gebt mir eure E-Mail-Adressen, dann schicke ich euch die Fotos. Ihr könnt sie gern verwenden. Und noch einmal: Ich bin sehr froh, dass ihr über ihn schreibt. Es bedeutet mir viel, zu wissen, dass auch die nächste Generation ihn nicht vergisst. Es ist das Einzige, was wir jetzt tun können. Grüße an Gus und seine Familie. Stimmt es, dass sein Vater Mrs Dupont geheiratet hat?«

»Ja, das stimmt. Und sie ist immer noch an der Schule. Sie ist unsere Französischlehrerin, Ms Duke. Ich habe eine Weile gebraucht, um das herauszufinden, aber wir glauben, dass sie ihren Namen wieder in Duke geändert hat, als sie sich von Dupont scheiden ließ, und ihn dann einfach beibehalten hat, als sie Jasper Simpson heiratete.«

»Unglaublich!« Er lachte amüsiert. »Das ist so surreal. Ich weiß, dass die Schule ihren Namen geändert hat und all das, aber es ist schön, dass einige Dinge gleich geblieben sind. Sie war eine von den Guten.«

Ich schrieb Lucas meine E-Mail auf und war mir dabei bewusst, wie seltsam es auf andere wirken musste, dass ein Mädchen in meinem Alter eine E-Mail-Korrespondenz mit einem älteren Mann begann. Ich spürte, dass er das ähnlich empfand.

Er zögerte. »Ich werde Troy eine Nachricht schicken, aber versprecht euch nicht zu viel davon. Wir waren nie Freunde und nach der Sache mit Joe hat er die Schule gewechselt. Wie ihr wisst, ist er jetzt in Frankreich, und ich sehe ab und zu geschäftliche Posts auf Französisch von ihm auf LinkedIn. Ich habe ihn zu meinen Kontakten hinzugefügt, weil er mir vorgeschlagen wurde, aber ich weiß nicht viel über ihn. Oh, eine Sache allerdings schon! Ich glaube, der verrückte Kerl hat eine Französin geheiratet und ihren Namen angenommen. Sein LinkedIn-Name hat sich vor ein paar Jahren geändert.«

»Wie cool!«, sagte Izzy. »Das gefällt mir. Zerschlagt das Patriarchat.«

»Wie lautet sein neuer Nachname?«, fragte ich.

Lucas runzelte die Stirn und kippte den Rest seines Tees hinunter. »Ich weiß es nicht mehr«, sagte er. »Irgendwas Französisches. Ich werde es herausfinden.«

»Danke!«

»Und ihr schickt mir ein Exemplar eurer Zeitschrift?«

»Klar«, sagte ich und überlegte, ob wir extra ein Exemplar für ihn erstellen oder vielleicht gleich eine neue Zeitschrift gründen sollten.

Izzy fragte, ob sie ein paar Fotos für den Artikel machen könne, und er stellte sich selbstbewusst in Pose.

Als wir weggingen, waren meine Gefühle in Aufruhr. Ich war froh, dass wir Lucas ausfindig gemacht und mit ihm gesprochen hatten, aber er hatte mir auch vor Augen geführt, dass Joe jetzt so alt sein könnte wie er.

Als ich Izzy ansah, merkte ich, dass sie weinte, also ließ auch ich meinen Tränen freien Lauf. Wir fassten uns an den Händen und gingen weiter. An der U-Bahn lächelten wir uns an. Ich wischte mir mit dem Ärmel die Augen trocken, dann machten wir uns auf den Weg ins Zentrum von London, um noch ein paar Stunden auf Touristentour zu gehen, bevor wir nach Hause mussten.

34

Ich bleibe den ganzen Tag bei Troy und tue so, als würden wir heute Abend nach Frankreich fahren. Ich bemühe mich so sehr, dass ich es fast selbst glaube. Ich unterhalte mich mit Mrs Dupont und versuche, verdammt noch mal nicht daran zu denken, dass sie mit meinem Vater Sex haben wird.

Nach dem Unterricht ziehe ich Troy über den Schulhof in eine Ecke, wo uns niemand sieht (nicht einmal Lucas, der in der Nähe herumlungert).

»Hey«, sage ich. Der Rest bleibt mir im Hals stecken. Warum ist es so schwer? »Tut mir echt leid.« *Ich habe deine Trophäe genommen.* Die Worte wollen nicht kommen. Mein Mund will sie nicht aussprechen. Es ist ein merkwürdiges Gefühl. Ich möchte sie sagen, aber da ist ein unsichtbares Kissen in meiner Kehle, das mich atmen, aber nicht sprechen lässt. Ich öffne meinen Rucksack und halte ihn Troy hin, aber als ich versuche, die Trophäe herauszunehmen, steckt sie fest. Dann versucht es Troy, aber auch er kann sie nicht hervorholen.

Troy sagt kein Wort. Er starrt mich nur an und dann stürmt er davon, offensichtlich glaubt er, dass ich den Pokal mit Sekundenkleber am Boden meines Rucksacks festgeklebt habe. Ich wünschte, ich könnte ihm hinterherlaufen und ihn zum Abschied umarmen, aber das kann ich nicht, weil er mich hasst.

Im Beachview kaufe ich eine Dose Lilt, gehe zu dem wütenden Mann und stehe um zwei Minuten nach vier im Schrank. Eine Minute später kommt Ariel an. Ich springe auf und will unbedingt etwas über ihre Reise nach London erfahren, aber sie wirft mir einen vielsagenden Blick zu und schüttelt leicht den Kopf, woraufhin ich zurücktrete.

Sie redet mit jemandem, allerdings nicht mit mir. Sie spricht nicht in ihr Handy. Sie ist mit einer echten Person hier.

Wer auch immer es ist, ich kann diese Person nicht sehen oder hören, und sie mich offensichtlich auch nicht.

Gus? Dad? Die Mädchen?

»*Voilà*«, sagt sie. »Der letzte Ort, an dem Joe Simpson war, bevor er verschwand.«

Ariel sieht mich an, dann schaut sie sich um. Sie versucht herauszufinden, ob ich die andere Person sehen kann und umgekehrt. Ein klares Nein, und zwar in beide Richtungen, nehme ich an. Ich zucke mit den Schultern und schüttle den Kopf. Dann wird mir klar, dass ich sprechen darf.

»Wer ist es?«, frage ich. »Ich sehe niemanden.«

Ich denke an die Leute, die ich am liebsten hier bei mir hätte, aber es kann keiner von ihnen sein, denn sie hat gerade meinen Nachnamen genannt.

Eine Pause tritt ein, dann wirft sie mir einen Blick zu und sagt: »Izzy. Du bist meine beste Freundin, deshalb habe ich dich hergebracht. Das ist der Ort, an dem er als Letztes gesehen wurde.«

Von Izzys Antwort höre ich nichts. Ich kann sie mir aber aus Ariels Antwort erschließen. »Ja ... Aber kurz zuvor war so ein Mann im Einkaufszentrum. Joe hat ein Getränk gekauft und ist in den Mann hineingelaufen, und der Typ hat ihm gesagt, er soll sich verpissen oder so. Wir müssen ihn finden. Die Überwachungsvideos werden uns kaum weiterhelfen. Ich meine, die Aufnahmen werden sie doch gar nicht mehr haben, oder?« Sie macht eine Pause, während Izzy etwas sagt, und antwortet dann: »Ich weiß es nicht. Der Wachmann hat es behauptet.«

Ich sage zu ihr: »Dumm, dass ich Izzy nicht sehen kann. Wie kommt es, dass du die Kids in der Schule sehen kannst, aber ich sie nicht?«

»Keine Ahnung«, sagt Ariel zu mir und dreht sich dann nach rechts. »Ich meine, ja. Keine Ahnung, warum, aber ich glaube, dieser Mann könnte etwas damit zu tun haben. Er ist mit ein Grund, warum Joe hierhergekommen ist. Es gibt nicht viele Anhaltspunkte, aber das könnte eine Spur sein. Wie auch immer! Du musst nicht bei mir bleiben. Ich wollte dir die Kammer nur zeigen. Es geht mir gut. Ich bleib nur noch ein bisschen hier.«

Ich erinnere mich an die Zettel, die in Ariels Hand auftauchten und wieder verschwanden, als sie sie losließ. »Wenn du sie anfasst, kann ich sie vielleicht sehen«, sage ich.

Plötzlich materialisiert sich ein Mädchen, viel kleiner als Ariel und sehr hübsch, mit Grübchen und wilden Haaren. Ich grinse sie an, aber sie schaut durch mich hindurch. Ariel hat den Arm um ihre Schultern gelegt. Sie gehen zur Tür.

»Oh mein Gott«, rufe ich. »Ich kann sie sehen! Ich kann Izzy sehen!«

Ariel lächelt. »Izzy, ich bin so froh, dass du mich nicht für verrückt hältst.«

»Natürlich halte ich dich nicht für verrückt«, sagt Izzy, und als sie in der Tür stehen, grinst mich Ariel über ihre Schulter an. Izzy verschwindet, und Ariel stürzt sofort zu mir, um mich zu umarmen, oder zumindest tut sie das, was einer Umarmung am nächsten kommt.

»Entschuldige«, sagt sie. »Ich hätte dich natürlich vorgewarnt, wenn ich es so geplant hätte. Aber Izzy hat gefragt, ob sie den Raum sehen kann, weil sie sich um halb fünf mit ihrer Freundin auf der anderen Straßenseite trifft. Sie recherchiert inzwischen voll mit. Wir glauben nicht, dass es Lucas war, und jetzt will sie das Rätsel unbedingt lösen. Wenn sie etwas will, dann lässt sie sich nicht davon abbringen.«

»Ich fasse es nicht, dass ich sie tatsächlich sehen konnte«, sage ich. »Einfach irre. Und du glaubst nicht, dass es Lucas war? Warum?«

Ich bin fast ein bisschen enttäuscht darüber. Ich wünschte, er wäre es gewesen, dann hätten wir eine Antwort. Ich schüttle mich. Wir brauchen die Wahrheit und nicht das, was am einfachsten ist.

»Weil er es nicht getan hat, Joe. Da bin ich mir absolut sicher.«

Insgeheim bebe ich vor Eifersucht. Izzy ist Ariels Freundin und die beiden werden jeden Tag ein bisschen älter. Ich bin neidisch auf die tiefe Freundschaft der beiden. Ich habe Ariel noch nie mit jemand anderem gesehen. Das ist irgendwie verstörend. Ich vermisse Troy. Ich wünschte, ich könnte mit Ariel nach Hause gehen, mit ihr herumlaufen, ein Teil ihres Lebens werden. Beinahe hasse ich die wunderschöne, perfekte Izzy, die hier in meine Privatsphäre eingedrungen ist.

Eine Weile herrscht eine unangenehme Stille zwischen uns. Es ist das erste Mal, dass ich mich in Ariels Gegenwart unbehaglich fühle. Ich weiß, ich bin gemein: Ich möchte, dass Ariel glücklich ist und Freunde hat. Und gleichzeitig möchte ich, dass sie nur mich hat.

»Dann erzähl mir von ihm«, sage ich. »Du glaubst wirklich nicht, dass er es war? Bist du dir sicher? Er war der Einzige …«

»Er war es nicht«, sagt sie, und ich schrumpfe innerlich zusammen. Natürlich will ich nicht, dass Lucas mich umgebracht hat, aber das wäre der Anfang vom Ende gewesen. Sie setzt sich neben mich, und ich schaue ihr in die Augen auf der Suche nach dem kleinsten Anflug von Zweifel, aber da ist nichts. »Er war es nicht«, wiederholt sie. »Lucas ist nett. Er hatte viel zu sagen, war aber auch ein bisschen nervös, weil er es, glaube ich, irgendwie unpassend fand, sich mit zwei so jungen Mädchen zu treffen. Die Sache mit dir lässt ihn immer noch nicht los. Er hat einen Ordner mit Fotos von dir auf seinem Handy. Schau mal. Er hat sie mir geschickt.«

Ich starre die Bilder an, die sie durchscrollt. Ich sehe genau so aus wie jetzt – und auch wieder nicht. Die Fotos zeigen einen anderen Jungen. Ich sehe jetzt, dass ich diese Version von mir schon lange nicht mehr bin. Er ist ein Fremder. Die Kluft zwischen diesem Ich und meinem jetzigen Ich ist viel größer, als mir bewusst war. Das ist bestimmt auch Ariel aufgefallen.

»Und so sieht Lucas jetzt aus.« Sie zeigt mir die Bilder auf ihrem Handy. »Izzy hat sie gemacht. Sie hat ihm gesagt, es sei für den Artikel. Auf die Idee bin ich gar nicht gekommen.«

Lucas ist ein fünfunddreißigjähriger Mann, breit und muskulös, mit ergrauendem Haar. Er lächelt in die Kamera, in einem Café, in dem Menschen an Tischen sitzen. Er sieht aus, als ob er sich in der Welt wohlfühlt, ganz anders als früher. Ich habe ihn daran gehindert, sich wohlzufühlen, und jetzt bin ich nicht mehr da.

Der Raum verblasst um mich herum. So sind meine Klassenkameraden jetzt. Sie haben sich weiterentwickelt. Ich stecke fest.

Ich stelle mir die Szene vor. Ein Café in London, die drei sitzen mit ihren Teetassen an einem Tisch, existieren im selben Raum und in derselben Zeit. Ich möchte etwas kaputt machen. Ich möchte in dieses Café stürmen und ihre Getränke auf den Boden schleudern. Ich möchte die Fenster einschlagen, die Tische umstoßen, alles zerstören, damit die Leute keinen Spaß mehr ohne mich haben.

Ich beschließe, auszusteigen, nur für einen Moment. Ich brauche eine Pause.

»Ariel«, sage ich. »Können wir uns nicht wenigstens einen Tag gönnen? Können wir nicht einen schönen Tag haben, an dem wir das alles vergessen? Ein Date, aber nicht in der Schule? Lass uns mal etwas völlig anderes machen.«

Sie schaut mich an, und ich sehe, wie sich ihr Gesicht verändert. Sie lächelt leicht.

»Was stellst du dir denn vor?«

Sofort nach dem Aufwachen nehme ich die Bücher aus dem Schulrucksack und tausche sie gegen eine Jeans, ein Sweatshirt, ein T-Shirt und meine Lieblingsturnschuhe aus. Und obwohl ich nichts essen oder trinken muss, nehme ich die Packung Club-Kekse aus dem Schrank und einen Liter Orangensaft aus dem Kühlschrank, weil ich mich gerne normal fühle. Ich verabschiede mich wie immer ein letztes Mal von Dad und Gus und gehe ein bisschen früher los.

Troy wartet an der Ecke. Er ist auch früh dran. Ich hatte gehofft, ihm aus dem Weg gehen zu können. Er sieht mich kommen und hebt die Hand. Ich gehe auf ihn zu und wünschte, ich wäre früher aufgestanden.

»Hey«, sage ich. »Tut mir leid. Ich schwänze heute die Schule. Wir sehen uns dann heute Abend im Bus.«

»Im Ernst? Wo willst du hin?«

»Zurück ins Bett, sobald Gus weg ist. Ich brauche eine Auszeit. Einen Tag unter der Bettdecke.«

»*Einen Tag unter der Bettdecke?*«

»Ja.«

»Ist alles okay mit dir?«

»Ja.«

Er zögert. Ich weiß, dass er nachhaken will, sich aber nicht recht traut. Ich möchte ihm sein Fußballdings zurückgeben, aber es wird nicht funktionieren. Ich schätze, ich bin gestorben, ohne dass ich ihm den Pokal zurückgeben konnte, denn jedes Mal, wenn ich es versuche, bekomme ich es nicht hin. Zwischen uns ist alles in der Schwebe, vieles unausgesprochen. Ich stelle mir vor, wie beschissen er sich fühlen wird, wenn er mich nie wieder sieht und wir die Sache nicht klären konnten. Aber ich kann nichts dagegen tun, außerdem ist das nicht der echte Troy. Der echte wird sich nie an dieses letzte Gespräch erinnern. Er wird sich an das erste erinnern, als wir uns direkt nach der Schule verabschiedet haben und alles okay war.

»Wir sehen uns dann in der Schule«, sagt er. »Heute Abend, meine ich. Vor der Abreise. Meinst du, das kriegst du hin?«

»Klar«, sage ich. »Ich kann es kaum erwarten.«

Ich schlage den langen Weg zum Strand ein. Ich laufe an Kindern in verschiedenen Schuluniformen vorbei. Ich komme an Eltern (hauptsächlich Müttern) vorbei, die ihre Kinder in die Grundschulen und Kindergärten bringen und Kinderwagen schieben. Obwohl ich ihnen aus der anderen Richtung entgegenkomme, schaut mich niemand komisch an. Ich gehe die Sheringham Road entlang und bleibe spontan stehen, um an der Tür von Nummer zwölf zu klingeln. Ariel wird sich über eine neue Geschichte von ihrer Mum und Sasha freuen.

Anna Brown öffnet sofort und ich grinse sie an. Ich kann nicht anders, ich habe das Gefühl, dass wir alte Freunde sind. Auch diesmal balanciert sie das Baby auf ihrer Hüfte. Die kleine Sasha hat blonde Locken und ist rosa und niedlich.

»Hallo?«, sagt Anna, und obwohl sie nicht weiß, was ich von ihr will, ist sie sehr freundlich. Ich darf ihr nicht sagen, dass ich ein Geist bin. Und ich kann auch nicht den ganzen Vormittag in ihrem Garten Unkraut jäten.

»Hallo«, sage ich. »Tut mir leid, Sie zu stören. Kennen Sie … kennen Sie ein Mädchen namens Ariel? Entschuldigung, ich glaube, ich habe mich im Haus geirrt.«

»Nein, du musst dich nicht entschuldigen«, sagt sie lächelnd. »Ariel. Was für ein schöner Name. Wie in Shakespeares *Sturm*.«

»Die meisten denken bei ihrem Namen an die kleine Meerjungfrau«, sage ich. »*Der Sturm* wäre ihr lieber.«

»Und *Footloose*. Hast du *Footloose* gesehen? Das ist einer meiner Lieblingsfilme.«

»Nein«, gebe ich zu. »Und ich muss mich entschuldigen – das ist eindeutig das falsche Haus. Es tut mir sehr leid, dass ich Sie belästigt habe. Ich danke Ihnen. Hallo, Sasha«, füge ich hinzu, als das Baby mich anlächelt. Ich kann einfach nicht anders.

Ariels Mutter sieht mich erstaunt an. »Woher kennst du ihren Namen?«, fragt sie, aber immer noch lächelnd. Sie gehört zu den liebenswerten Menschen, die immer fröhlich und positiv sind, egal was passiert. In ihrem Fall ist dieses *egal was passiert* die Tatsache, dass sie mit einem Arsch verheiratet ist.

Trotzdem muss ich ihr irgendetwas antworten. Ich schaue mich um und entdeckte meine Rettung in Form eines schmuddeligen Bildes an der Wand, auf dem rote und blaue Handabdrücke sind und ein Erwachsener in die Ecke SASHA geschrieben hat. »Da steht es«, sage ich und zeige darauf. »Ich vermute, das ist *ihr* Kunstwerk.« Ich lächle das kleine Mädchen an. »Es ist sehr gut.«

»Wie gut du beobachtest. Bedank dich bei dem netten Jungen, Sasha.«

Ich strecke die Hand aus und berühre Sashas Löckchen. Sie sind unerträglich weich unter meinen Fingern. Sasha ist für mich auf eine Weise real, wie Ariel es nie sein kann. Ich verabschiede mich und winke den beiden zu.

Im Weggehen nehme ich mein Handy heraus. Ich drücke die Tasten, um meine Mutter anzurufen. Ihr Kurs beginnt um neun, jetzt ist es acht Uhr fünfundvierzig. Sie hat ein Handy, aber sie schaltet es aus, wenn sie es nicht benutzt, also sage ich, als die Mailbox anspringt: »Hallo, Mum! Ich bin's, Joe. Ich rufe nur an, um zu sagen ... dass ich dich lieb habe. Das ist alles.« Dann rufe ich in ihrem Hotel an und bitte darum, zu Zimmer 237 durchgestellt zu werden, aber sie geht nicht ran. Also ist sie wohl schon weg.

Ich laufe immer schneller, hinunter zum Strand und dann am Wasser entlang, weg von der Stadt, bis zu dem steinigen Stück ganz am Ende, wo niemand hingeht. Und da sitzt Ariel auf einem Felsen wie eine Meerjungfrau.

»Hey!«, sagt sie. »Da bist du ja. Wir haben es geschafft!«

»Wir haben es geschafft.« Ich setze mich neben sie auf den Felsen und wir schauen beide aufs Meer hinaus.

35

Dieser Tag war seltsamerweise einer der besten meines Lebens. Wir sprachen nicht darüber, wer Joe umgebracht hatte und wie und warum, und was ich als Nächstes tun würde. Wir sprachen nicht darüber, dass Troy die Sache mit Joe nicht verkraften konnte und das Land verlassen hatte. Wir sprachen nicht über den Mann im Einkaufszentrum, obwohl ich unbedingt wollte, dass Joe ein Foto von ihm macht. Stattdessen saßen wir auf einem Felsen am Ende des Strands und gaben den Möwen in unseren beiden Realitäten Namen und warfen Steine ins Meer. Wir sprachen nicht über die Vergangenheit oder die Zukunft, verglichen keine Notizen oder Technologien oder Musik oder sonst etwas. Joe machte keine verrückten Dinge, nur weil er es konnte. Wir redeten einfach. Das war alles.

»Siehst du den Hund?«, fragte er. Ich blickte hoch, aber da war kein Hund.

»Nein«, sagte ich. »Wie sieht er denn aus?«

»Es ist ein schwarzer Labrador.«

»Wie süß!«

»Er rennt den Strand auf und ab. Er sieht so glücklich aus. Es sieht aus wie ...« Joe ahmte eine knurrige Hundestimme nach. »Hallo, Strand! Ich bin auf der Suche nach Würstchen. Hast du Würstchen für mich, Strand?«

Ich spielte mit und ahmte seine Hundestimme nach. »Wenn ich im Sand grabe, finde ich vielleicht ein paar Würstchen. Einen großen Wurstschatz, den die Piraten vergraben haben.«

»Piratenwürste sind die besten Würste.«

Eine Stunde alberten wir praktisch nur herum, dann stand ich auf.

»Mir ist ein bisschen kalt«, sagte ich. »Dir nicht, oder?«

»Nö. Ich spüre nichts.«

Ich streckte die Hand aus, um seinen Arm zu berühren. Es klappte nicht. Ich vergaß es immer wieder.

»Lass uns einen Spaziergang machen«, schlug ich vor. »Ich habe alles dabei.«

Ich steckte meine Kopfhörer ins Handy und schob es gerade zurück in die Tasche, als ich eine Nachricht von Jack bekam. Tut mir leid, wenn ich neulich etwas zu aufdringlich war, schrieb er. Ja, ich würde gerne mit dir befreundet sein. Wir könnten irgendwann mal einen Kaffee trinken gehen.

Jack war ein Sweetie, aber ich tippte schnell Klar, ich melde mich bei dir, wenn es passt, und stellte das Handy dann auf stumm. Ich war mit Joe zusammen. Die technische Seite der Dinge langweilte ihn inzwischen. Nach anfänglichem Staunen über den veränderten Stellenwert eines Mobiltelefons hatte er sich an den Gedanken gewöhnt, dass die Technik sich in zwanzig Jahren weiterentwickelt hatte. Das war weder bemerkenswert noch interessant.

»Tja, ich laufe einfach herum und sehe so aus, als würde ich mit mir selbst reden«, sagte er. »Wen kümmert das? Es spielt keine Rolle. Das sind sowieso keine echten Menschen. Nichts davon ist wirklich passiert und niemand wird sich daran erinnern.« Er schüttelte den Kopf. »Bodmin-Leo hat das auf den Punkt gebracht. Es ist ein Mindfuck, aber ein Mindfuck, der mich zu dir geführt hat.«

»Stimmt.« Ich atmete tief durch und ging einfach mit ihm weiter, gab mich der Magie hin, die uns zusammengebracht hatte.

Wir schlenderten über den Strand, dann ein paar Straßen entlang bis zum Stadtrand und hinaus aufs Land. Wir redeten nicht viel. Es war einfach schön, beieinander zu sein, am selben Ort zu unterschiedlichen Zeiten. Ich hatte die Stadt immer für größer gehalten, tatsächlich brauchten wir weniger als eine halbe Stunde, um das offene Feld zu erreichen, dann sahen wir uns an, grinsten und rannten einen Hügel hinauf.

Die Sonne schien. Die Vögel sangen. Die Luft roch nach Frühling. Ich spürte die Wärme auf meinem Gesicht, fühlte, wie mein Blut beim Laufen pulsierte. Ich merkte, dass ich schon lange keinen Sport mehr gemacht hatte. Es war ein gutes Gefühl, sich zu bewegen.

»Das ist so schön«, sagte ich, aber als ich Joe ansah, war sein Haar nass.

»Schön und seltsam«, sagte er mit einem kleinen Lachen. »Ja. Ich schätze, das ist es.«

»Regnet es bei dir?«

»Bei dir *nicht*?«

Auf dem Hügel angekommen, setzten wir uns hin, Joe schlug seine Kapuze hoch und ich zog mein Sweatshirt aus. Es war wunderschön hier oben. Das Meer glitzerte grün und blassblau unter uns. Die Sonne zeichnete einen goldenen Weg zum Horizont. Die Stadt lag versteckt im Tal, der Himmel war endlos und blau, das Gras saftig und grün. Es war wie auf einem Kinderbild, einer von Cocos Zeichnungen. Grünes Gras, blauer Himmel, grünblaues Meer. Und Joe und ich. Ein Junge und ein Mädchen, Seite an Seite.

»Wie sieht es bei dir aus?«, fragte ich.

»Es nieselt«, sagte er, »und der Himmel ist grau. Das Meer ist grau. Das Gras ist matschig.«

Wir lachten. Dann legten wir uns zurück und redeten. Ich erzählte ihm, dass Jack Lockett mich wieder um ein Date gebeten hatte. »Ich habe natürlich Nein gesagt«, versicherte ich ihm. »Ganz höflich. Ich sagte, ich fände es schön, wenn wir gute Freunde wären, und er begriff sofort, was ich meinte. Ich will nur dich, Joe Simpson.«

Er hörte gar nicht mehr auf zu lächeln, als ich das sagte. Wir sprachen über die Möwen, die über uns hinwegsegelten. Wir sprachen über die Boote, die ich sehen konnte, über die Spaziergänger, die an ihm vorbeigingen und ihm einen besorgten Blick zuwarfen, weil er allein auf einem Hügel im Regen lag. Wir tauschten Erinnerungen an unsere Kindheit aus.

Er rief seine Mutter an und diesmal ging sie ans Telefon. Ich hörte seinen Teil des Gesprächs, während ich meine Hand dorthin schob, wo seine lag.

»Mum«, sagte er. »Ja. Nein, es geht mir gut. Ich wollte nur deine Stimme hören. Ich vermisse dich, Mum. Ich hab dich lieb. Und Dad. Und Gus. Ich liebe euch alle. Und die Kinder, die Gus haben wird. Die beiden Mädchen. Mach dir keine Sorgen, Mum. Du musst glücklich sein, egal was passiert. Ich bin froh, dass du deinen Yogakurs machst. Du solltest nach Indien gehen.«

Als er sein Handy in die Tasche steckte, lächelte er. Er legte sich zurück und grinste in den Himmel. »Okay«, sagte er. »Jetzt bin ich bereit. So bereit, wie ich nur sein kann. Also, willst du eines Tages zum Mond fliegen?«

»Nein«, sagte ich. »Dafür bräuchte man zu viele fossile Brennstoffe, und ich glaube nicht, dass die allgemeine Zustimmung dafür groß ist. Es gibt so viele andere Dinge, die wichtiger sind.«

»Wir alle dachten, dass im einundzwanzigsten Jahrhundert viele Menschen auf den Mond fliegen würden.«

»Was glaubst du, wie es dort oben sein wird?«

Er schloss die Augen.

»Grau«, sagte er. »Oder vielleicht doch nicht? Ist das nur so, weil wir Schwarz-Weiß-Fotos vom Mond gewohnt sind? Nein, wahrscheinlich eher grau. Dunkelgrau. Eine Wahnsinnserfahrung. Ich meine, dort zu stehen und auf die Erde hinunterzusehen? Unglaublich, oder? Und dann das Herumhüpfen. Das wäre genial. Ich stelle mir vor, dass wir in einer Art Mondlandefähre leben, mit genug Vorräten und Wasser, um so lange dort oben zu bleiben, wie wir wollen. Obwohl ich das vermutlich gar nicht bräuchte. Dort oben würde es nichts ausmachen, wenn wir ein paar Erdenjahre voneinander entfernt wären.«

»Ja«, sagte ich und verspürte den Drang, mich zu ihm zu beugen und ihn zu küssen. Es war das, was ich wollte. Mein einziger Wunsch.

»Ich wünschte, ich könnte dich küssen.« Er schlug die Augen auf, als hätte er meine Gedanken gelesen.

Ich seufzte. »Oh Gott. Das ist alles, was ich will.«

Wir sahen uns an. Ich beugte mich zu ihm und er beugte sich zu mir. Es war das Sinnloseste und Romantischste, was je passiert war. Ich öffnete meinen Mund ein wenig. Er tat es auch. Ich erschauderte, als unsere Lippen denselben Ort erreichten. Wir konnten uns nicht berühren, aber das Kribbeln lief meinen Körper rauf und runter.

Es war das Frustrierendste, Wunderbarste und Unmöglichste überhaupt. Wir blieben eine Ewigkeit so, und ich wollte nicht, dass es aufhört.

Es war Joe, der sich schließlich zurückzog. Wir sprachen eine lange Zeit nicht miteinander. Dann ertappte ich mich dabei, dass ich etwas sagte, nur um die unangenehme Stille zu durchbrechen.

»Weißt du, wo wir sonst noch hinkönnten? Wenn wir den Planeten verlassen wollen? Es gibt nämlich noch einen Ort, den ich gerne sehen möchte.«

»Den Mars?«

»Besser als das. Der Mars ist der Gott des Krieges. Mein Ort ist friedlich. Wir sollten zu den Wolkengipfeln der Venus gehen. Mum hat immer davon gesprochen, und ich habe es überprüft, es gibt sie wirklich. Niemand könnte die Oberfläche der Venus betreten, denn dort gibt es eine unkontrollierbare Erwärmung und all das – obwohl es dir wahrscheinlich gar nichts ausmachen würde –, aber über den Wolken ist es perfekt für Menschen. Ich glaube, wir müssten in einem Zeppelin oder so leben.«

Joes Geisterfinger strichen über mein Gesicht und mir lief ein Schauer über den Rücken. »Da könnte ich mit an Bord gehen.«

»Meine Mum wäre auch dabei.«

»Cool. Ich liebe deine Mum.«

Wir planten ein Leben über den Wolkengipfeln der Venus. Wir würden in unserem Zeppelin leben und die Luft atmen (da alles unserer Fantasie entsprang, war die Luft so, dass wir beide sie problemlos einatmen konnten; sie füllte sogar unsere Lungen und brachte uns zum Strahlen). Wir würden unser eigenes Essen anbauen.

»Wolken-Erdbeeren«, sagte ich. »Und Wolken-Eiscreme.«

»Wolken-Schokolade«, sagte er. »Können wir auch Wolken-Burger haben? All die Dinge, die ich früher geliebt habe. Fish and Chips, mit viel Essig. Einen riesigen Burger mit allem Drum und Dran aus dem schicken Burgerladen.«

»Das kannst du haben«, sagte ich. »Ja. Und du wirst es schmecken und schlucken können. Und wir werden einfach in den Wolken herumschweben, und es wird keine Rolle spielen, wer lebt oder welches Jahr wir haben, denn diese Dinge werden bedeutungslos sein.«

Er legte sich zurück und streckte die Arme aus. Ich konnte sehen, dass es für ihn aufgehört hatte zu regnen.

»Die Sache ist doch die, Ariel«, sagte er mit geschlossenen Augen, »unsere Reise zur Venus ist genauso wahrscheinlich wie das hier. Und wenn wir es wirklich wollen, dann kann es genauso gut passieren. Wir können genauso gut dort leben.«

»Ja«, sagte ich. »Dann lass es uns tun.«

In Ermangelung von Wolken-Nahrung aß ich mein Sandwich und meine Chips und trank meine Cola light, und Joe aß seine Kekse und trank seinen Saft, nicht weil er sie wollte oder brauchte, sondern um mir Gesellschaft zu leisten. Wir unterhielten uns den ganzen Nachmittag. Er erzählte mir, dass er unterwegs Mum besucht und mit ihr und Sasha gesprochen hatte. Zum ersten Mal seit Jahren war ich richtig glücklich.

Und dann, am Ende des Nachmittags, sagte Joe, dass ich nicht mehr zu ihm kommen sollte.

36

Alles, was ich getan habe, war falsch. Es braucht einen Kuss, der niemals ein Kuss sein kann, damit ich es sehe. Ich hatte den besten Tag meines Todes: Ich wusste, dass ich das durchstehen konnte, solange ich Ariel hatte. Wir redeten wunderbaren Unsinn über das Leben über der Venus und irgendwann begriff ich es. Ich ziehe sie mit in mein Grab. Ich habe sie in meine halb tote Existenz geholt, weg von ihrem echten, atmenden, chaotischen Leben. Ich kann nicht leben, also halte ich sie auch vom Leben ab.

Ihr Ex-Freund hat sie gefragt, ob sie mit ihm ausgehen will, und sie hat abgelehnt. »Ich habe natürlich Nein gesagt.« Sie hatte es so beiläufig gesagt. Ich weiß, dass sie Jack mag. Sie haben sich nur getrennt, weil ihre Mutter krank wurde und Ariel mit nichts anderem mehr klarkam. Jack wäre gut für sie, wenn es mich nicht gäbe. Mit ihm auszugehen, wäre für sie ein echter Schritt zurück zur Normalität. Sie mag ihn, aber sie hat ein Date nicht einmal in Erwägung gezogen. Das ist der Teil, der mich quält. Sie hat natürlich Nein gesagt. Wegen mir.

Ich bin Gift für sie. Sie muss leben, aber ich ziehe sie in den Tod.

Wenn damals niemand herausfinden konnte, was mit mir geschehen ist, wird es auch jetzt niemand schaffen. Ich war egoistisch, wie immer. Ich war schrecklich zu Lucas und auf eine gewisse Weise bin ich auch schrecklich zu Ariel. Ich bin neidisch auf ihre Freunde, und solange wir verzweifelt versuchen, uns zu berühren und zu küssen, wird sie Annäherungsversuche von lebenden Jungs abweisen.

Bei ihr stehen wichtige Prüfungen an, aber ich bin da und beanspruche gierig ihre Aufmerksamkeit, wann immer ich kann. Ich darf sie nicht mehr jeden Tag sehen, weil ich ihre Realität komplett durcheinanderbringe.

Sie war wütend, als ich ihr sagte, sie solle nicht mehr kommen. Sie stürmte davon, rief DANN EBEN NICHT und erklärte, dass sie mich nie wieder besuchen würde. Es war furchtbar, aber auch richtig. Jetzt fühle ich einen Frieden, den ich, glaube ich, seit ich ein kleines Kind war, nicht mehr empfunden habe.

Ich werde nicht mehr dagegen ankämpfen. Ariel kann leben, und ich werde einen Weg finden, mir eine eigene Existenz einzurichten. Ich werde eine Reihe perfekter Tage schaffen, und dann muss ich mich nur noch mit dem Gedanken anfreunden, sie für immer zu durchleben. Ich denke an die anderen Geister, die ich kenne: Leo hat eine Aufgabe gefunden, indem er seine *Glitch*-Theorie entwickelt und sich zum Ansprechpartner für eine mickrige Ansammlung von Geistern aus Devon und Cornwall ernannt hat. Lara strickt für Mabel und tanzt durch den Zug. Ich bin der Einzige, der immer noch versucht, die eigenen Todesumstände aufzuklären, und sich damit selbst in den Wahnsinn treibt, aber langsam geht mir die Kraft dafür aus. Ich werde es nicht mehr tun. Ich habe nicht mehr die Energie, irgendetwas in Ordnung zu bringen.

Am nächsten Morgen schreibe ich als Erstes, noch im Bett, einen Plan für den Rest meines Lebens. Ich kann mir eine ideale Woche ausdenken (nicht dass ich das müsste, aber ich kann die Sieben-Tage-Struktur genauso gut beibehalten, da sie der Menschheit offenbar gute Dienste geleistet hat) und sie auf die Rückseite meines Mathebuchs schreiben:

Montag: Mit dem Zug nach Reading fahren, mit Lara plaudern, meine Mutter besuchen und sie dazu bringen, mich nach Hause zu fahren.

Dienstag: Zu Hause bei Dad bleiben, ausgiebig frühstücken und fernsehen.

Mittwoch: In die Schule gehen, mich ablenken und meine Freunde besuchen. Nett zu Lucas sein.

Donnerstag: Bei Anna und Sasha vorbeischauen, dann nach Bodmin fahren und Leo besuchen.

Freitag: Mit Lara die ganze Strecke bis nach London fahren.

Samstag: Den Tag mit Dad und Gus verbringen.

Sonntag: Zur Schule gehen und mit Freunden abhängen.

Durchgängig: Ein Instrument und eine neue Sprache erlernen. Backflips üben.

Ich empfinde ein seltsames Gefühl der Erleichterung. Vielleicht halte ich es so ja doch aus.

»Ich hab dich lieb, Dad«, sage ich, bevor er zur Arbeit geht. Er kommt zurück und umarmt mich auf seine ungelenke Art.

»Danke, Jojo«, sagt er. »Ich hab dich auch lieb! Das darfst du nie vergessen.«

»Ich hab dich lieb, Gus«, sage ich, als Dad gegangen ist. Mein Bruder lacht und legt mir besorgt eine Hand auf die Stirn, um zu sehen, ob ich Fieber habe.

»Blödmann«, sagt er, aber liebevoll.

»Du wirst eine glückliche Zukunft mit einer Frau namens Abby und zwei Töchtern namens Zara und Coco haben«, sage ich und rede ganz schnell. Das erzähle ich ihm oft. Er geht kopfschüttelnd weg und macht mit dem Finger eine »Du spinnst doch«-Geste. Dann kehrt er zurück.

»Okay, großer Wahrsager«, sagt er. »Und was ist mit dir? Wie sieht deine Zukunft aus?«

Ich zucke mit den Schultern. »Im Idealfall werde ich mit einem Mädchen aus der Zukunft auf den Wolken der Venus leben.«

Gus lacht und klopft mir auf die Schulter. »Tu das, Alter.«

Ich mache mich auf den Weg zur Schule. Ich wünschte, ich könnte Troys Fußballtrophäe aus meinem Rucksack holen. Ich habe sie vor zwanzig Jahren gestohlen und auch gestern. Aber was ich auch tue, sie bleibt, wo sie ist.

Ich bringe den Tag hinter mich, indem ich unendlich nett zu allen bin. Ich mache mir nicht mehr die Mühe, Ziegelsteine oder Teller zu essen, denn das war nur ein einziges Mal neu und langweilt mich. Ich unterhalte mich mit Lucas und stelle fest, dass er, wie Ariel schon sagte, einfach nur mein Freund sein will. Ich merke, dass ich nicht ganz so cool war, wie ich dachte.

»*Ça va, Joseph?*«, sagt er in einem Ton, den ich immer für spöttisch gehalten habe. Ich denke an den erwachsenen Lucas, der mit Ariel und Izzy am Kanal sitzt, und weiß, dass es komplizierter ist als das.

Anstatt »Fuck off« zu ihm zu sagen oder seinen französischen Akzent nachzuäffen, sage ich: »*Oui, ça va.* Schade, dass du nicht mitkommst, Lucas.«

»Ja, schade!«, sagt er. »Das wird bestimmt richtig gut.«

»Wir sollten mal zusammen was machen, wenn ich zurück bin«, sage ich.

Es ist leicht, unter diesen Umständen großmütig zu sein, und ich will testen, ob er wirklich nur mit mir befreundet sein will.

Sein Gesicht erhellt sich. »Das wäre cool«, sagt er. »Ja. Das wäre großartig. Cheers.«

Ich bleibe nach der Klassenleiterstunde noch da, um mit Mrs Dupont zu reden, denn sie ist ja nun meine Stiefmutter. Ich kann sie gut leiden. Abgesehen davon, dass sie zu meiner Familie gehört, weiß ich, dass sie in zwanzig Jahren immer noch in diesem Klassenzimmer sitzen wird, aber dann wird sie mit Ariel sprechen und sich vergewissern, dass es ihr und Sasha gut geht. Sie ist ein Bindeglied zwischen uns, eine Person, die in unseren beiden Welten lebt, und sie wird sich um das Mädchen kümmern, das ich liebe. Deshalb möchte ich etwas Tiefsinniges sagen, aber alles, was ich zustande bringe, ist: »Danke, dass Sie eine so gute Lehrerin sind.« Ich schaue mich schnell um, ob jemand im Raum ist. Zum Glück sind wir allein.

Sie schmunzelt. »Nun ja, danke, dass du ein so guter Schüler bist, Joe«, sagt sie und sammelt ihre Bücher und ihre Tasche ein. »Mit deinem Charme wirst du noch viele wunderbare Dinge fertigbringen.«

Ich sitze mit Troy in der Schulmensa. Er isst einen Teller Kantinen-Curry, das ich nicht riechen kann, obwohl alle sagen, dass es stinkt, und sich die Nase zuhalten. Ich esse ein Sandwich, nur um normal auszusehen, und trinke etwas Wasser. Ich frage mich, was damit passiert. Aber vermutlich ist das Wasser genauso wenig real wie ich, also stellt sich die Frage nicht.

»Wie geht's?«, frage ich.

»Gut. Nicht schlecht. Ich habe meinen Pokal verloren.« Er starrt stirnrunzelnd auf seinen Teller.

»Ach Troy!«

Es ist einen weiteren Versuch wert. Es ist immer einen Versuch wert. Eines Tages könnte es klappen. »Es tut mir so leid.«

Wieder bleiben mir die Worte im Hals stecken. Ich schaffe es nicht, zu sagen: *Ich habe ihn aus deinem Rucksack genommen, nur so zum Spaß. Aber dann war es doch kein Spaß. Ich habe das Gefühl, dass es jemand anders getan hat. Ich will ihn dir schon seit zwanzig Jahren zurückgeben.* Obwohl ich die Worte in meinem Kopf schreie, kommen sie nicht über meine Lippen.

Er sieht mich an. Ich habe diesen Blick schon sehr oft gesehen.

Ich greife in meinen Rucksack, um die Trophäe herauszuholen. Ich schließe meine Finger um sie, aber sie lässt sich nicht bewegen. Ich ziehe, aber meine Hand rutscht ab. Ich zeige Troy den Rucksack.

»Er ist hier drin, aber ich krieg ihn nicht heraus.«

Er greift ebenfalls hinein und ihm passiert das Gleiche. Er glänzt, dieser stilisierte Fuß mit Fußball, aber er lässt sich einfach nicht bewegen.

»Hast du ihn mit Sekundenkleber festgeklebt?«

»Nein!«

»Verdammt noch mal, Joe«, sagt er. »Du kannst es einfach nicht lassen.«

Troy stößt seinen Stuhl um, als er davonstürmt. Ich weiß, dass es keine Rolle spielt und dass dieser *Glitch* nur mich betrifft, aber es ist schrecklich und auch irgendwie unheimlich, dass ich das mit dem Pokal einfach nicht in Ordnung bringen kann; dass diese eine dumme Sache, die ich vor zwanzig Jahren getan habe, immer noch alles zwischen mir und meinem Freund versaut.

Später sitze ich im Schrank und hoffe, dass Ariel kommt, obwohl ich ihr schon so oft gesagt habe, dass sie nicht kommen soll. Ich starre auf die Tür. Es ist vier Uhr. Zehn nach vier. Vier Uhr dreißig. Vier Uhr fünfundvierzig.

Sie kommt nicht. Ich habe sie gebeten, nicht zu kommen. Sie tut genau das, was ich von ihr verlangt habe.

37

Je mehr ich mich von Joe fernhielt, desto leichter wurde es. Am Anfang war es fast unmöglich, ich kam seinem Wunsch nur deshalb nach, weil ich im Gegensatz zu ihm eine freie Entscheidung treffen konnte, mich aber genau deshalb schlecht fühlte. Er musste um vier Uhr im Beachview sein. Ich nicht, also sorgte ich dafür, dass ich nach der Schule beschäftigt war, jeden einzelnen Tag.

Die blauen Gestalten in der Schule verschwanden fast völlig. Zuerst spürte ich die Kälte nicht mehr, wenn ich durch sie hindurchging. Dann konnte ich sie nicht mehr klar erkennen und schließlich waren sie nur noch blaue Flecken am Rand meines Gesichtsfelds. Ich hätte es nicht für möglich gehalten, aber ich vermisste sie. Oft fragte ich mich, ob eine der verschwommenen Konturen mein Joe war, aber ich verbot es mir, nach ihm Ausschau zu halten.

Ich vermisste ihn schrecklich. Ich sehnte mich nach ihm. Aber er hatte mir gesagt, dass er mich nicht mehr sehen wollte, also hielt ich mich von ihm fern. Ich konzentrierte mich in der Schule und ließ mich von den Schemen möglichst wenig ablenken. Ich erledigte meine Aufgaben und nahm an den mittäglichen Lernstoffwiederholungen teil. Mein Kopf wurde klarer, ich hatte die bevorstehenden Prüfungen vor Augen und ich kam zu dem

Schluss, dass es noch nicht zu spät war. Wenn ich mich wirklich anstrengte, konnte ich den Abschluss schaffen.

Ich bewarb mich für ein College und meldete mich für die Prüfungen in Geschichte, Englisch und Französisch an. Ich glaube nicht, dass ich Französisch gewählt hätte, wenn Joe und Ms Duke nicht gewesen wären, aber jetzt bemühte ich mich in diesem Fach ganz besonders, weil Ms D. das Bindeglied zwischen meinem Leben und dem von Joe war und weil Joe nie in Frankreich gewesen war und weil Troy dort lebte und ich es nie geschafft hatte, mit ihm in Kontakt zu treten. Alle Fäden führten nach Frankreich, und die Sprache richtig zu lernen, schien mir das Mindeste, was ich tun konnte, auch wenn ich es aufgegeben hatte, das Rätsel um Joes Tod lösen zu wollen.

Ich hatte mich noch nie so allein gefühlt. Ich hatte keine Mum. Izzy war bis in die Haarspitzen in Tally verliebt. Und als ich einmal nach der Schule Jack suchte, entdeckte ich ihn, wie er ein Mädchen aus der Klasse unter mir küsste, und zog mich zurück.

Aber vor allem hatte ich Joe nicht. Ich ging nur in die Kammer, wenn ich wusste, dass er nicht da war. Ein paar Mal stand ich zwischen vier und fünf Uhr draußen und umklammerte die Türklinke, aber ich ging nicht hinein. Je öfter ich nicht hineinging, desto einfacher wurde es. Ich nahm an, dass er nach einem Zeitplan lebte, den er sich selbst zurechtgelegt hatte und der dafür sorgte, dass er alle wichtigen Menschen in seiner Welt sah, nur mich nicht. Ich ging zu einem Tag der offenen Tür am College und musste mir schließlich eingestehen, dass er recht hatte, dass ich mich von ihm entfernte, dass ich eines Tages erwachsen und er immer noch fünfzehn sein würde.

Ende April aß ich pflichtbewusst ein gesundes Frühstück (Müsli mit klein geschnittener Banane, Rosinen und Joghurt), während ich meine Chemieaufzeichnungen durchging und gleichzeitig mein Handy im Auge behielt, als Sasha plötzlich auflachte.

»Sieh dir das an!«, sagte sie. »Ein neuer Trick!«

Sie hatte ihr Saftglas auf ihren Bauch gestellt wie auf einen kleinen Tisch. Als sie ihre Hand wegnahm, wackelte das Glas, blieb aber stehen.

»Wow«, sagte ich und blickte für einen Moment von der E-Mail auf, die ich gerade in meinem Posteingang gesehen hatte. »Das ist ja unglaublich. Ein eingebautes Regalbrett!«

»Tragbarer Couchtisch.« Sie seufzte. »Ich hätte so gerne einen Kaffee. Aber ich habe den Entschluss gefasst, keinen mehr zu trinken, gleich am Anfang, als mir von allem schlecht wurde, und jetzt kann ich nicht mehr zurück. Die restlichen neun Wochen schaffe ich auch noch.«

»Neun Wochen! Stimmt das?«

»Ja«, sagte sie. »Rechne mal nach. Das Baby kommt am 2. Juli. Übermorgen ist der 1. Mai.«

Ich überlegte. »Wenn übermorgen der 1. Mai ist und meine Prüfungen am 11. beginnen, sollte ich beim Lernen mal einen Zahn zulegen.«

Sasha griff nach der Obstschale und schob sie zu mir herüber. »Iss noch eine Banane«, sagte sie. »Gehirnnahrung.«

Wir sagten »Obstschale« dazu, aber sie enthielt nur vier überreife schwarze Bananen.

»Ich hab schon eine gegessen«, sagte ich. »Ich hab keinen Hunger.«

»Okay, aber wir müssen was mit ihnen machen, bevor sie anfangen zu stinken.«

»Ich backe einen Bananenkuchen.«

»Ja! Kannst du einen backen, bei dem wir die Scheiben toasten und mit extra Butter bestreichen können?« Sie machte eine Pause. »Für das Baby.«

»Klar doch!«

Manchmal packte mich die Panik, obwohl ich alles für die Prüfungen tat, was zu tun war. Bis vor Kurzem hatte ich gedacht, ich könnte einfach improvisieren und würde es schon irgendwie schaffen, aber jetzt wollte ich besonders gut sein. Ich musste nicht in allen Fächern Bestnoten bekommen, aber ich wollte es. Dann würde ich es Joe sagen und er würde sich für mich freuen. Das war mein Ziel. Mit einer solchen Neuigkeit konnte ich in die Kammer gehen und ihn besuchen. Oder?

Ich schlenderte langsam die Straße entlang und öffnete im Gehen die E-Mail. Dann blieb ich stehen, um sie zu lesen, und ließ die anderen Leute an mir vorbei.

Hallo, Ariel und Izzy. Hoffentlich geht es euch beiden gut.
Es war schön, neulich mit euch über Joe zu sprechen.
Ich hoffe, ihr habt alles, was ihr für euren Artikel braucht.
Ihr macht euch so viel Mühe. Statt einfach nur alte Infos
zusammenzuschreiben, betreibt ihr richtige Recherche für
eure Schulzeitung. Ich bin sicher, ihr habt eine große
Zukunft vor euch.
Tut mir leid, dass es so lange gedauert hat. Wie versprochen,
habe ich Troy kontaktiert, aber als er endlich geantwortet hat,

war das leider nicht sehr freundlich. Siehe unten. Nachdem er die Antwort abgeschickt hatte, hat er den LinkedIn-Kontakt gelöscht, also denke ich, dass er wirklich nicht reden will. Aber ich habe es zumindest versucht. Tut mir leid, dass ich nichts Besseres zu berichten habe.

Grüße, Lucas

Darunter stand in einer anderen Schrift:

Nein, natürlich bin ich nicht daran interessiert, über Joe zu reden, schon gar nicht mit irgendwelchen Kindern. Journalisten sind alle gleich, egal für wen sie schreiben, und ich habe keinem von ihnen etwas zu sagen, außer dass sie sich verpissen sollen.
Ehrlich gesagt muss ich mich doch sehr über dich wundern. T.

Das tat weh. Ich dachte, dass Troy und ich als Joes beste Freunde allein schon dadurch eine Art Seelenverwandtschaft haben würden.

Ich musste mich persönlich an Troy wenden.

Dann fiel mir ein, dass ich nichts dergleichen tun musste. Ich musste mich nicht mit Troy abgeben, ich musste meine Prüfungen bestehen. Das war nicht mehr mein Ding.

Ich spürte, wie der Ärger in mir aufstieg, und ich versuchte, ihn zu unterdrücken.

Es hatte mir noch nie jemand direkt gesagt, dass ich mich verpissen soll.

Ich würde nie in den Wolkengipfeln der Venus leben.

Wir hatten uns geküsst und dann hatte mich der Geist abserviert.

Ich war von einem verdammten Geist abserviert worden!

Ich kochte vor Wut.

Troy war mir völlig egal. Er war nur ein mürrischer alter Mann. Natürlich wollte er nicht darüber reden. Ich versuchte mir vorzustellen, wie es wäre, wenn in neunzehn Jahren irgendwelche Kids, die jetzt noch nicht einmal geboren waren, einen dummen kleinen Artikel über den Todestag meiner Mutter schreiben und ein paar Zitate von mir haben wollten. Ich würde auch nicht mit ihnen reden wollen. Ich würde ihnen definitiv sagen, dass sie sich verpissen sollen.

»Ich weiß, dass wir die Sache mit Joe fallen gelassen haben«, sagte ich zu Izzy, als wir uns an der Ecke trafen, »aber sieh dir das an.« Ich leitete ihr die Nachricht weiter. Sie las sie und zuckte zusammen.

»Wow«, sagte sie. »Der ist ja ein echter Sonnenschein.«

»Ja, oder? Aber er kann mich mal.«

Sie hakte mich unter. »Ja. Irgendwie macht er sich damit verdächtig.«

»Aber er würde seinen besten Freund nicht umbringen, oder?« Die Frage schwebte eine Weile zwischen uns, dann schüttelte ich mich. »Also. Hat deine Mum den Urlaub gebucht?«

»Noch nicht, aber ich glaube, wir fahren nach Spanien. Tally kommt vielleicht auch mit. Und was ist mit Sasha und dir? Habt ihr vor, wegzufahren? Ach, natürlich nicht. Das Baby!«

»Ich glaube, das hätten wir sowieso nicht gemacht. Es wäre

komisch, wenn Sasha und ich in Urlaub fahren würden.« Ich dachte ein paar Jahre voraus und sagte mit etwas mehr Begeisterung:»Aber es wäre schön, mit dem Baby wegzufahren, in ein oder zwei Jahren. Wir könnten nach ...« Ich versuchte mich daran zu erinnern, wohin Leute mit kleinen Kindern in den Urlaub fahren.»Mallorca oder so. Keine Ahnung. Keine Städtereise, sondern irgendwo, wo es schöne, sichere Strände gibt.« Pläne wie dieser machten mich glücklich. Sie waren die Zukunft.

38

Es ist ein Montag im Jahr 2019 und ich sitze mit Lara im Zug.
Heute strickt sie einen kleinen Pullover mit dem Anfangsbuch-
staben M darauf.

»Zu wissen, dass sie Mabel heißt«, sagt sie, »hat alles verändert, auch wenn es nichts ändert. Dass du das herausgefunden hast, ist für mich das Aufregendste, was seit meinem Tod
passiert ist. Ich habe es immer sehr bedauert, dass ich es nie
erfahren würde, und jetzt weiß ich es. Und ich weiß, dass die
Geburt gut verlaufen ist, wenn man bedenkt, dass sie zwanzig
Jahre später gesund und munter ist. Manchmal denke ich, dass
du dir das vielleicht nur ausdenkst, aber im Grunde glaube ich
dir. Ich glaube an Mabel.«

»Das kannst du auch«, sage ich. »Ich bilde mir das nicht
ein. Warum sollte ich?«

»Aus Freundlichkeit«, sagt sie. Sie sieht mich mit diesem
leicht nervtötenden Ausdruck an, den Eltern immer haben. Ich
wende mich ab.

»Joe?«, sagt sie. »Du bist so anders. Jedes Mal, wenn ich
dich sehe, bist du ein bisschen anders. Was ist denn los?«

Ich starre nach oben zur Decke, auf einen Fleck. Wie kommt
ein Fleck an die Decke eines Zugabteils? Es sind braune Sprit-
zer. Eine aufgeschüttelte Coladose vielleicht?

»Ich vermisse Ariel«, sage ich zu der Decke. »Aber ich bin dabei, meinen Frieden mit alldem hier zu schließen. Ich glaube, es klappt. Ich meine, ich finde mich mit der Tatsache ab, dass ich in jemanden verliebt bin, der noch nicht einmal geboren war, als ich starb, mich aber altersmäßig bereits überholt hat. Ich darf sie nicht mehr sehen, sonst vergeude ich ihr Leben und meines dazu. Aber jeden Tag hoffe ich, dass sie mich besucht, und sie tut es nie.«

»Mein armer Junge.«

»Sie lernt für Prüfungen, die ich nie abgelegt habe. Zwei Jahre Mittelstufe und sie ist fast am Ende angelangt. Ich habe nur die ersten sechs Monate geschafft. Es ist ein Mindfuck.«

»Ein fucking Mindfuck.« Lara drückt meine Hand.

»Ich warte nicht mehr. Ich weiß, dass kein himmlisches Leben nach dem Tod auf mich wartet. Wir sitzen hier fest. Buchstäblich für die Ewigkeit. Ich komme allmählich damit zurecht. Ich fühle mich gut, wenn man die Umstände bedenkt. Ich lebe mich ein. Ich lerne Italienisch. *Va bene.*«

»Weißt du eigentlich, welcher Tag heute ist?«, fragt sie. »Im Jahr 2019, meine ich.«

»Ja. Aber nur, indem ich meinen Sieben-Tage-Zyklus lebe. Auf diese Weise weiß ich auch immer, was Ariel irgendwo da draußen macht.«

»Du liebst sie noch.«

»Sie muss jemanden mit Perspektive finden.« Wenn ich echte Tränen hätte, wäre ich jetzt den Tränen nahe.

»Ach, Joe!«

»Erbärmlich, oder?«

Lara umarmt mich, und es tröstet mich sehr, dass wir eine gemeinsame Ewigkeit haben. Ich will nicht mehr über mich reden, also frage ich nach Josh, lehne mich zurück und lasse sie den ganzen Weg bis nach Reading reden.

Ich überfalle Mum in ihrem Dojo. Sie fährt mich nach Hause zur medizinischen Notfallversorgung. Ich finde Trost in dieser gemeinsamen Fahrt. Ich kann das schaffen. Ich muss es. Immerhin wird meine Ewigkeit von den besten Menschen bevölkert sein.

Als wir etwa auf halbem Weg nach Hause sind, sage ich: »Ich habe ein Mädchen kennengelernt, Mum. Es ist ein bisschen kompliziert, aber ich liebe sie.«

Sie strahlt. Sie sieht so glücklich aus, als hätte jemand in ihrem Körper ein Licht angeknipst.

»Joe! Das ist ja wunderbar. Wo wohnt sie denn? Geht sie auf deine Schule?«

Ich erzähle ihr von Ariel und flüchte mich in eine Fantasie, in der alles ganz einfach ist. »Ja, sie geht auf meine Schule und ist in der Klasse über mir.« Ich erzähle Mum, wo sie wohnt. Dass sie eine ältere Schwester hat, die ein Kind bekommt. Dass ihre Mutter gestorben ist und ihr Vater sie verlassen hat. Mum sagt genau die richtigen Dinge und schlägt vor, sie zum Essen einzuladen, sobald ich mich besser fühle, und ich tauche in meine Fantasiewelt ein, in der die Dinge so klar sind. Als wir am Beachview vorfahren, strahle ich förmlich.

Mum schickt mich ins Einkaufszentrum voraus, während sie das Auto parkt. Ich wünschte, ich wäre nicht gezwungen, ein Getränk zu kaufen, das ich gar nicht will. Ich beschließe, heute mit dem wütenden Mann zu reden, um ein bisschen für Abwechslung zu sorgen.

Ich kaufe eine Dose Cherry Cola. Ich drehe mich um und stoße mit ihm zusammen. Er sagt:»Verdammt noch mal!«

Ich sage:»Tut mir leid.« Er schnaubt und eilt weiter, also folge ich ihm.

Er ist so um die dreißig, hat lockiges dunkles Haar, das ein bisschen wie Schamhaar aussieht, und macht einen aufgebrachten Eindruck. Er trägt ein blaues Hemd und eine Hose, wie man sie bei der Arbeit trägt, und er hat irgendeinen Ausweis dabei, den ich nicht lesen kann. Ich renne ein bisschen, um ihn einzuholen.

»Tut mir leid, dass ich in Sie hineingelaufen bin«, sage ich. Er wirft mir einen wütenden Blick zu.

»Ich hätte es mir denken können«, sagt er.»An so einem Ort findet man keine Leute mit Stil.«

»Leck mich doch«, sage ich.

»Pass auf, was du sagst.«

Er bleibt stehen. Wir starren uns an. Was für ein unangenehmer Mensch. Ich hasse die Art, wie sich seine Augen in meine bohren. Ich drehe mich um und gehe weg. Die Begegnung hinterlässt ein schlechtes Gefühl. Ich glaube nicht, dass er mich umbringen würde, weil ich ihn angerempelt habe, aber jemand wird es in wenigen Minuten tun, und er scheint mich am meisten zu hassen.

Mein Herz klopft immer noch, während ich dasitze und auf den Tod warte. Ariel hat mich nicht ein einziges Mal besucht, seit ich ihr gesagt habe, dass sie wegbleiben soll, und es tut mir alles so leid. Ich habe ihr gesagt, dass sie nicht mehr kommen soll, weil ich sie liebe. Ich habe sie weggestoßen, weil ich sie liebe. Obwohl ich weiß, dass es das Richtige war, wünsche ich mir oft, ich könnte es ungeschehen machen.

Ich bemühe mich so sehr, ruhig zu bleiben, und dieser Mann hat mir das vermasselt. Ich darf nicht in eine Spirale der Verzweiflung geraten, denn wenn ich das zulasse, werde ich morgen aufwachen, und alles ist wieder kaputt.

Ich nehme ein Blatt Papier und einen Stift aus meinem Rucksack. Ich muss mich von dieser Begegnung ablenken und von dem, was ich in seinen Augen falsch gemacht habe. Er ist definitiv die einzige Person, die ich in allen Varianten des heutigen Tages getroffen habe, die den Eindruck macht, als würde sie mir liebend gern den Hals umdrehen.

Macht ihn das zum Hauptverdächtigen?

Ich muss ihn aus meinen Gedanken verdrängen. Er kann dort nur Schaden anrichten. Ich fange an zu schreiben, ohne lange zu überlegen. Eigentlich will ich mir über den wütenden Mann klar werden, aber als ich auf das Blatt Papier schaue, habe ich das geschrieben:

Warum ich Ariel liebe
Sie ist liebenswürdig und schön.
Sie ist klug.
Sie ist entschlossen: Ich habe sie fortgeschickt, und sie wollte das nicht, trotzdem ist sie kein einziges Mal zurückgekommen, obwohl sie weiß, wo sie mich finden kann, und ich sie auch nicht aufhalten könnte.
Ich vertraue ihr.

Sie ist auch traurig - wir verstehen uns.
Sie ist meine Freundin.
Die Person, der ich vertraue.
Die eine.

Ich habe die Person kennengelernt, mit der ich den Rest meines Lebens verbringen möchte, zwanzig Jahre nach meinem Tod – und dann habe ich ihr die kalte Schulter gezeigt.

Das Schlimmste in meinem Universum ist nicht die Tatsache, dass ich bald ermordet werde.

Es ist die Tatsache, dass ich der Liebe meines Lebens, der Liebe meines Lebens danach, gesagt habe, dass ich sie nie wieder sehen will, und sie mir geglaubt hat.

Gut gemacht, Joe.

Ich male Schnörkel und kritzle an den Rand und freue mich über die Tatsache, dass ich es trotz allem geschafft habe, mich zu verlieben.

39

Ich war früh aufgestanden in dem Bewusstsein, dass ich zu alt war, um an meinem ersten Tag in der Oberstufe Angst zu haben, aber ich hatte eine Scheißangst. Ich hatte alles eingepackt, was ich zu brauchen glaubte (A4-Papier, Mappen, jede Menge Stifte), und ich hatte mir ein Outfit zurechtgelegt, das ich als meinen neuen Oberstufen-Stil ausprobieren wollte (langer Rock, Vintage-Trenchcoat, Chunky Boots). Ich war mit Izzy um neun Uhr verabredet, weil wir um zehn Uhr zu einer Orientierungsveranstaltung gehen sollten. Doch da saß ich nun, um halb sieben, in der Küche und trank Kaffee. Das Baby hatte mich nicht geweckt: Ich war von selbst aufgewacht.

Die Aufnahme ins College war ein weiterer großer Schritt weg von Joe. Ich war nicht mehr auf seiner Schule und ich war jetzt fast zwei Jahre älter als er. Dieser Gedanke hatte mich geweckt und nicht mehr einschlafen lassen.

Ich hatte ihn seit fast fünf Monaten nicht mehr gesehen, aber ich überlegte, ob ich heute nicht doch zu ihm gehen sollte. Wir hatten nie wirklich Schluss gemacht und inzwischen hatten sich meine Wut und meine Verwirrung gelegt. Ich wollte sehen, wie es ihm ging. Ob er überhaupt noch da war.

Nach Beendigung der Prüfungen war ich wieder in den Kreis meiner alten und ein paar neuer Freunde zurückgekehrt. Ich verbrachte die Tage mit Izzy (die mit Tally nur deshalb Schluss gemacht hatte, weil sie es mal mit anderen Dates versuchen wollte), aber auch mit Alice, Priya, Jack – der nun definitiv ein guter Freund war – und einer ganzen Gruppe neuer Leute, Freunde von Freunden und auch von anderen Schulen, Leute, mit denen ich noch nie gesprochen hatte. Ich verbrachte viel Zeit damit, einfach nur herumzuhängen, am Strand zu sitzen, Cider zu trinken und das Gefühl zu genießen, dass ich wieder normal war. Ich hatte sogar einen Jungen namens Finn kennengelernt, einen Freund von Freunden. Zwischen uns war nichts passiert, aber ich spürte, da würde etwas gehen, falls ich es wollte. Finn war nicht Joe, aber er war real. Er hatte lockiges Haar und einen Surfer-Stil und ich mochte ihn.

Es war mir unglaublich schwergefallen, mich von Joe ab- und diesem echten Jungen zuzuwenden. Aus diesem Grund hatte ich Joe den ganzen Sommer über nicht besucht, nicht einmal, als ich mit Zara und Coco im Beachview gewesen war. Nicht einmal, um ihm von dem Baby zu erzählen. Es war schon schwer genug gewesen, sich von ihm zu lösen, und ich wusste, wenn ich ihn sehen würde, wäre ich wieder da, wo ich angefangen hatte.

Ich hatte ständig leichte Anwandlungen von Schuldgefühlen, mit denen ich nur deshalb zurechtkam, weil Joe es ja selbst so gewollt hatte. Er hatte die ganze Zeit recht gehabt: Mein Leben konzentrierte sich wieder auf die reale Welt und ich musste es leben. Das Geheimnis seines Verschwindens würde ich nach all der Zeit, in der selbst die Polizei versagt hatte, niemals lösen können. Das Letzte, was in dieser Hinsicht passiert war – die E-Mail von Lucas mit der Nachricht von Troy –, hatte mit meiner eigenen kurzen Antwort geendet, in der ich ihm für seinen Versuch dankte und es dabei beließ.

Im Juli war das Magischste überhaupt passiert: Zwölf Tage später als geplant, am 14. Juli, war Rafael Joseph in unser Leben geplatzt, und nun war nichts mehr so wie vorher.

Sasha war sich zunächst nicht sicher gewesen, was den zweiten Vornamen anging, denn sie wusste von meinem Interesse für Joe Simpson und fürchtete, der Name könnte Unglück bringen. Ich konnte sie schließlich davon überzeugen, dass es albern war, so abergläubisch zu sein, und da ich mich den ganzen Sommer über in Teilzeit um Zara und Coco gekümmert hatte und sie viele Nachmittage bei uns verbracht und über das Baby geredet hatten, war Sasha recht schnell damit einverstanden. Raffy Joe war das Beste, was uns je passiert war. Ich hatte mit dem Gedanken gespielt, ihn zu meinem Joe zu bringen, es dann aber doch nicht getan. Und auch als ich vor zwei Wochen meine Prüfungsergebnisse bekommen hatte, war ich nicht hingegangen.

Ich wusste, wenn ich noch einmal dorthin zurückging, würde ich nie wieder von ihm loskommen.

Ich steckte zwei Scheiben Brot in den Toaster und griff zum Erdnussbutterglas. Es war fast leer, also ging ich zu der Liste am Kühlschrank und schrieb *Erdnussbutter* darauf. Ich erledigte den Großteil der Einkäufe und was sonst noch so anfiel, während Sasha mit Raffy beschäftigt war. Das war auch okay gewesen. Jetzt, wo ich auf dem College war, musste ich alles ein bisschen besser organisieren, aber es war auf jeden Fall einfacher, als für das Baby zuständig zu sein.

Ich hörte Schritte auf der Treppe und drehte mich um. Sasha stand in der Küchentür und sah verschlafen aus. Ich eilte zu ihr und nahm ihr Raffy aus den Armen.

»Hallo, Raff«, begrüßte ich ihn, und er sah mich mit seinen großen Augen an. Raffy war schon perfekt auf die Welt gekommen. Er hatte dichtes schwarzes Haar und dunkelbraune Augen, und wenn er lächelte (was er erst kürzlich gelernt hatte), war es ein breites cartoonhaftes Lächeln, das sein ganzes Gesicht einnahm. Es war das Lächeln seiner Mum, er hatte es eindeutig von ihr.

Er starrte mich ein paar Sekunden lang an, dann schenkte er mir sein breites Grinsen.

»Danke«, sagte Sasha und stolperte gähnend zum Wasserkocher.

»Wie war die Nacht?«

»Fürchterlich. Eines Tages wird er ein Teenager sein und den ganzen Morgen schlafen und ich werde ihn nicht mehr aus dem Bett kriegen. Stell dir das mal vor.«

»Genau«, sagte ich zu Raffy. »Du wirst den ganzen Morgen schlafen und deine Mum wird sagen: *Du benimmst dich, als wärst du hier in einem Hotel*, und all so was.«

»Oh Gott, Arry!« Sashas Blick war auf meine Tasche gefallen. »Heute ist dein erster Tag! Viel Glück! Hast du alles, was du brauchst?«

»Alles. Und eine Menge Dinge, die ich nicht brauche. Und eine Menge Zeit, bevor ich gehen muss.«

»Du zeigst es ihnen, Ariel Brown. Da bin ich mir ganz sicher.

Du hast es aller Welt mit deinen Prüfungsergebnissen gezeigt und wirst es ihnen auch jetzt zeigen.« Sie hielt inne. »Wobei ich nicht genau weiß, wer sie sind, aber egal. Ich würde mal sagen, die ganze Welt außerhalb dieses Hauses.«

»Ich werde mein Bestes tun«, versprach ich. Sasha hatte recht: Obwohl ich nicht wie erhofft in jedem Fach die Bestnote bekommen hatte, war ich doch sehr nah dran gewesen, und ich war stolz darauf. In letzter Minute hatte alles geklappt, dank Joe, der besser als ich selbst wusste, was gut für mich war.

Vielleicht würde ich später doch bei ihm vorbeischauen.

Raffy wurde lila im Gesicht und begann, dramatisch zu schnaufen. Ich lachte ihn an.

»Machst du gerade Kacka?«, fragte ich, als ein unverkennbarer Geruch durch den Raum wehte. »Lass gut sein, Sash. Ich wickle ihn.«

»Du bist ein Engel. Kaffee?«

»Ich habe einen, danke.«

»Kann ich ein Stück von deinem Toast haben?«

»Nimm beides. Setz einfach noch einen für mich auf, ja?«

»Klar.«

Wir hatten immer noch nichts von Dad gehört. Wir hatten nichts unternommen, um ihm von dem Baby zu erzählen, also wusste er wahrscheinlich nicht, dass er Großvater war, obwohl er es anhand der Daten leicht hätte herausfinden können. Wenn ich gelegentlich an ihn dachte, stellte ich ihn mir in einer neuen Beziehung oben in Schottland vor, wahrscheinlich mit einer jüngeren Frau, die seine Launen ertrug.

Ich hasste ihn, aber er hatte keine Macht mehr über mich.

Er war ein Fremder, und ich ging fest davon aus, ihn nie wiederzusehen. Ich hatte es einmal versucht, als ich ihm im März die E-Mail geschickt hatte, aber er hatte mir nicht geantwortet.

Ich trug Raffy ins Bad und wickelte ihn, denn darin war ich inzwischen Expertin. Ich wechselte auch seinen Strampler, was bitter nötig war. Ich zog ihm ein quietschgrünes Outfit an, das Ms D., oder *Florence*, wie ich sie jetzt nennen sollte, ihm geschenkt hatte.

»Das hätten wir«, sagte ich. »Jetzt riechst du wieder gut. Du riechst gut, bist wunderschön und ziemlich neonfarben.«

Sasha hatte mir Toast gemacht und einen weiteren Kaffee neben meinen Teller gestellt.

»Hier«, sagte sie. »Ich habe dir Kaffee eingeschenkt, weil ich nicht mehr wusste, ob du noch einen wolltest oder nicht.«

»Danke«, sagte ich. Ich würde ihn auf alle Fälle trinken.

Sie nahm den Kleinen und setzte sich aufs Sofa, um ihn zu stillen. Unser Haus war seit Mitte Juli ganz auf das Baby ausgerichtet. Es fiel mir schwer, mich an eine Zeit vor Raffy zu erinnern. Ich saß da und redete mit meiner Schwester über alles Mögliche, und dann war es Zeit, loszugehen. Ich schnürte meine Stiefel und versuchte, mich auf diese neue Welt vorzubereiten.

»Viel Glück!«, sagte Sasha. »Du siehst gut aus. Wie ein College-Girl.«

Um vier Uhr stand ich vor der Kammer im Beachview. Ich wusste, dass er da drin war. Ich legte meine Hand auf die Tür. Es würde nur eine Sekunde dauern, sie aufzustoßen.

Wenn ich diese Tür öffnete, würde ich dann wieder gehen können? Würde ich die Balance, die er mühsam für sich geschaffen hatte, durcheinanderbringen? Wäre es ein gewaltiger Rückschritt für uns beide?

Das Risiko war zu groß. Ich drehte mich um und ging.

40

Ich wache früh auf, hinterlasse einen Zettel und fahre nach Bodmin. Leo ist nicht da.

Ich marschiere auf beiden Bahnsteigen auf und ab. Er ist immer genau hier. Er weiß, an welchem Tag ich komme. Ich komme einmal in der Woche, jeden Donnerstag im Jahr 2019, kurz nachdem ich Anna und Sasha besucht habe, und er wartet immer auf dem Bahnsteig. Es ist unhöflich von ihm, heute nicht hier zu sein.

Ich halte inne, um meinen Standpunkt zu überdenken. Es ist nicht unhöflich. Leo gehört mir nicht. Er darf in den Wald gehen oder in sein Büro im Herrenhaus oder sonst wohin. Es ist nicht leicht für uns, einen Überblick über die Wochentage zu behalten, und es ist schwierig für ihn, immer bis sieben durchzuzählen. Außerdem kennt er mich inzwischen und der Reiz des Neuen hat sich etwas gelegt. Ich werde einfach umherwandern und mein Italienisch üben, bis ich ihn finde.

Vielleicht ist ein anderer Geist aufgetaucht.

Der Gedanke lässt mich innehalten. Ein neuer Geist wäre großartig. Es ist durchaus möglich, dass jemand von irgendwoher mit dem Zug nach Bodmin gekommen ist. Ein neuer Mensch in meinem Leben wäre unglaublich. Total krass. Vielleicht wäre es ein Mädchen.

Aber es wäre nicht das richtige Mädchen.

Ich folge dem Weg, den Leo für gewöhnlich in den Wald nimmt, und sehe mir alle seine Höhlen an. Es sind Orte, die er im Laufe der Jahre entdeckt hat und die im Grunde genommen schon immer da waren, denn alle Veränderungen, die er vornimmt, sind am nächsten Morgen wieder verschwunden. Trotzdem verbringt er mehrere Tage damit, ein prächtiges Baumhaus zu bauen, so wie Lara es mit ihrem Strickzeug macht, wohl wissend, dass es am nächsten Tag weg sein wird, aber es ist ihm egal.

Ich stapfe durch den Wald, spüre die Kälte nicht, bemerke den Schlamm nicht. Ich beginne mit seiner Haupthöhle, der Höhle, in die er mich bei meinem ersten Besuch geführt hat. Aber da oben ist er nicht. Ich gehe zu der Höhle in einem hohlen Baum, zu der Höhle oben am Hang, die er Ausguck nennt, zu der Höhle, die in einem Loch im Boden unten am Fluss liegt. Er ist nirgendwo zu finden.

Ich überprüfe die Zeit. Das hat über eine Stunde gedauert, und ich weiß nicht, was ich jetzt tun soll. Ich gehe noch einmal auf den Bahnsteig, schaue im Café und unter den Sitzen im Fahrkartenschalter nach.

Es ist ein ziemlich langer Weg bis nach Lanhydrock House, ich lasse mir Zeit und wünschte, ich könnte den Geruch der Umgebung wahrnehmen. Hier ist es etwas wärmer als zu Hause, und ich bin mir sicher, dass es nach Frühling riecht. Überall in diesen Wäldern entfaltet sich die Natur. Triebe ragen aus der Erde. Die Blätter an den Bäumen sind noch Knospen. Ich überquere eine kleine Straße und gehe eine Einfahrt hinauf, die so lang ist, dass ich das Haus am Ende nicht sehen kann. Das Land ist grasbewachsen und hügelig. Alles ist so schön.

Ich vermisse das Leben. Ich wünschte, ich könnte sehen, wie dieser Frühling zum Sommer wird.

Ich gehe durch alle Teile des Parks, die frei zugänglich sind, aber er ist nicht da. Ich zahle erstaunlich viel Eintritt, um ins Gebäude zu kommen, und ignoriere bei meiner Suche nach Leo die viktorianische Einrichtung, die Informationstafeln über eine Familie mit zehn Kindern und einen großen Brand. Schließlich spreche ich eine Frau an, die eine Uniform des National Trust trägt, und sage: »Entschuldigen Sie bitte! Ich bin auf der Suche nach Leo Chatterjee.«

»Leo, sagtest du?« Sie sieht mich interessiert an. »Er ist oben in der Kinderstube. Erwartet er dich?«

Oben in der Kinderstube? Was soll das heißen? Leo geht nie zur Arbeit. Seit dem letzten Tag seines Lebens. Er war seit zwanzig Jahren nicht mehr dort. Was macht er in der Kinderstube? Ich weiß nicht einmal, ob es eine Kinderstube für Babys oder eine botanische Kinderstube ist.

»Ja«, sage ich. Ich versuche mich daran zu erinnern, was sein Job war. »Ich mache ein Projekt über Naturschutz«, füge ich als Erklärung hinzu. »Er wird mir dabei helfen.«

»Dann geh einfach die Treppe hoch.« Ich folge den Anweisungen und lande in einem perfekten viktorianischen Kinderzimmer mit einer Reihe kleiner Betten und einem Regal mit alten Büchern. In einer Ecke kniet Leo in einem dunkelblauen National-Trust-Hemd und überprüft etwas.

»Leo!«, sage ich.

Er schaut auf. »Hallo«, sagt er. »Kann ich dir helfen?«

»Ich bin's. Joe.« Leo macht einen verwirrten Eindruck. Er hält ein altes Buch in der Hand und ist offensichtlich gerade dabei, es wegzupacken. »Ich besuche dich jede Woche.«

Sein Gesicht ist ausdruckslos. Ich trete näher und sehe ihn an, um herauszufinden, ob er sich einen Scherz mit mir erlaubt, aber das tut er nicht.

Leo kennt mich nicht mehr.

»Hast du eine Frage zum Herrenhaus?«, fragt er mich.

»Nein. Ich frage mich, warum du mich nicht erkennst.«

»Verstehe«, sagt er, und ich merke, dass er misstrauisch wird. Er steht auf. »Es tut mir leid. Ich müsste mich wohl an dich erinnern, aber es gelingt mir nicht. Warst du jünger, als wir uns kennengelernt haben? Wie kann ich dir helfen?«

Ich warte auf ein Flackern des Erkennens in seinen Augen, aber da ist nichts. Mir fällt auf, dass er gar nicht mehr so aussieht wie früher. Er ist viel gepflegter. Er trägt nicht nur eine Arbeitsuniform, auch sein Haar ist ganz anders frisiert als sonst.

»Du kennst mich wirklich nicht.« Mein Blick fällt auf eine Puppe, die in einem kleinen Stuhl sitzt. Dieser Ort ist irgendwie unheimlich.

»Tut mir leid«, sagt er.

Der Mann, der elf verschiedene Behausungen im Wald hat, der auf dem Bahnsteig meditiert, der in seiner persönlichen Ewigkeit gelernt hat, auf den Händen zu gehen und Spanisch zu sprechen, entschuldigt sich bei mir. Er weiß nicht, wer ich bin.

Das ist einfach nur gruselig.

»Macht nichts«, sage ich. »Ist nicht wichtig.«

Ich überlege, was ich sonst noch sagen könnte, aber mir fällt nichts ein, und so kämpfe ich gegen den Strom der Besucher an und renne nach draußen. Ich habe noch drei Pfund achtzig, also kaufe ich mir in der Cafeteria einen Tee, nur um mich zu trösten, und warte, aber nichts passiert. Nach etwa einer Stunde gehe ich zum Bahnhof und nehme den Zug zurück nach Exeter und dann nach Hause.

Leo hat sich verändert. Der Mann, der das Konzept des *Glitch* erfunden hat, ist kein Fehler im System mehr.

Er ist verschwunden.

Am Freitag unterbreche ich meine Routine. Ich steige nicht zu Lara in den Zug. Stattdessen verlasse ich das Haus früh, nachdem ich eine beruhigende Notiz für Dad hinterlassen habe, gehe zum College und setze mich auf eine Bank am Haupteingang. Um sieben Uhr bin ich da und lese erst einmal in meinem Buch, aber als die ersten Schüler kommen, schalte ich *Different Class* ein und beobachte sie. Die Zeile »You didn't notice me at all« ist unglaublich passend. Niemand beachtet mich, obwohl ich an diesem Ort kein Geist bin, sondern nur ein Junge, der in die Schule gehört. Ich habe das Gefühl, ich falle auf, weil ich ein paar Jahre zu jung bin, aber eigentlich bin ich nur ein weiterer Teenager an einem Ort voller Teenager. Während sie an mir vorbeiströmen, tue ich mein Bestes, um jeden Einzelnen von ihnen zu beobachten. Aber ich schaffe es nicht bei allen. In Wellen kommen sie aus den verschiedenen Bussen, die die Schüler aus dem Umland herbringen.

Kurz vor neun Uhr gibt es einen Ansturm, dann einen weiteren um halb zehn und dann wieder um zehn. Ab und zu sehe ich jemanden, der in den Klassen über mir war, und ein paar von ihnen nicken mir zu. Ich weiß, dass Gus um halb elf zu seiner Mathestunde kommen wird, und als ich ihn in der Ferne entdecke, halte ich das Buch vor mein Gesicht wie ein Spion in einem Film. Er blickt nicht einmal in meine Richtung.

An seiner Seite geht ein Mädchen. Er hält ihre Hand.

Ist das zu fassen? Ich erlebe diesen Tag seit mehr als zwanzig Jahren und entdecke erst jetzt, dass mein Bruder eine heimliche Freundin hat. Ich spähe hinter meinem Buch hervor, gerade lange genug, um zu sehen, dass sie nicht Abby Fielding ist. Wenn sie es wäre, würde ich das Buch fallen lassen und zu ihr hinüberlaufen. Dieses Mädchen ist größer als Gus und hat weißblondes Haar. Ich frage mich, wer sie ist.

Ich frage mich aber nicht lange, denn etwa zehn Sekunden nachdem sie das Gebäude betreten haben und gerade als »Something Changed« zum zweiten Mal läuft, kommt Ariel an.

Soweit ich das beurteilen kann, ist sie allein, aber ich vermute, sie ist in Begleitung. Ich sehe nur sie. Ich habe immer nur Augen für sie gehabt.

Sie sieht älter aus, natürlich, sie ist jetzt fast siebzehn. Sie sieht glücklich und strahlend und perfekt aus. Sie trägt einen langen Rock, ein weißes Shirt und einen coolen Mantel, und ihr Haar ist länger als früher. Sie geht mit einer Selbstsicherheit, die sie nicht hatte, als ich mich in ihrem Leben breitgemacht hatte.

Kann ich das tun? Kann ich wieder in ihre Welt eintreten? Nein. Ich wende mich ab, aber es ist zu spät. Sie hat mich entdeckt. Und das Lächeln, das sich auf ihrem Gesicht ausbreitet, ist die Sonne, der Mond, das Meer, die Planeten. Es ist mein Ein und Alles. Sie ist mein Ein und Alles.

In Sekundenschnelle ist sie an meiner Seite. Ich drücke auf Stopp, als Jarvis »Life could have been very different« singt, und nehme die Kopfhörer ab.

»Bist du es?«, fragt sie. »Joe? Bist du es wirklich?«

Ich kann nicht aufhören zu lächeln. Warum haben wir das nicht jeden Tag gemacht?

»Ja, ich bin es«, sage ich. »Tut mir leid.«

»Du Idiot!«, sagt sie. »Ich habe schon so oft vor der Tür gestanden. Aber du hast gesagt, ich soll nicht mehr kommen, also bin ich nicht reingegangen. Hör mal, ich muss jetzt zum Unterricht, aber kann ich dich heute Nachmittag besuchen?«

»Ja! Ja, ja, ja, bitte. Ist das Baby da?«

»Ja! Er ist perfekt.«

Wir grinsen uns an. Ich versuche, sie zu küssen. Sie rutscht näher, sodass sie sozusagen in meinem Körper sitzt. Dann springt sie auf und rennt ins Schulhaus. An der Tür dreht sich um und winkt.

Stunden später platzt sie herein zu mir in den Schrank und bemüht sich, mich zu umarmen, so gut es eben geht. Ich umarme sie, so gut es eben geht. Das Universum fügt sich in die richtigen Bahnen. So sollten die Dinge sein. Meine Welt ist plötzlich unendlich viel besser.

»Also«, sagt sie. »Was gibt's?«

»Erzähl mir von dem Baby!«

Sie tut es, und die Tatsache, dass der Kleine Raffy Joe heißt, treibt mir die Tränen in die Augen. Sie lacht. »Joe, welchen anderen zweiten Vornamen hätte ich denn nehmen sollen?« Sie erzählt mir von Zara und Coco und wie viel Platz die beiden jetzt in ihrem Leben einnehmen. Ich denke gern über die realen Verbindungen nach, die sich bei Ariel durch mich ergeben haben. Ich erzähle ihr, dass ich jede Woche bei ihrer Mutter vorbeischaue, und jetzt werden auch ihre Augen feucht.

»Okay«, sagt sie. »Du hast aus einem bestimmten Grund auf mich gewartet. Was ist los?«

»Es geht um Leo.« Ich erzähle ihr von meiner Fahrt nach Bodmin. »Er hat mich nicht erkannt. Es war, als ob er kein Geist mehr wäre. Er hat sich in einen der Avatare in meinem Leben verwandelt. Ich glaube … na ja, ich glaube, irgendetwas im Zusammenhang mit seinem Tod hat sich verändert. Es tut mir leid, dass ich dich einfach so damit überfalle. Ich fühle mich ein bisschen … wackelig. Ich kenne nur zwei andere Menschen, die so sind wie ich, und einer von ihnen ist jetzt weg. Kannst du etwas über ihn herausfinden?«

»Leo Chatterjee«, sagt sie. »Mit doppeltem ›e‹, oder? Ich habe das schon mal gemacht, weißt du noch?« Sie verstummt. »Oh«, sagt sie. »Okay. Oh mein Gott, Joe. Ich hatte vergessen, wie es in deiner Welt ist. Wow.«

»Was?« Ich ahne, was sie sagen wird.

»Das ist ein Bericht von vor vier Tagen. *Tragödie bei Bodmin Parkway nach zwanzig Jahren aufgeklärt.*« Sie hält mir ihr Handy hin, damit ich den Artikel lesen kann. Da ist ein Foto von Leo und darunter steht:

Ein zwanzig Jahre altes Rätsel wurde gestern gelöst, als Bauarbeiter die Leiche eines Mannes entdeckten, der

1999 in Bodmin spurlos verschwunden war. Leo Chatterjee, 33, war zuletzt am 11. März 1999 gesehen worden, als er seinen Arbeitsplatz in Lanhydrock House verließ. Er kam jedoch nie in seinem Haus in Par an, weshalb man davon ausging, dass er die Gegend verlassen habe. Bei Bauarbeiten in der Nähe des Bodwin-Parkway-Bahnhofs wurde gestern ein Skelett gefunden. Es wird vermutet, dass Chatterjee, der unverheiratet war und keine engen Angehörigen hatte, unter unglücklichen Umständen im Wald gestürzt war und von herabfallendem Erdreich verschüttet wurde. Die Suche hatte sich seinerzeit auf Plymouth und Umgebung konzentriert, nachdem entsprechende Hinweise von Zugpassagieren eingegangen waren.

»Ich wusste es. Sein Tod ist aufgeklärt und er ist weitergezogen. Shit! Shit!«

Ariel holt tief Luft. »Das beweist es. Was du immer vermutet hast. Wir könnten ...« Sie bricht ab.

»Das war heute tatsächlich nur ein Avatar«, sage ich. »Es war eine Version von Leo, die Bücher sortiert und meinen imaginären Tag ausstaffiert hat. Ich werde *meinen* Leo nie wieder sehen.« Ich fühle mich, als hätte ich eine meiner Gliedmaßen verloren, und dass es nicht einmal wehtun würde, wenn dem so wäre, macht die Sache nur noch schlimmer.

»Joe«, sagt sie. »Ich weiß, dass sich die Dinge geändert haben. Aber wenn du willst, können wir alles noch einmal durchgehen. Einen zweiten Versuch starten. Wir wissen jetzt, dass es möglich ist. Lass es uns ausprobieren. Ich will noch einmal versuchen, Troy aufzuspüren, und du kannst ...« Ich sehe, wie sie überlegt, was ich tun könnte. »Du könntest ein Foto von dem wütenden Mann machen. Das hast du nie getan, oder? Wir werden es schaffen. Wir werden dich retten. Es ist einen weiteren Versuch wert, meinst du nicht auch?«

Ich blicke zur Tür. »Hast du wirklich da draußen gestanden und bist nicht reingekommen?« Sie nickt. »Wie oft?«

»Na ja,« sagt sie lächelnd, »ich würde sagen *immer mal wieder.*«

»Immer mal wieder?« Ich ziehe die Augenbrauen hoch. »So oft?«

Ich sehe ihr lange in die Augen. Da ist das Gegenteil zu dem, was ich vorhin mit Leo gemacht habe, denn diesmal sehe ich tiefstes Verständnis.

»Ich habe Angst«, platze ich heraus. Das fühlt sich alles so real an. »Wenn wir es tun und es funktioniert, was dann? Was, wenn danach nichts ist? Was, wenn Leo nirgendwo ist? Was, wenn nur ewiges Vergessen auf uns wartet?«

41

Mit federnden Schritten machte ich auf dem Heimweg einen kleinen Abstecher zu dem Haus, in dem Troy laut Joe gewohnt hatte. Auf dem Weg dorthin blieb ich auf einem Hügel stehen und ließ mir die salzige Luft um die Nase wehen.

Joe hatte nach mir gesucht. Das machte mich auf eine vollkommene und unkomplizierte Art glücklich. Ich hatte ihn so sehr vermisst. Sein Gesicht zu sehen, ihn in meiner Welt zu haben, das gab mir das Gefühl, alles tun zu können, was ich mir vorgenommen hatte. Und jetzt hatte ich mir etwas ganz Bestimmtes vorgenommen.

Ich dachte an Leo Chatterjee und fragte mich, wo er war. Vielleicht war da nur noch das Nichts, wie Joe gesagt hatte. Vielleicht war Leo für immer im Nichts verschwunden.

Aber so durfte ich nicht denken. Joe wäre jetzt nicht Joe, wenn wir mit dem Tod abgeschaltet werden würden. Ich musste daran glauben, dass es noch etwas anderes gab, einen Ort, an dem Joe eines Tages meine Mum treffen würde und an dem ich irgendwann in ferner Zukunft zu ihnen stoßen würde.

Außerdem hatte Joe Angst vor dem völligen Vergessenwerden. Und wenn schon? Diese Angst hatte jeder. Sie war ein Teil des Menschseins.

Sie bedeutete, dass er immer noch irgendwie real war.

Ich klingelte dreimal an der Tür und wartete länger als üblich,
aber es tat sich nichts. Schließlich ging ich die Straße hinunter
zu einem kleinen Park mit einer Bank und schrieb eine Notiz auf
einen Zettel, den ich aus einem Heft gerissen hatte.
Es war seltsam, wie leicht es mir fiel, wieder in die Rolle der
Detektivin zu schlüpfen.

*Guten Tag, schrieb ich. Mr und Mrs Henry. Entschuldigen Sie die
Störung, aber ich wollte fragen, ob Sie mir bei einem Artikel über Joe
Simpson helfen könnten. Mein Name ist Ariel Brown. Wir machen eine
Reportage über Joe und versuchen, mit so vielen Menschen wie möglich zu sprechen, die ihn kannten. Ich weiß, dass es für Troy sehr
schwer war und dass er jetzt im Ausland lebt, aber ich würde gerne mit
einem von Ihnen sprechen, wenn das möglich ist.*

Ich fügte meine E-Mail-Adresse und meine Handynummer
hinzu, obwohl ich wusste, dass sie, selbst wenn sie noch hier lebten, wohl kaum anrufen oder eine Mail schicken würden. Dann
ging ich zurück, um den Zettel in den Briefkastenschlitz zu werfen, und als ich die Hand ausstreckte, öffnete sich die Tür und
ein Mann kam heraus.

Ich hatte diesen Mann schon einmal getroffen. Es war Pete,
der Wachmann, mit dem ich im Beachview gesprochen hatte.
Joe hatte gesagt, Troy sei zu einem Viertel Holländer, und ich
wusste, dass sein Vater Piet hieß. Ich hatte Pete vom Einkaufszentrum und Troys Vater Piet nie miteinander in Verbindung
gebracht.

Ich trat einen halben Schritt zurück. Er war groß, hatte einen
geraden Rücken und die Haltung eines Soldaten, und er strahlte

Feindseligkeit aus, genau wie bei unserem Gespräch im Frühjahr.

»Hast du geklingelt?«, fragte er.

»Entschuldigen Sie die Störung.« Ich zerknüllte den Zettel und steckte ihn in meine Tasche. Ich hatte diesem Mann gesagt, dass ich Joes Cousine war, also konnte ich ihm jetzt keine andere Geschichte auftischen.

»Ich dachte, du wärst jemand anderes. Deshalb habe ich nicht auf dein Klingeln reagiert. Was willst du?« Er sah mich von oben bis unten an.

»Ich weiß nicht, ob ich bei Ihnen richtig bin«, sagte ich. »Ich suche Piet Henry. Den Vater von Troy?«

»Wer will das wissen? Moment mal ... Joe Simpsons Cousine.« Die drei letzten Worte sagte er in einem Ton, der seine Skepsis verriet. Ich wäre am liebsten weggelaufen, aber ich war mit einem bestimmten Ziel hergekommen, also musste ich weitermachen.

»Ja«, sagte ich. »Ich versuche immer noch herauszufinden, was damals passiert ist. Bei unserem Gespräch wusste ich nicht, dass Sie Troys Vater sind.«

Er starrte mich für den Bruchteil einer Sekunde schockiert an, dann wandte er sich ab, und als er mich wieder ansah, schien er mich noch mehr zu verabscheuen als zuvor. Er zuckte mit den Schultern.

»Da gibt es nichts zu sagen«, sagte er. »Schnee von gestern. Und du bist nicht Joes Cousine.«

»Meinen Sie, Troy könnte –«

Er ließ mich nicht ausreden. »Nein, und das weißt du ganz genau, denn du hast Luke schon vor Monaten dazu gebracht, ihn zu fragen. Ich weiß nicht, was du vorhast, aber du musst damit aufhören.«

»Aber wir haben doch gerade –«

»Lass es. Wenn du weißt, was gut für dich ist, dann lässt du es sein. Lass die Vergangenheit ruhen.«

Ich versuchte, mir schnell etwas anderes zu überlegen, aber er ging zurück ins Haus und schlug mir die Tür vor der Nase zu.

Nach dem Abendessen (ich hielt mich immer noch an denselben Essensplan und er funktionierte reibungslos) sagte ich Sasha, dass ich noch etwas lesen müsse, kuschelte kurz mit Raffy und zog mich dann in mein Zimmer zurück, um mir zuerst ein LinkedIn-Konto einzurichten und dann nach allen Variationen von Troys Namen zu suchen, die mir einfielen.

Ich stieß auf eine überraschende Anzahl von Leuten, die Troy hießen, und landete schließlich bei Troy H-Laffitte, der auf seinem Profilbild die richtige Haarfarbe hatte. Ich klickte auf das Profil. Er würde vermutlich merken, dass ich mir sein Profil angesehen hatte, bei LinkedIn war das erwünscht (aus welchem Grund auch immer), aber das war mir egal. Das war das langweiligste soziale Netzwerk der Welt, und ich verstand es nicht, aber ich wusste zumindest, wie man jemanden stalkt.

Sein Haar war nicht wirklich rot, eher erdbeerblond, und er war sonnengebräunt. Auf seinem Profilbild, das vor einem schlichten weißen Hintergrund fotografiert worden war, lächelte er leicht in die Kamera und hatte einen Anzug an.

Das war er definitiv. Das war der Geisterjunge, der mit einem Stein HILFE an die Wand geschrieben hatte. Er hatte Hilfe gebraucht, weil sein bester Freund verschwunden war. Später war er nach Frankreich abgehauen. Ich fragte mich, ob er dorthin gegangen war, weil Joe es nie bis nach Frankreich geschafft hatte, oder ob das eine erschreckend banale Sicht der Dinge war.

Das meiste in seinem Profil war auf Französisch. Ich wünschte, Florence wäre hier, um mir zu helfen, andererseits lernte ich die Sprache immer noch, und so konzentrierte ich mich und stellte fest, dass ich seine Einträge ganz gut verstehen konnte. Allerdings gaben sie nichts Interessantes her. Es war so ziemlich das Langweiligste, was ich je in irgendeiner Sprache gelesen hatte.

Ganz unten befand sich jedoch noch ein anderer Link. Ich klickte darauf und gelangte auf eine persönliche Website.

Neben seinem Bürojob in Marseille arbeitete Troy auch als Künstler, und der Blog, den ich mir jetzt ansah, war seine Seite, auf der er Kunst verkaufte.

Das war um Längen besser. Ein Teil war auf Englisch, und das Beste war, dass es viele Fotos gab. Ich sah sie mir an. Troys Kunst war okay: nicht weltbewegend oder avantgardistisch, aber nett anzusehen. Es gab Strandansichten, Landschaften, Bilder von Blumenvasen und Porträts, darunter eines von einem Baby und ein anderes, bei dem ich mir ziemlich sicher war, dass es sich um ein halb abstraktes Porträt von Joe handelte.

Auch den Hintergrund der einzelnen Aufnahmen sah ich mir genau an. Ich durchforstete alles, was ich aus Troys Leben finden konnte.

Und dann sah ich es.

42

Es ist Samstag für Ariel, und ich denke den ganzen Tag nur daran, wie sehr ich sie vermisse. Sie hat nicht ausdrücklich gesagt, dass sie heute kommt. Ich kenne ihren Tagesablauf nicht mehr genau, aber sie hat viele neue Freunde und einen Neffen, also ist sie vielleicht zu beschäftigt.

Nach dem Aufwachen nehme ich mir vor, zu Lara zu gehen und ihr von Leo zu erzählen. Aber sobald ich meinen Plan in die Tat umsetzen will, habe ich keine Energie für irgendetwas und folge meiner üblichen Routine und bleibe zu Hause. Mittlerweile bin ich so gut darin, Dad zu überreden, nicht zur Arbeit zu gehen, dass der Teil, bei dem ich entweder Erbrechen vortäusche oder einen Zusammenbruch erleide, nur noch ein Versatzstück ist. Aber heute ist es anders. Leos Geschichte hat mein wackeliges Gebäude in die Luft gesprengt. Er hatte das unwahrscheinliche Pech, im Wald so unglücklich zu stürzen, dass er daran gestorben ist, und dann wurde er unter herabfallender Erde verschüttet und nie gefunden. Und als man nach Jahren seine Leiche entdeckt hat, ist er verschwunden.

Ich habe mich nie von ihm verabschiedet. Das Gefühl des Verlustes ist überwältigend. Ich muss es Lara sagen. Und zwar morgen.

Ich habe einen Zusammenbruch, der Dad dazu bringt, zu Hause zu bleiben, und zum ersten Mal seit Langem ist es kein Fake. Ich brauche jeden Moment, jede einzelne Umarmung, die ich von ihm bekommen kann, während wir Filme schauen und er mich ins Beachview zum Arzt bringt und ich zu meinem Schrank gehe und auf den Tod warte.

Ich hoffe und hoffe und hoffe, und schließlich geht die Tür auf und sie ist da. Sie hat Neuigkeiten für mich. Ich sehe es ihr an.

»Joe«, sagt sie und küsst mich auf die einzige Art, die uns möglich ist. Unsere Gesichter verschwinden ein wenig ineinander. Früher habe ich dabei nichts gefühlt, aber heute überläuft mich ein Schauer. Ich habe sie mit jedem Atom meines Nichtseins vermisst und jetzt ist sie wieder da. Ich möchte diesen Nichtkuss für immer festhalten, mit allem, was ich habe.

»Was ist los?«

»Ich habe Troy gefunden. Aber es ist nicht nur das. Ich habe noch etwas anderes entdeckt. Es gibt da etwas, das du dir unbedingt ansehen musst.«

Ich gehe im Kreis umher, während sie ihr Handy hervorholt. Ich bin zu angespannt. Ich kann nirgendwo hingehen, denn das andere Ende des Raums ist nur drei Schritte entfernt, aber ich laufe trotzdem auf und ab. Schritt, Schritt, Schritt in eine Richtung. Schritt, Schritt, Schritt zurück. Schritt, Schritt, Schritt. Schritt, Schritt ...

»Hier. Setz dich hin.«

Zuerst begreife ich nicht, was sie mir zeigt.

»Oh Gott«, platzt es aus mir heraus. »Ist das Troy als erwachsener Mann? Ist er ein ... Maler?«

»Ja, aber darum geht es mir nicht. Sieh mal. Hier unten.«

Ich kann nur Troy anschauen. Sein Haar ist jetzt fahler, als hätte er die Farbe ausgewaschen, aber er ist immer noch derselbe Troy. Ich sehe ihn jeden Tag, und jetzt ist er auf diesem Bild, lächelt unbeholfen in eine Kamera und hat schon die ersten Falten.

Ich reiße mich von dem Anblick los und konzentriere mich stattdessen auf das, was Ariel mir zeigen will. Selbst das dauert eine Weile, weil ich diesen Mann in seinen Dreißigern, der in Frankreich malt, nicht einfach beiseiteschieben kann.

Er hat es getan. Er hat das getan, wovon er mir immer wieder erzählt. Er ist nach Frankreich gezogen, hat ein Mädchen kennengelernt und ist Künstler geworden.

Und dann sehe ich es endlich.

Hinter Troy in seinem vollgestopften Atelier steht ein Regal mit Gegenständen. Bücher, Pinseltöpfe, eine Schachtel, irgendwelche Materialien. Eine Fußballtrophäe in Form eines Fußes, der einen Ball schießt.

Ich öffne meinen Rucksack – und nehme den Pokal heraus! Diesmal geht es ganz leicht. Ich halte ihn zum Vergleich neben das Handy.

Ich schaue Ariel an und begreife endlich, was sie meint.

»Ich versuche immer wieder, ihm die Trophäe zu geben«, sage ich. »Die ganze Zeit über. Ich versuche seit zwanzig Jahren, sie ihm zurückzugeben.«

»Aber du kannst es nicht.«

»Ich kriege sie nicht aus meinem Rucksack. Sie ist wie festzementiert. Wie kann Troy sie dann haben?«

»Joe«, sagt sie, »seit ich das Foto gesehen habe, denke ich

über nichts anderes mehr nach. Was du da siehst, ist eigentlich unmöglich, es sei denn, Troy weiß mehr, als er gesagt hat.«

»Er muss mich gesehen haben, kurz bevor ich gestorben bin. Oder danach.«

Sie sieht mich an. »Oder währenddessen.«

Wir verbringen den Rest unserer Zeit damit, die Nachricht zu verfassen, die Ariel an die auf seiner Website genannte Adresse schicken will. Wir dürfen nicht halbherzig an die Sache herangehen. Wir müssen etwas schreiben, das ihn aus dem Konzept bringt. Es dauert lange, aber am Ende gibt sie als Kontaktnamen Joe Simpson ein, mit einer neuen E-Mail-Adresse, die sie auf meinen Namen eingerichtet hat. In der Nachricht steht:

Mein alter Freund. Dir gefällt dein Name nicht, weil er ein Anagramm von Tory ist. In der Grundschule haben wir einen Frosch auf dem Sportplatz gefunden und ihn mit auf den Spielplatz genommen, um die Mädchen zu erschrecken, aber sie fanden ihn niedlich und haben ihm einen kleinen Hut aus einem Blatt gemacht und ihn Glupschauge genannt. Die Scouts der Modelagenturen schwärmen von deinem ausdrucksvollen Blick. Das geht dir auf die Nerven.

Du hast immer gesagt, du würdest eine Französin kennenlernen und Künstler werden, und jetzt hast du es geschafft.

Ich habe deine Trophäe genommen. Ich glaube, ich war eifersüchtig. Weiß der Geier, aber es tut mir leid. Ich war in einem kleinen Raum hinter der Drogerie des Einkaufszentrums. Ich weiß nicht, was danach passiert ist, aber ich bin immer noch hier. In demselben Raum. Ich habe Ariel hier kennengelernt. Sie hilft mir, aber ich brauche auch deine Hilfe. Bitte, Troy. Ich muss wissen, was passiert ist. Ich schätze, wir hatten einen Streit und du hast mir einen etwas zu heftigen Schlag verpasst. Das macht mir nichts aus. Ich muss es nur wissen. Bitte, hilf mir. Komm einfach in den Raum, jeden Nachmittag außer Sonntag, zwischen vier und fünf. Bitte.

Joe

Es klingt total bescheuert, wie der allerletzte Quatsch, aber es soll ihn aufschrecken. Ariel kann unmöglich von dem Glupschauge wissen.

So wie ich Troy kenne, wird er sich einen Tag lang einreden, dass es Bullshit ist, aber dann wird er einknicken und antworten, weil er es nicht mehr aus dem Kopf kriegt.

»Warte«, sage ich.

Wenn Ariel das schickt, dann setzt sie etwas in Gang. Ich weiß nicht, ob ich das wirklich will.

Sie sieht mich an. Sie versteht es.

»Ich muss nicht auf Senden drücken.«

In meinen Kopf herrscht das reinste Chaos. Ich weiß selbst nicht, was ich will.

Aber die Sache entwickelt eine Eigendynamik. Ich glaube nicht, dass wir es jetzt noch aufhalten können. Ich kann nicht ewig damit leben, mich zu fragen, was passiert wäre, wenn wir es doch getan hätten.

»Schick es ab«, sage ich, und sie tut es.

Wir sitzen da und sehen uns an, ohne ein Wort zu sagen, bis die Tür aufgeht und jemand – ist es Troy? – reinkommt.

Dann wird alles dunkel.

43

Als ich am Sonntagmorgen aufwachte, war eine Antwort im Posteingang des neuen Accounts von Joe Simpson. Die Nachricht war denkbar knapp:

> Ariel, ich nehme an, das kommt von dir. Was du da machst, ist ekelhaft. Hör auf damit oder ich schalte die Behörden ein. Schreib mir nie wieder. TL

Ich hatte auch eine WhatsApp-Nachricht von Finn. Finn, den ich im Sommer kennengelernt hatte, war jetzt in meiner Englischklasse. Wir hatten viel Augenkontakt.

> Hey, Ariel! Ich habe morgen nach Englisch nichts vor – Lust auf einen Kaffee?

Ich lächelte das Handy an. Ich wollte Joe, aber Finn war real, und ich wusste, was ich zu tun hatte. Ich konnte nicht mein Leben damit verbringen, in einen Jungen verliebt zu sein, der seit zwanzig Jahren tot war. Der Sommer hatte mir gezeigt, dass ich mein Leben leben musste, und Raffy würde keine Tante haben wollen, die hoffnungslos in einen Geist verliebt war. Ich konnte nicht so tun, als hätte ich mich nicht weiterentwickelt.

Klingt gut, schrieb ich. Als ich es bereits abgeschickt hatte, ärgerte ich mich über die dumme Antwort. Ich hätte mit einem Emoji antworten sollen. *Klingt gut.* Das hätte jemand Altes auch gesagt. Ich hätte eine Flamme schicken sollen.

Egal, wichtig war nur, dass ich mich mit Finn auf einen Kaffee verabredet hatte.

Ich wandte meine Aufmerksamkeit wieder Troy zu.

Joe hatte vorausgesagt, dass er mich zunächst abwimmeln, später aber seine Haltung ändern würde, also unternahm ich nichts. Ich versuchte, nicht weiter zu grübeln, und hing den ganzen Tag mit Sasha und Raff ab. Am Montag ging ich zur Schule und wünschte mir, ich hätte etwas weniger Zeit damit verbracht, mit dem Baby zu spielen und mir dabei Szenarien für die Rückgabe der Trophäe auszudenken, und stattdessen etwas mehr Zeit damit, Französischvokabeln zu lernen.

Troy hätte Joe nicht mit Absicht umgebracht. Das wussten wir beide. Aber er könnte es aus Versehen getan haben.

Nach dem Englischunterricht gingen Finn und ich in ein Café, das weit genug vom College entfernt war, weil wir nicht für den nächsten Gossip herhalten wollten. Es war ein nettes Lokal mit dunkel lackierten Dielen und bequemen, abgenutzten Stühlen.

»Also«, sagte Finn, nachdem wir die peinlichen Verhandlungen darüber, wer den Kaffee bezahlt, hinter uns gebracht hatten. »Wie geht's dir, Ariel?«

»Gut, danke!«

Troy war gekommen, um seine Trophäe zurückzuholen. Er und Joe waren in einen Streit geraten, der sich zu einer handfesten Auseinandersetzung entwickelt hatte. Ich konnte mir vorstellen, dass Joe unglaublich nervig sein konnte. Troy hatte ihm im Eifer des Gefechts in dem kleinen Raum einen Schlag verpasst. Joe war unglücklich gefallen und gestorben. Troys Vater hatte an dem Tag im Beachview Dienst gehabt. Er hatte seinem Sohn beim Wegschaffen der Leiche geholfen. So musste es gewesen sein. Das erklärte, warum Piet auf meine Fragen so abweisend reagiert hatte.

Ich sah Finn an und zwang mich dazu, mich auf ihn zu konzentrieren. »Und wie sieht's bei dir aus?«

»Ähm, ja, alles gut«, sagte er.

Mir war klar, dass ich bisher nichts zur Unterhaltung beigetragen hatte, also fing ich an zu reden. *Sag einfach irgendetwas*, dachte ich, *dann läuft es von allein.* »Das Baby meiner Schwester ist wirklich süß«, sagte ich. »Ich zeig dir ein paar Bilder.«

»Oh ja«, sagte er. »Cool.«

Zehn Minuten später sprach ich über Raffys Windeln und Finn klinkte sich endgültig aus. Ich unterbrach mich selbst.

»Und das College?«, fragte ich. »Wie findest du es, in der Oberstufe zu sein?«

»Es ist cool«, sagte er. »Ich meine, besser als die Mittelstufe, oder?«

»Stimmt«, sagte ich.

Es war das glanzloseste Date, das man sich vorstellen konnte. Trotz all meiner guten Vorsätze konnte ich nur an Joe denken.

44

Lara strickt in Lila.

»Joe!«, sagt sie. »Wie schön, dich zu sehen. Was gibt's denn?«

Ich atme tief durch und erzähle ihr von Leo. Ihr geht es genau wie mir. Es ist erschütternd.

»Lass uns für den Rest der Fahrt nicht mehr darüber reden«, sage ich.

Wir haben jetzt nur noch einander, und ich bin hin- und hergerissen zwischen dem Wunsch, ihr hier herauszuhelfen, und dem Wunsch, alles in meiner Macht Stehende zu tun, damit sie genau dort bleibt, wo ich sie jederzeit besuchen kann. Und was ist, wenn es danach nichts mehr gibt? Es könnte die einzige Form der Existenz sein, die ich haben kann. Ein Teil von mir will sich daran festklammern.

»Wir glauben, dass Troy mich getötet hat«, sage ich, entschlossen, das Gespräch in der kurzen Zeit, die uns bleibt, voranzutreiben.

Lara runzelt die Stirn. »Dein Freund?«

»Ja. Aus Versehen.«

Ich erzähle ihr alles. Ich nehme die Trophäe aus meinem Rucksack und reiche sie ihr. Sie lässt sich ohne Probleme herausholen. Sie steckt nur fest, wenn ich sie Troy zurückgeben will.

»Wie merkwürdig, wegen so was sterben zu müssen«, sagt Lara und gibt sie mir zurück.

Ich erzähle ihr, dass der Pokal auf einem von Troys Fotos zu sehen ist und dass Troy nach meinem Tod die Schule gewechselt hat und dann nach Frankreich gegangen ist, um zu studieren, und nie wieder zurückgekommen ist. Dass sein Vater ein Wachmann im Einkaufszentrum ist und Ariel zwei Mal schroff abgewiesen hat.

»Es scheint alles zusammenzupassen«, überlegt Lara. Dann verzieht sie das Gesicht. »Ach, Joe. Du bist drauf und dran, dieses Rätsel zu lösen, stimmt's? Was soll ich nur ohne dich machen?«

»Ich werde Ariel dazu bringen, für dich weiter nachzuforschen«, verspreche ich ihr. Das kommt mir auf einmal sehr dringend vor. »Vielleicht kann sie auch deinen Tod aufklären. Vielleicht können wir den nächsten Schritt zusammen gehen.«

Lara seufzt und lehnt ihren Kopf zurück. »Ach, mein Junge ...« Sie starrt an die Decke, während sie spricht, auf den alten Colafleck. »Wenn ich ehrlich bin, möchte ich das nicht. Ich habe lange darüber nachgedacht. Es macht mir nichts aus, in diesem Zug zu fahren, meine Bücher zu lesen und für Mabel zu stricken. Es macht mir überhaupt nichts aus. Es scheint mir erträglicher als der Gedanke, völlig vergessen zu werden. Oder in die Hölle zu kommen oder was auch immer. Lange dachte ich, es sei die Hölle, immer wieder am selben Morgen hier in dem Abteil festzusitzen. Ich meine, dies ist ein Zug der First Great Western, und das kommt der Hölle schon sehr nahe. Aber ich habe mich daran gewöhnt. Ich schaffe das. Wenigstens bin ich *ich*, weißt du? Irgendwie bin ich noch da.«

»Ich weiß genau, was du meinst«, sage ich. »Darüber habe ich auch schon nachgedacht. Was, wenn danach nichts mehr kommt? Ich habe das Gefühl, dass ich dann sterben müsste, auch wenn ich längst gestorben bin.«

»Ich weiß.«

Den Rest der Fahrt verbringen wir damit, uns Städte auszudenken, die mit einem bestimmten Buchstaben beginnen, und arbeiten uns durchs ganze Alphabet. Kurz bevor wir in Reading ankommen, sage ich: »Also, Lara, nur für alle Fälle. Willst du, dass ich Ariel bitte, deinen Tod aufzuklären, oder nicht? Sollen wir dich einfach in Ruhe lassen?«

Der Zug hält an. Ich stehe auf. Ich möchte heute unbedingt meine Mutter sehen. Ich will gerade weggehen, als Lara sagt: »Tu's nicht. Ich bleibe hier. Ich hab dich lieb, Joe. Viel Glück!«

»In ein paar Tagen bin ich wieder da«, sage ich zu ihr, aber als sich unsere Blicke treffen, habe ich das seltsame Gefühl, dass das nicht passieren wird.

45

Am Freitagmorgen wachte ich sehr früh mit einem komischen Gefühl auf. Ich warf einen Blick auf mein Handy, und da war sie, an Joes Adresse gerichtet – eine Nachricht von Troy Laffitte:

Beachview um 4.

Mehr stand nicht da, aber danach war an Schlaf nicht mehr zu denken. Ich wünschte und wünschte und wünschte, dass es eine Möglichkeit gäbe, zum Telefon zu greifen, Joe anzurufen und es ihm zu sagen. Stattdessen musste ich das Gespräch in meinem Kopf führen.

Ist es das, was du willst, Joe? Ich fragte und fragte, aber er antwortete nicht.

Der Mann, der ihn vermutlich getötet hatte, unser einziger Verdächtiger, kam zu uns. Es hätte beängstigend sein müssen und das war es auch ein bisschen. Die einzige Person, mit der ich darüber reden wollte, war die Person, die seit zwanzig Jahren tot war.

Ich hörte, wie Raffy aufwachte und quengelte, und ich hörte Sashas beruhigende Stimme, als sie ihn auf den Arm nahm. Ich liebte die beiden und ich liebte meinen Platz in ihrer Welt. Ich war ein wichtiger Teil davon, aber darüber hinaus hatte ich auch noch ein eigenständiges Leben. Und es war genau richtig so. Ich hoffte, dass ich für immer mit Sasha und Raffy zusammenleben konnte. Ich wollte nicht mehr von zu Hause weg, und doch wusste ich, dass ich es wahrscheinlich eines Tages tun würde. Ich lag bis sechs Uhr wach, dann hielt ich es nicht mehr aus. Ich hörte Sasha in der Küche rumoren und ich wollte meinen Neffen knuddeln und einen Kaffee trinken.

»Leg dich doch noch mal ins Bett«, sagte ich zu meiner Schwester, als Raffy gefüttert und versorgt war. »Ich geh mit ihm spazieren.«

Ich stand im leichten Nieselregen am Strand und hatte Raffy vor mir im Tragetuch. Er steckte in seinem warmen Schneeanzug und trug die kleine rote Mütze, die ich vor Monaten in Jemimas Onlineshop gekauft hatte. Ich hatte meinen Trenchcoat angezogen, dazu eine gestrickte Baskenmütze und einen riesigen Schal. Der Herbstmorgen war kalt, der Wind fuhr mir ins Gesicht und prickelte scharf auf meiner Haut.

Jetzt war es also so weit. Troy würde heute Nachmittag ins Einkaufszentrum kommen. Ich wünschte, ich könne es Joe schon früher sagen. Es würde eine ziemliche Überraschung für ihn werden, wenn wir beide zur gleichen Zeit auftauchten, und dann … Dann würden Joe und ich vielleicht nie wieder allein zusammen sein. Das war eine Tatsache.

Ich stand im dunklen Sand und blickte auf die aufgewühlte See. »Schau, Raffy«, sagte ich. »Das Meer. Da ist ein Boot.« Es war ihm egal. Er döste vor sich hin. »Schau, Raffy«, flüsterte ich. »Da ist Joe. Irgendwo da draußen ist mit ziemlicher Sicherheit etwas von Joe. In jeder Welle sind Teile von Joes Atomen.«

Ich wusste, dass Joes Skelett wohl nie gefunden werden würde, denn wir waren uns alle einig, dass es sich wahrscheinlich im Meer befand. Es war nicht so wie bei Leo, wo der ungeklärte Fall mit dem Auffinden seiner Leiche gelöst worden war. Falls Joe ins Wasser geworfen worden war, war seine Leiche nirgendwo angeschwemmt worden und wir würden nichts mehr finden. Also brauchten wir ein Geständnis.

»Was habe ich getan?«, flüsterte ich dem unbeeindruckten Baby zu. »Ich habe mich die ganze Zeit von ihm ferngehalten, obwohl das nicht nötig gewesen wäre, und jetzt wird er für immer verschwinden.«

Raffy sah mit großen Augen zu mir hoch. Er vertraute darauf, dass ich das Richtige tun würde.

Ich schickte Izzy eine Nachricht. Sie antwortete, sie sei auch früh aufgestanden, und kam zu uns an den Strand. Wir liefen gemeinsam durch den Sand und schließlich sagte ich es ihr.

»Troy kommt vorbei.« Ich sah sie erwartungsvoll an. Es dauerte eine Weile, aber dann begriff sie.

»Joe Simpson!«, rief sie. »Mensch, Ariel! Hat dieser Troy nicht gesagt, wir sollen uns verpissen? Ich dachte, wir hätten die Sache längst aufgegeben?«

»Haben wir auch«, sagte ich. »Aber dann habe ich mich wieder damit beschäftigt.« Ich hätte ihr gern gesagt, warum, aber ich konnte es nicht.

»Okay.« Sie runzelte die Stirn. Izzy und ich waren immer noch beste Freundinnen, aber da wir verschiedene Fächer hatten (sie hatte Naturwissenschaften gewählt), sahen wir uns im Alltag nicht mehr so oft. Sie hatte eine neue Beziehung. Ihre Freundin hieß Betsy und konnte mich, glaube ich, nicht besonders leiden.

Ich musste jedoch zugeben, dass die beiden gut zueinander passten. Izzy wirkte jetzt viel gesünder und glücklicher. »Ich verstehe nur nicht so ganz, warum.«

»Ich auch nicht«, sagte ich. Sie streckte die Hand aus und tätschelte Raffy den Kopf. Er hatte noch das dichte schwarze Haar, mit dem er auf die Welt gekommen war. »Ich staune immer noch, dass du dich jetzt um ein Baby kümmerst.«

»Ja. Ich kann mich nicht mehr daran erinnern, wie es ohne ihn war. Und ja, die Sache mit Joe ergibt keinen Sinn, aber ich habe Troy direkt kontaktiert, und ich treffe mich heute Nachmittag mit ihm.«

»Das ist die schlechteste Idee, die ich je gehört habe.« Sie lachte laut auf.

»Es wird schon gut gehen. Ich meine, seine Eltern wohnen immer noch hier, also wäre er sowieso gekommen. Er hat es sich nur anders überlegt und will jetzt doch mit mir reden. Ich dachte mir, warum nicht?«

Izzy wollte gerade noch etwas sagen, als ihr Handy summte. Sie sah es an, grinste, ging ran und sagte: »Hey, Babe! Ich bin am Strand mit einem echten Baby!«

Sie schlenderte weiter am Ufer entlang. Ich winkte und ging nach Hause, den Wind im Gesicht. Ich hatte mich gefragt, ob sie mir vielleicht anbieten würde, mich zu meinem Treffen mit Troy zu begleiten, aber ihr Leben war jetzt mit anderen Dingen ausgefüllt.

Da ich freitags um zwei Uhr mit dem College fertig war, saß ich um drei Uhr im Einkaufszentrum auf einer Bank unter einer zottigen Zimmerpflanze. Passanten eilten an mir vorbei. Ich holte weder mein Handy noch mein Buch aus der Tasche. Ich beobachtete die Leute und versuchte, mir klarzumachen, dass bald der erwachsene Troy vor mir stehen würde und wir vermutlich die Wahrheit erfahren würden.

Es war unvernünftig von mir. Denn wenn es funktionierte, würde ich Joe nach dem heutigen Tag nie wieder sehen.

Ich war noch nicht bereit, ihn gehen zu lassen. Ich konnte die Vorstellung nicht ertragen. Wir hatten gerade erst wieder zueinandergefunden. Panik stieg in mir hoch, und ich wäre gerne in die kleine Kammer gegangen, um mit ihm zu reden.

»Du bist gekommen!«

Ich zuckte zusammen, als sich jemand neben mich setzte.

Es war nicht Troy.

Ich drehte mich um und wollte es nicht glauben, aber es war so. Neben mir saß Joe.

»Was machst du –«

»Warum bist du hier?«, fragte er.

Er hatte die Schule geschwänzt, um etwas früher herzukommen, und hatte mich dabei erwischt, wie ich dasselbe tat. Wir waren zufällig zur selben Zeit am selben Ort aufgetaucht.

»Das gibt's doch gar nicht!«, sagte ich. Eine Frau, die an mir vorbeiging, warf mir einen Blick zu, und ich holte rasch mein Handy heraus und steckte einen Stöpsel ins Ohr, damit ich unauffällig reden konnte. »Ich bin so froh, dass du das gemacht hast, Joe. Troy hat sich bei mir gemeldet. Er wird um vier Uhr hier sein. Er ist aus Frankreich hergekommen. Jetzt finden wir heraus, was passiert ist.«

Wir sahen uns an. Eine Stunde. So lange hatten wir Zeit, um alles zu sagen, was wir uns sagen wollten, und wir spürten beide den Druck, der auf uns lastete. In unseren Welten liefen Menschen vorbei. Wir sprachen über die Venus und die Menschen um uns herum, über Zeit und Raum, aber ich spürte, wie das Universum uns auseinanderzog. Mit jeder Sekunde, die verging, entfernte ich mich von ihm, da ich älter wurde und er nicht. Es war eine Abfolge winziger Momente, die sich zu etwas Großem summierten.

Er würde immer mein bester Freund sein. Wenn er aber hierbliebe, würden wir aufhören, Gleichaltrige zu sein, und auch wenn ich ihn immer lieben würde, würde ich seine ältere Schwester, seine Tante, seine Mutter, seine Großmutter werden, während er derselbe bliebe. Sogar Raffy würde ihn einholen und dann überholen.

Das alles hätte ich ihm gern gesagt, aber ich tat es nicht. Wir wussten es bereits.

»Lara will bleiben«, sagte er. »Ich habe sie gefragt, ob du für sie noch einmal auf Spurensuche gehen sollst, aber sie hat Nein gesagt. Sie wird jeden Tag mit dem Zug fahren, weil es vielleicht das Beste ist, was sie erleben kann. Vor einiger Zeit hätte ich sie noch für verrückt erklärt, aber jetzt sehe ich es ein. Ich verstehe sie sogar. Wo ist Leo jetzt? Was, wenn er sich in nichts aufgelöst hat?«

Wir sahen uns an. Ich spürte die Veränderung in ihm. Er hatte Angst davor gehabt, diesen Tag für den Rest der Zeit immer wieder zu erleben. Jetzt hatte er Angst davor, ihn nicht mehr zu erleben.

Als Joe aufstand, wurde mir klar, was er vorhatte.

»Was holst du dir heute?«, fragte ich.

Er zuckte mit den Schultern. »Eine Tasse Spucke wäre gut. Wahrscheinlich eine Cola.«

»Bringst du mir eine mit?«

Er lächelte. »Ich werde es versuchen.«

Ich sah zu, wie er mit dem Getränk in der Hand in die kleine Kammer ging. Ich wartete, und dann war Troy da. Ich erkannte ihn sofort, er mich natürlich nicht. Er war noch größer, als ich erwartet hatte.

»Troy«, sprach ich ihn entschlossen mit seinem Vornamen an. Er war so groß, dass er auf mich herabschauen musste.

»Ariel?« Er trat einen halben Schritt zurück.

»Ja.« Irgendwie hatte ich trotzdem erwartet, dass er wie Joe sein würde, ein fünfzehnjähriger Junge. »Danke, dass Sie gekommen sind«, fügte ich unsicher hinzu.

»Ich habe keine Ahnung, was hier gespielt wird«, sagte er. »Aber du hast mich so aufgeschreckt, dass ich hergekommen bin. Joe hat das geschrieben und ...« Er sah sich um, atmete tief ein. »Ich meine, Joe lebt?«, sagte er leise. »Du hast ihn getroffen. Sonst hättest du diese Nachricht nicht schreiben können. Wo ist er? Wo hat er die ganze Zeit gesteckt?«

Meine Überzeugung, dass Troy ihn aus Versehen getötet und ins Meer geworfen hatte, geriet ins Wanken.

»Kommen Sie«, sagte ich und führte ihn zur Kammer. Ich öffnete die Tür.

Ich weiß nicht, wie, aber Joe sah Troy und Troy sah Joe.

Ich brauchte nicht einmal eine Hand auf Troys Arm zu legen. Sie sahen sich gegenseitig.

46

Die Tür geht auf und Ariel kommt wie immer herein. Aber diesmal ist sie nicht allein. Sie hat jemanden bei sich.

Und ich kann ihn sehen.

»Troy.« Es kommt als Flüstern heraus. Ariel und ich warten. Wir sehen Troy an und er sieht mich an. Er versucht, das, was er sieht, zu begreifen. Ich bin der Joe von früher. Ich bin nicht das, was er erwartet hat.

»Wer bist du?«, fragt er. Er sieht zu Ariel, dann wieder zu mir und dann wieder zu ihr. Ich merke, wie Panik in ihm aufsteigt. »Hat Joe ein Kind? Du siehst nämlich so ähnlich aus wie …« Er kann seinen Satz nicht beenden und ich kann es ihm nicht verdenken.

»Nein«, sage ich. »Ich bin nicht Joes Kind. Joe ist nicht erwachsen geworden. Ich bin es, ich bin Joe.«

Wir sehen beide Ariel an.

»Okay«, sagt sie. »Troy? Nur dass ich das richtig verstehe – Sie können ihn sehen? Sie können Joe sehen?«

»Nein. Natürlich nicht. Ich sehe einen Jungen, der wie Joe aussieht. Joes Sohn? Wie ist das nur möglich? Kann das wirklich …«

»Sie können ihn sehen. Oh mein Gott!« Ariel und ich tauschen Blicke aus. Es ist magisch. Ich habe Troy gleich zweimal.

Ich habe meinen Troy in meiner Welt und den zukünftigen Troy in Ariels Welt.

»Also«, sagt sie mit einem Lächeln. Ihr Verhalten wird fast förmlich, als sie uns vorstellt. »Troy. Ja, das ist Joe. Bisher konnte nur ich ihn sehen. Bis jetzt.« Ich nicke. »Wie Sie sehen, Troy, lebt Joe nicht in der gleichen Realität wie wir.« Sie demonstriert es, indem sie ihre Hand durch meine Brust gleiten lässt. Ich höre, wie Troy nach Luft schnappt. »Aber er ist real. Sehen Sie – er schimmert blau. Denken Sie einfach an die Farbe Blau, dann wissen Sie, was ich meine.«

Troy geht langsam auf mich zu und legt mir seine Hand auf die Schulter. Er zieht sie schnell wieder zurück und geht weg. Er geht so weit weg, wie er kann, bis auf die andere Seite des winzigen Raums, und drückt sich an die Wand.

»Blau«, sagt er. »Ja. Ist das ein …« Ich sehe, dass er verzweifelt nach einer Erklärung sucht. »… ein Hologramm?«

»Ich bin ein Geist.« Das klingt ziemlich cool. Ich glaube nicht, dass ich es jemals zuvor so direkt ausgesprochen habe. »Ich bin Joes Geist.«

Im Raum ist es lange Zeit still. Schließlich sagt Troy: »Du bist also gestorben?« Seine Stimme zittert.

»Ja.« Ich gehe zu ihm und er weicht nicht aus. Ariel stellt sich auf seine andere Seite. Troy ist viel größer als ich. Größer, als er mit fünfzehn war, und viel massiger.

»Ich war mir sicher, dass du lebst«, sagt er. »Zuerst habe ich deine Nachricht ignoriert. Ich dachte, es wären nur irgendwelche Kids, die sich einen schlechten Scherz erlauben. Aber die Sache ging mir nicht aus dem Kopf, und am Ende wusste ich, dass ich herkommen musste. Der Frosch. Dann die Sache mit

Troy und Tory. Da standen Dinge, die außer dir niemand wissen konnte, und obwohl ich versucht habe, zur Tagesordnung überzugehen, begriff ich irgendwann, dass das nicht ging. Also nahm ich den ersten Flug nach London und den Zug hierher. Ich habe versucht, mir vorzustellen, was passiert sein könnte. Ich dachte an eine Entführung und dass du irgendwo als Geisel gehalten wurdest. Man hört doch immer wieder davon. Von Leuten, die nach zwanzig Jahren aus einem Keller oder so entkommen sind. Ich dachte, das wäre der Grund, warum du mich auf diese Weise kontaktiert hast.«

Ich sehe Ariel an. Sie erwidert meinen Blick. Wir waren uns so sicher gewesen, dass Troy es getan hatte, aber er spielt uns nichts vor. Unser einziger Verdächtiger scheint unschuldig zu sein.

»Tut mir leid, Troy«, sage ich, und ich spüre, wie Ariel zittert. »Ich wünschte, es wäre so. Nein, ist nicht wahr. Ich weiß nicht, was ich mir wünsche.«

»Erzähl mir, was passiert ist.«

Wir sitzen auf der Bank, zu dritt in einer Reihe, Troy in der Mitte, und Ariel und ich erzählen ihm alles. Er hört schweigend zu, bis zu dem Punkt, als Ariel beschreibt, wie sie mit Lucas in einem Café an einem Londoner Kanal saß.

»Ich bin ausgeflippt, als ich die Nachricht bekam«, sagt Troy. »*Ich dachte nur: Wie kannst du es wagen, das, was passiert ist, für einen unterhaltsamen kleinen Artikel wieder hervorzuholen? Es wird nie besser, verstehst du?* Dass ein paar Kids für ihr Magazin recherchieren und meinen, sie könnten den Fall nach all den Jahren lösen, als wäre es ein spannendes Spiel? Das machte mich wütend, und ich schrieb Lucas zurück, ohne lange darüber nachzudenken. Ganz ehrlich. Ich stellte mir vor, wie er die Aufmerksamkeit von ein paar Teenagern genoss, und das brachte mich in Rage.«

»Das ist völlig in Ordnung«, sage ich.

Ich kann Troys Energie spüren. Er ist erwachsen und ich werde es nie sein. Alles ist anders. Da ist eine Kluft, und sie führt mir alles, was ich verloren habe, auf eine Weise vor Augen, wie ich es noch nie zuvor gesehen habe. Ich weiß, was aus Jemima und Lucas und Troy geworden ist, nur ich selbst bleibe außen vor. Ich bin zu niemandem geworden.

Ariel weiß, was ich fühle. Sie kennt mich. Sie weiß, dass sie die Dinge vorantreiben muss, bevor die Zeit um ist.

»Troy«, sagt sie, »wie kommt es, dass Ihr Fußballpokal auf einem Ihrer Fotos zu sehen ist?«

Die Frage schwebt im Raum. Sie ist der Schlüssel. Auf sie kommt es an.

»Oh.« Er sieht uns beide abwechselnd an. »Die Trophäe. Du hast sie mir weggenommen, stimmt's? Du hast es nie zugegeben, aber ich wusste, dass du es getan hast, und ich habe mich beschissen gefühlt, weil ich mich darüber so aufgeregt habe, dabei war es doch völlig bedeutungslos. Ich hatte einen Zusammenbruch, als du verschwunden warst, und das lag zum Teil daran, dass ich zuvor so wütend auf dich gewesen war.«

»Es tut mir so leid«, sage ich. »Ich habe den Tag wieder und wieder und wieder durchgemacht, und ich habe so oft versucht, mich zu entschuldigen und es zurückzugeben. Es klappt nie. Dass ich die Trophäe habe, gehört zu den unveränderbaren Dingen.«

»Vielleicht nur deshalb, weil ich herkommen sollte«, sagt er. »Es tut mir leid, dass mir etwas so Bedeutungsloses so wichtig war.«

»Nein«, sage ich. »Es tut mir leid, dass ich so ein Vollidiot war. Ich bin mir ziemlich sicher, dass ich ihn dir im Bus nach Frankreich präsentieren wollte. Vor all den anderen. Ich fand das lustig. Keine Ahnung, warum.«

»Ich stand immer in deinem Schatten«, sagt Troy und sieht mich so eindringlich an wie noch nie. »Immer. Ich war dein komischer Freund, der Rothaarige, der Große, der seltsam aussah. Die Mädchen haben versucht, ihre besten Freundinnen mit mir zu verkuppeln, damit sie dich in die Finger kriegen konnten. Dann habe ich dieses blöde Ding gewonnen und zum ersten Mal war ich bei einer einzigen Sache besser als du.«

Er hält inne. »Das ist alles unwichtig. Es spielt keine Rolle mehr. Und es war auch nicht deine Frage, Ariel.« Er dreht sich zu ihr. »Okay. Warum habe ich diese Trophäe? Ich habe sehr, sehr lange gebraucht, um damit klarzukommen, dass mein bester Freund und ich uns im Streit getrennt hatten, und um zu akzeptieren, dass es für immer sein würde. Ich habe viele Stunden Therapie hinter mich gebracht. Sehr viele. Ich habe die Schule gewechselt, und als ich konnte, bin ich ausgewandert. Frankreich fühlte sich richtig an, weil es in deinen letzten Wochen so eine große Rolle gespielt hat, Joe. Ich habe dort Amélie kennengelernt und alles hat sich zum Guten gefügt. Als wir einen Jungen bekamen, war klar, dass er Joseph heißen würde.«

Er wiederholt den Namen, diesmal spricht er ihn auf Französisch aus: »*Joseph*. Ich bin seit Jahren französischer Staatsbürger. Aber ich hätte das alles nicht geschafft, wenn ich nicht wenigstens ein Stück Frieden gefunden hätte.

Ein Therapeut schlug mir vor vielen Jahren vor, eine Ersatztrophäe zu finden. Da war ich ungefähr zwanzig. Meine Mutter half mir, eine zu finden, die genauso aussah. Ich habe sie mir selbst geschenkt, so als wäre sie von dir, und damit war die Sache für mich erledigt. Es hat funktioniert. Ich hatte einen Pokal, und ich wusste, dass du ihn mir zurückgegeben hättest. So konnte ich weitermachen. Das hört sich total bescheuert an, aber es hat tatsächlich funktioniert.«

»Es hört sich überhaupt nicht bescheuert an«, sagt Ariel unter Tränen. Ich bringe kein Wort heraus und nicke nur.

Die Tür geht auf, und obwohl es wirklich das Letzte ist, was ich jetzt will, wird alles dunkel.

47

Joe war weg und ich war mit Troy allein in dem geheimen Raum. Es war ein komisches Gefühl, nur wir beide, ohne Joe. Da war eine andere, beunruhigende Dynamik. Ich wich einen Schritt zurück, aber Troy bemerkte es nicht einmal.

»Wo ist er?«

»Er geht immer um diese Zeit. Wir glauben, es ist der Zeitpunkt seines Todes. Sie können erst morgen wieder mit ihm sprechen.« Ich erklärte ihm, wie das funktioniert, und es schien ihn zu beruhigen. Er schloss die Augen, und als er sie wieder öffnete, sah er sich suchend um, als rechnete er damit, Joe erneut zu sehen.

»Das ist ... tja, ich bin froh, dass ich gekommen bin. Ist das gerade wirklich passiert?«

»Ja. Was auch immer ›wirklich‹ bedeutet. Ich kann es immer noch nicht fassen, dass jemand anderes ihn sehen kann. Bisher war das immer nur ich. Er konnte meine Freundin sehen, als ich sie einmal hierher mitbrachte, aber nur, wenn ich sie berührte. Sie selbst konnte ihn nicht sehen. Ich schätze ... keine Ahnung. Ich dachte immer, ich könnte ihn sehen, weil meine Mum gestorben ist und ich irgendetwas brauchte, um damit klarzukommen. Ich brauchte ihn und er brauchte mich.«

»Ich habe ihn immer gebraucht«, sagte Troy. »Und vielleicht

braucht er mich. Vielleicht braucht er mich so, wie er dich braucht. Ich nehme an, das hängt davon ab, was wir jetzt tun. Ich habe das Gefühl, wir sind fast am Ziel.«

»Lassen Sie uns wieder nach draußen gehen.« Ich ging hinaus, denn ich fühlte mich nicht gut auf so engem Raum allein mit einem mir trotzdem noch fremden Mann, der völlig aufgewühlt war. Auch wenn ich spürte, dass ich ihm vertrauen konnte. Er hatte sich innerhalb von ein paar Minuten vom Killer zu Joes einstigem Sidekick gewandelt.

Wir gingen zurück zu den Geschäften und ich führte ihn wieder zu der Bank. Es waren viele Leute da. Es war schön hier. Laut, normal.

»Ich weiß nicht, wie ich das jetzt sagen soll«, begann ich zögernd. Ich beobachtete eine Frau, die einen Kinderwagen schob, und dachte an meine Mum in Joes Welt. »Es ist schwierig.«

»Alles ist schwierig«, erwiderte er. »Sag es einfach.«

»Okay. Als wir die Trophäe auf dem Bild sahen, dachten wir, Sie hätten Joe umgebracht. Dass Sie ihm hierher in diesen Raum gefolgt sind, um sie von ihm zurückzufordern, und dass Sie sich mit ihm gestritten und ihn vielleicht geschlagen haben und er daran gestorben ist. Wir dachten nicht, dass Sie es absichtlich getan hätten. Ihr Vater arbeitet hier, oder? Also dachten wir, er hätte Ihnen geholfen, es zu vertuschen, und dass Sie deshalb nach Frankreich gegangen sind.«

Troy sah überhaupt nicht schockiert aus.

»Klingt plausibel«, sagte er. »Aber so war es nicht. Gott sei Dank. Ich hätte es nie verheimlichen können. Ich hätte es sofort gestanden. Ich meine, mein Gewissen plagt mich schon seit Jahren, und dabei habe ich nicht einmal etwas getan.«

»Ja. Das weiß ich jetzt.«

Joe und ich waren uns so sicher gewesen, was Troy anging, und jetzt standen wir wieder ganz am Anfang. Ich hatte mich darauf vorbereitet, mich für immer von Joe zu verabschieden, aber noch war es nicht so weit.

»Was genau ist passiert?«, fragte Troy.

Ich erzählte ihm von dem wütenden Mann aus dem Einkaufszentrum. In Ermangelung von irgendetwas anderem war das die einzige Spur, die wir noch hatten.

»Hast du ein Foto von ihm?«, fragte Troy.

»Nein. Joe wollte eines mit Gus' Digitalkamera machen, aber dann haben wir uns ganz auf Sie konzentriert. Tut mir leid. Jetzt fühle ich mich richtig schlecht, weil ich Sie verdächtigt habe.«

Er winkte ab. »Das hätte ich auch getan. Vergiss es. Joe soll ein Foto von ihm machen.«

»Ja.«

»Gott, ist das frustrierend! Wenn er jeden Nachmittag in dieser Kammer hockt, ist es aller Wahrscheinlichkeit nach genau dort passiert. Es ist unser einziger Anhaltspunkt.«

»Ja.«

»Gehen wir der Sache auf den Grund. Es kommt auf jede Kleinigkeit an. Du dachtest, Dad hätte mir mit der Leiche geholfen, aber wie hast du dir das genau vorgestellt? Es war zwar nicht mein Vater, aber irgendjemand muss sie ja weggeschafft haben.«

»Er hätte sie rausgeholt.« Ich überlegte. »Er hätte sie weggebracht, ohne dass es jemand bemerkt hätte. Also wahrscheinlich nicht mitten durchs Einkaufszentrum.«

»Ja. In einen Teppich eingewickelt, wie im Film, hätte das

Aufmerksamkeit erregt, vor allem, wenn die ganze Stadt nach einem vermissten Jungen sucht. Gibt es einen anderen Weg nach draußen?«

»Ich weiß es nicht. Ist die Wand hohl? Gibt es da vielleicht einen Durchgang? Oder Luftkanäle für die Klimaanlage? Auch wie im Film.«

»Ich kenne jemanden, der uns das sagen kann. Ariel, ich weiß, morgen ist Samstag, aber wenn du Zeit hast, könnten wir uns dann hier treffen? Bevor wir Joe sehen, meine ich?«

Wir tauschten Nummern aus und ich ging nach Hause. Ich wusste nicht, wie ich mit meinen Gefühlen umgehen sollte, also spazierte ich mit Raffy zum Strand, um wieder auf das Meer zu schauen. Und wieder stellte ich mir Joes Knochen irgendwo da draußen vor, im Laufe der Jahre vom Meerwasser ausgewaschen, nachdem ihn vor zwanzig Jahren jemand ins Wasser geworfen hatte. Ich musste weinen und weinen, aber dann drückte ich Raffy an mich, roch an seinen Babyhaaren, spürte seine Babywärme und kehrte mit ihm nach Hause zurück.

Tatsache war: Wir lebten und Joe nicht, und es war an der Zeit, dass wir alles in Ordnung brachten.

48

Ich stehe um fünf Uhr auf, weil mir so viel im Kopf herumgeht, dass ich nicht länger schlafen kann. Ich weiß nicht, was ich mit mir anfangen soll.

Ich habe Troy gesehen.

Und er hat mich gesehen.

Und er hat mich nicht umgebracht.

Ich möchte durchs Haus tanzen wie Lara durch den Zug. Mir war nie bewusst gewesen, wie schwierig es war, die Tatsache zu akzeptieren, dass mein bester Freund mich aus Versehen wegen eines Fußballpokals umgebracht hatte. Schlimmer als dieser Verdacht kann die Wahrheit nicht sein. Ich möchte lieber von einem Fremden, einem richtigen Bösewicht ermordet werden als ausgerechnet von meinem besten Freund.

Inzwischen geht es mir wie Lara und ich möchte bleiben. Vielleicht wartet nur das Nichts auf mich. Hier habe ich zumindest etwas. Ich würde lieber bis in alle Ewigkeit an ein und demselben Tag leben, als im Nichts zu enden. Das weiß ich tief in meinem toten, nicht mehr schlagenden Herzen.

Trotzdem nehme ich Gus' Kamera und beschließe, meine Routine zu durchbrechen und den ganzen Tag im Einkaufszentrum zu verbringen, nur für den Fall, dass Ariel und Troy auch dorthin gehen. Ich hätte das mit ihnen absprechen sollen, aber ich habe nicht daran gedacht, bevor die Tür aufging, also mache ich mich alleine auf den Weg.

In ihrer Welt ist es Samstag. Falls Ariel kommt, bringt sie vielleicht das Baby mit. Wenn sie es im Arm halten würde, könnte ich es sehen. Ich liebe ihr Gesicht, wenn sie von dem Kleinen spricht, und es gefällt mir sehr, dass sie ihm meinen Namen gegeben haben.

Ich mache mich wie immer für die Schule fertig. Mr Armstrong bietet mir seine alten Francs an. Troy kommt, und ich grinse ihn an, ich bin so glücklich, den jungen Troy zu sehen, während mir gleichzeitig der ältere Troy im Kopf herumspukt.

An diesem Punkt ändere ich meine Meinung und beschließe, den Tag mit dem jungen Troy zu verbringen. Es ist schön, zu wissen, dass sein Leben trotz allem, was passieren wird, im Großen und Ganzen gut verläuft. Er ist glücklich verheiratet mit einer Französin, und er hat ein Kind, das er Joe genannt hat.

»Ich wünschte, wir würden nach Paris fahren«, sagt er.

»Also, wenn es Paris wäre, würde ich wirklich dortbleiben. Eiffelturm. Mona Lisa. Die Stadt der Liebe.«

»Würdest du dir eine französische Freundin suchen?«

»Na klar. Wir würden in einer Mansarde mit Blick auf den Fluss wohnen und ich würde meine künstlerische Ader entdecken und der neue Picasso werden oder so.«

»Ja«, sage ich. »Schade, dass wir nicht nach Paris fahren. Wir kommen dran vorbei, also könntest du aussteigen.«

Er nickt. »Könnte ich machen. Ich sage dem Fahrer, dass er anhalten soll, weil mir schlecht ist, und renne dann davon in mein neues Leben …«

»Mensch, Troy«, sage ich. »Irgendwann wirst du in Frankreich leben. Du heiratest eine Französin und nimmst ihren Nachnamen an, weil du einen kompletten Neuanfang willst. Ihr bekommt mindestens ein Kind. Einen Jungen namens Joe. Und du wirst Künstler. Du verkaufst deine Bilder im Internet.«

Troy lacht. »Okay. Klar. Wird gemacht. Verkaufen im Internet? Klingt ziemlich futuristisch.«

»Ja, weil das die Zukunft ist.«

Ich erwähne die Trophäe nicht, denn das haben wir jetzt erledigt. Es hat keinen Sinn, dass ich versuche, sie ihm zurückzugeben. Es ist schön, sich endlich einmal nicht damit abgeben zu müssen.

Nach dem Unterricht verabschiede ich mich von Troy und mache mich auf den Weg zum Einkaufszentrum, um mich mit dem Troy aus der Zukunft zu treffen. Der Troy aus meiner Zeit glaubt, dass wir uns in ein paar Stunden an der Schule treffen, um in den Bus nach Frankreich zu steigen, daher mache ich keine große Abschiedsszene daraus, sondern gehe direkt ins Beachview und setze mich auf eine Bank, um auf den wütenden Mann zu warten. Ich wollte ihn schon seit Ewigkeiten fotografieren, aber heute habe ich es mir fest vorgenommen. Man kann nie wissen: Vielleicht erkennt Troy ihn ja wieder.

Ich sitze neben einer welken Pflanze, die Kamera auf meinem Schoß. Um zehn vor vier sehe ich, wie der Mann stirnrunzelnd heranstürmt und die Drogerie betritt. Ich mache ein Foto, als er an mir vorbeigeht, aber es wird keine gute Aufnahme. Ich stehe auf und beschließe, mir diesmal einen Schokomilchshake zu holen, damit der Typ sich so richtig ärgert, wenn ich ihn vollschütte, und dann ein Foto von ihm zu machen, um seine Reaktion zu dokumentieren. Ich werde die Kamera direkt vor sein Gesicht halten.

Die Choreografie funktioniert wie immer. Ich drehe mich um und stoße mit ihm zusammen. Diesmal nehme ich den Deckel des Bechers ab und kippe den Inhalt auf sein Hemd. Ein paar Sekunden lang starren wir uns an.

Er versucht, sich zusammenzureißen, doch dann blafft er mich an, flucht noch mehr als sonst, und während er das tut, lasse ich meinen Becher fallen, sodass das Getränk auf unsere Schuhe spritzt, und fotografiere ihn dabei. Er will nach der Kamera greifen. Ich ducke mich weg und haue ab. Er folgt mir und schreit. Ich renne um die Ecke und in den Schrank.

Ariel und Troy sind dort. Sie haben eine Kiste dabei und machen irgendetwas an der Wand. Wieder haut es mich fast um, Troy als Erwachsenen zu sehen. Ich frage mich, was sie da tun, aber dann wird mir klar, dass ich nicht der einzige Mensch aus dem Jahr 1999 in diesem Raum bin.

Ich hätte nicht gedacht, dass der Mann mir hierher folgen würde, aber er ist da. Voll auf Adrenalin drehe ich mich um und grinse ihn an.

»Für wen zum Teufel hältst du dich?«, fährt er mich an. »Hast du mich mit deinem Babydrink angegriffen und ein Foto von mir gemacht? Du schuldest mir neue Schuhe. Gib mir die Kamera.«

»Nein.«

»Was ist hier los?«, fragt Ariel. »Wer ist da? Wer immer es ist, schick die Person weg. Wir haben etwas gefunden, Joe. Es ist dringend. Schick sie weg.«

»Was zum …?«, sagt Troy.

»Sie sind ein echter Arsch, wissen Sie das?«, sage ich zu dem wütenden Kerl, während Ariel und Troy sich unterhalten. »Ich sehe Sie jeden Tag. Sie sind ein Mistkerl. Ich hasse Sie. Ich wette, jeder hasst Sie. Wie wär's, wenn Sie mal versuchen, etwas netter zu sein?«

»Wie wär's, wenn du dich verpisst?«, sagt er.

»Ich sagte *netter*«, sage ich. »Nicht noch mehr Arschlochverhalten. Ja, ich habe Ihnen meine Schokomilch absichtlich drübergeschüttet, weil Sie es verdient haben, und Ihre Schuhe sind mir egal.«

Das habe ich nur gesagt, damit Ariel weiß, mit wem ich 1999 gerade spreche, aber natürlich bringt es den Mann nur noch mehr gegen mich auf. Er macht Anstalten, mich zu schlagen. Ich bin bereit. Er will mich umbringen, ich sehe es in seinem Gesicht. Habe ich das Rätsel gelöst? Ist das mein Mörder?

Er schnaubt und tritt einen Schritt zurück.

»Du bist es nicht wert«, zischt er. Dann geht er hinaus und knallt die Tür hinter sich zu. Ich warte. Er kommt nicht zurück.

Ich sitze auf der Bank und ringe nach Luft, obwohl ich gar nicht atmen muss. Ich zittere am ganzen Körper.

Ariel sitzt neben mir. Troy sitzt auf meiner anderen Seite.

»Ich dachte, er würde mich umbringen«, sage ich. »Er wollte mir wehtun. Er hatte es vor. Dann ist er weggegangen. Es fühlt sich so seltsam an. Ich war darauf vorbereitet, dass es passieren würde.«

Ariel legt ihre Hand an meine, sodass wir uns überlappen. Troy sagt nichts.

»Der wütende Mann«, sagt sie.

»Ja.« Ich stehe auf, laufe herum und setze mich wieder. »Ich habe ihm meinen Milchshake drübergeschüttet und dann ein Foto von ihm gemacht, weil ich dachte, Troy würde ihn vielleicht von vor zwanzig Jahren wiedererkennen. Ist vielleicht weit hergeholt, aber man weiß ja nie.« Ich versuche, mich zu beruhigen. »Was habt ihr zwei hier drin gemacht? Sind das Schraubenzieher?«

»Ja«, sagt Ariel. »Joe. Wir haben dir etwas zu sagen.«

Ihr Tonfall lässt mich aufhorchen.

»Ich war heute mit meinem Vater hier«, sagt Troy. »Er musste arbeiten und hatte nicht viel Zeit, aber er hat mir gesagt, wo hier die hohlen Stellen sind, und mir sein Werkzeug geliehen. Er hält mich für verrückt, aber das ist okay. Das hat er auch schon davor getan. Sein eigener Sohn hat den Nachnamen geändert. Seitdem ist da nichts mehr zu machen.«

»Ich bin vor ein paar Stunden hergekommen«, sagt Ariel. »Troy und ich haben das alles gestern organisiert.«

Ich sage mir, dass ich nicht eifersüchtig sein darf, wenn sie etwas ohne mich machen. Sie sind am Leben, ich nicht. Und sie tun es für mich, auch wenn ich nicht sicher bin, ob ich es überhaupt will.

»Troy und ich haben viel darüber geredet. Da es keinen Hinweis darauf gibt, dass irgendjemand eine Leiche von hier weggeschafft hat, dachten wir, dass vielleicht –« Sie brach ab, unfähig weiterzusprechen.

»Wir dachten, dass dich vielleicht gar niemand weggebracht hat«, sagt Troy. »Es war nur so eine Idee, aber das ist ein verwinkeltes Gebäude, du könntest durch einen Heizungsschacht hinausgeschafft worden sein. Oder du bist noch irgendwo hier drin. Vielleicht ist das der Grund, warum du immer wieder hierher zurückkommst, jeden Tag, egal was passiert. Dieser Raum war nie Teil der Ermittlungen. Wir wissen davon, aber sonst weiß es kaum jemand. Die Behörden hatten nur das Überwachungsvideo und da bist du vor der Drogerie zu sehen. Sie haben den Fluss ausgebaggert und sogar das Meer an der Küste abgesucht, aber wir wissen nicht, ob jemals irgendwer hier nachgesehen hat.«

Ich nicke. Ich weiß nicht, was ich sagen soll.

»Du kannst es nicht sehen, oder?«, fragt Ariel. »Wir haben die Holzvertäfelung von der Wand abgenommen. Gibt es sie auch in deiner Welt? Ist da ein weiß gestrichenes Holzpaneel?«

Mein Blick folgt ihrem ausgestreckten Zeigefinger, der auf eine Holzplatte zeigt, strahlend weiß und mit einem Smiley verschönt.

»Ja. Scheint ziemlich neu zu sein.«

»Interessant«, sagt Troy. »Denn jetzt ist es alt. Es sieht nicht so aus, als wäre es in den letzten zwanzig Jahren neu gestrichen oder ausgetauscht worden, und es ist mit Graffiti und anderem Zeug beschmiert.«

»Wir haben das Paneel abmontiert«, sagt Ariel. »Den vorderen Teil einfach abgeschraubt. Ein Graffiti ist von mir. Das über meinen Vater.« Sie berührt die Stelle und zum ersten Mal sehe ich es.

»Was ist dahinter?« Ich habe Angst. Große Angst. Da, wo sich mein Magen befinden würde, wenn ich einen hätte, krampft sich etwas vor Entsetzen zusammen.

»Kurz bevor du herkamst«, sagt Troy, »haben wir ... also, wir haben deinen Rucksack gefunden. Und das lag obenauf.«

Er greift nach unten und hebt etwas ganz vorsichtig auf, hält es am Rand fest.

»Der Fußballpokal«, sage ich. Wir starren ihn an. Da ist er endlich. Der Fuß, der den Ball schießt. Die echte Trophäe. Die auch in meinem Rucksack steckt.

»Erzähl uns von dem wütenden Mann«, sagt Ariel. »Wir haben nicht viel Zeit. Er ist dir hierher gefolgt?«

Ich zwinge mich zur Ruhe. Es geht hier nicht um die Trophäe. Also. Der wütende Mann.

Aber die Trophäe ...

»Er war es. Ich war besonders unhöflich zu ihm. Ich habe ein Foto von ihm gemacht, die Kamera direkt vor sein Gesicht gehalten. Er hat sich furchtbar aufgeragt und gesagt, dass er mir die Kamera wegnehmen würde und ich ihm neue Schuhe kaufen müsste. Aber er hat sie mir nicht abgenommen. Er hat überhaupt nichts gemacht. Er ist einfach davongestürmt.«

»Die Zeit ist noch nicht um«, überlegt Troy.

»Das stimmt«, sagt Ariel. »Vielleicht kommt er zurück. Kannst du uns das Foto zeigen?«

Ich hole Gus' Kamera heraus und schalte sie ein. Das kleine Display ist nicht mit der Technik aus der Zukunft zu vergleichen, aber ich habe trotzdem ein paar gute Aufnahmen gemacht. Das Gesicht vor Wut verzerrt, blickt der Mann direkt in die Linse.

Ich halte ihnen die Kamera hin.

»Hier«, sage ich. »Seht ihr, wie nett er aussieht? Ariel und Troy, darf ich euch den wütenden Mann vorstellen?«

Troy beugt sich vor und schaut auf das Display. Er versucht, es zu berühren, um das Bild zu vergrößern, aber das geht nicht.

»Ja, sehr nett«, sagt er. »Aber ich kenne ihn nicht. Tut mir leid.«

Ariel schaut ebenfalls auf das Bild.

Sie beugt sich vor, sieht genauer hin.

»Oh«, haucht sie.

»Was ist?«, frage ich.

»Ariel?«, sagt Troy.

Ariel reagiert nicht, sie starrt weiter auf den Bildschirm. Dann steht sie auf, geht zu einer Wand und lehnt sich mit der Stirn dagegen. Sie geht zu dem Teil der Wand, den sie in ihrer Welt auseinandergenommen haben, und späht in ein Loch. Ich weiß nicht, was los ist. Troy und ich tauschen Blicke aus. Wir haben beide nicht die leiseste Ahnung, was mit ihr los ist. Sie hat die Arme vor dem Gesicht verschränkt und ihr Rücken bebt.

»Ariel?«, frage ich vorsichtig. Ich kann nur ihren Rücken sehen. Sie beugt sich in eine Ausbuchtung der Wand. Das sieht extrem seltsam aus. Sie benimmt sich, als wäre sie der Geist.

Plötzlich springt sie zurück.

»Oh mein Gott!«, stößt sie hervor. »Oh Shit!«

Troy und ich sind sofort bei ihr. Ich versuche, einen Arm um ihre Schultern zu legen, aber ich kann es nicht. Troy kann es und für den Bruchteil einer Sekunde hasse ich ihn.

»Ariel?«, fragt er. »Was ist los? Sag uns, was los ist.«

Ich sehe, wie sie sich mühsam zu beherrschen versucht.

»In der Wand sind Knochen«, sagt sie, ihre Stimme ist ausdruckslos. »Knochen. Dort unten. Ganz unten. In der Wand.« Sie holt tief und zittrig Luft und spricht dann ganz schnell. »Und das ist noch nicht alles. Der wütende Mann. Der Mann im Einkaufszentrum. Der dich getötet hat. Das ist mein Dad.«

49

Der wütende Mann war Dad.

Und Joes Knochen waren in der Wand.

Mein Dad. Mein Dad, der so leicht wütend wurde, der aber, soweit ich das sagen konnte, nie jemanden geschlagen hatte. Mein Dad, der trotzdem unsere Familie tyrannisierte, indem er uns alle vor ihm zittern ließ.

Mein Dad, der immer etwas zu verbergen hatte.

Mein Dad, der immer aus dieser Stadt wegziehen wollte, aber nicht stark genug war, ohne uns wegzugehen, obwohl er so tat, als wäre er beinhart.

Mein Dad, der weglief, als Sasha erfuhr, dass ihr Baby ein Junge war.

Mein Dad, der wütende Mann im Einkaufszentrum. Mein Dad, der Mörder.

Wenn diese Knochen von Joe waren, dann war er die ganze Zeit hier in diesem Raum gewesen. Jedes Mal, wenn wir hier gesessen hatten, waren wir neben seinem Körper gewesen. Ich hatte die Worte ICH HASSE DICH, ALEXANDER BROWN auf das Stück Holz geschrieben, das die Beweise verbarg, und dieses Brett lehnte jetzt an der Bank. Ich hatte geschrieben, dass ich meinen Vater hasste, und zwar ausgerechnet auf das Paneel, das sein Verbrechen zwanzig Jahre lang verdeckt hatte.

Meine Welt wurde so aus den Angeln gehoben, dass ich nicht wusste, was ich als Erstes denken sollte.

Die Leiche. Die Leiche war das Wichtigste. Ich sah Troy an und war unglaublich froh, dass er erwachsen war. Er würde wissen, was wir als Nächstes tun mussten.

»Ich hole Dad«, sagte er, und sosehr ich Piet Henry bei unseren beiden Begegnungen verabscheut hatte, war ich doch erleichtert, dass er in der Nähe war und dass Troy die Behörden veranlassen würde, sich um die Sache zu kümmern.

Mein Dad. An diesen Teil wagte ich mich nicht heran. Ich konnte nicht darüber nachdenken. Noch nicht.

Ich sah Joe an und begriff, dass alles zu Ende ging. Es geschah schnell, und wir hatten keine Kontrolle mehr darüber. Es war nicht mehr wichtig, was als Nächstes passierte; ich war mir fast sicher, dass er, wenn er heute ging, nie wieder zurückkommen würde.

Troy verließ den Raum. Joe und ich sahen uns an.

»Nein«, sagte er. »Ich will nicht gehen! Ich will nicht gehen. Ich muss bleiben. Ich wollte das nicht! Ich will bleiben, Ariel! Hilf mir, zu bleiben!«

»Ich weiß nicht, wie«, sagte ich. »Und ich weiß nicht, was ich ohne dich tun soll. Ich ertrage das nicht.«

»Ich liebe dich, Ariel.«

»Ich liebe dich, Joe. Es tut mir leid, dass ich den ganzen Sommer nicht hier war. Ich wünschte, ich wäre jeden Tag gekommen.«

»Pscht. Ich wollte, dass du dein Leben lebst. Ich bin froh, dass du es getan hast. Es macht mich glücklich.«

»Aber wenn ich gewusst hätte, dass es so bald zu Ende geht,

hätte ich dich jeden Tag besucht. Ich wäre auch sonntags in das Gebäude eingebrochen, um dich zu sehen.«

»Ich weiß. Ich weiß, dass du das getan hättest, und das allein zählt. Ich danke dir, Ariel. Du bist der beste Mensch, den ich je getroffen habe.«

»Wenn du irgendwo hingehst, dann ... warte auf mich.«

»Das werde ich tun.« Er sah mir in die Augen, und ich wusste, dass er sein Wort halten würde. Ich liebte ihn mit jeder Faser meines Seins. »Ich werde auf dich warten. Das verspreche ich dir. Was auch immer als Nächstes passiert und wann immer du dort ankommst, was hoffentlich noch sehr, sehr lange dauern wird – ich werde für dich da sein. Das ist nicht das Ende. Das kann es nicht sein, denn wir haben bewiesen, dass es ein Leben nach dem Tod gibt. Es ist nicht das Ende. Also musst du einfach leben. Sei glücklich. Tu es für mich. Lebe das beste Leben, das du leben kannst. Erlebe alles. Es ist kein Abschied für immer. Das weiß ich.«

»Such meine Mum. Sag ihr, wir vermissen sie jeden einzelnen Augenblick unseres Lebens. Aber sag ihr auch, dass es uns gut geht. Erzähl ihr von Raffy.«

»Ich verspreche es.« Ich erschauderte, als Joe direkt in mich hineinging, sodass sich unsere Körper überlappten.

Plötzlich war Troy wieder da. Piet stand hinter ihm, schnaufend und mit gerunzelter Stirn.

»Ach! Was zum Teufel hast du da angestellt?«, rief er, als er die offene Wand sah. Er starrte mich finster an. Ich verzog mich in die gegenüberliegende Ecke, der Raum war so klein, dass nicht genug Platz für uns alle war. Joe kam mit mir. Ich spürte das Kribbeln, das er immer bei mir auslöste. Ich liebte dieses

Gefühl. Früher hatte es mir Angst gemacht, aber jetzt wollte ich es nicht mehr missen.

Als Troy uns sah, lächelte er, und ich dachte, ich sollte ihm und Joe einen Moment gönnen, damit auch sie sich voneinander verabschieden konnten.

»Hat sie etwa die ganze Wand demoliert? Was soll das?«, rief Piet verärgert. »Das sieht ihr ähnlich.« Er nickte in meine Richtung. »Sie ist wie ein Hund, der einen Knochen sucht. Aber du bist ein erwachsener Mann mit einer Familie.« Er schüttelte den Kopf. »Schauen wir uns den Schaden mal an.«

Danach änderte sich alles ganz schnell. Da waren Skelettknochen, und es war klar, dass sie von Joe stammten. Piet ging los, um jemanden zu holen. Wir alle waren uns der Dringlichkeit des Augenblicks bewusst. Es war fast Zeit für Joe, zu gehen, und wir wussten, dass es das letzte Mal sein würde.

»Ich gehe nach draußen«, sagte ich. »Ich lasse euch zwei noch einen Moment allein.«

»Geh nicht«, sagte Joe sofort, und Troy sagte: »Das ist nicht nötig, Ariel.«

»Wirklich nicht?«

»Bleib hier«, sagte Joe. »Ich habe nur ein paar Minuten Zeit. Ich brauche dich.«

»Ja«, sagte Troy. »Bleib hier.«

Wir saßen zusammen da.

»Ich bin froh, dass du es nicht warst«, sagte Joe zu Troy.

»Ich auch«, sagte Troy.

»Nicht zu fassen, dass du einen Sohn hast«, sagte Joe. »Und dass du ihn nach mir benannt hast.«

»Und mein Neffe heißt Rafael Joseph.« Ich strich mit meiner

Hand durch Joes Oberschenkel. »Siehst du? Du bist vielleicht tot, aber du hast ein Erbe hinterlassen. Es gibt zwei kleine Jungen mit deinem Namen und zwei kleine Mädchen mit ähnlichen Genen. Das ist ziemlich gut für einen Fünfzehnjährigen.«

»Ja, verdammt«, sagte Troy. »Ariel geht morgen mit mir zu Gus und seiner Familie. Ich freue mich darauf, ihn zu sehen.«

Joe schaute von mir zu Troy und wieder zu mir.

»Ich hoffe, ich gehe auch irgendwohin.« Joe sprach schnell, denn die Sekunden zerrannen. »Ich hoffe, ich sehe deine Mum, Ariel. Ich habe ihr so viel zu erzählen. Sie wird stolz auf dich sein. Troy, ich bin so froh, dass ich weiß, dass du es nicht warst. Ich bin ...« Er hielt inne, und ich dachte schon, er würde weinen, doch dann sah ich, dass er lächelte. »Es tut mir leid wegen der Fußballtrophäe.« Er fing an zu lachen. »Eine einzige Dummheit und sie verfolgt mich bis in alle Ewigkeit.«

Ich musste ebenfalls lächeln, und Troy genauso.

»Ich hätte sie dir überlassen«, sagte Troy. »Wenn ich gewusst hätte, was für einen Ärger das gibt.«

Troy stand auf und trat einen kleinen Schritt zurück, und ich wusste, warum er das tat. Ich rückte immer näher an Joe, bis unsere Körper sich überlagerten, und flüsterte: »Ich werde dich bis in alle Ewigkeit lieben.«

Er sagte: »Und ich –«

Und dann war er weg. Ich blieb mit der inneren Gewissheit zurück, dass er mit den Worten »Ich liebe dich« auf den Lippen für immer gegangen war, und eine bessere Art zu gehen kann ich mir nicht vorstellen.

50

»Und ich liebe dich und werde dich immer lieben. Du bist die Liebe meines Lebens und meines Lebens danach.« Das versuche ich zu sagen, aber die Tür geht auf und ich werde nach den ersten beiden Worten unterbrochen. Ich denke, sie hat es trotzdem verstanden.

Ich schaue auf.

Er ist es. Es ist der wütende Mann aus dem Einkaufszentrum. Er ist zurückgekommen. Ihr Dad. Wir wussten, dass er kommen würde.

Ich sehe mich nach Ariel um, aber sie und Troy sind weg. Diesen Teil des Tages habe ich noch nie erlebt, abgesehen vom allerersten Mal, nehme ich an. Ich weiß, wie er endet, aber ich weiß nicht, wie wir von hier aus dorthin kommen. Ich beschließe, die Sache etwas zu beschleunigen.

»Ich kenne Ihre Tochter.« Ich provoziere ihn. Ich will, dass es möglichst rasch vorbei ist.

»Das stimmt nicht.«

»Doch, ich kenne sie. Ihre Frau Anna ist viel netter als Sie. Sie ist heiß.«

»Was redest du für dummes Zeug?«

»Ihre Tochter Sasha ist wirklich cool. Aber Ihre andere Tochter, Ariel, ist der beste Mensch, den ich je getroffen habe.«

»Stehst du unter Drogen?«

»Ich wünschte, es wäre so. Und Sie?«

»Du bist ein kleiner Scheißer, weißt du das?«

»Warum sind Sie zurückgekommen?«

»Ich hatte einen verdammt schlimmen Tag. Den schlimmsten überhaupt. Ich will nicht nach Hause zu meiner Familie. Die Hälfte der Leute in dieser Stadt landen irgendwann in meiner Klinik, sie kennen mich alle, und egal wohin ich gehe, irgendjemand beobachtet mich. Ich muss einfach weg. Überlegen, was ich tun soll. Keiner weiß meine Arbeit richtig zu schätzen, keiner begreift, wie schwierig alles ist.« Er zieht eine Flasche Wasser und ein Tablettenfläschchen aus der Tasche, schüttelt drei Pillen in seine Hand und schluckt sie.

»*Sie* sind auf Drogen«, sage ich.

»Das sind Medikamente!«

»Sie sind also nicht zurückgekommen, um mich zu töten?«

Er lacht, aber es ist ein bellendes, beängstigendes Lachen. »Warum sollte ich das tun? Mein Leben ist schon beschissen genug, danke. Wenn ich das täte, wärst du nicht mal der erste Mensch, den ich heute umbringe. Die meisten Leute machen einen Fehler bei der Arbeit und nichts passiert. Vielleicht müssen sie ein bisschen zusätzlichen Papierkram erledigen, wenn es rauskommt. Wenn ich einen Fehler bei der Arbeit mache, dann kann es sein, dass jemand stirbt. Ich habe jemanden getötet. Ich habe eine Patientin getötet. Sie war noch sehr jung. Ich geriet in Panik und fälschte die Unterlagen. Ich ließ es so aussehen, als hätte ihr Herz einfach nicht mehr weitergeschlagen. Na, wie findest du das? Ich habe einen Fehler gemacht, und als ich es gemerkt habe, war es schon zu spät. Also habe ich ihn vertuscht. So was passiert eben ab und zu, aber verdammt noch mal! Verdammt noch mal! Immer sollst du zu allem stehen und alles hinnehmen, was sie dir vorwerfen.«

Ich beobachte, wie er gegen die Wand schlägt. Ich denke daran, was Ariel über ihn gesagt hat.

»Das darfst du niemandem erzählen.«

Das war es also. Er gesteht mir, was er getan hat, und begreift dann, dass ich ihn verpfeifen könnte. Ich wünschte, ich könnte es Ariel sagen, aber das geht nicht, weil ich nie wieder ins Jahr 2019 zurückkehren werde.

»Ich werde die Polizei informieren«, sage ich. Wahrscheinlich habe ich mich beim ersten Mal nicht so deutlich ausgedrückt, aber ich muss das jetzt hinter mich bringen. »Ich rufe an, sobald ich zu Hause bin. Sie kommen nicht damit durch. Sie können nicht einfach jemanden umbringen und dann die Unterlagen fälschen.«

Ich stehe auf und gehe zur Tür, um herauszufinden, ob das möglich ist. Ist es nicht. Meine Beine tragen mich nicht über die Schwelle und meine Hände greifen nicht nach der Türklinke.

Seine Hand liegt auf meiner Schulter. Er packt fest zu. Jetzt geht es los.

»Was hast du vor?«

»Ich erzähle jemandem, was Sie mir gerade gesagt haben.«

»Keiner würde dir glauben. Ich würde alles abstreiten.«

Ich zucke mit den Schultern. »Ja, ich bin sicher, Sie kommen damit durch. Sie werden damit durchkommen, aber Sie werden nie wieder derselbe sein. Sie werden nie wieder derselbe Mensch sein und Sie werden sich nie verzeihen können. Aber ja. Sie werden auch mit dem hier davonkommen. Das weiß ich.«

Ich spüre seine Hand auf meiner Schulter.

»Wem willst du es denn sagen? Du kennst ja nicht einmal meinen Namen.«

»Alexander Brown.« Ich frage mich, woher ich das beim ersten Mal wusste. Vielleicht habe ich den Namen auf seinem Ausweis gelesen.

Er dreht mich zu sich herum. Ja, da steht sein Name in winzigen Buchstaben auf dem Schlüsselband. Ich wünschte, ich hätte mir die Mühe gemacht, ihn bei einem der vielen Tausend Male zu lesen, die ich ihn in den letzten zwanzig Jahren gesehen habe.

Was auch immer das für Pillen waren, die er gerade genommen hat, sie haben irgendetwas bewirkt, oder vielleicht ist er immer so, oder es könnte das Adrenalin sein oder Gott weiß was. Was auch immer es ist, es ist etwas Unmenschliches in seinen Augen. Etwas Verrücktes.

Er drückt mich gegen die Rückwand. Ich halte dagegen und lache ihm ins Gesicht. Einfach nur, damit es endlich vorbei ist. Er beugt sich zur Bank und hebt etwas auf, dann holt er mit dem Arm aus, und ich sehe, dass er ausgerechnet den Fußballpokal in der Hand hält.

»Du wirst es niemand sagen«, stößt er hervor.

Die Mordwaffe. Diese verdammte Fußballtrophäe.

Sein Arm schwingt nach vorne. Der Pokal erwischt mich am Kopf, dort, wo es offenbar am schlimmsten ist.

Alles
wird
dunkel.

Und dann ist alles neu.

51

26. Oktober 2019

Ich saß in einer Bank ganz hinten in der Kapelle, zwischen Sasha und Izzy, und ließ meinen Tränen freien Lauf. Sasha hatte Raffy auf ihrem Schoß, und auch sie weinte, sehr zu Raffys Verwirrung. Ich verstand die zersetzende Mischung aus Trauer und Schuldgefühlen, die sie empfand. Sie hatte Joe nicht gekannt (na ja, ein bisschen, von den Tagen, an denen er mit ihr gesprochen hatte, als sie ein Baby war, Tage, die in ihrem wirklichen Leben nicht vorkamen). Sie weinte um Mum, und weil sie selbst eine Mutter war, die beim Anblick von Jasper und Gus und Claire etwas von dem Schmerz erahnen konnte, den sie all die Jahre mit sich herumgetragen hatten.

Aber die Schuldgefühle. Das war das Schlimmste. Unser Vater hatte Joe umgebracht, und das Entsetzen darüber war zu groß, egal wie sehr alle uns versicherten, wir könnten nichts dafür. All diese Listen, die ich erstellt hatte, die Listen mit den Verdächtigen. Ich hatte mich dabei immer nur auf Lucas und Troy konzentriert, der »wütende Mann aus dem Einkaufszentrum« stand ganz unten auf der Seite.

Wir mussten lernen, damit zu leben. Wir mussten es zu den grundlegenden Fakten über uns selbst hinzufügen.

Jai saß auf der anderen Seite von Sasha und hielt ihre Hand. Ich war um ihretwillen froh, dass er sich jetzt auch um Raffy kümmern wollte, aber ich war auch egoistisch genug, um zu hoffen, dass er nicht bei uns einziehen und alles durcheinanderbringen würde. Trotzdem bemühte ich mich, nett zu ihm sein. Ich musste versuchen, erwachsen zu sein, denn nächsten Monat wurde ich siebzehn und unsere Lebenszeit verging so schnell. Ich konnte Raffy nicht von seinem Vater fernhalten und im Grunde wollte ich es auch nicht.

Zara drehte sich um und winkte mir und Izzy zu. Wir winkten zurück. Ich wusste, dass es für die kleinen Mädchen seltsam war, bei der Beerdigung des Onkels dabei zu sein, den sie nie kennengelernt hatten. Ich holte sie einmal in der Woche von der Schule ab, und ich war unendlich froh, dass Gus das nicht unterbunden hatte, als sich herausstellte, dass mein Vater seinen Bruder getötet hatte. Das war schon eine große Sache. Er und Abby waren unglaublich nett zu mir gewesen und hatten immer wieder betont, dass ich diejenige sei, die ihrer Familie etwas Frieden geschenkt habe, dass ich damals ja noch nicht einmal geboren war und mir wohl kaum die Schuld für etwas geben konnte, was mein Vater getan hatte. Sie wollten nächsten Sommer heiraten, jetzt, wo sie eine Antwort auf die Frage nach Joe hatten.

Abby saß dicht neben Gus, ihre Hand lag auf seinem Knie. Ich hoffte, dass ich eines Tages auch jemanden haben würde, dem ich so nahe sein könnte. Joe konnte es nicht sein, und obwohl Jack und Finn viel getan hatten, um mich in die Gegenwart zurückzuholen, war es auch keiner von ihnen. Finn und ich hatten nach diesem schrecklichen Date noch ein paar Verabredungen gehabt, aber es war nie etwas Festes daraus geworden. Er war jetzt mit einer anderen zusammen und es machte mir nichts aus. Ich stellte mir Joe vor, wie er neben mir saß und meine Hand hielt. Joe, zwei Jahre jünger als ich. Ich stellte es mir so intensiv vor, dass ich wirklich glaubte, er säße auf seiner eigenen Beerdigung. Es war, so viel sei der Gerechtigkeit halber erwähnt, genau der Ort, an dem er auftauchen würde.

Ich sah ihn an. Er lächelte. Ich versuchte, ihn zu berühren, aber meine Hand traf auf Izzys Oberschenkel, und sie griff nach unten und drückte sie. Joe beugte sich vor und flüsterte mir ins Ohr: »Ich liebe dich und werde dich immer lieben. Du bist die Liebe meines Lebens und meines Lebens danach.« Dann war er weg und es gab nur noch Izzy. Sie war real.

Ich zitterte am ganzen Körper. Ich würde an Joe und seiner Liebe für den Rest meines Lebens festhalten, und ich würde auch an meiner besten Freundin festhalten, solange ich nur konnte. Raffy döste in Sashas Armen. Ich streichelte seine kleine Nase mit der Fingerspitze.

Der Gottesdienst war wunderschön. Die Kirche war voller Menschen, die Joe gekannt hatten, aber auch voller Menschen, die ihn nicht gekannt hatten. Troy war da, ebenso wie Jemima und einige ihrer Klassenkameraden. Viele Lehrer waren gekommen, darunter natürlich auch Ms Duke, die in der ersten Reihe neben Jasper saß. Er hatte meine Hand genommen, mir in die Augen gesehen und gesagt: »Ariel, ich werde dir nie genug dafür danken können, dass du meinen Joe gefunden hast.«

Ich war größer als er. Ich hatte den Kopf geschüttelt und seinen Dank zurückgewiesen.

»Troy war auch dabei. Wir hatten nur so ein Gefühl.«

Ich hatte nicht wirklich erklären können, was passiert war. Troy und ich hatten vereinbart, dass wir uns zufällig in dem kleinen Raum getroffen und irgendwann die Rede auf Joe gekommen war (ich, weil ich auf die Mädchen aufpasste; was Troy anging, lag es auf der Hand). Aus irgendeinem Grund hatten wir uns das Wandpaneel angesehen und es aus einem Impuls heraus abgeschraubt. Dabei waren wir auf Knochen gestoßen, denn mehr war von Joe nicht übrig gewesen, und auch auf Joes Schulrucksack und den Fußballpokal, auf dem, wie sich herausstellte, noch Fingerabdrücke und Joes DNA waren. Ich hatte die Polizei gebeten, die Fingerabdrücke mit denen meines Vaters zu vergleichen, indem ich ein vages Teilgeständnis erfand, das er im betrunkenen Zustand einmal abgelegt hatte, und nachdem sie den Abgleich gemacht hatten, wurde er kurz darauf in einer Wohnung in Inverness verhaftet, wo er mit einer Freundin lebte, die, wie sich herausstellte, nicht wusste, dass er zwei Töchter und einen Enkel hatte.

In dem Loch in der Wand waren Spuren verschiedener Chemikalien gefunden worden. Der Hohlraum war groß genug für einen fünfzehnjährigen Jungen und (so vermutete die Polizei) mein Vater hatte sich die richtigen Substanzen aus der Klinik geholt, um den Verwesungsgeruch zu überdecken. Natürlich gelang das nicht ganz, aber der Hohlraum wurde durch die Klimaanlage belüftet, und Piet und andere erinnerten sich daran, dass ein paar Monate später wegen des Geruchs die Abflüsse draußen gereinigt wurden. Niemand hatte eine Verbindung zu dem vermissten Jungen hergestellt.

Wir würden nie genau erfahren, was zwischen den beiden

vorgefallen war, es sei denn, Dad beschloss, zu reden. Aber auch so wussten wir mehr als genug. Aus irgendeinem Grund hatte mein Vater Joe umgebracht. Aber doch wohl nicht nur, weil der ihm etwas auf die Kleider geschüttet hatte, oder? Es war das einzige Mal, dass Joe nicht in der Lage gewesen war, zurückzukommen und die Details zu berichten. Ich dachte über die alte Theorie des unabsichtlich tödlichen Schlags nach, den wir zuerst Lucas und dann Troy unterstellt hatten. Würde das erklären, warum Dad immer gegen Wände geschlagen hatte, um nicht womöglich Menschen zu schlagen?

Was auch immer die Wahrheit sein mochte, das war der Grund, warum ich Jaspers Dank nicht annehmen konnte. Ich war die Tochter des Mannes, der seinen Sohn getötet hatte. Jasper schien mir das nicht anzukreiden. Ebenso wenig wie Gus und Abby. Und Ms Duke war ganz erstaunlich gewesen. Joes Mum Claire hingegen ging mir aus dem Weg und ich konnte es ihr nicht verdenken.

Es war seltsam, sie zu sehen: Joe und ich hatten so lange geglaubt, sie hätte ihn, Gus und Jasper im Stich gelassen, obwohl sie in Wirklichkeit nur in Reading gewesen war. Daran musste ich jedes Mal denken, wenn ich sie ansah. Sie war auf eine Fortbildung gefahren und hatte ihren Sohn danach nie wieder gesehen, denn die vielen, vielen Male, die Joe den Zug nach Reading genommen hatte, um seine letzten Stunden mit ihr zu verbringen, waren nicht in der Version ihres Lebens passiert, an die sie sich erinnerte. Sie hatte langes weißes Haar, trug die lockere Kleidung eines Menschen, der Yoga macht, und bewegte sich fast schwebend. Ich blickte auf ihren geraden Rücken, ihr vorgestrecktes Kinn und wünschte ihr Trost und Frieden.

Um sie herum waren viele andere Menschen. Es waren Familienmitglieder, die aus der ganzen Welt angereist waren. Joe hatte einmal erwähnt, dass er Cousins und Cousinen hatte, aber ich konnte mich nicht erinnern, dass er noch etwas anderes über sie gesagt hatte. Aber da waren sie nun: Erwachsene mit Familien und Jobs und einem ausgefüllten Leben, alle versammelt, um sich von Joe zu verabschieden. Es gab auch zahlreiche Cousins und Cousinen der nächsten Generation, die etwa in meinem Alter waren. Einer von ihnen war mir besonders aufgefallen, weil er Joe viel ähnlicher sah als jeder andere in dieser Kirche, abgesehen von Zara. Ich ertappte mich immer wieder dabei, wie ich ihn anstarrte und dann wieder wegschaute.

Enzo war hier. Der französische Austauschschüler, den Joe ständig besuchen wollte, war tatsächlich aus Saint-Étienne gekommen, um sich von dem Freund zu verabschieden, den er nie kennengelernt hatte. Er war warmherzig, freundlich und unterhielt sich mit jedem in hervorragendem Englisch, und ich wusste, dass sie gute Freunde geworden wären, wenn Joe die Möglichkeit gehabt hätte, die Reise mitzumachen.

Troy saß in der zweiten Reihe mit seiner Frau Amélie (dunkelhaarig und wunderschön, in einem hübschen, fließenden Kleid) und dem kleinen Joe, der mit Raffy um den Titel *Bezauberndstes Baby* wetteiferte. Er hatte rosige Wangen und ein strahlendes Lächeln, das sein ganzes Gesicht erhellte, und trug einen Strampler mit der Aufschrift *Escargot* und einer gestickten Schnecke.

»Hallo, Baby Joe«, hatte Sasha gesagt. »Das ist der kleine Rafael Joe. Ihr seid die beiden Joes. Wie schön ist das denn?«

Sie und Amélie hatten sich so angeregt über die Kinder unterhalten, dass Troy und ich ein Gespräch führen konnten, ohne dass jemand mithörte.

»Wir haben es geschafft«, sagte er. »Ariel. Ich danke dir. Wir haben es tatsächlich geschafft.«

»Ich kann immer noch nicht glauben, dass es mein Vater war.«

»Es tut mir so leid. Vermisst du Joe sehr?«

Ich sah mich um, aber niemand hörte mir zu. »Ja«, sagte ich. »Oh Gott, Troy. Ich vermisse ihn von ganzem Herzen, jeden einzelnen Tag.«

»Ich auch.«

Dann kam Jasper herüber, und ich erinnerte mich an etwas, das Joe einmal gesagt hatte.

»Jasper?«, fragte ich ihn. »Jemand sagte mir, ich solle dich nach der subtilen Kunst der Clownerie fragen.«

Er lachte. »Das kann nur Gus gewesen sein. Ja, Clownerie wird zu Unrecht missverstanden. Es geht nicht nur um spritzende Nasen und Einräder. Und es hat nichts mit dem Horrorclown aus *Es* zu tun. Und auch nicht mit Ronald McDonald. Nein, die Ursprünge der Clownerie ...«

Du hast mir gesagt, ich soll ihn fragen, sagte ich im Stillen zu Joe. *Und das habe ich jetzt getan.*

Ich hörte Joe sagen: *Danke, Ariel. Ich wusste, dass du es tun würdest.*

Nach dem Gottesdienst gingen wir alle zum Leichenschmaus in den Pub am Strand und ich trank etwas Limonade und dann etwas Wein. Sasha und Jai brachten Raffy nach Hause, und Izzy verabschiedete sich, um sich mit Betsy zu treffen. Joes alte

Schulfreunde machten sich auf zu einer Kneipentour, und mir wurde klar, dass ich Gefahr lief, als einzige Nichtfamilienangehörige übrig zu bleiben.

Ich überquerte die Straße, ging über den dunklen Sand und starrte in den Himmel. Die Abendluft war rau auf meinem Gesicht. Es war eine sternenklare Nacht und die Wellen brachen sich sanft vor mir. Ich zog meine Schuhe aus und stellte mich in das kalte, seichte Wasser.

Ich war mir ziemlich sicher, dass der helle Stern über mir die Venus war.

Ich sah zu ihm hinauf. Überlegte, wo die Wolkengipfel sein könnten.

»Warte auf mich, Joe«, sagte ich. »Warte auf mich, Mum. Ich treffe euch dort wieder.«

Ich atmete tief die nächtliche Seeluft ein. Ich blieb stehen. Das Wasser umspielte meine Füße. Es war eiskalt. Der Moment war perfekt.

»Hi.«

Ich sah mich um und da war er. Ich lächelte ihn an. Joe war ein letztes Mal zurückgekommen.

»Hey.« Ich fragte mich, wie er das gemacht hatte.

»Selber hey.« Als er das sagte, war er nicht mehr ganz so wie Joe. Er war ein bisschen älter und sein Gesicht war nicht ganz dasselbe.

Er war der Cousin.

Ich lächelte und versuchte, nicht enttäuscht zu sein.

»Oh«, sagte ich. »Für einen Moment hast du ausgesehen wie jemand anderes.«

»Tut mir leid«, sagte er. »Ich bin Max Simpson. Ein entfernter

Cousin von Joe. Du bist Ariel, oder? Du bist das Mädchen, das ihn gefunden hat.«

Lächelnd ging ich auf ihn zu.

»Ja«, sagte ich. »Ja, genau. Ich bin das Mädchen, das ihn gefunden hat.«

»Magst du was trinken?« Er hielt eine Flasche Wein in der Hand. Ich nahm einen Schluck.

»Danke«, sagte ich.

Wir saßen zusammen auf einem Felsen, ich und dieser Junge, der nicht mein Joe war. Dieser Junge, der lebendig war. Sein Arm berührte meinen. Und etwas veränderte sich.

EPILOG

19. November 2019

Ich war am Morgen vor meinem siebzehnten Geburtstag auf dem Weg zum College, als ich bemerkte, dass jemand, den ich nicht kannte, neben mir herlief. Es war eine Frau in den Zwanzigern, mit sehr langen, wirren Haaren. Ich hatte den Eindruck, dass sie einen Krankenhauskittel unter ihrem Mantel anhatte. Sie sah aus wie eine Meerjungfrau, nur mit Beinen und merkwürdiger Kleidung.

»Entschuldigung?«, sagte sie.

Ich lächelte unwillkürlich, weil sie mich an eine Meerjungfrau erinnerte und ich Ariel hieß. Ich war gut gelaunt. Max würde heute Nachmittag kommen und morgen war mein Geburtstag.

»Ja?«

»Tut mir leid. Du kennst mich nicht. Du bist Ariel, stimmt's?«

Ich nickte und blieb stehen. Ich betrachtete ihr Gesicht. Ich kannte sie definitiv nicht.

»Mein Name ist Mia«, sagte sie. »Ich komme aus dem Krankenhaus. Ich war nur wegen einer Knieoperation dort, aber ... ich brauche deine Hilfe. Ich habe gehört, dass du mir vielleicht bei einem winzig kleinen, riesengroßen Problem, das ich habe, helfen kannst.«

Das war unheimlich. Ich wartete darauf, dass sie mehr sagte, aber sie tat es nicht.

»Wie könnte ich dir denn helfen? Ich meine, ich werde tun, was ich kann, aber ich bezweifle wirklich, dass ich ...«

Sie strahlte mich an und ließ mich nicht weiterreden.

»Yay! Du hilfst mir! Das ist wunderbar. Ich danke dir so sehr! Ich weiß, dass du es kannst. Es ist schwer für mich, das Krankenhaus zu verlassen. Ich schaffe es nur früh am Morgen, weil ich um zehn Uhr zurück sein muss. Aber neulich habe ich es hinbekommen, um sieben Uhr in einen Zug zu steigen, und ich habe eine Frau namens Lara getroffen. Sie sagte, wenn ich ernsthaft von hier wegkommen wollte, müsste ich zu Ariel gehen.«

»Wirklich?« Mich beschlich ein mulmiges Gefühl. Lara.

Allmählich dämmerte mir, was das bedeutete.

»Sie sagte, du bist eine Geisterdetektivin«, fuhr Mia fort. »Aber es ist nicht dringend. Ich meine, es kann warten, bis du Zeit hast.«

Sie streckte die Hand aus, um meinen Arm zu berühren.

Wie ich es geahnt hatte, ging ihre Hand direkt durch mich hindurch.

Danksagungen

Ghosted hat lange auf sich warten lassen: Es war schon in Arbeit, bevor Covid zuschlug, und ich war dankbar, dass es bereits im Jahr 2019 spielt, denn ich hasste die Vorstellung, dass Joe monatelang in einem geschlossenen Einkaufszentrum warten müsste, während Ariel die Lockdowns in ihren vier Wänden verbrachte.

Ruth Knowles, meine wunderbare Lektorin, hat mich bei jedem Schritt begleitet, mit Vorschlägen und Korrekturen, die immer richtig waren. Ich fühle mich unglaublich glücklich, mit jemandem arbeiten zu dürfen, der so scharfsinnig und talentiert ist, und noch glücklicher bin ich, sie eine Freundin nennen zu können. Ich möchte allen danken, die am Entstehen des Buchs beteiligt waren: der großartigen Wendy Shakespeare, Bella Haigh, Jane Tait, Anthony Hippisley und Niamh O'Carroll. Ich danke wie immer meinen Super-Agentinnen Steph Thwaites und Isobel Gahan für alles, was sie tun.

Charlotte Gapper hat eine unglaublich großzügige Spende an FareShare gemacht, um hungernden Menschen zu helfen, im Austausch dafür, dass Jack Locketts Name im Buch erscheint. Jack, ich hoffe, du magst dein Alter Ego. Deine Mum ist großartig.

Bess Revell, vielen Dank für die Ratschläge zum Yogaunterricht und ein großes Dankeschön an dich und Silvia Salib für die Solidaritätssitzungen am Freitagabend.

Lanhydrock House taucht in diesem Buch nur kurz auf, denn ich habe es geschrieben, bevor ich im Sommer 2021 dort arbeitete, aber bei der Überarbeitung konnte ich Details ändern, um meine Erfahrungen wiederzugeben. Ich danke dem fabelhaften Lanhydrock-Team (Gabrielle, Donna, Richard, Laurence und der gesamten Mannschaft) für drei fantastische Monate und dafür, dass sie mir einen Einblick in die Arbeit an einem so inspirierenden Ort gegeben haben.

Und schließlich ein ewiges Dankeschön an alle zu Hause: an Craig für alles, vom Morgenkaffee bis zum Lesen jedes Entwurfs und der Rückenstärkung in jeder Phase; an Gabe, Seb, Lottie, Charlie und Alfie dafür, dass sie mich daran erinnert haben, dass es eine Welt jenseits der Manuskriptseite vor meinen Augen gibt; und an alle meine Freunde und meine Familie für alles.

© Charlotte Knee Photography USE

Autorin

Emily Barrs Debütroman im Jugendbuch, »Jeder Tag kann der schönste in deinem Leben werden«, wurde ein Weltbestseller und in 27 Sprachen übersetzt. Davor arbeitete Emily Barr als Journalistin in London, aber sie war immer auf der Suche nach einem ruhigen Ort und einem Roman, den sie schreiben wollte. Sie wurde mit dem WH Smith Talent Award ausgezeichnet und hat auch zahlreiche Thriller für Erwachsene geschrieben. Sie lebt mit ihrem Mann und den Kindern in Cornwall.

Übersetzerin

Petra Koob-Pawis studierte in Würzburg und Manchester Anglistik und Germanistik, arbeitete anschließend an der Universität und ist seit 1987 als Übersetzerin tätig. Sie wohnt in der Nähe von München, und wenn sie gerade nicht übersetzt, lebt sie wild und gefährlich, indem sie Museen durchstreift, Vögel beobachtet und ihren einäugigen Kater daran zu hindern versucht, sämtliche Möbel zu ruinieren.

Mehr zu unseren Büchern auch auf Instagram